CATHARINA SUNDBERG

Wikingergold

Buch

Zu viele Monate ist der abenteuerlustige Wikinger Erik fort gewesen. Zu viel ist in dieser Zeit geschehen, bei dem Estrid seine Hilfe und vor allem seine Liebe gebraucht hätte. Vor allem der Verlust ihres kleinen Sohnes Toste an die raue See brach der tapferen Frau das Herz. Daher ist es nicht verwunderlich, dass Estrid ihr Herz an den muslimischen Händler Orfrim verlor, dem sie alle ihre Ängste und Sorgen anvertrauen konnte und der ihr endlich wieder das Gefühl gab, eine schöne und begehrenswerte Frau zu sein. Ihre Liebe zu diesem wunderbaren Mann war bald so groß, dass auch Eriks Rückkehr mit einem Schiff voller Reichtümer nichts an ihren Empfindungen ändern konnte. Und bald gab Estrid Orfrims Drängen nach und folgte ihm in seine entfernte Heimat in den weiten Steppen Russlands. Doch sie ahnte nicht, was sie dort erwarten würde ...

Autorin

Catharina Sundberg arbeitete viele Jahre als Meeresarchäologin und Historikerin, wobei sie hauptsächlich nach Wracks von Drachenschiffen tauchte und die Kultur der Wikinger erforschte. Inzwischen ist die Autorin, die für ihre Romane bereits mehrfach ausgezeichnet wurde, Journalistin beim *Schwedischen Tagblatt.* Catharina Sundberg lebt in Göteborg.

Außerdem von Catharina Sundberg lieferbar:

Wikingerblut (36030)
Wikingersilber (36031)

Catharina Sundberg

Wikingergold

Roman

Aus dem Schwedischen
von Friederike Buchinger

BLANVALET

Die schwedische Originalausgabe erschien unter dem Titel
»Wikingaguld« bei Egmont Richter AB, Malmö.

Umwelthinweis:
Alle bedruckten Materialien dieses Taschenbuches
sind chlorfrei und umweltschonend.

Der Blanvalet Verlag ist ein Unternehmen
der Verlagsgruppe Random House.

1. Auflage
Deutsche Erstveröffentlichung Juli 2005

Umschlaggestaltung: Design Team München
Umschlagfoto: Werner Forman Corbis Museum
Satz: deutsch-türkischer fotosatz, Berlin
Druck: GGP Media GmbH, Pößneck
Verlagsnummer: 36032
Redaktion: Nike Müller
UH · Herstellung: Heidrun Nawrot
Printed in Germany
ISBN 3-442-36032-3
www.blanvalet-verlag.de

1

Aldeigjuborg, Gårdarik anno 838

Einige Sklaven trotteten müde die Hauptstraße entlang, begleitet von Leibwachen und Knappen. Die Hitze lag schwer über der Stadt, und jeder kühlende Windhauch war eine willkommene Abwechslung. Die Gesichter der Sklaven glänzten vor Schweiß, ihre Bewegungen waren langsam und gequält. Ihre Schritte wirbelten Sand auf, und Schmutz und Grus klebten an ihren Waden. Ein kleiner Junge blieb stehen, um den Sand aus seinen Schuhen zu schütteln, und bekam sofort einen Knuff in den Rücken. Die Sklaven waren aneinander gekettet, und die Wachen ließen nicht zu, dass einer zurückfiel. Die Gruppe war lange ohne Essen und Trinken gewandert, sie konnte nicht mehr.

Eine der Sklavinnen hatte eine Verletzung am Knöchel. Die Fußkette schnitt tief ins Fleisch, und Fliegen schwirrten um die Wunde. Aber die Frau schien davon nichts zu bemerken. Sie ging schleppend, aber aufrecht und beobachtete, was um sie herum geschah. Das dicke, blonde Haar fiel ihr bis über die Schultern, ihre blauen Augen blickten wach. Ihre Haltung verriet Entschlossenheit und Kraft. Sie wirkte wie eine Fremde unter all den anderen, eine Sklavin, die noch nicht begriffen hatte, was sie erwartete.

Die graue Schar verließ die Hauptstraße und bog in einen Weg, der hinunter zum Wasser führte. Kurz darauf erreichten sie eine schmale Brücke, auf deren Holzplanken die Fußketten klapperten. Auf der anderen Seite stand eine Gruppe Neugieriger und betrachtete die Sklaven. Einige der Sklavinnen versuchten schneller zu laufen, und die Schönsten duckten sich, um ihren Körper zu verbergen. Sie fürchteten die Blicke der Männer und wussten, was ihnen bevorstand, wenn sie zu viel von sich zeigten. Bisweilen sahen sie sich scheu um, schlugen den Blick aber sofort wieder nieder. Nur die Frau mit den blonden Haaren versteckte sich nicht. Sie sah sich um, als erwarte sie jemanden. Das dünne Leinen ihres Kleides schmiegte sich an ihren Körper. Ihre Brust war üppig, ihre Figur wohlgeformt. Dass sie zwei Kinder zur Welt gebracht hatte, war ihr nicht anzusehen.

Auf der anderen Seite des Flusses führten die Wachen die Gruppe auf einen Steg, der am Strand des Wolchow entlanglief. Hier lebten die Rus, Kaufmänner und Krieger aus dem Sveareich. Sie hatten ihre Häuser außerhalb der Festung gebaut, auf der anderen Seite des Ladogaflusses. Von dort aus konnten sie sowohl die Boote beobachten, die den Weg südwärts wählten, als auch alle sehen, die den Wolchow befuhren. Auf dem Handelsplatz tummelte sich viel fremdes Volk, und nur, wer den Überblick über die einlaufenden Schiffe hatte, konnte sein Gefolge versammeln, wenn Gefahr drohte.

Ein untersetzter Mann mit fetten Wülsten am Hals keuchte in der Hitze. Er trug einen langen Rock über weiten Hosen und wischte sich immer wieder mit seinen großen Händen den Schweiß aus dem Gesicht. Nachdenklich musterte er die Sklaven. Manchmal lächelte er, manchmal zog er die Augenbrauen hoch, als wäre er verärgert über das, was er sah. Doch plötzlich hellte sich sein Gesicht auf. Eine aufrechte Frau mit langem blondem Haar hatte sein Interesse geweckt. Ihr Gesicht war lebendig, nicht teilnahmslos und eingefallen, wie das der anderen, und ihr Schritt war weiblich und herausfordernd zugleich. Ihre weißen Arme schimmerten fest und rundlich durch ihr Kleid, und er ahnte das Gewicht ihrer Brüste unterhalb ihres Ausschnitts. Ein Lächeln flog über sein Gesicht, seine Finger spielten vergnügt mit seinem Geldbeutel. Mindestens drei Felder konnte er für sie bekommen, wenn nicht mehr. Aber zunächst würde er sich selbst um sie kümmern. Sklavinnen waren schließlich die einzige Ware, die man erst genießen und dann verkaufen konnte.

Der Kaufmann begann, eine schändliche Weise zu summen. Seine Gedanken wanderten zum Markt des folgenden Tages. Sein Schiff hatte sich zwar verspätet, aber er hatte seine Sklaven schließlich bekommen. Und dieses Mal schienen die Frauen ungewöhnlich schön zu sein. Aber er hatte seine Männer auch angehalten, nur das Beste zu bringen, was das Gårdarik zu bieten hatte. Gekauft oder geraubt, was scherte ihn das. Hauptsache, er bekam tüchtige Sklaven, die er selbst teuer verkaufen konnte. Obwohl er manchmal dachte, dass es einfacher wäre, mit Silber und Stoffen zu handeln, und wären die Sklavinnen nicht gewesen, er hätte den Pelzhandel fortgeführt, dem sein Vater sich verschrieben hatte. Weniger Mühsal und nicht die ständige Sorge, dass etwas passierte. Das Sklavenpack schien ständig über bösen Gedanken zu brüten, und obgleich sie keine Waffen tragen durften, gaben sie ihm ein Gefühl von Unsicherheit. Er hasste ihre düsteren Blicke, und tief in seinem Inneren fürchtete er, dass sie ihn eines Tages hinterrücks überfallen würden. Nicht dass ihm so etwas je widerfahren wäre, aber er war auch stets auf der Hut. Er setzte mehr Wachen ein als die anderen Kaufleute und war sparsam mit dem Essen. In erschöpftem Zustand hatten die Sklaven nicht genügend Kraft, sich gegen ihn zu erheben. Erst ein paar Tage bevor sie verkauft werden sollten, pflegte er ihnen reichlich Essen und Trinken zu geben. Das machte ihre Haut weicher und ließ ihre Augen glänzen, so dass er höhere Preise für sie bekam. Obwohl er seine Sklaven diesmal vermutlich auch so würde verkaufen können.

In den letzten Jahren waren viele Fremde nach Aldeigjuborg gekommen. Inzwischen gab es hier Handwerker und Bauern und deren Familien, Kaufleute und ihr bewaffnetes Gefolge. Alle brauchten Sklaven für ihre Höfe und Werkstätten. Ein neues Leben in einem fremden Land wie dem Gårdarik zu beginnen, erforderte Mut, Geschäftssinn und Arbeitskraft. Er versorgte die Zugereisten mit Sklaven. Aber die hellhäutigen Sklavinnen mit blondem Haar und weißer, zarter Haut verkaufte er am liebsten. Sie brachten mehr Geld als die anderen Sklaven. Die Kaufleute aus Serkland und Miklagård waren wie verrückt nach ihnen.

Die Augen des Kaufmanns leuchteten und sein Blick fiel wieder auf die blonde Sklavin. Sie sah gesund und kräftig aus, nur die Fußkette hatte sich in ihre Haut geschnitten. Er musste dafür sorgen, dass die Wunde nicht zu sehen war, dann würde er einen noch höheren Preis für sie erzielen.

Die Gruppe mit den Gefangenen näherte sich der Allmende, wo vor einigen Jahren das Festhaus der Rus errichtet worden war. Der Kaufmann nahm eine stramme Haltung ein und eilte einer der Wachen hinterher. Es war ein schlaksiger Mann mit Hakennase und gewaltigen Unterarmen, der Vorarbeiter, der ihm beim Sklavenhandel zu helfen pflegte.

»Drinnen warten Speis und Trank auf uns. Ich habe schon mit dem Gesinde gesprochen«, sagte der Kaufmann keuchend. »Aber sieh zu, dass die Sklaven auch etwas zu essen bekommen. Kümmere dich um sie, einige sehen sehr elend aus. Gib ihnen Fleisch und Met und lass sie ordentlich trinken, aber nicht zu viel.«

»Satt und zufrieden, so willst du sie haben, also wie immer«, antwortete die Wache verbindlich.

»Seinen guten Angewohnheiten bleibt man treu, oder nicht?«, sagte der Kaufmann und lachte. »Führ sie in die Scheune und kette sie fest.«

»In das Haus neben der Festhalle?«

»Ja, dann müssen wir das Essen nicht so weit tragen.«

»Und die Sklavinnen auch nicht«, warf die Wache ein.

Der Kaufmann lachte belustigt auf und kraulte sich mit seinen dicken Fingern den Bart. Er liebte die Feste an den großen Märkten. Da gab es Essen, Trinken und Frauen für alle, und die irdischen Güter verschmähte auch er selbst wahrlich nicht. Aber er pflegte zu teilen.

»Viele Weiber in dieser Gruppe«, merkte er mit Blick auf die Sklaven an.

»Wir hatten Glück auf unserem Heerzug in Kurland, außerdem haben wir noch ein paar junge frische Sklavinnen von einem muslimischen Händler gekauft.«

»Von einem Händler aus Serkland?«

»Ja, aus Itil. Er sagte, er habe tüchtige Leute anzubieten. Einige der Sklavinnen waren früher freie Frauen.«

»Die dort drüben, woher kommt sie?«, fragte der Kaufmann und deutete auf die Blonde.

»Die Sveafrau? Soweit ich gehört habe, ist sie aus Birka«, antwortete der Vorarbeiter. »Die haben wir auch bei dem Kaufmann aus Itil gekauft, aber wie sie Sklavin geworden ist, weiß ich nicht. Eine geborene Leibeigene ist sie jedenfalls nicht. Sie muss im Gårdarik gefangen worden sein.«

Der Kaufmann murmelte nachdenklich ein paar Worte, dann hellte sich seine Miene auf.

»Soso. Hm, solche Frauen enttäuschen keinen Mann. Schön und mit weichem Fleisch, die Haut wie Seide. Nicht so harte Eichenrinde.«

Die Männer lachten und tauschten viel sagende Blicke. Dann gingen sie, und der Kaufmann summte weiter seine Weise.

Kurz darauf erreichten sie eine Lichtung. Eine wogende, grüne Wiese breitete sich vor ihnen aus, an deren Ende die graue hölzerne Festhalle zu sehen war. Die Sonne schien auf das Torfdach und warf lange Schatten. Es war ein stattliches Gebäude, mindestens dreißig Fuß lang, und unweit davon befanden sich zwei Nebengebäude und ein grob gezimmertes Haus mit kleinen Gärten und Vorratsspeichern. Der Kaufmann schnaufte und ließ die Arme fallen. Endlich waren sie da. Sie hatten das Viertel der Waräger erreicht, den Ort, wo sich die Rus und die Familien aus dem Reich der Svear aufhielten. Er blickte über die flachen, verwitterten Häuser und die grünenden Gärten. Die Beeren waren reif, und die Bäume würden diesen Herbst viele Früchte tragen. Unten am Ufer waren ein paar schlanke Boote auf den Strand gezogen worden. Sie waren frisch geteert und wurden gerade gerüstet. Eine Gruppe Kinder spielte an der Wasserkante, und zwei Jungen sprangen lachend von der Brücke in den Fluss. Alles wirkte friedlich, wie zu Hause in Torsåker. Ein Anflug von Heimweh überkam ihn, und seine Schultern spannten sich.

Gern wäre er zu Hause geblieben, dort, wo er geboren war. Aber sein ältester Bruder hatte den Hof des Vaters geerbt, und Knecht zu werden, war ihm nicht sehr verlockend erschienen. Sie waren noch nie gut miteinander ausgekommen, und wie sollte das erst werden, wenn sein Bruder anfing, über den elterlichen Besitz zu bestimmen. Da hatte er sich lieber dafür entschieden, nach Osten zu ziehen, um andernorts eine Bleibe zu finden, und schon nach wenigen Jahren hatte ihm der Handel reichlich Geld beschert. Nein, sein Leben auf Wikingfahrt bereute er nicht. Die Slawen, Finnen und Balten, die auf der anderen Seite des Flusses wohnten, hatten keineswegs denselben Erfolg gehabt. Sicher waren sie gute Händler, aber die Besten waren zweifellos seine eigenen Landsmänner aus dem Sveareich und Gotland. Einige waren als Händler nach Aldeigjuborg gekommen, als Bauern und Handwerker, aber die meisten waren Kaufleute oder solche, die kämpften, plünderten und Sklaven nahmen. Harte und launische Kerle waren das, aber ohne sie wäre er niemals an seine Sklaven gekommen. Der Vorarbeiter unterbrach seine Gedanken.

»Wann sollen wir die Sklavinnen herbringen?«

»Ins Nebenhaus?«

»Nein, in die Festhalle.«

»Lass sie sich erst satt essen und ihren Durst löschen, bevor wir die Fußketten lösen«, antwortete der Kaufmann. In dem Moment fiel ihm die Blonde wieder ein, und er sah sich nach ihr um. Als sie seinen Blick bemerkte, wandte sie sich abrupt ab.

Eine Grille zirpte in der Nacht, Fackeln spiegelten sich im Wasser. Die Handelsstadt ruhte in einer trügerischen Stille. Es war wie die Ruhe im Auge des Sturms, kurz bevor alles von rasenden Winden kurz und klein geschlagen wird. Die dunklen, schwarzen Schatten draußen auf dem Fluss verkündeten Unheil: Umrisse von Schiffen. Lautlos näherten sie sich Dorestad, dem größten Handelsplatz des Kaisers im Norden. Es waren Dänen, die vom Meer kamen, Feinde, die in der Dunkelheit den Fluss hinaufgerudert waren. Kein Laut war an Bord zu hören, nur das schwache Knirschen der Ruderluken, wenn die Ruderblätter ins Wasser tauchten. Aus einer Gasse nahe der Uferstraße brach das krächzende Singen eines Betrunkenen die Stille. Er sang in einer fremden Sprache, und die Männer hatten Schwierigkeiten, ihn zu verstehen. Aber es war bekannt, dass es so klang, als hätten die Friesen Grütze im Mund, wenn sie sangen. Dieser arme betrunkene Teufel schien das ganze Grützefass geschluckt zu haben.

Leise glitten die Schiffe an das Flussufer, und die weit gereisten Seefahrer machten sich bereit, an Land zu gehen. Es war noch immer dunkel, aber im Mondlicht, das durch die Wolken schimmerte, erkannten sie die Stadt. Die Männer spähten an Land. Eine lange Straße folgte dem Flussbett, und weiter entfernt waren Palisaden und Wachtürme zu erkennen. Lagerhäuser waren in der Dunkelheit zu erahnen sowie Brücken und die Tore der Festung. Hier, an diesem Fluss, handelten die reichen Kaufleute mit ihren Waren. Sie nannten ihre Stadt »Emporium«, als wäre »Dorestad« nicht gut genug. Das war wohl zur Erinnerung an den Kaiser, Karl den Großen, der einst das Land regiert hatte. Nun war der große Herrscher seit langem tot, und sein Sohn und Nachfolger Ludwig der Fromme hatte nicht die Kraft und Ausstrahlung des Vaters. Das Frankenreich war geschwächt von den Streitereien der Bevölkerung, und wäre das Land nicht in solcher Unordnung gewesen, der Anführer der Dänen, Harald Sigurdson, hätte es niemals gewagt anzugreifen.

Der groß gewachsene Mann starrte an Land, während er leise die Uferböschung hinaufschlich. Wein, Schmuck, Keramik und Saatgut gab es dort in den Lagerhäusern, und in der Festung, wo die Kaufleute wohnten, würde er reichlich Silber finden. Er würde seine Schiffe mit den Kostbarkeiten beladen und mit vollen Lasträumen zurückkehren. Mit dem Geld aus der Beute wollte er eine noch größere Flotte rüsten und nach Birka aufbrechen. Diese Stadt wollte er zusammen mit seinen Männern erobern. Sobald er sie eingenommen hatte, würde er plündern, brandschatzen und endlich die Heiden verjagen. Das neue Birka würde ein Platz nur für Christen sein. Harald Sigurdson spannte seine Gesichtsmuskeln und seine hellen blauen Augen zogen sich zusammen. Er strebte nach Macht, und bald würde er Mannschaft und Schiffe zur Genüge haben, um das ganze Sveareich einzunehmen. Im Frankenreich hatte er schwer gewütet, und niemand hatte ihm eine Niederlage zufügen können. In seinem Besitz befanden sich nicht nur die besten fränkischen Schwerter, sondern auch die neuesten und hervorragendsten Zerstörungswaffen; Katapulte oder Wurfmaschinen, wie er sie nannte. Sie hatten bisher jeden Widerstand zerschlagen. Dorestad war zwar eine der größten Städte des Reichs, aber er hatte den Angriff genau geplant. Schon am Vortag hatte er seine Kundschafter in die Stadt geschickt, um den Überfall vorzubereiten. Sie hatten sich als Kaufleute verkleidet und waren die Handelsstraße am Fluss entlanggewandert, durch die Gassen gelaufen, und hatten sich so in die Befestigungsanlage Dorestads eingeschlichen. Auf Birkenrinden, die sie unter ihrer Tunika verborgen hatten, zeichneten sie Karten des Ortes. Am folgenden Tag ließ Harald einige seiner stärksten und tüchtigsten Männer zwei große Holzwagen auf einen Kahn laden. Sie liefen eine kleine Bucht flussabwärts an, nicht weit von der Festung, und schafften die Wagen an Land. Dort deckten sie sie mit Stroh ab, dass sie wie hohe Heuwagen aussahen, spannten zwei Ochsen davor und zogen die Fuhren zu einem nahe gelegenen Hof. Als sich die Bewohner des Hofes zeigten, gingen Haralds Männer zum Angriff über und schlugen sie nieder. Nur einige nahmen sie gefangen, um sich von ihnen führen zu lassen.

Der friesische Hof, der unterhalb der Festung lag, hatte mehrere kleinere Nebengebäude und eine große, geräumige Scheune. Dort rollten die Männer die Wagen hinein und setzten vor fremden Blicken geschützt in aller Ruhe die Wurfmaschinen zusammen. Schließlich rissen sie den Teil des Strohdachs ein, der zur Festung zeigte, und brachten die Maschinen in Stellung. Die Waffen wurden geladen. Die Männer spannten die fest geschnürten Taue an die Katapultarme und hakten sie am Riegel der Wagen ein. Außen an den gewaltigen Katapulten legten sie Steinkugeln in die Schalen und bedeckten sie mit Stroh. Als sie fertig waren, war keine Spur von den Wurfmaschinen zu sehen, sondern nur zwei Erhöhungen unter den goldgelben Halmen. Auch das Loch im Dach weckte kein Misstrauen. Es war gerade so groß, dass es aussah, als würde das Dach neu gedeckt. Niemand konnte ahnen, dass dort drinnen fürchterliche Wurfmaschinen verborgen waren, die Eisenstücke und Steinkugeln schleuderten, wie es keine andere Waffe vermochte. Bis jetzt war es Harald Sigurdson aus Birka gelungen, mit ihrer Hilfe vier Festungen einzunehmen. Er richtete sich auf und betrachtete erwartungsvoll die Stadt. Die Steinkugeln würden geradewegs durch die Befestigungsanlage schlagen, und die Menschen dahinter hatten keine Möglichkeit, sich zu verteidigen. Seine kalten, eisblauen Augen funkelten vor Vergnügen. Er hatte zehn Schiffe und zwanzig Mann in jedem Schiff. Das Schicksal der Bewohner Dorestads war bereits besiegelt.

Estrid fühlte die feuchten, harten Hände der Wache auf ihrem Rücken, als sie unsanft in die Scheune getrieben wurden. Die Fußkette spannte und schnitt sich tiefer in die Wunde an ihrem Knöchel. Zornig drehte sie sich um.

»Ich kann allein laufen«, zischte sie und schlug die Hände fort. Ihr blondes Haar fiel ihr ins Gesicht, er packte es und hielt sie daran fest.

»Hüte dich, Sklavin«, schnauzte er sie an und drückte sie gegen die Wand. Ein widerwärtiger, schmutziger Gestank schlug ihr entgegen, und sie wich aus. Ihre Kopfhaut schmerzte, und sie verzog den Mund. Sie musste aufpassen und ihre Zunge hüten. Aufsässig zu sein brachte sie nicht weiter. Sie war hilflos gefangen.

Wimmern und Fluchen waren überall im Raum zu hören, als die Sklaven an der Querwand festgekettet wurden. Wie das einfachste Vieh im Stall wurden sie gehalten, die Sklaven, und wieder wallte Zorn in Estrid auf. Ohne zu überlegen, spuckte sie der Wache direkt ins Gesicht. Zur Antwort versetzte der Mann ihr einen Schlag auf den Mund, und sie musste ihre gesamten Kräfte aufbringen, um nicht zurückzuschlagen. Nein, sie musste sich ruhig verhalten, sonst würde es noch schlimmer werden. Sie hatte sich einfach nicht damit abfinden können, gefangen zu sein, hatte noch immer nicht ganz begriffen, was geschehen war.

Aufgebrochen, betrogen und dann das. Einst hatte sie ein Wirtshaus in Birka geführt und war auf Wikingfahrt gen Osten gezogen wie so viele andere Svear. Und sie hatte ihre Träume gehabt, von Liebe, Silber und Erfolg. Und jetzt? Sie war Sklavin, und all das Abscheuliche, was um sie herum geschah, war Wirklichkeit. Ihre Wirklichkeit. Bald würden ihre Haare abgeschnitten, und der Bauer, der sie kaufte, würde das Recht haben, mit ihr zu tun, was immer er wollte. Wenn sie sich weigerte, konnte er sie töten. Sie würde nicht einmal ihr eigenes Grab bekommen. Warum nur hatte sie Birka verlassen, obwohl Erik Bernsteinhändler, der Mann, mit dem sie einst ihr Leben teilte, sie gewarnt hatte? Er war auch selbst schon ostwärts gefahren, und sie hätte auf ihn hören sollen, als er ihr abriet. Erik hatte ihr sogar verboten, ihr gemeinsames Kind mitzunehmen. Jetzt verstand sie ihn. Er hatte um ihr Leben und das des Kindes gefürchtet.

Estrid betrachtete die Kette, die sie an die Wand fesselte. Wie eine Verbrecherin wurde sie hier gehalten. Eine wachsende Ohnmacht mischte sich mit ihrem Zorn. Wann würde sie die Ihren wiedersehen? Würde sie je nach Birka zurückkehren? Und Erik ... Wie lebte er ohne sie? Wie ging es ihm und dem Kind? Rurik war nun fünf Winter alt, ein anhänglicher und fröhlicher Junge. Dennoch hatte sie ihn verlassen, ja, sie beide. Und wenn sie keinen von ihnen mehr wiedersehen würde? Töricht und gedankenlos war sie gewesen. Oh, diese Abenteuerlust! Sie war stärker als sie selbst gewesen, wie eine Urkraft, die tief in ihr schlummerte. Als die Verlockungen des Unbekannten sie zusammen mit dem Begehren eines Fremden übermannten, hatte sie auf niemanden mehr gehört und war unerreichbar für kluge Worte gewesen. Estrid spürte das kalte Metall der Kette auf der Haut und seufzte. Leidenschaft und Liebe hatten sie gefangen genommen wie eine Krankheit, und sie war glücklich gewesen. Welche Freude jede Veränderung ihres Lebens mit sich gebracht hatte, seit sie endlich sein geworden war. So groß war seine Macht, dass sie, besessen von seiner Liebe, mit ihm gefahren war. Er hatte sie verführt, war das Fremde, das Spannende und Unbekannte gewesen. Das Unbekannte? Bitterkeit überschattete ihr Gesicht, und sie ließ ihre Arme sinken. Dieser Kaufmann, der in ihr Schankhaus in Birka gekommen war, war, ohne dass sie etwas davon geahnt hatte, ein Mann mit vielen Gesichtern gewesen. Sie hatte sich locken und verführen lassen. Als sie damals nach Aldeigjuborg gekommen war, war sie voller Zuversicht und Erwartung gewesen, bis …

Jetzt war sie Sklavin. Sklavin, das Eigentum eines anderen Menschen? Nein, sie konnte sich nicht damit abfinden. Ihre Hände zitterten, und ihr Körper bebte. Wie hatte es soweit kommen können? Diese Bestie, dieser böse Geist! Im Zorn ballte sie die Fäuste, bis die Haut über den Knöcheln weiß wurde. Es gab nur einen Ausweg. Sie musste fliehen.

Jemand stieß sie an, und sie drehte sich um.

»Das hier sieht böse aus«, sagte der dicke, untersetzte Kaufmann, den sie am Brückenkopf hatte warten sehen. Schweigend untersuchte er ihren Knöchel und nickte der Wache zu.

»Nimm die Fußkette ab und kette sie mit dem anderen Fuß an«, wies er ihn an. Dann zog er ein Stück Stoff hervor und wickelte es fest um die Wunde. Erstaunt begegnete sie seinem Blick. Er hatte sich um ihre Verletzung gekümmert. Aus Fürsorge? Nein, noch während sie den Gedanken dachte, verstand sie. Er kümmerte sich um sie, damit er sie verkaufen konnte, vielleicht schon auf dem Markt am nächsten Tag.

2

Es war später Nachmittag, als die alte Frau die Schreie vom Hof hörte. Aus der Wohnhalle drang Lärm, und sie sah Spuren von Wagenrädern und fremde Männer, die auf dem Hofplatz auf und ab gingen. Sie verlangsamte ihren Schritt und blieb stehen. Mit einem Mal witterte sie Gefahr, und eine innere Stimme riet ihr, sich fern zu halten. Waren es wieder Dänen, die Bestien, die den Hof im Vorjahr geplündert hatten? Die Furcht fühlte sich wie ein Geschwür in der Kehle an, und sie zog sich erschrocken zurück. Es musste etwas geschehen sein, während sie draußen die Ziegen gehütet hatte. Nach einem langen Tag auf den Wiesen war sie hungrig und durstig heimgekehrt. Und nun? Nein, sie musste fort. Leise rief sie nach den Tieren und eilte in den Wald zurück. Erst auf den offenen Wiesen auf der anderen Seite des Waldes blieb sie müde und verwirrt stehen. Sie musste die Dunkelheit abwarten, vorher wagte sie sich nicht nach Hause.

Als es dunkel geworden war, ließ sie die Ziegen draußen auf der Wiese und schlich vorsichtig zum Hof. Kein Mensch war zu sehen. In der Halle, der Scheune, selbst in den Nebengebäuden war alles leer. Keine Spur von dem Bauern und seiner Familie. Sogar die Tiere waren fort. Ratlos blieb sie stehen. Drinnen in der Wohnhalle war die Bodenluke aufgeklappt, und alle Wertgegenstände waren verschwunden. Es sah aus, als hätte eine Räuberbande den Hof geplündert, aber keine Zeit mehr gehabt, ihn in Brand zu setzen. Vielleicht waren sie mitten in ihrer Untat überrascht worden? Sie mussten die Bewohner des Hofes als Sklaven mitgenommen haben. Eine schmerzliche Verlassenheit überkam sie, und sie wusste nicht, was sie tun sollte. Einzig sie schien noch übrig zu sein.

Lange starrte sie ratlos vor sich hin, bis der Hunger sie schließlich zum Handeln trieb. Im Vorratshaus gab es noch genügend Nahrung. Sie musste etwas essen, um Kräfte zu sammeln. Dann würde sie entscheiden können, was zu tun war. Leise schlich sich die Alte über den Hofplatz in die Hütte. Sie sah sich um. Im Dach hingen geräucherte Würste und Brote, auf dem Boden standen Holzgefäße mit Fleisch und Fisch. Sie stellte sich auf die Zehenspitzen und nahm so viel sie konnte von der Stange, und sie versorgte sich reichlich mit gesalzenem Fleisch und Speck aus den Holzgefäßen. Fische mochte sie nicht besonders, also ließ sie sie liegen. Glücklicherweise hatte sie den Rindenkorb bei sich, den sie bis zum Rand füllte, und sie stopfte auch ihre Kleider voll. Am besten, man sorgt vor, dachte die Alte, denn sie wusste nicht, wann sie das nächste Mal etwas Nahrhaftes bekommen würde. Seltsam, grübelte sie, dass die Räuber sich nicht bedient hatten. Sie schienen keinen Proviant benötigt zu haben, bestimmt waren es Dänen gewesen, die nur auf Silber und Sklaven aus waren. Diese Barbaren, dass niemand sie ausrotten oder einfach von der Erdoberfläche fegen konnte!

Traurig setzte sich die Alte hin und begann zu essen. Sie aß soviel sie konnte, und als sie den Zapfen wohlbehalten aus dem Bierfass geschlagen hatte, nahm sie einen großen Schluck. In ihrer Verzweiflung tröstete sie sich mit Bier, während ihre Gedanken herumirrten und ihr Kopf immer schwerer wurde. Wohin sollte sie gehen, eine einsame alte Frau wie sie? Wer würde sie aufnehmen? Die Einsamkeit überkam sie wie ein furchtbarer Schmerz, und erst als der Trank zu wirken begann, fühlte sie sich besser. Sie leerte einen weiteren Krug, und bald wurde sie dösig. Schwindelig und schläfrig stand sie auf, um sich in der Wohnhalle hinzulegen, doch dann erinnerte sie sich erschrocken daran, was dort geschehen war. Stattdessen lenkte sie ihre Schritte zur Scheune. Dort drinnen war es warm, und in dem Stroh würde sie gut schlafen können. Wenn sie jemanden kommen hörte, dann musste sie nur ins Heu kriechen.

Die Alte öffnete die Tür, tastete sich in der Dunkelheit vor, kletterte ganz nach oben auf einen Strohhügel und legte sich hin. Auf einer der beiden Erhöhungen im Stroh machte sie sich eine kleine Grube und kroch hinein. Bald fiel sie in tiefen Schlaf.

Nachdem die Sklaven festgekettet waren, gingen die Wachen in die Festhalle und blieben eine Weile fort. Als sie zurückkamen, hatten sie Fleisch, Brot und Früchte dabei. Die Sklaven traten unruhig hin und her und blickten sehnsuchtsvoll zu den Schalen. Nach drei Tagen ohne Essen waren sie bereit, alles zu schlucken, was ihnen vorgesetzt wurde, und nun wurde ihnen gleich ein Festmahl geboten! Aber kaum hatten sie ihre Blicke auf das Essen geheftet, als die Tür wieder geöffnet wurde. Es waren Stimmen zu hören und ein mächtiges Poltern, dann tauchten zwei Wachen auf. Sie rollten ein großes Holzfass, das sie unter großem Lärm auf den Boden stellten. Sie schlugen den Zapfen aus dem Fass und füllten einen Schöpflöffel bis zum Rand. Dann ließen sie die Sklaven einen nach dem anderen trinken, bis sie keinen Durst mehr hatten.

Das Fass enthielt Nabid, und die Wachen wussten sehr gut, dass dieser berauschende Trank selbst den Elendesten freundlich stimmte. Außerdem machte er die Sklavinnen gefügig. Aber als die Männer zu Estrid kamen, nahm sie die Kelle zwar entgegen und tat, als würde sie trinken, aber sobald die Wachen ihr den Rücken zukehrten, spuckte sie das Gebräu aus. Nach Jahren als Schankfrau wusste sie, was Nabid für Folgen hatte. Sie musste Acht geben, dass sie bei klarem Verstand blieb. Früher oder später konnte sich das für sie lohnen.

Während die Sklaven tranken, sah sie sich forschend um. Das Nebenhaus, in das man sie gebracht hatte, roch muffig und wurde von hohen Pfosten gestützt, die beiderseits neben einer kleinen Feuerstelle in der Mitte des Raumes aufragten. Auf dem Boden lagen Stroh und ein paar dicke Balken. An den Wänden standen Langbänke, und an der gegenüberliegenden Querwand war ein Verschlag zu erkennen, der Platz für die Tiere bot. Es sieht aus wie auf den Höfen zu Hause, auf dem Land, dachte sie, dort, wo Federvieh und Schweine im Haus bleiben müssen, um sie vor Wölfen und Luchsen zu schützen. Aber im Augenblick waren die Tiere draußen. Vielleicht würden Hühner und Ferkel zur Nacht wieder hineinkommen, vielleicht wurden sie auch draußen gehalten, weil die Kaufleute Angst hatten, dass die Sklaven versuchen könnten, den Tieren den Hals umzudrehen.

Die Scheune war alt und verfallen, und Estrid suchte mit den Augen nach Türen, Dachluken oder Öffnungen in der Wand. Irgendwo musste sie doch hinausgelangen. Konnte sie die Tür öffnen und fliehen, wenn sie die Fußkette losgeworden war? Sie musterte den Riegel und sah, dass er breit und schwer war. Außerdem war die Tür bewacht. Sie ließ ihre Schultern sinken und fluchte leise. Und wenn sich alle Sklaven zusammentaten? Sie waren zwölf Frauen, acht Männer und zwei Kinder, die in Booten flussabwärts geschafft und dann in Aldeigjuborg an Land geführt worden waren. Jetzt standen sie hier alle zusammen, angebunden wie Vieh. Dass niemand um sich geschlagen und Widerstand geleistet hatte! Wenn es einem gelänge, sich loszumachen, konnte er die anderen befreien, und dann würden sie gemeinsam die Wachen niederschlagen.

Estrid zweifelte bei dem Gedanken und betrachtete ihre Mitgefangenen. Einige schienen aufgegeben zu haben, andere hatten schon zuviel aus der Kelle getrunken. Nein, wenn sie aus der Scheune gelangen wollte, musste sie auf sich selbst vertrauen. Diejenigen, die ihr ganzes Leben lang Sklaven gewesen waren, hatten schon vor langer Zeit aufgehört zu kämpfen. Aber die anderen, die Gefangenen? Mit einigen hatte sie gesprochen, und sie bemitleidete sie zutiefst. Die armen Iren aus Dublin waren schon mehrmals ge- und verkauft worden, und obwohl sie nun schon mehrere Jahre versklavt waren, weinten sie noch immer nach den Ihren. Mit den zierlichen Slawen mit den hohen Wangenknochen hatte sie nicht sprechen können. Sie unterhielten sich in einer Sprache, die sie nicht verstand, aber ihre Blicke verrieten einen so unendlichen Kummer, dass es ihr graute. Was hatten sie alles durchmachen müssen! Da wurde ihr plötzlich klar, dass sie wieder über die anderen dachte, als wären sie eine andere Gruppe oder ein anderes Volk. Sie war auch jetzt nicht in der Lage, ihr eigenes Unglück zu begreifen. Sie war eine von ihnen. Sklavin. Es war, als hielte sie all das, was geschehen war, so weit von sich, wie sie nur konnte. Der unfassbare Verrat, die Männer, die sie gefangen genommen und sie verkauft hatten … Die Bilder stiegen in ihr auf und zu ihrem Erstaunen merkte sie, dass sie weinte.

Sklavenhandel, damit konnte man reich werden. Der rusische Kaufmann, der an der Brücke gewartet hatte, hatte sicher nicht mehr als ein paar Felder für sie alle zusammen bezahlt. Aber auf dem Markt würde er seinerseits mindestens das Doppelte verlangen. So war er reich geworden, dieser Schurke. Der Handel mit Sklaven brachte mehr ein als alle anderen Waren, und wie viel würden die vor Geld strotzenden Kaufleute aus Bagdad und Miklagård wohl erst für sie bieten?

Die Kaufleute aus Itil und Miklagård nahmen gern blonde Sklavinnen. Wenn sie nur nicht von einem von ihnen gekauft wurde. Dann würde sie in ein fremdes Haus eingesperrt werden und das Tageslicht niemals wiedersehen. Verborgen hinter einem Schleier, bewacht von dem Kaufmann und seiner Familie, würde sie ihr Leben als Gefangene fristen und der Lust der Männer unterworfen sein. Nein, davon hatte sie genug gesehen.

Das durfte nicht geschehen. Niemals! Als eine der Wachen ihr ein Stück Brot und einen Bissen Fleisch hinhielt, wurde sie aus ihren Gedanken gerissen. Ausgehungert nahm sie das Essen und begann zu kauen. Es war lange her, dass man ihnen Nahrung gegeben hatte, und sie musste so viel essen, wie sie nur konnte. Das Fass mit dem Fleisch stand nicht weit von ihr, und als die Wache sich umdrehte, beugte sie sich vor und schnappte sich hastig ein Stück. Genauso schnell versteckte sie das Fleisch in ihren Kleidern. Wegzehrung, dachte sie. Was auch immer geschieht, ich muss fliehen.

Estrid musste eingenickt sein, denn als sie aufwachte, war es in der Scheune dämmrig geworden, das Essen war aufgegessen und das Metfass leer. Einige der Sklaven schliefen, und mehrere Sklavinnen waren nicht mehr zu sehen. Ihre Plätze mit den Ketten waren leer. Schlaftrunken setzte sie sich auf und versuchte zu denken. Der Erdboden war kühl, und sie fröstelte ein wenig. Sie stand auf, und ihr Blick fiel auf die Wache an der Tür. Er war kräftig und grobschlächtig, aber sein Körper war zusammengesunken und seine Augen glänzten. Offensichtlich hatte er zu viel Met getrunken. Als Gepolter vom Hofplatz herüberklang, richtete er sich auf, streckte sich und legte die Hand auf den Schwertknauf. Zwei Wachen traten ein. Estrid erkannte einen von ihnen wieder, den schlaksigen Wächter mit der Hakennase, der sie gegen die Wand gedrückt hatte.

»Da ist sie«, nickte er zu seinem Kameraden und kam auf sie zu.

»Der Kaufmann schickt nach dir«, lächelte er und löste die Kette um ihren Fuß. »Wir brauchen dich drüben in der Festhalle, verstehst du?«

Die Wache nahm sie an der Hand und führte sie zur Tür. Estrid ahnte nichts Gutes und riss sich los.

»Nein, nein, wage es nicht«, zischte er und packte ihr Handgelenk. Sein Gestank schlug ihr entgegen, und sie zog sich schaudernd zurück. Aber er folgte ihr, und sie sah die Gier in seinem Blick. Im nächsten Moment spürte sie seine groben Hände in ihrem Ausschnitt.

»Ich sollte dich zuerst selbst nehmen«, hörte sie ihn murmeln, aber er hielt sich zurück, als jemand von draußen rief.

»Was treibst du da drinnen, du Tölpel? Komm schon her mit dem Mädchen«, war eine strenge Stimme zu hören, und die Wache zog hastig seine Hände zurück.

»Glaub ja nicht, dass ich mit dir schon fertig bin«, zischte er ihr ins Ohr und trieb sie in die Festhalle. »Beizeiten nehme ich mir, was mir gehört.« Sie war widerspenstig, und das reizte ihn.

Als Estrid in die Halle kam, wurde sie von Johlen und lauten Männerstimmen empfangen. Ein riesiger Raum breitete sich vor ihr aus, und an einem Langtisch, der sich von einem Ende der Halle zum anderen erstreckte, saßen die Männer dicht an dicht. Sie erkannte den Kaufmann und einige seiner Wachen, aber es saßen auch Großbauern, Krieger und Händler dort. Prächtige Wandbehänge hingen vom Dach, auf dem Boden lagen Wacholder und Stroh. Einige Sklavinnen in bodenlangen Kleidern gingen mit Krügen und Schalen gefüllt mit Essen herum, an der Feuerstelle standen zwei Frauen und rührten in einem riesigen Kessel. Estrids Blick wanderte zum Tisch. Sie war noch immer hungrig. Dort standen Platten mit Hammelkeulen und Speck, und es gab Kannen voll Bier und Wein. Die grob gezimmerten Bänke waren schmierig, auf den Platten lagen abgenagte Knochen und Brotrinden. Das Abendessen schien schon weit vorangeschritten. Dann wurde ihr klar, was sie eigentlich schon die ganze Zeit gewusst hatte: Sie war nicht zum Essen in die Festhalle geführt worden. Die Wache lockerte den Griff und nickte dem Kaufmann zu.

Estrid ging unsicher ein paar Schritte in den Raum. Sie wusste, wie freie Männer sich mit Sklavinnen vergnügten, und wenn die Frauen am nächsten Tag verkauft werden sollten, nahmen sich die Männer, soviel sie konnten.

»Gleich hab ich dich auf meinem Spieß«, rief ein betrunkener, grober Kerl mit Hängebauch und griff nach ihr. Lachend stellte er seinen Krug ab. Das Bier spritzte, der Krug kippte um, und als er versuchte, ihn wieder aufzustellen, verlor er das Gleichgewicht und stürzte.

»Geschieht dir recht, du verlauster Hund«, murmelte Estrid und dachte im selben Moment, wie unterschiedlich die Nähe zu einem Mann sein konnte. Es konnte Zärtlichkeit sein, Begehren und grenzenlose Liebe. Und wie nahe lagen nicht auch Ekel und Abscheu, wenn dieselben Vertraulichkeiten unerwünscht waren? Nun war sie nicht zu ihrem eigenen Vergnügen in die Halle geführt worden.

Um sie herum brandete Gejohle, Lachen, und die Luft war schlecht. Ein Kerl sah sie lüstern an, und sie zog sich zur Wand zurück. Mit aufgerissenen Augen starrte sie in den Raum. Die Halle lag im Dunkeln, und sie versuchte einen sinnlosen Sprung, um sich in Sicherheit zu bringen. Ein rotbärtiger Mann brüllte los und machte das Hammerzeichen über sein Horn, ehe er trank, ein anderer glotzte großäugig zwei Kaufleute an, die sich mit einer Sklavin vergnügten. Die beiden Männer waren mächtig betrunken, und als einer von ihnen stolperte, sprang die Frau auf und floh in Richtung Wand. Die Männer versuchten, sie zu packen, aber ihre Hosen hingen wie Garnwinden um ihre Knie, und nach wenigen Schritten fielen sie zu Boden. Jubel wurde laut, und als sie wieder auf die Füße kamen, ergriff ein Gaukler das Wort und brachte ein Skål auf Frey und die Fruchtbarkeit aus.

Einen Moment glaubte Estrid, in Vergessenheit geraten zu sein, aber schon im nächsten Augenblick spürte sie, dass jemand sie von hinten packte. Sie erstarrte schaudernd und bekam keine Luft mehr. Sie konnte sich nicht mehr rühren. Ihre Lippen wurden weiß, ihre Zunge klebte und ihr ganzer Körper zitterte. Der Fremde grabschte nach ihrer Brust, und ein schwerer, schlaffer Körper drückte sich an ihren Leib. Hilflos spähte sie in den Raum, suchte nach einer nicht verriegelten Tür, einer offenen Fensterluke, aber sie entdeckte keinen Fluchtweg. Der Unbekannte hinter ihr legte seinen Arm um ihre Hüfte, und eine behaarte Hand suchte sich einen Weg in ihr Kleid. Estrid erschauerte und spannte alle Muskeln an. Sie versuchte sich loszureißen. Die Männer im Saal schienen alle kräftig betrunken zu sein, und die Wachen waren keineswegs nüchterner. Vielleicht gelang es ihr doch zu fliehen? Aber der Griff des Mannes wurde fester.

»Verträgst du vielleicht keine richtigen Männer?«, hörte sie eine belustigte Stimme. »Aber ich werde dich schon heiß machen. Eigentlich bist du viel zu gut zum Verkaufen.«

Estrid versuchte sich loszumachen, aber er hielt sie fest. Seine Hand tastete sich zu der Spalte zwischen ihren Brüsten und schloss sich um das weiße Fleisch. Dann drehte er sie zu sich um, und sie erkannte sofort, wer er war. Es war der rusische Kaufmann mit den fetten Wülsten am Hals, der, der an der Brücke gestanden und sie zur Festhalle geführt hatte. Er war der Händler, dem sie alle gehörten, und vermutlich würde er sie schon am nächsten Tag verkaufen. Aber jetzt wollte er sich erst einmal mit ihr vergnügen.

Estrid dachte an zu Hause. Wenn Erik und Rurik sie jetzt hätten sehen können. Sie wollte schreien, die ganze Halle zusammenbrüllen. Die Augen des Kaufmanns glänzten, und ein lüsternes Lächeln flog über sein Gesicht. Im nächsten Moment spürte sie seinen Mund auf den Lippen, seine Zunge suchte ihre. Von seinem Gesicht perlte der Schweiß, sein Atem stank, und er hatte ein Bein zwischen ihre gepresst. Furchtbarer Ekel überkam sie, und mit aller Kraft machte sie sich los. Dann trat sie gegen sein Schienbein.

»Du verfluchte Hexe, das wirst du mir büßen«, stöhnte er und packte sie wieder.

Fluchend zog er sie zur Wandbank und mit einer kräftigen Handbewegung drehte er sie auf den Rücken. Schon war er über ihr.

Estrid sträubte sich, aber er war zu stark und drückte sie hart auf die Bank. Er atmete in kurzen Stößen, und seine Hände waren wieder in ihren Kleidern. Estrid fühlte seinen großen, schweren Körper und versuchte sich zu wehren. Sie wand sich unter ihm, schlug nach ihm und stemmte ihre Hände gegen seine Brust. Da plötzlich lockerte er seinen Griff, holte Luft und sah sie belustigt an.

»Was für ein Jammer, dich zu verkaufen«, murmelte er. »Mit einer Färse wie dir kann man lange seinen Spaß haben.«

Der Kaufmann lachte leise und höhnisch, dann biss er sie in den Hals, riss ihr Kleid beiseite und entblößte ihre Brust. Gierig sog er den Anblick der weißen, weichen Haut ein, das Runde und Wogende, griff nach ihrer Brust und genoss die warme Schwere in seinen Händen.

»Dann verkauf mich eben nicht«, keuchte Estrid und kämpfte gegen den Drang, sich zu bedecken. Sie war nicht angekettet, er hatte sie von ihren Fesseln befreit, und vielleicht konnte sie Zeit gewinnen, wenn sie so tat, als gefiele ihr, was geschah. Sie hielt seinen Blick fest und schob seine Hände nicht fort. Stattdessen ließ sie ihn gewähren und hob prüfend ihre Hüfte.

»Dann verkauf mich doch nicht«, rief sie aus und bewegte sich unter ihm. »Ich bin zwar eine Sklavin, aber einen Mann mit deiner Kraft, den suchen wir Frauen.«

Der Kaufmann sah sie erstaunt an und lächelte dann. Er selbst fand, er sehe ganz stattlich aus, und auch wenn man seinem Fleisch das Alter ansah, hatte er doch diese Männlichkeit, nach der die Weiber trachteten. In seiner Jugend waren die Frauen verrückt nach ihm gewesen, das wusste er genau. Sie begehrten ihn, da war er sich sicher. Und die Augen der Hellhäutigen glänzten schließlich. Ihre Bewegungen waren eindeutig, und sie bezeugten wahrhaftig, dass er ihre Lust geweckt hatte. Im Nebel des Metrausches fühlte er sich plötzlich verwegen. Sie hatte Recht, vielleicht sollte er noch warten, sie zu verkaufen. Das sollte er sich wohl leisten können. Nun, er würde sehen, jetzt wollte er sie erst genießen.

»Sagst du Manneskraft?«, hauchte er in ihren Mund und seine Augen glänzten vor Begierde. Seine behaarten Hände glitten über ihren Körper, spielten und forschten. »Manneskraft«, rief der Kaufmann aus. »Ja, die Frauen pflegen nicht zu klagen«, lachte er.

»Ein Mann wie du kann sicher beides«, sagte Estrid angestrengt und versuchte, verbindlich zu klingen.

»Ja, ein guter Kaufmann bin ich, und mit meinem Schwert habe ich schon viele Todeshiebe geführt«, sagte er vertraulich, »aber die Süße des Lebens sind die Frauen.«

»Oh, aber ist es nicht das Silber, das am meisten lockt?«, versuchte Estrid abzulenken.

Das ganze Gewicht des Kaufmanns lag auf ihr, und sie hatte nicht genug Kraft, um sich herauszuwinden. Ebensowenig gelang es ihr, ihn fortzustoßen. Sie brachte kaum ein Wort heraus. Mit aller Kraft nahm sie einen neuen Anlauf:

»Aber nur, weil du viel Silber für mich bekommen kannst, musst du mich doch nicht sofort verkaufen, oder?«, sagte sie. »Manches kann man benutzen, und es wird dabei noch besser«, fügte sie viel sagend hinzu.

Der Kaufmann hielt plötzlich inne.

»Du bist mir vielleicht ein großmäuliges Weib. Nein, du, wann ich dich verkaufe, das entscheide ich. Es gibt viele Sklavinnen, und ich kann mir eine nehmen, wann immer ich will.«

»Aber eine gute Frucht ist besser als eine schlechte. Du wirst schon sehen«, sagte Estrid scherzend und zog seinen Kopf zu sich herunter. Dann öffnete sie ihren Mund, während sie gleichzeitig seinen Nacken und seine Brust liebkoste. Ihre Hände wanderten über seinen Körper, sie drückte sich fest an ihn und ließ eine Hand hinuntergleiten. Der Mann hatte eine haarige Brust und neckend flocht sie ihre Finger in seine Haare. Sanft wanderte ihre Hand weiter, während ihr Verstand angespannt war und ihre Gedanken arbeiteten. Sie hatte bemerkt, dass die Bank nahe bei der Tür stand. Wenn sie schnell war, konnte sie den Riegel vielleicht öffnen, bevor die Wache bemerkte, was geschah. Auf irgendeine Weise musste sie versuchen, sich von dem Kaufmann loszumachen und zu fliehen. Aber wie? Er war breit und schwerfällig, und seine Hände waren bereits tief in ihrem Kleid vergraben. Und nachdem er schon so weit gekommen war, war es sicher nicht in seinem Sinn, die Zeit mit Schmusen zu verbringen. Keuchend drückte er sie auf die Bank, und während er sie mit einer Hand festhielt, öffnete er mit der anderen seine Kleider. Dann drehte er sich über sie und versuchte in sie einzudringen.

»Nicht so, lass mich dir helfen«, sagte Estrid, während ihre Hand weiterwanderte. Als sie fand, was sie gesucht hatte, berührte sie ihn zart und sinnlich, bis er ganz außer sich war. Dann legte sie sich unter ihm zurecht und flüsterte: »Komm!« Aber sie ließ ihn nicht los und im selben Moment, in dem er eindringen wollte, drehte sie ihn um. Sie drehte so kräftig, als wäre es Wäsche, die sie auswrang, und nicht ein Mann, den sie in Händen hatte. Gleichzeitig warf sie sich mit aller Kraft zurück. Ihre Nägel bohrten sich fest, der Mann schrie und sie stürzten zu Boden.

Estrid war als Erste auf den Füßen, trat nach dem Gefallenen und sprang so schnell sie konnte zur Tür. Dort zerrte sie keuchend am Riegel, und bevor die Wache reagieren konnte, hatte sie die Tür aufgeschoben. Ohne sich umzusehen hastete sie zum Wasser. Sie haben meine Haare nicht gestutzt, niemand weiß, dass ich eine Sklavin bin, dachte sie. Aber wenn sie mich kriegen, töten sie mich.

3

Sie hatten sich zu lange am Strand aufgehalten. Gereizt gab Harald seinen Männern das Zeichen, sich zur Festung zu begeben. Der Überfall musste leise und schnell vonstatten gehen, sonst würden die Verteidiger gewarnt sein. Nur mit List und Tücke konnte eine Stadt wie Dorestad besiegt werden.

Harald versammelte seine Männer, um den Plan durchzugehen, und ein letztes Mal prüften sie die Karten der Befestigungsanlage. Zwanzig seiner Männer ließ er zurück, um die Schiffe zu bewachen, die anderen teilte er in mehrere Gefolge ein. Die Stärksten und Tüchtigsten wurden den Wurfmaschinen zugeteilt, die Übrigen bekamen den Befehl, sich aus verschiedenen Richtungen den Palisaden zu nähern. Die Flinksten versah er mit Seilen und Enterhaken, damit sie die Palisaden erklimmen konnten. Dann mussten die anderen ihnen nur noch folgen.

Harald betrachtete den Angriff wie eine gelungene Falkenjagd. Die Beute durfte die Gefahr erst erkennen, wenn es schon zu spät war. Er unterdrückte ein leises, zufriedenes Lachen. Mit seinem kühlen Verstand hatte er an alles gedacht, und er wusste, dass der Sieg ihm gehörte. Zweifellos würde das Volk in der Festung sich die Bärte versengen. Er musste nicht einmal die Lure als Angriffssignal blasen. Seine Männer waren so gut vorbereitet, dass jeder Einzelne wusste, was die anderen taten.

Erst wenn alle Abteilungen bereit waren, würde er die drei Teerfackeln anzünden. Das Signal zum Angriff.

Er sah sich unter seinen Männern um, Dänen, die er zu harten Kämpfern ausgebildet hatte. Nachdenklich musterte er die Waffen, Seile und Haken, und als er fertig war, nickte er und hob den Arm. Die Männer folgten ihm leise in die Dunkelheit zum Pfahlwerk.

Lautlos schlichen sie zwischen Bäumen und Büschen voran. Sie trugen Wurfspieße, Äxte und Schwerter, und ein schwacher, reibender Laut erklang, wenn die Pfeilköcher gegen ihre Rücken schlugen. Haralds Gefolge machte sich auf in Richtung Wurfmaschinen, die anderen zogen in die anderen Richtungen.

Der Mond hielt sich hinter dunklen Wolken verborgen, und die Männer konnten sich unsichtbar vorwärts schleichen. So näherten sie sich dem friesischen Hof.

Torleif der Schwarze, einer von jenen, die vorher bereits hier gewesen waren, gab Harald ein Zeichen, ihm zu folgen. Harald schloss dicht hinter ihm auf. Er hatte die Wurfmaschinen schon früher eingesetzt, aber nun würde er zum ersten Mal selbst dabei sein und die Schleudersteine loslassen. Jetzt konnte er sich die neuen Katapulte ganz aus der Nähe ansehen.

Die Männer eilten am Holzzaun vorbei auf den Hofplatz. Das Haus lag im Dunkeln, und nur die schwarze Silhouette des Daches war zu erkennen. Als der Mond sich für einen Augenblick zeigte, sah es fast gespenstisch aus. Das Torfdach zeichnete sich unregelmäßig und stachelig gegen den Himmel ab, und die Stille, die die Gebäude umgab, war beängstigend.

Die Männer legten sich auf den Boden und spähten abwartend über den leeren Hofplatz. Als sie sich vergewissert hatten, dass der Hof wirklich verlassen war, eilten sie zur Scheune hinüber. Keine Schatten, kein Laut und kein Rauch. Alles schien leer. Lautlos schlichen sie zu den abgedeckten Wagen und nahmen vorsichtig etwas Stroh von den Seilen. Mehr war nicht nötig, die Katapulte waren bereits geladen.

Die gezwirbelten Seile waren gespannt, und die runden Steine lagen in den Wurfschalen am Ende der Katapultarme unter dem Stroh verborgen bereit. Sie mussten nur noch schießen.

Wie durch ein Wunder schnarchte die Alte in dieser Nacht nicht. Ihr Atem ging ruhig und gleichmäßig, und niemand in der Scheune bemerkte sie. Die Alte schlief fest im Stroh und träumte einen tiefen Traum, in dem sie sich an ihre Jugend erinnerte. Gekleidet in ihr schönstes rotes Kleid traf sie einen jungen Mann am Brunnen. Niemals hatte sie jemand so hübsches gesehen; sein dunkles Haar, sein glänzender Blick und die braun gebrannten Arme, die in der Sonne glänzten. Als er ihr half, das Wasser hochzuziehen, beugte er sich vor, und ihre Blicke trafen sich. Ihre Arme trafen sich und die Berührung entfachte eine seltsame Wärme in ihr. Ein wenig durcheinander sah sie ihn an, und es schien ihr, als blicke er direkt in ihr Herz.

Als er den Eimer hochgeholt hatte, setzten sie sich neben den Brunnen und blieben dicht beieinander sitzen. Sie unterhielten sich vertraulich miteinander, und der Nachmittag war schon weit vorangeschritten, als ihr einfiel, dass sie längst auf dem Hof zurückerwartet wurde. Verwirrt stand sie auf, doch in diesem Moment nahm er ihre Hand und zog sie an sich. Noch immer erinnerte sie sich an das auflodernde Feuer und den Kuss, den er ihr gegeben hatte. In diesem Moment hätte sie sein werden können, wenn sie nicht von einem Bauern gestört worden wären. Sein Wagen stieß gegen einen Stein und das Heu, das er geladen hatte, stürzte genau neben ihnen herunter. Das Heu hatte sie bedeckt, und in der Dunkelheit zwischen den Halmen hatte der Jüngling sie wieder geküsst. Da erwachte die Alte. Ihr war, als bewegte sich etwas im Stroh. Erst dachte sie an den feschen jungen Mann, und ihre Wangen wurden ganz heiß und rot, aber dann wurde ihr die Wirklichkeit bewusst. In der Scheune war es ganz dunkel, und was geraschelt hatte, waren sicher Ratten gewesen. Enttäuscht schlug sie mit den Armen aus und schrie, um die Biester zu verjagen. Aber nichts geschah, bis es sich plötzlich heftig unter ihr bewegte. Im selben Moment fühlte sie einen gewaltigen Druck auf dem Brustkorb. Das Stroh flog in alle Richtungen davon und mit einem großen Krachen wurde sie in die Luft geschleudert. Ihr Kittel flatterte, und Speck, Würste und Brot purzelten aus ihren Kleidern.

Ehe sie sich versah, war sie schon auf Höhe der Baumwipfel. Das war zu viel für sie und sie verlor das Bewusstsein.

Hinter den Befestigungsmauern Dorestads waren die Wachen gerade an diesem Abend den Weinfässern außerordentlich zugetan gewesen. Zwar hatten sie die Festung bewacht, wie üblich, aber als alles ruhig schien und es schon spät war, hatten sie sich in einem der Wachtürme versammelt, um ein wenig zu plaudern. Weinkannen wurden geleert, und bald ließen sie sich über alles aus, von Saat und Ernte bis hin zu den Frauen. Die Kühnsten wagten sogar, herablassend über den Kaiser zu sprechen. Da fuhr der Jüngste von ihnen zusammen, ein pickeliger Jüngling von einem Hof in Flandern, und in seine Augen trat ein furchtsamer Ausdruck. Es war noch nicht lange her, dass er in Ludwigs Kriegsgefolge aufgenommen worden war und gelernt hatte, dass man den Kaiser nicht schmähen durfte. Als vorsichtiger Bauernsohn, der er war, war er sich sicher, dass das gefährlich werden konnte.

Vielleicht gab es Spione unter ihnen, dann lief man Gefahr, als Verräter gehenkt zu werden. Nein, in dieser abenteuerlichen Gesellschaft wollte er nicht sitzen bleiben, da war es besser, eine weitere Wachrunde zu gehen.

Er begann an der Holzbrücke innerhalb der Palisaden, dort wo sich die Bogenschützen aufhielten, und ging weiter, hinauf zu dem anderen Wachturm. Dort war es ruhig, und der Mann, der Wache hielt, wiegte schläfrig seinen Körper vor und zurück.

»Odd, kannst du nicht meinen Dienst übernehmen?«, begrüßte er ihn und sah den Ankömmling schlaftrunken an. Aber Odd antwortete nicht. Er hatte plötzlich drei Teerfackeln in der Dunkelheit entdeckt.

»Wer zündet denn um diese Zeit Teerfackeln an?«, fragte er unruhig an den Kameraden gewandt. Dieser aber hatte an diesem Abend Wein und Bier getrunken und fand es nicht sehr unterhaltsam, was dort draußen geschah.

»Das ist sicher nur einer, der nach seinem Weib sucht«, entgegnete er träge.

»Mit drei Teerfackeln?«

»Dann sucht er wahrscheinlich nach drei Frauenzimmern«, schlug die Wache vor. Er wollte schlafen und nicht von unwillkommenen Dingen dabei gestört werden. »Es sei denn, es sind drei Frauen, die nach einem Kerl suchen«, setzte er mit einem Feixen hinzu.

»Ach was«, zischte Odd unwirsch. »Das muss ein Signal gewesen sein!«

Aber die Wache grunzte nur und stimmte lallend ein kleines friesisches Liedchen an. Odd blickte unruhig hinaus zu den Zäunen und Feldern unter ihnen. Dort lag ein Hof mit mehreren Nebengebäuden, und am Wegesrand … bewegte sich dort nicht etwas zwischen den Büschen? Doch, jetzt war er sicher. Er musste die anderen warnen. Odd beugte sich vor, um die Wache zu schütteln, aber da hörte er ein seltsames Geräusch.

Etwas Rundes, Dunkles flog auf die Festung zu und schlug genau vor den Palisaden ein, während ein seltsames Bündel über den Holzwall flog und an einem der Pfähle hängen blieb. Der Bauernsohn traute seinen Augen nicht.

»Da hängt ein altes Weib in den Palisaden«, sagte er verdattert.

»Aber sicher«, antwortete die Wache.

Dann hörten sie das Geräusch reißenden Stoffes, gefolgt von einem dumpfen Schlag.

»Jetzt ist sie runtergefallen«, sagte der Pickelige.

»Ja, nach oben kann sie ja auch schlecht fallen«, erwiderte die Wache.

»Sie ist sicher tot«, fuhr der Bauernsohn fort.

»Wird sie wohl sein«, erwiderte die Wache.

Einen kurzen Moment war es still, dann ergriff Odd wieder das Wort.

»Da hängt eine Wurst im Rocksaum«, sagte er erstaunt.

»Ach, das sind sicher die Schenkel«, kicherte die Wache.

Odd starrte. Die Alte bewegte sich. Benebelt versuchte sie sich aufzusetzen. Gerade als sie sich verwirrt an den Kopf fasste, ertönte ein ohrenbetäubendes Donnern, und eine Steinkugel zersplitterte die Palisade.

»Noch ein Weib«, grinste die Wache.

Da reichte es dem Bauernsohn Odd. Er riss das Signalhorn des Betrunkenen an sich und blies. Aber da war es zu spät. Der Lärm des Feindes hätte Tote wecken können, und die Bevölkerung war längst auf den Beinen.

Es war dunkel in dem Schuppen, und keiner der Männer hatte die schlafende Alte oben im Stroh bemerkt. Verdutzt sahen sie der schreienden Steinkugel nach und fragten sich, was da wohl weggeflogen war. Aber sie sahen nichts und nahmen ihre Arbeit an den Katapulten wieder auf. Wieder spannten sie die Taue, wieder luden sie die Schalen mit Steinkugeln oder Eisenstücken. Zwischendurch fluchten sie auf die plumpen Maschinen, aber als sie das Krachen und das Splittern des Pfahlwerks hörten, stieg ihre Laune. In einem Augenblick der Unruhe dachte Harald Sigurdson, dass er sich damit hätte begnügen sollen, die Lagerhäuser unten am Hafen zu plündern. Andererseits wusste er, dass Dinge wie Münzen, Silber, Waffen und andere Kostbarkeiten innerhalb der Befestigung aufbewahrt wurden. Darum hatte er auch davon abgesehen, die Wurfmaschinen mit Brandgeschossen zu beladen. Die Stadt musste ohne Feuer eingenommen werden.

Während Harald und seine Männer mit den Wurfmaschinen schossen, hatten die beiden anderen Abteilungen die Festung erreicht. Die eine Gruppe wurde von Bogenschützen angeführt, die andere von Männern mit Seilen und Eisenhaken. Helge Knochenlos hieß der Mann, der am geschicktesten mit dem Seil umging. Er war groß und dünn und hatte ein glattes Gesicht mit spärlichem Bartwuchs. Auch wenn er nicht über die Maßen männlich aussah, war er stärker als die meisten anderen. Die Männer nannten ihn scherzhaft Knochenlos, denn es hieß, in seinem Körper gäbe es nichts anderes als Knorpel und Muskeln, und nicht viele hatten einen Zweikampf mit ihm überlebt.

Leise schlug er den ersten Haken in das unterste Holz des Pfahlwerkes. Als er festsaß, kletterte er an den Seilknoten hoch und verankerte ein neues Eisen. So fuhr er fort, bis er sich über die Palisade schwingen konnte. Er stützte sich vorsichtig auf und sah sich um. Als er merkte, dass niemand da war, zog er zweimal am Seil, das Zeichen für die anderen, dass sie ihm folgen konnten. Es dauerte nicht lange, da stand die Abteilung in ihrer ganzen Stärke oben auf der Befestigungsanlage, dicht an die Palisaden gedrängt. Unter sich sahen sie kleine gezimmerte Häuser, Straßen und Gassen, und bei einem kleinen Platz standen ein Turm und eine Kirche. Helge Knochenlos fühlte sich voller Zuversicht. Die Bewohner Dorestads waren seit langem Christen, und genau wie die Angeln glaubten sie, dass Gott ihre Reichtümer bewachte. Deswegen hoben sie all ihre Schätze in den Kirchengebäuden auf. Und deswegen herrschte auch niemals Unsicherheit darüber, wohin man sich begeben sollte. Auf seinen Raubzügen nahm Helge Knochenlos immer den kürzesten Weg zur Kirche.

Auch auf der anderen Seite der Befestigungsanlage war das Glück auf Haralds Seite, und ohne dass er einen Einzigen seiner Männer verlor, gelangten sie über das Pfahlwerk. Doch dann trafen sie auf erbitterten Widerstand. Männer in Kettenhemden und mit Schwertern kamen ihnen auf der Holzbrücke entgegen. Die Nordmänner bildeten sofort eine Mauer aus den Schilden, die Wurfspieße und Pfeile der Verteidiger prallten gegen ihre Schildbuckel oder bohrten sich ins Holz. Jetzt näherten sich die Angreifer der Kirche aus zwei Richtungen, und Männer, Frauen und Kinder rannten voller Angst auf die Straßen. Als die Friesen die schwarzen Schilde der Dänen erkannten, flohen sie so schnell sie konnten. Die Wikinger waren gefürchtete Kämpfer, sie galten als unbesiegbar. Jeder wusste, dass die Heiden alle um sich herum niederstreckten, selbst wenn die Gegner in der Überzahl waren, und es hieß, dass sie sich nicht eher zufrieden gaben, als bis Kopf und Arme abgeschlagen waren. Und wenn es den Nordmännern erst gelungen war, in eine Festung einzudringen, dann plünderten und vergewaltigten sie ohne Halt. Sie töteten viele, die anderen nahmen sie als Sklaven, nein, es war besser zu fliehen.

Einige mutige Friesen boten den Dänen zwar Widerstand, aber diejenigen, die nicht von einem Wurfspieß durchbohrt wurden, fielen bald durch einen Axthieb oder ein Schwert. Und in der Dunkelheit versuchten die Frauen, heimlich in die Felder zu gelangen und sich im hohen Gras oder in den Heureitern zu verstecken. Nur dort konnten sie hoffen, den Unholden zu entkommen.

Oben im Turm wurden die betrunkenen Wachen sofort überwältigt, und Harald und seine Männer nahmen den Platz ohne große Verluste ein. Sie schlugen sich bis zu den Verstecken durch, wo sie gierig Münzen, Schmuck und Kirchensilber an sich rissen. Einige der Mönche flohen mit Reliquien, Kandelabern und Silberbechern, die sie unter ihren Kutten verbargen, und Helge Knochenlos spuckte verächtlich zwischen seinen Bartfransen aus und stellte fest, dass die höchsten Würdenträger meist die Ersten waren, die flohen.

Die Dänen hatten Jutesäcke bei sich, die sie mit allem voll stopften, was sie tragen konnten, und sie dann auf Karren und Wagen warfen. Einen Wagen, der mit Weinfässern beladen war, nahmen sie samt Pferd mit. Auf dem Altar in der Kirche lag eine prachtvolle Bibel mit einem Einband aus Silber und Gold. Helge Knochenlos, der starke Hände hatte, riss die Seiten heraus und steckte sich den kostbaren Einband ins Hemd. Obwohl er ihn schmerzhaft kratzte, fand er, dass das doch ein schöner Schmerz war. Aus dem Gold und Silber konnte man viele schöne Schmuckstücke machen.

Als Helge aus der Kirche eilte, erwartete ihn ein Friese mit erhobenem Morgenstern.

»Gott sieht dich!«, rief Knochenlos schroff, und als der Friese nach oben blickte, bekam er eine Wikingerfaust unters Kinn und stürzte.

Oben auf dem östlichen Wachturm war der pickelige Bauernsohn immer noch lebendig. Als er und die Wache mit ansahen, wie die Wikinger in die Stadt stürmten, machten sie sich bereit, dem Feind zu begegnen.

»Tötet die verlausten Hunde!«, lallte die Wache halb schlafend und zog das Schwert so heftig aus der Scheide, dass er umfiel. Dann rülpste der Mann einige Male lautstark und blieb liegen. Odd hingegen zitterte so sehr, dass er außer Gefecht gesetzt worden war. Seine Hände gehorchten ihm nicht länger, und weder Schwert noch Pfeil und Bogen konnte er noch halten. Jedes Mal, wenn eine Steinkugel in die Palisaden pfiff, kniete er vor Verzweiflung nieder, bekreuzigte sich, presste die Stirn auf den Boden und betete. So entdeckten die Dänen niemanden, als sie zum östlichen Verteidigungsturm hinaufsahen, und es regnete weder Wurfspieße noch Pfeile von dort. Sie dachten, dass dort oben wohl alle tot waren, und Odd konnte sich weiter ungestört seinen Gebeten widmen. Lange hörte er Schreie vom Marktplatz und splitterndes Holz, aber er wagte nicht aufzusehen. Erst als der Beschuss aufhörte, richtete er sich vorsichtig auf und blickte durch die breiten Risse in der Palisade.

Die Verteidiger, die immer noch Widerstand leisteten, schütteten Teer und ungelöschten Kalk über die Angreifer, aber die Dänen hielten ihre Schilde über den Kopf und ließen sich nicht aufhalten. In der Befestigungsanlage schlugen sie jeden nieder, der ihnen im Weg stand, und stürmten dann die Häuser, um zu plündern. Andere drängten sich in die Stuben und suchten nach Weibsvolk.

Odd fühlte plötzlich etwas an seinen Knien und zuckte zusammen. Eine magere, knochige Hand versuchte, seinen Rock zu fassen. Die dürre, kleine Greisin mit den weiten Röcken lebte noch. Wie war das möglich? Nach ihrer Reise durch die Luft schien sie nur ein wenig aus der Puste zu sein. Die Alte stöhnte jämmerlich und knetete ihren geprügelten Körper. Odd legte ihr rasch die Hand auf den Mund.

»Schhhh«, flüsterte er. »Keinen Laut. Die Dänen haben uns angegriffen. Wir müssen uns hier verstecken, dort unten werden wir erschlagen.«

Die Alte zitterte vor Schreck, und Odd legte beschützend den Arm um sie. So saßen sie oben im östlichen Turm, dicht aneinander gedrückt, während unter ihnen die Schlacht auf und ab wogte. Aber niemand schoss Pfeile, warf Speere oder fand es lohnenswert, den Turm zu stürmen. Sie hatten auch aufgehört, die Festung mit den Wurfmaschinen zu beschießen, nachdem genügend Löcher in den Palisaden waren. Jetzt waren Harald und seine Männer auf Silber und Frauen aus. Während die Sieger vollauf damit beschäftigt waren, ihre Säcke und die Wagen des Feindes mit Beute zu füllen, konnten Odd und die Alte unbehelligt das Geschehen beobachten.

Bier- und Weinfässer wurden auf den Marktplatz geschleppt, Essensvorräte geleert und schreckensstarre Frauen, die es nicht bis in die Felder geschafft hatten, wurden aus ihren Verstecken gezogen. Die Männer, die seit ihrer Abfahrt aus Britannien keine Frauen mehr gehabt hatten, wollten sie gefangen nehmen, aber davon sah Harald ab. Wenn sie sich nicht beeilten aus der Stadt zu kommen, konnte der Feind die Wurfmaschinen entdecken und ihnen den Weg zu den Schiffen abschneiden. Dieses Mal hatten sie auch keinen Platz für Sklavinnen an Bord. Schon bald, wenn sie Birka erreichten, würden sie sich das holen können, was sie hier verpasst hatten.

Als Harald sah, dass die Wagen gefüllt waren, gab er das Zeichen zum Abzug. Widerwillig ließen seine Männer die Frauen laufen und traten den Rückzug an, während Harald und seine Waffenträger zur Scheune zogen und hastig die Wurfmaschinen abbauten. Mühsam luden sie sie auf Karren und schafften sie zum Fluss hinunter, wo eine der anderen Abteilungen zugleich die wenigen Gegner aufhielt, die noch immer Widerstand boten. Schließlich verließen die Dänen die Stadt. So schnell wie sie gekommen waren, so schnell verschwanden sie wieder.

Als sie sich ein Stück von der Festung entfernt hatten, blickte Harald auf den geplünderten Marktflecken zurück. Von dem mächtigen Befestigungswerk war nicht viel übrig geblieben. Die Steinkugeln hatten Löcher in die Palisaden geschlagen, und nur der östliche Verteidigungsturm war der Zerstörung entgangen. Ein ziehender Schmerz des Entzückens durchfuhr seinen Körper, und er begann zu lachen. Immer lauter lachte er, bis seine Schultern bebten und sein Gesicht unkontrolliert zuckte.

Er hatte Dorestad besiegt, die mächtigste Stadt im Norden. Dann würde er auch Birka einnehmen können. Auch wenn die Stadt der Svear von Palisaden im Wasser und an Land von einem hohen Stadtwall mit Wachtürmen geschützt wurde. Auch der Burgberg, auf dem die Bewohner Birkas eine Festung errichtet hatten, würde schwer einzunehmen sein. Aber er wusste sehr gut, wo sich die Truppen der Stadt aufhielten, und auch wenn die Krieger dort die besten und geschicktesten im ganzen Reich der Svear waren, würden sie sie überlisten können. Er sah sich um. Am Horizont begann es hell zu werden. Sie mussten das Meer erreichen, bevor der Feind mit Heerbann und Signalfeuern die Küstenbevölkerung zum Gegenangriff versammelte. Mit eiligen Ruderschlägen verließen die Nordmänner den Fluss, und erst als die Schiffe mit vollen Segeln aufs Meer hinaussteuerten, ließ die Spannung nach. Die Männer begannen zu lachen und zu singen, und Harald Sigurdson stellte sich an den Vordersteven seines Drachenschiffes und hob ein Bierfass.

»Der Allmächtige war heute mit uns. Lasst uns ihm danken!«

Unter Jubel wurde das Fass herumgereicht, und während die Männer tranken, lächelte er. Seine Leute hatten sich als überlegene Krieger erwiesen, stark, ausdauernd und gehorsam. Es hatte mehrere Jahre gedauert, aber jetzt endlich hatte er genügend Schiffe und Männer, um Birka zu besiegen.

»Krieger und Freunde, hört her«, fuhr er fort. »Mit Leichtigkeit haben wir Dorestad geplündert. Jetzt gibt es keinen Grund mehr, länger zu warten. Noch ehe der Sommer vorüber ist, werden wir die Herrschaft in Birka übernommen haben!«

4

Im östlichen Wachturm hörte Odd, wie sich die Feinde zurückzogen. Als er sicher war, dass sich keiner von ihnen länger versteckt hielt, stand er vorsichtig auf. Erst da wurde er der Zerstörung gewahr und fühlte eine heftige Übelkeit in sich aufsteigen. Auf dem Marktplatz lagen etliche Tote, Säcke und Kisten waren aufgerissen und ausgeleert worden. Er holte ein paar Mal tief Luft und versuchte, seinen Schwindel abzuschütteln, dann half er der Alten auf die Füße. Umsichtig führte er sie die Treppe hinunter auf den Platz hinaus. Ein paar Frauen hatten sich aus ihren Verstecken gewagt und standen stumm da, ihre Kinder klammerten sich schluchzend an ihre Kleider. Ein älterer Mann lief quer über den Platz zu einem der Gefallenen, und einige der Kämpfer, die den Pfeilen der Dänen entkommen waren, liefen zu den Verwundeten. Verschreckt betrachtete Odd die Zerstörung.

Die Wachmannschaft war zerschlagen, und keiner seiner Kameraden hatte überlebt. Vor ihm lag die geplünderte Stadt. Ein Hund bellte einsam, und eine grau getigerte Katze lief schnell über den Platz und verschwand in einer der Gassen. Viele weinten, andere sprachen mit leisen Stimmen, sonst war es seltsam still. Die Alte stöhnte und jammerte bei jedem Schritt, den sie tat. Odd musste sich um die Alte kümmern und ihre Wunden verbinden. Sie war offenbar schwer verletzt, und ihr ganzer Körper schmerzte. Plötzlich verstummte sie und beugte sich nieder. Auf dem Boden lag eine Bibel. Sie hob sie auf und merkte, dass die Seiten fehlten. Nur der Einband mit dem Silber und den goldenen Einlegarbeiten war noch da. Sie wiegte ihn eine Weile in ihren Händen, dann trat ein Lächeln auf ihr Gesicht.

»Das hier ist unsere Rettung«, murmelte sie.

»Rettung?«

»Ja, weißt du, bisher war ich Hausmagd auf einem Hof draußen vor der Stadt, aber die Dänen haben meinen Bauern und sein ganzes Gesinde getötet. Das Einzige, was ich noch habe, sind meine Ziegen im Wald. Und dann finde ich das hier!«

Die Augen der Alten funkelten, als sie den Einband hochhielt.

»Sieh! Gott war gut zu mir. Dieser Schatz gibt mir Silber genug, um Gesinde zu dingen und Vieh für den Hof zu kaufen.«

Odd sah nachdenklich aus.

»Ja, aber das wird nicht leicht werden.«

»Dass ich den Hof nicht allein bestellen kann, das weiß ich wohl, aber du hast doch kaum vorgehabt, im Wachturm zu bleiben?«

Da lächelte der pickelige Jüngling zum ersten Mal an diesem Tag. Das Kämpfen lag ihm nicht im Blut, und was scherte er sich jetzt noch darum? Warum sollte er Krieger des Kaisers sein, wenn er einen friesischen Hof übernehmen konnte?

Von Adelsö aus erschienen die Schiffe vor Birka wie ein Netz aus Segeln und Masten. König Björn pflegte jeden Tag bis an die Landzunge zu gehen und den Ausblick zu genießen. Je mehr Schiffe, desto mehr Kaufleute waren in der Stadt, und sein Traum war es, Birka zum größten Handelsplatz des Nordens zu machen. Seinem Freund Erik Bernsteinhändler zufolge war ihm das schon gelungen, und der musste es wissen. Er war bereits gen Westen und gen Osten gesegelt und wusste, wovon er sprach. Trotzdem fiel es dem König schwer, ihm zu glauben.

»Sollen wir die Jagd beginnen, Euer Majestät?« Bue Schönhaar, einer der vertrautesten Knappen des Königs, betrat die Königsterrasse. »Die Jagdgesellschaft ist soweit, und die Falken sind bereit.«

Der König stand auf und blickte über den Hofplatz. Unterhalb der Terrasse waren die Männer schon auf ihre Pferde aufgesessen, die Hunde kläfften aufgeregt. Erik Bernsteinhändler sah hinauf, und der König warf seinem Verbündeten einen kurzen Blick zu.

Erik hatte Schwierigkeiten, sein Pferd still zu halten, sein Blick glühte. Der Freund schien ungeduldig wie immer zu sein. Der König schmunzelte und wandte sich an seine Jagdknappen.

»Die Männer scheinen bereit, so lasst uns denn beginnen«, sagte er und hob entschlossen die Hand. Die Wachen bliesen in die Luren, die Falkner warfen die Falken in die Luft, und die Hunde scheuchten mit wütendem Gebell die Vögel auf. Mit einem Mal war die Stille gebrochen, und das Jagdgefolge brach in vollem Galopp auf.

Erik folgte dem Falken mit dem Blick, sah, wie er sich gen Himmel erhob und dann herabstürzte. Da erst trieb er sein Pferd an und ritt hinterher. Es würde ein anstrengender Ritt durch Bäume und Büsche werden, und da konnte es leicht passieren, dass man den Vogel aus den Augen verlor. Erik mochte es am liebsten, wenn er wusste, wo beide, Falke und Beute, sich befanden, bevor er die Jagd begann.

Er sah den Vogel gleichsam in der Luft warten, bevor er im Sturzflug hinunterstieß. Im nächsten Moment ertönten durchdringende Vogelschreie und das Schlagen von Flügeln. Am Ufer entdeckte er den Kranich, der zu fliehen versuchte. Er gab dem Pferd die Sporen und stellte sich in die Steigbügel. Der wilde Ritt ging über Pfade, Wurzeln und rutschige Felsplatten, an Erlen und Gestrüpp entlang, vorbei an Hafen und Grabhügeln zum Strand. Dann erreichten die Vögel den Wald und es schien, als würde der Kranich entkommen. Aber über einer Lichtung, wo er deutlich gegen das helle Gras zu sehen war, schlug der Falke zu. Erik setzte ihm nach. Er musste den Kranich finden, ehe der Falke sich selbst seiner annahm. Natürlich war der Jagdfalke des Königs gut abgerichtet, aber es galt, rechtzeitig da zu sein. Einmal war er dabei gewesen, als ein Falke sich weigerte, seine Beute abzugeben, weil das Jagdgefolge zu spät gekommen war. Und zu seinem Falkner war dieser Vogel auch nicht mehr zurückgekehrt. Das war ein großer Verlust gewesen, und der Besitzer hatte Ersatz gefordert, sowohl für den Falken als auch für dessen Beute. Aber bei dem Gedanken an magere Kost und Käfig war es vielleicht auch kein Wunder, dass der Vogel die Freiheit gewählt hatte.

Eigentlich grenzte es eher an ein Wunder, dass man einem Jagdfalken beibringen konnte, seine Beute loszulassen.

Erik hörte Flügelschlagen und entdeckte den Falken. Er trieb sein Pferd an und duckte sich hinter der Mähne. Außer Atem glitt er vom Pferderücken und stolperte fast in seinem Eifer. Vorsichtig näherte er sich dem Raubvogel. Der beobachtete ihn mit seinem durchdringenden, scharfen Blick und hielt die Beute fest, aber als Erik ihn mit einem Fleischstück lockte, ließ er sie los. Im selben Moment hörte Erik die Reiter des Königs hinter sich. Sie hielten ihre Pferde an, und Erik stand auf.

»Kein schlechter Fang in dieser kurzen Zeit.«

Bue Schönhaar, der Jagdknappe des Königs, nickte.

»Frage mich, ob die Zuschauer überhaupt etwas sehen konnten, ehe die Jagd vorbei war«, überlegte er und sah in Richtung der königlichen Terrasse.

»Wer viel Blut sehen wollte, ist jedenfalls enttäuscht worden. Aber wir dürfen wohl noch mehr Falken losschicken, oder?«, schlug Erik vor.

»Ja? Meinst du? Verträgst du überhaupt so viel Blut, Milchbart?«, lachte der Knappe.

Erik wurde flammend rot und fühlte Zorn in sich aufsteigen. In einem Augenblick voller Grimm tastete seine Hand nach dem Schwert, aber im letzten Moment besann er sich. Er konnte nicht anfangen, sich mit einem der Männer des Königs zu schlagen, noch weniger konnte er ihn zum Zweikampf herausfordern. Aber der Ärger brannte. Seit dem Tag, an dem Estrid mit dem Kaufmann aus Aldeigjuborg aufgebrochen war und ihn mit Rurik zu Hause allein gelassen hatte, machten sich die Leute über ihn lustig. Was für ein Milchgesicht von einem Mann, der nicht um seine Frau kämpfte, sondern sie ostwärts ziehen ließ, höhnte so mancher. Andere gingen sogar so weit, dass sie ihn schmähten und ihn einen Kerl in Frauenkleidern nannten. Eriks Kiefermuskeln spannten sich. Wie sollte er jemals erklären können, dass die einzige Möglichkeit, Estrid zurückzubekommen, die war, sie fahren zu lassen? Er war selbst im Osten gewesen und wusste, dass eine Frau wie sie dort schnell auf Schwierigkeiten und Widerstand stieß, und dann würde sie sich nach ihm sehnen. Auf lange Sicht könnte sie niemals ohne ihr Kind leben. Darum hatte er darauf bestanden, dass Rurik bei ihm blieb. Das war der richtige Weg, sie zurückzugewinnen, dachte er.

Warum glaubten die Menschen immer, dass man Probleme am besten mit der Waffe löste? Wenn er Orfrim, den Kaufmann, herausgefordert hätte, hätte er sie niemals halten können. Denn so kampferprobt war er nun wahrlich, dass Orfrim den Tod gefunden hätte. Das hätte Estrid ihm niemals verziehen. Jetzt war er sicher, dass sie eines Tages nach Birka zurückkehren würde. So gut kannte er sie nach ihren vielen gemeinsamen Jahren. Aber als sie fuhr, hatte er nicht mit dem Hohn seiner Kameraden gerechnet. Schließlich war er ein reicher Kaufmann, der viele Siege in Ost und West errungen hatte. Und dann dieses verpestete Schimpfwort: Milchgesicht!

Erik spuckte auf den Boden und folgte den Reitern, die zum Königshof zurückkehrten. Früher oder später würde er den Bewohnern Birkas schon beweisen, was für ein guter Kämpfer er war. Und vielleicht war dieser Tag näher, als sie ahnten.

Erik hatte noch immer keine Gelegenheit gehabt, mit dem König über die Gerüchte zu sprechen, die er gehört hatte. Ein friesischer Kaufmann hatte erzählt, dass die Dänen Dorestad geplündert hatten. Das klang unheilvoll. Wenn das Gerede wahr war, bestand vielleicht auch die Gefahr, dass Birka angegriffen wurde. Dann musste er die Garnison rüsten und an der Verteidigung der Stadt teilnehmen. In Birka gab es viele reiche Kaufleute und viel Silber war hier versteckt, und auch wenn die Christen ganz und gar besiegt waren, konnte man vor Seeräubern dennoch nie sicher sein. Die Dänen hatten Birka schon früher bedroht, genau wie die Christen.

Erik erinnerte sich, wie er und Estrid erst vor ein paar Wintern gegen die Kreuzträger gekämpft hatten. Das war zu der Zeit gewesen, als Ansgar in der Stadt predigte. Einige seiner neuen Anhänger hatten die Macht in der Stadt übernehmen wollen. Damals war König Björn fast in einem Hinterhalt getötet worden, aber dank Eriks und Estrids Kriegslist war der Überfall misslungen. Seit diesem Tag waren der König und Erik Trinkbrüder, und oft jagten sie gemeinsam oder spielten Brettspiele.

Nach zwei Wintern in Birka war Ansgar nach Hamaburg-Bremen zurückgekehrt, und an seiner Stelle kamen Gautbert und sein Neffe Nithard. Aber auch sie hatten das Glück nicht auf ihrer Seite. Hartnäckig hatten sich die Heiden dem neuen Glauben widersetzt und schließlich den Hof der Priester angegriffen. Zu dieser Zeit, nicht lange nachdem die Bewohner Birkas den Hof geplündert hatten, war Estrid aufgebrochen. Erik fluchte. Er hätte sie zu seiner Frau machen sollen, wie er es vorgehabt hatte, schon beim Frühlingsopfer, bevor er auf Wikingfahrt gezogen war. Aber die Hochzeit hatte nicht stattgefunden, und dann war er so lange fortgeblieben auf seinem Weg gen Westen, dass sie sich in diesen Orfrim verliebt hatte. Als Erik dann als wohlhabender Mann zurückkehrte, mit der Absicht sie zu heiraten, war es zu spät gewesen.

Der Zeitpunkt seiner Heimkehr war so unglücklich getroffen, dass kein menschliches Wesen vernünftig mit ihr reden konnte. Sie war nicht verliebt, nein, sie war besessen von diesem überschwänglichen Fremdling, der sogar einen Eichenstamm dazu hätte bringen können, Purzelbäume zu schlagen, wenn er es nur versucht hätte.

Auf jeden Fall hatte Erik versprochen, ein Jahr auf sie zu warten. Nun war das Jahr fast vorüber, und er hatte noch nichts von ihr gehört. Würde sie trotz allem nicht zurückkommen? Ein Leben ohne Estrid? Aber er vermisste sie doch! Der Gedanke daran, dass sie ihr Leben mit diesem Kaufmann teilte, machte ihn grimmig und feindselig, und im vergangenen Jahr war seine Gesellschaft für niemanden eine Freude gewesen. Auch sein Versprechen, das Schankhaus zu übernehmen, bereute er. Im Schankraum hörte er tagtäglich die Gespräche der Kaufleute über ihren geglückten Handel in fremden Ländern, und all das Gerede machte ihn ganz niedergeschlagen. Lieber wäre er auf Wikingfahrt gegangen und hätte Handel getrieben als in einem Wirtshaus zu arbeiten. Außerdem hatte er hier das Gefühl, dass hinter seinem Rücken über ihn getuschelt wurde. Wäre das Versprechen, das er Estrid gegeben hatte, nicht gewesen, er wäre schon lange fort. Aber wenn sie bis zum Herbst nicht zurückkehrte, war er frei.

Zum Glück hatte er Rurik. Der Junge war fröhlich, lachte oft, und so klein er auch war, nahm Erik ihn überall mit. Manchmal fischten sie oder waren mit dem Boot draußen. Obwohl er nicht mehr als fünf Winter alt war, hatte Erik ihm das Schwimmen beigebracht.

Oft kümmerte sich Estrids Freundin Sigfrid um ihn, aber am liebsten war er im Schankhaus, wo er kleine Botengänge erledigte oder mit anderen Jungen auf dem Hof spielte. Rurik schien mehr Freude am Wirtshaus zu haben als er selbst. Die Schankstube zu führen, machte ihm keinen Spaß, jeden Tag dieselbe Arbeit zu verrichten, langweilte ihn ganz einfach. Nach mehreren Jahren auf Wikingfahrt besaß Erik nunmehr Silber und einige Schiffe. Was hätte er mit diesen Reichtümern nicht für Fahrten ausrichten können! Stattdessen lief er herum und servierte Bier. Es war, als würde er knietief durch Grütze und Harz waten. Nein, lieber Abenteuer und Herausforderungen in fremden Ländern, so etwas hielt ihn bei Laune.

Jetzt, da das Priestergesindel die Stadt verlassen hatte, gab es auch keine Christen mehr, gegen die man hätte kämpfen können. Eine kleine Gemeinde war alles, was von der kaiserlichen Mission in Birka übrig geblieben war, und Hergeir, Birkas Häuptling, schien ein frommer, milder Mann geworden zu sein. Nachdem der Hof der Priester geplündert worden war, schickte der Kaiser auch keine neuen Missionare mehr. Nordmänner verwüsteten die Küsten des Frankenreiches, und der Kaiser hatte genug damit zu tun, die Heiden in seinem eigenen Reich zu schlagen. Außerdem fanden sich vielleicht auch keine Mönche mehr, die die gefährliche Reise an das Ende der Welt wagten. So geschah nicht viel in Birka. Es wurde Sommer, Herbst, Winter und Frühling, und oben im Wachturm, draußen am Stadtwall, gähnten die Wachen und würfelten, statt nach Feinden Ausschau zu halten. In der Garnison unterhalb der Burg übten die Soldaten lustlos für Kämpfe und Gefechte, die niemals stattzufinden schienen.

Wie Erik war auch der König ein wenig gelangweilt, und im letzten Jahr hatte er nicht einmal mehr an den Falkenjagden teilgenommen, sondern nur noch von der königlichen Terrasse aus zugesehen. Im Königshof saß er meist nur da und träumte von Großtaten in fernen Ländern. Zusammen mit Erik schwadronierte er oft über große Pläne für die Zukunft, aber über das Träumen ging es nicht hinaus. Seit Seine Majestät im letzten Herbst seine Frau und sein Neugeborenes im Wochenbett verloren hatte, war er nicht wiederzuerkennen. Er redete viel, aber handelte nicht, und alles schien ihm gleichgültig zu sein.

Erik kannte den König seit dem Tag vor einigen Wintern, als er zum Königshof gerufen worden war. Erik hatte Ansgar an Bord seines Schiffes gehabt, als er nach Birka gesegelt war, und der König hatte alles über diesen Gesandten des Kaisers wissen wollen. Zu dieser Zeit hatte der König große Angst davor, dass die Christen die Macht übernahmen, und hatte deshalb Erik zu seinem Späher gemacht. So war es gekommen, dass Erik in den Kampf zwischen Heiden und Christen hineingezogen worden war, und bald war er König Björns Vertrauter geworden.

Erik hatte den König schätzen gelernt, und es bekümmerte ihn, dass er seine Nase inzwischen meist in einem Methorn stecken hatte. Noch dazu aß er wie ein Ochse und war so rund geworden, dass sein Bauch wie eine Kugel über dem Hosenbund thronte. Eines Tages hatte einer seiner Leibwächter gefragt, wer da beerdigt läge, aber da war der König sauer geworden, und die Wache hatte beinahe ihr Leben gelassen. Seit diesem Tag aß König Björn etwas weniger, und er hatte auch mit Kraftübungen begonnen, die er jeden Tag ausführte, es sei denn, sein Leiden setzte ihm zu. Seine Majestät hatte nämlich Krämpfe, und an trüben Tagen wurde er von einem anhaltenden Schmerz in den Gliedern gequält. Manchmal erhob er sich einen ganzen Tag nicht aus seinen Kissen, und es kam vor, dass Erik warten musste, bis der König angekleidet war, wenn er zu Besuch kam. Nicht einmal die Sklavinnen erfreuten ihn wie früher. Seine Lust hatte nachgelassen und seine Standhaftigkeit genauso. Schließlich hatte eine der Sklavinnen ihm etwas gesagt, das er nicht vergessen konnte.

»Es ist doch lustig mit den Männern«, hatte sie gesagt, »je weniger sie können, umso mehr wollen sie. Warum macht ihr denn nicht einfach etwas anderes?«

Nach dieser Sache lag der König eine Woche darnieder, und Erik machte sich große Sorgen um ihn. Schließlich schlug er dem König vor, ein paar neue Sklavinnen zu kaufen, der Sommermarkt war nicht mehr fern, und was konnte besser sein, als Sonne und Wärme mit neuen Sklavinnen willkommen zu heißen? Da zwirbelte der König seinen Bart, kratzte sich den Bauch und erhob sich von seinem Hochsitz. Seine Miene hellte sich zu einem glücklichen Lächeln auf.

»Mir fehlt nichts. Nein, sicher nicht. Ich habe nur ganz einfach zu lange dieselben Sklavinnen gehabt, das ist alles«, sagte er erleichtert und stieß darauf munter mit Bier und Met an. Zur Sicherheit holte er eine Kanne Fruchtwein hervor und leerte auch diese noch, ehe er seinem Verbündeten den Arm um die Schultern legte und vertraulich flüsterte:

»Dir werde ich auch eine Sklavin kaufen. Und dann gehen wir auf Wikingfahrt.«

Erik nickte zustimmend, und als die Burschen kurz darauf hineinkamen, um den Tisch abzuräumen, fanden sie den König im Hochsitz schnarchend und den Bernsteinhändler mit dem Kopf zwischen den Händen schlafend vor. Irgendetwas verriet ihnen, dass die Männer einen großen Beschluss gefasst haben mussten, aber sie wussten nicht genau, welchen.

Eriks Mundwinkel zuckten bei dem Gedanken daran, aber dann wurde er wieder ernst. Er überlegte, was der König über das, was in Dorestad geschehen war, sagen würde. Die Stadt lag nur wenige Tagesreisen von Birka entfernt. Welcher Ort würde als nächster geplündert werden? Birka? Hoffentlich nahm König Björn die Bedrohung ernst.

Erik ritt auf den Königshof, saß ab und übergab das Pferd einem der Knappen. Er ging nachdenklich zur Königsterrasse hinauf. Der König begrüßte ihn zwar herzlich, befand es aber nicht für nötig, die Füße von der Balustrade zu nehmen.

Gemeinsam sahen sie der letzten Falkenjagd zu, und als König Björn Fruchtwein holen ließ, schien es Erik an der Zeit zu reden.

»Mir ist erzählt worden, dass die Dänen Dorestad überfallen haben«, begann er.

»Wieder? Ja, ja, das ist eben eine reiche Handelsstadt«, erwiderte der König. »Obwohl Birka, das kannst du mir glauben, ja schöner und reicher ist.« Dann dachte er ein wenig nach und sah mit einem Mal bekümmert aus. »Glaubst du, dass diese Räuberbande nach Birka weiterzieht?«

»So ist es, Euer Majestät. Die Dänen werden sich nicht mit Dorestad begnügen. Sie werden bald auch Birka plündern wollen.«

»Birka? Warum denn? Wenn sie doch Dorestad schon ausgeräumt haben, brauchen sie kein Silber mehr.«

»Vielleicht nicht, aber Erfolg gebiert neue Träume. Die Menschen hier in Birka sind noch reicher als die, die in Dorestad leben.«

»Das ist wahr, aber haben die Kundschafter denn etwas zu berichten? Haben sie gesehen, wie Schiffe gerüstet wurden, oder haben sie eine Flotte auf See gesichtet?«

»Nein, noch nicht …« Erik zögerte mit der Antwort. Er musste sich eingestehen, dass er nicht viel mitzuteilen hatte. Kein Schiff war gesehen worden, nicht ein einziges Anzeichen. Dennoch hatte er dieses unbestimmte, nagende Gefühl.

»Weshalb grämst du dich dann, mein Freund?« Der König zwirbelte seinen Schnurrbart und kämmte mit den Fingern seinen Bart. Vielleicht sollte er ihn wieder schneiden lassen oder ihn anders kämmen als bislang. Frauen mochten Männer, die auf ihr Äußeres achteten. Er hatte einen Mann aus Norwegen getroffen, der einen gewachsten Schnurrbart gehabt hatte, der nach oben zeigte. Ob er das auch mal ausprobieren sollte?

»Ich glaube, die Dänen werden sich neue Plätze zum

Plündern suchen«, antwortete Erik. »Ich habe das im Gefühl, Euer Majestät. Meiner Meinung nach sollten wir das Pfahlwerk im Wasser und die Palisaden auf dem Burgberg verstärken.«

»Nur wegen eines Gefühls? Nein, Erik, ich habe zwar gehört, dass die Leute dich Milchbart nennen, aber du bist doch nicht auch noch unter die Seherinnen gegangen?«, lachte der König. »Nie zuvor ist es uns so gut gegangen hier in Birka wie jetzt, und wenn ich erst meine Sklavinnen habe, dann ...«

Erik schwieg und erkannte, dass an diesem Tag niemand den König zum Zuhören bringen konnte. Seine Majestät legte Wert auf zuverlässige Informationen und gab nichts auf Gerüchte. Es war das Beste, wenn er sich erst mehr Wissen über das, was im Gange war, verschaffte, bevor er wieder mit dem König sprach.

»Nein, noch bin ich nicht unter die Seherinnen gegangen, aber lasst uns nach einer schicken. Sie kann uns vielleicht sagen, wie es mit der Stadt und den neuen Sklavinnen weitergeht.«

Der König grunzte vergnügt und beugte sich vor.

»Ja, aber vergiss die Stadt. Über die Sklavinnen will ich etwas hören.«

Erik nickte, hob sein Horn und trank es aus. Dann stand er auf und zeichnete schnell einen schönen Frauenkörper mit beiden Händen in die Luft. Darauf hob er die Hand zum Gruß und war fort.

Der König blieb auf seiner Terrasse sitzen und blickte ihm lange nach. Eine Seherin. Warum nicht? Sie konnte in die Zukunft sehen, und auf diese Weise konnte er sich auf das Bevorstehende vorbereiten. Sicher kannte sie auch irgendein kluges, altes Weib, das sich mit zuverlässigen Kräutern auskannte. Wenn mehrere neue Sklavinnen auf den Hof kamen, dann ... Einer neuerlichen Schmach wollte er nicht ausgesetzt sein. Seine Majestät nahm die Füße von der Balustrade, leerte die Weinkanne und rief seine Knappen. Es begann kühl zu werden, und er wollte in die Wärme des Königshofes zurück.

Auf der Bootsfahrt nach Björkö fiel Erik Toste ein, Estrids Erstgeborener. Er hatte den Knaben wie seinen eigenen Sohn geliebt, und sie hatten zu dritt zusammengelebt, bevor er auf Wikingfahrt gezogen war. Doch während er im Westen gewesen war, war der Junge verschwunden. Alle glaubten, dass Toste ertrunken war, obwohl Erik sicher war, den Jungen im Getümmel gesehen zu haben, als er wieder nach Birka zurückgekehrt war. Er war ihm nachgelaufen, hatte ihn aber aus den Augen verloren. Nach diesem Ereignis hatte er beschlossen, nach dem Kind zu suchen, und tief in seinem Innersten nährte er die große Hoffnung, ihn finden zu können. So lange das Eis trug, hatte er auf den Inseln der Umgebung nach ihm gesucht, aber nach einiger Zeit begann er die Zuversicht zu verlieren. Niemand hatte den Jungen gesehen, niemand hatte etwas gehört, und alle fanden sich damit ab, dass er ertrunken war. Aber jetzt, als ihm der Gedanke an die Seherin gekommen war, fiel ihm ein, was die Christen zu glauben pflegten.

Die Anhänger der neuen Lehre sagten, dass ein Kind, das nicht in einer Ehe geboren worden war, nach seinem Tod umgehen konnte. Ein Geist wurde. Und Estrid war nicht verheiratet gewesen, als sie Toste bekommen hatte! Obwohl der Junge seit über zwei Wintern tot war, hatten weder Christen noch Heiden seinen Schatten gesehen. Kein Lichtschein, keine Schatten, keine geheimnisvollen Rufe. Toste ging nicht um, er war in aller Stille verschwunden.

Eriks Miene hellte sich auf. Dass er nicht schon früher daran gedacht hatte. Das konnte nur eines bedeuten. Der Junge war nicht tot. Vielleicht hatte ihn jemand geraubt, um ihn zum Sklaven zu machen. So etwas war schon vorgekommen. Je länger Erik darüber nachdachte, umso überzeugter wurde er. Toste lebte. Noch war es nicht zu spät, ihn zu finden.

Estrid rannte keuchend den Hügel hinab. Atemnot schnürte ihr die Kehle zu, ihr Brustkorb schmerzte. Ein Boot! Sie musste ein Boot finden! Wenn sie nur auf den Fluss gelangte, würde sie ihre Verfolger, Kaufleute und Wachen, abschütteln können. Im Hintergrund hörte sie aufgeregte Stimmen, aber sie wagte es nicht, sich umzudrehen. Laufen, nur laufen, so schnell wie möglich, alles andere ist unwichtig, dachte sie. Auf dem Wolchow und Ladogafluss würde sie die Strömung gegen sich haben. Andererseits war die Strömung nicht sehr stark, und wenn sie einen kleinen, leichten Kahn finden könnte, würde sie es schaffen, flussaufwärts zu rudern.

Das Ufer war sumpfig, und sie versank im Schlamm. Hatte denn niemand irgendwo sein Boot hochgezogen? Es fand sich doch sonst immer eines am Strand. Verzweiflung stieg in ihr auf, und die Angst stach wie ein Messer. Ihre Lederschuhe waren durchnässt, der Matsch spritzte an ihr Kleid. Sie lief, als wären die Verfolger nur eine Armlänge hinter ihr, und ihr Blick suchte unruhig die Wasserkante ab. Nur ein einziges, gepriesenes Boot! Dort, am Ufer, entdeckte sie ein slawisches Boot. Sie gewann neue Kräfte und jetzt war es, als berührten ihre Füße nicht einmal mehr den Boden.

Die aufgeregten Stimmen und das Schreien wurden immer lauter, aber sie ließ den Lärm nicht an sich heran. Stattdessen warf sie sich nach vorne, löste das Tau und schob das Boot mit aller Kraft auf den Fluss. Der Rumpf schaukelte, und sie rutschte beinahe ab, aber dann gelang es ihr, den Körper über die Reling zu schieben und sich an Bord zu hieven.

Ihr erster Gedanke war, auf dem Boden liegen zu bleiben und auszuruhen, aber die Strömung würde sie in Richtung Strand treiben, wo die Rus ihr Quartier hatten. Sie musste mit aller Kraft rudern, um außer Sicht zu kommen. Erst dann war sie gerettet. Für den Moment. Aber sie würden sie weiter jagen, das wusste sie, denn der Kaufmann hatte geglaubt, einen guten Preis für sie erzielen zu können. Sie musste sich jetzt einen guten Vorsprung verschaffen, dann würde es für die Männer schwerer werden, sie zu finden.

Durchnässt und zitternd setzte sie sich auf die Ducht und begann zu rudern. Ihr Brustkorb hob sich schwer, und sie bekam kaum Luft. Der Laufschritt hatte an ihren Kräften gezehrt, und sie bekam keinen Druck auf die Ruder. Zorn, gemischt mit Trauer, stieg in ihr auf. Wenn sie sie fassten, würden sie sie töten, um andere vom Fliehen abzuhalten. Das hatte sie nicht gewollt. Niemals hätte sie sich träumen lassen, in einem solchen Alptraum zu stranden. Und es war der Mann, den sie geliebt und dem sie sich hingegeben hatte, der sie verraten hatte. Wenn er und ihre Fantasien und Träume nicht gewesen wären, dann …

Der Zorn verlieh ihr neue Kräfte, und der Kahn glitt schneller durch das Wasser. Sie versuchte, daran zu denken, dass jeder Ruderschlag sie weiter fortbrachte von dem Mann, den sie hasste, und ihre Stärke wuchs. Wie konnte ein Mensch so viele Gesichter haben?

Den ganzen Abend und die ganze Nacht ruderte Estrid, und in den hellen Dämmerungsstunden wanderten ihre Gedanken zu dem, was sie mitgemacht hatte. All das Böse und Schreckliche. Hätte sie schon früher erkennen müssen, was geschehen würde? Sie war erschöpft, und ihre Gedanken wurden wirr. Die Strömung des Wolchow änderte langsam die Richtung und wurde reißender. Der Kahn krängte, und die Geschwindigkeit des Bootes nahm zu, aber sie merkte davon nichts. Sie hatte zwar von dem Wasserfall und der reißenden Strömung gehört und auch davon, dass man in diesem Gewässer einen Lotsen brauchte, aber der Mangel an Schlaf und die Erlebnisse der letzten Tage gewannen die Oberhand. Estrids Kopf sank auf die Brust und es fiel ihr immer schwerer, die Ruder zu halten. Ich darf nicht schlafen, dachte sie. Ich muss an den Strand rudern. Sie ruderte wie in Trance und ihre Gedanken glitten weit weg. Unter dem Boot begann es zu rauschen und es zog unter dem Rumpf. Aber Estrid war nicht mehr im Jetzt. Erschöpft und wirr waren ihre Gedanken bei dem, was geschehen war, seit sie Birka verlassen hatte.

5

Hatte Orfrim sich verändert, oder bildete sie sich das nur ein? Ein guter Wind aus Südwest hatte sie durch die Schären über das Baltische Meer ins Gårdarik gebracht, und als sie sich der Newa näherten, schien er noch immer bester Laune zu sein. Die Mannschaft scherzte und lachte, und die Stimmung an Bord war gelöst, beinahe ausgelassen. Da war Orfrim der mitfühlende und gesprächige Mann gewesen, in den sie sich verliebt hatte, und es gab viel, worüber sie reden konnten. Aber eines Tages schien es ihr plötzlich, als entfernte er sich. Ohne dass sie verstand warum, schienen sich seine Augen nach innen zu richten und gleichsam schwarz zu werden, er wurde schweigsam und grüblerisch. Jeden Tag, den sie dem Gårdarik näher kamen, wirkte er abwesender.

Estrid wurde unsicher. Seine dunklen Augen wanderten oft aufs Meer hinaus, und wenn er sie ansah, war sein Blick forschend und verlegen. Hatte sie etwas getan oder gesagt, was sie nicht hätte tun oder sagen sollen? Oder beunruhigte ihn die Heimkehr? Vielleicht machte er sich Sorgen darüber, ob sie im Osten klarkommen würde?

So war es bestimmt; seine Gedanken drehten sich um ihr zukünftiges Leben in Aldeigjuborg. Schließlich brachte er eine Frau aus einem fremden Land mit, und sie waren nicht einmal verheiratet. Vielleicht bekümmerte ihn auch, wie sie von seiner Familie empfangen werden oder wie sie sich in dem neuen Land zurechtfinden würde? Sie musste lächeln. Orfrim war immer so mitfühlend und wollte stets ihr Bestes. Ja, denn was sie dazu gebracht hatte, sich dieser abenteuerlichen Liebe hinzugeben, war nicht so sehr seine Schönheit, sondern vielmehr seine Wärme und Fürsorge. Wenn sie niedergeschlagen war, versuchte er sie zu trösten, fror sie, brachte er ein warmes Tuch, und wenn sie unpässlich war, versuchte er sie mit warmen Tränken und Kräutern zu heilen. Es war seine liebevolle Fürsorge, die sie dazu gebracht hatte, ins Gårdarik zu reisen. Einem solchen Mann in der Liebe zu folgen, war kein großes Wagnis. Und endlich war sie ihren Gefühlen gefolgt, statt Sicherheit und Vorhersehbarkeit zu wählen.

Sie sah zu ihm hinüber, wie er dort auf seiner Seemannskiste saß.

»Orfrim, ich habe keine Angst vor dem, was in deinem Land auf uns wartet. Ob wir uns in Birka oder Aldeigjuborg begegnen, was spielt das für eine Rolle? Mit dir könnte ich in einem Erdloch hausen und dennoch glücklich sein«, sagte sie und streckte ihre Hand nach ihm aus. Er nahm sie und streichelte ihr leicht über die Wange.

»Sieh, dort«, sagte er. »Vor uns liegt der Ladoga. Es gibt auf der ganzen Welt keinen schöneren See. Auf ihm werden wir segeln, bis wir den Wolchow und Aldeigjuborg erreichen. Du wirst meine Stadt lieben, das verspreche ich dir. Sie ist so schön, dass ich sie dir schenken würde!«

Lachfältchen erschienen auf seinem ganzen Gesicht,

er beugte sich vor und küsste sie. Estrids Augen bekamen einen warmen Glanz. Nein, sie hatte sich geirrt, er war noch immer der Orfrim, den sie liebte. Schweigsamkeit und Schwermut hatten ihn verlassen, vielleicht hatte ihn nur etwas beunruhigt. Oder möglicherweise hatte sie es sich auch nur eingebildet, unsicher wie sie in dieser fremden Umgebung war. Nein, Orfrim gehörte ihr, und alle würden sie um ihn beneiden. Der, dem sie ostwärts gefolgt war, war ein reifer Mann, und Unsicherheit und Jugend lagen hinter ihm.

Sie sah ihn liebevoll an. Am liebsten mochte sie seine Augen, die ungezogen glitzerten oder dunkel und eindringlich brannten. Manchmal konnte sein Blick schwarz und hart werden, etwas, das sie erschreckte, aber dann lächelte er sie an und seine Augen bekamen ihr Leben zurück.

Estrid wurde es nie müde, mit ihm zusammen zu sein. Gemeinsam lachten sie und waren ernst, sie genossen ihre Körper und die Nähe des anderen. Zwischen ihnen bestand eine Anziehung, die fast schon beängstigend war, die ihnen tiefe, intensive Momente der Liebe bescherte. Dafür hatte sie Birka verlassen – denn sie wusste, dass man, um das Glück zu finden, manchmal auch das Gewohnte und Sichere aufs Spiel setzen musste. Wer niemals etwas wagte, wurde bitter und unglücklich. Nein, nie würde sie es bereuen, diese Reise gewagt zu haben, niemals. Was sie im Augenblick am meisten vermisste, war auch nicht ihr Zuhause, sondern die Momente der Zweisamkeit mit Orfrim. Sie waren schon so lange auf See gewesen, und das letzte Mal war schon viel zu lange her.

Sie waren mehr als einen halben Mond auf einem Schiff mit zwölf Mann Besatzung unterwegs. Sie gingen nicht an Land, sondern versuchten, an Bord zu schlafen, und wenn sie nicht gerade die Bärte oder Ellenbogen der anderen Männer ins Gesicht bekam, dann wachte sie von ihrem Schnarchen auf. Orfrim und sie waren beide gereizt durch den Mangel an Schlaf.

Vielleicht waren es die eigene Müdigkeit und die Sehnsucht nach Nähe, die sie sich so weit voneinander entfernt fühlen ließen. Eine Weile musste sie noch aushalten, aber dann!

Estrid drehte ihr Gesicht in den Wind und ließ ihre Haare frei wehen. Sie und Orfrim würden in Aldeigjuborg zusammen leben. Wie sehr sie sich darauf freute! Zunächst würden sie gezwungen sein, bei seiner Familie zu wohnen, aber so bald er konnte, würde er ein Haus für sie kaufen, das hatte er versprochen. Estrid schmunzelte. Der Wind zerzauste ihr Haar, aber das störte sie nicht. Schweigend betrachtete sie das dunkle, glitzernde Wasser und lauschte dem Knarren des Schiffsrumpfes. Sie schmeckte das Salz und den Geruch des Meeres und drehte sich glücklich zu Orfrim. Er lächelte sie an und kniff ihr schelmisch in die Wange.

»Au!«, protestierte sie.

»Ich werde verrückt ohne dich«, sagte er und küsste sie, als er glaubte, dass keiner sie sah. »Ich will dich. Ich kann nicht mehr warten, bis wir Land erreichen.«

»Das geht nicht«, sagte Estrid entschieden.

»Nein? Gib Acht!«, scherzte Orfrim.

»Jetzt, hier? Aber, dann gehst du ja über Bord«, lachte Estrid.

»Und du mit mir«, sagte Orfrim.

»Nein, du, ich nicht.«

Orfrim schüttelte belustigt den Kopf. Zwei Winter lang hatte er dieses Entzücken erfahren, das andere vielleicht niemals erleben durften. Mit Estrid war es, als würde alles heller, und alles, was schwarz und dunkel war, verwandelte sich in etwas Mögliches und Veränderliches. Niemals gerieten sie aneinander, stritten oder kabbelten sich. Sie hielten Frieden und konnten miteinander über alles sprechen. Dass es mit seinen früheren Frauen schief gegangen war, musste an ihnen gelegen haben, nicht an ihm. Aber wenn das, was zu Hause geschehen war, nicht gewesen wäre, wäre er vielleicht niemals nach Birka gelangt – und hätte Estrid nicht getroffen.

Er betrachtete ihr Haar, das im Wind wehte, üppig, blond und wild. Es war wie ein Bild ihrer selbst. Ihr Schankhaus, das sie gemeinsam mit ihrer Freundin Sigfrid betrieben hatte, war immer voll gewesen. Estrid verbreitete Behaglichkeit, und die Menschen in ihrer Umgebung fühlten sich wohl. Er sah zu ihr hinüber, und flammende Wollust trieb ihm die Farbe ins Gesicht. Wie sehr er sie begehrte, sie anbetete und tief in sich fürchtete, sie eines Tages zu verlieren …

Nur deshalb hatte er noch nicht gewagt, ihr alles zu erzählen …

Orfrim ließ seine Schultern sinken, und er fühlte sich schlecht. Nicht dass er ihr die Unwahrheit gesagt hätte, er hatte ihr nur nicht alles erzählt. Aber bald würde er sie es wissen lassen. Dann würde er ihr versichern, was er ihr schon so oft zuvor gesagt hatte: dass er sie liebte und für immer besitzen wollte.

Sicher, Estrid hatte ihm nur versprochen, für ein Jahr zu bleiben, danach wollte sie zu Rurik, ihrem Kind, zurückkehren. Erst dann würde sie über ihre Zukunft entscheiden. Aber so würde es nicht kommen. Sie gehörte ihm, und kein anderer durfte sie besitzen. Nie. Niemals.

Orfrim lächelte über Estrids Unwissenheit. Wie konnte sie glauben, dass ein Kaufmann aus dem Gårdarik eine Frau aus einem fremden Land mitnahm, um sie dann zurückfahren zu lassen? Dem heiligen Buch des Islams zufolge musste eine Frau dem Mann gehorchen und sein Willen herrschte, nicht ihrer. Jetzt gehörte sie ihm. Und was hatte er nicht für ein Wagnis auf sich genommen, eine Frau mitzubringen, die einem Volk mit Vielgötterei angehörte? Er konnte dafür von den Seinen zu Hause verstoßen werden. Das zeigte, wie viel sie ihm bedeutete. Natürlich würde er sie niemals heiraten, denn gemäß seiner Religion konnte er keine Ehe mit einer andersgläubigen Frau eingehen, aber er hatte das Recht, sie als Beischläferin zu behalten. Auf diese Weise konnten sie sich dennoch sehen und einander nahe sein. Vielleicht würde es zu Anfang schwer für sie sein, aber er hegte keinerlei Zweifel daran, dass sie sich ihm unterordnen würde. Sein Vater aus der Stadt Itil, an dem großen Meer im Osten gelegen, war einer von denen, die Mohammeds Lehre unter den Kaufmannsfamilien in Aldeigjuborg verbreiteten. Wenn sie erst von seinem Hintergrund erfuhr, würde sie sicher verstehen, dass er hier in der Stadt das strenge Leben leben musste, das von ihm erwartet wurde. Und dass nicht nur er selbst, sondern auch seine neue Frau den östlichen Sitten folgen musste.

Als sie den Fluss Newa hinter sich zurückgelassen hatten und auf dem Ladogasee segelten, konnte Estrid nicht mehr länger an sich halten. Sie hatte gehofft, dass Brynolf, der Schiffer, an Land gehen würde, so dass sie sich hinter einen Busch hocken konnte, aber er schien es viel zu eilig zu haben, das offene Wasser zu erreichen. Die Männer mussten sich auch nicht über die Reling hängen, um das Ihre zu verrichten. Höchstens bei Gegenwind konnten sie Schwierigkeiten bekommen.

Estrid ging nach vorn, wo sie vom Rahsegel geschützt ihr Kleid hochzog. Als niemand hinsah, neigte sie sich weit über die Reling hinaus, die Hände immer fest um die Relingkante. Sie hatte so lange an sich gehalten, dass dieser Moment reines Glück und Erleichterung war und sie bei dem Gedanken lachte. Ihr fiel auf, dass sie ihre übliche Blutung schon lange nicht mehr gehabt hatte. Sie war doch wohl nicht …? Vielleicht trug sie Orfrims Kind in sich! Der Gedanke ließ sie unaufmerksam werden, und als das Boot krängte, stürzte sie beinahe ins Wasser. Mit Mühe zog sie sich wieder hoch und balancierte einen Augenblick mit dem Po auf der Reling. Da riss ein Windstoß ihr Kleid hoch und legte ihr Geschlecht frei, ohne dass sie eine Möglichkeit hatte, sich zu bedecken. Für einen kurzen Augenblick sah jeder Mann an Bord genau das, was er am liebsten hatte sehen wollen, bis sie mit rotem Kopf ihr Kleid herunterziehen konnte. Sie wandte den Blick ab und tat, als wäre nichts geschehen, aber es war schon zu spät.

»Du meinst es gut mit uns!«, sagte Brynolf mit einem Grinsen und warf dem Freund einen viel sagenden Blick zu.

»Ein solcher Topf darf nicht trocken kochen«, bemerkte ein anderer.

Orfrim, der gesehen hatte, was geschehen war, sprang zornig auf und lief zu Estrid. Ohne ein Wort schlug er ihr hart ins Gesicht.

»Was erlaubst du dir?«, fauchte er mit zusammengebissenen Zähnen und sah sie drohend an. Estrid war stumm vor Schreck, und er schlug sie wieder.

»Versprich mir, dass das nie wieder geschieht. Versprich es!«

Dann wandte er sich ab und hielt sich die Hand vors Gesicht. Mit großen Schritten bahnte er sich seinen Weg nach achtern und setzte sich weit fort von ihr.

Estrid sah ihm mit verzerrtem Gesicht nach. Schweigend beugte sie sich über die Reling und wusch das Blut aus ihrem Gesicht. Erniedrigung stand in ihren Augen, steckte in ihrem Hals und brannte wie Flammen auf ihren Wangen. Er hatte sie vor allen Anwesenden geschlagen. Was war geschehen? Nie zuvor hatte er die Hand gegen sie erhoben. Sie sank auf den Schiffsboden, den Kopf zwischen den Händen. Eine unbestimmbare Unruhe schwoll in ihr an. War Orfrim nicht der Mann, für den sie ihn hielt?

In den darauf folgenden Tagen war Orfrim so wie immer, und Estrid kam mit sich überein, so zu tun, als wäre gar nichts geschehen. Er hatte sie niemals geschlagen, alles war nur ein Irrtum. Aber als sie auf dem Wolchow segelten und sich Aldeigjuborg näherten, verdunkelte sich sein Gemüt aufs Neue. Seine Augen wurden schwarz, und wieder war er ihr auf eine geheimnisvolle, beängstigende Art fern. Estrid wurde unruhig und erst spät am Nachmittag, als sie abwechselnd rudernd und segelnd durch eine unendlich weite Ebene fuhren, bekamen seine Augen ihren Glanz zurück.

»Sieh!«, rief er und zeigte an Land. »Aldeigjuborg, endlich!«

Estrid stand auf. Vor sich sah sie, wie die grüne, eintönige Landschaft sich verwandelte. Am Flussufer tauchten Gruppen von grauen Holzhäusern auf, umgeben von Bäumen und Büschen und weiter entfernt, oben auf einer Anhöhe, ahnte sie eine Palisade.

»Estrid, schau, ist das nicht schön? Und hier gibt es Rus, Slawen, Esten und Slowenen, ja, Menschen aus der ganzen Welt. Ihnen verkaufen wir aus dem Osten unser Silber.«

Wir aus dem Osten? Warum sagte er das? Entfernte er sich schon von ihr und Birka? Zögernd hob sie den Blick in Richtung Land. Dort lag sie, die Kaufmannsstadt der Rus und Slawen im Osten, Aldeigjuborg, die alte Stadt. Vor ihr teilte sich das rostbraune Wasser des Wolchow in zwei Flussarme. An dem einen Ufer waren Brücken und ein paar kleinere Boote an einer Schiffswerft zu sehen, am anderen badeten ein paar Jungen im flachen Wasser. Nicht weit davon schaukelten ein Kahn und ein Kaufmannsschiff auf und ab. An einem kleinen Steg weiter unten am Strand spülte eine Gruppe Frauen ihre Wäsche, und hinter ihnen erhob sich der Erdwall mit seinen Holzpalisaden. Die Landschaft war flach, aber ein betörendes Grün schickte sein zartes Licht über die Stadt und die Strände.

»Schau, ist das nicht ein Geschenk Allahs?«, sagte Orfrim glücklich und wandte sich an Estrid. Sein braun gebranntes Gesicht strahlte vor Freude, und er schluckte und schwieg für eine ganze Weile. »Nirgends sonst kannst du etwas so Großartiges sehen!«, fuhr er fort und drückte sie an sich.

Ihre Augen begegneten seinen und sie sah, dass sie wieder sanft und hell waren. Orfrim war wieder er selbst, zum Glück. Er musste geglaubt haben, dass sie im Begriff gewesen war, über Bord zu fallen, als sie auf der Reling saß, den Körper weit hinausgestreckt. Das musste der Grund gewesen sein, nur vor Schreck hatte er sie geschlagen.

»Deine Stadt ist nicht wie mein Zuhause in Birka, aber das Licht und das Grün sind das Schönste, was ich je gesehen habe«, sagte sie lächelnd.

Sogar Brynolf der Schiffer, den Orfrim vor vielen Wintern in Aldeigjuborg kennen gelernt hatte, lächelte. Sie nahmen das Bild der kleinen Stadt in sich auf, kosteten sie gleichsam, und ihre Augen glitzerten erwartungsvoll. Aber bald ergriff die Strömung das Boot, und sie mussten den Druck auf die Ruderblätter wieder verstärken.

»Gut, endlich an Land gehen zu können«, meinte ein Mann mit einer Haut so braun wie das Wasser des Flusses.

»Heute Abend wartet das Wirtshaus auf uns«, fügte ein anderer hinzu.

»Ach komm, sag doch, wie es ist, auf Frauen bist du aus«, fiel ein dritter ein.

Der Wind trug den Geruch von Tieren und gestampftem Humus herüber, und aus dem Pfahlwerk drangen die Geräusche der Stadt, knarrende Karren, Gemurmel und Lärm. Rufe, Lachen, Hundegebell, knirschende Brunnenschwengel und Wagen. Entfernt waren blökende Schafe zu hören, ein schreiendes Kind und Klirren aus einer Schmiede. Essensdunst stieg in den Himmel, senkte sich und trieb auf den Fluss hinaus. Aldeigjuborg, die Stadt der Rus und Slawen, hier würde Estrid mit Orfrim zusammen leben, und hier würden Brynolf und Orfrim ihren Handel treiben.

Estrids Gedanken wanderten zurück. Orfrims Kaufmannschaft in Birka war nicht sehr gut verlaufen, und Brynolf hatte ihn überredet, in den Osten zurückzureisen, um sein Silber dort zu verdienen. Mochte es dieses Mal glücken. Vielleicht konnte Orfrim hier den Grundstein für einen erfolgreichen Handel mit Glas, Stoff und Fellen legen und seine Kaufmannschaft nach Birka ausweiten, so dass er mit ihr zurückkehren konnte. Estrid träumte sich fort. Wenn sie ihm half, würde es vielleicht gehen. Sie stand schweigend da und verschränkte ihre Hände. Sie hatte schon vergessen, dass er sie geschlagen hatte.

In der Stadt entdeckten die Einwohner, dass sich ein fremdes Kaufmannsschiff langsam der Brücke näherte. Männer, Frauen und Kinder eilten hinunter zum Ufer und spähten auf die Mitte des Flusses. Dort war das Schiff mit dem festgezurrten Rahsegel zu sehen, die Männer auf ihren Plätzen an den Rudern. Sie machten sich zum Anlegen bereit.

Orfrim schielte unsicher an Land. War seine Familie dort, um ihn zu empfangen? Wäre es ihm nur gelungen, früher mit Estrid zu sprechen. Wenn er erst an Land ging, würden ihn alle erkennen, und innerhalb kürzester Zeit würden seine Frau und die Kinder wissen, dass er zurück war. Wie würden sie Estrid aufnehmen? Es war zwar sein Recht, mehrere Frauen und Geliebte zu haben, aber Olga, seine letzte Ehefrau, erwartete sicher nicht, dass er sich eine Frau aus dem Reich der Svear mitbrachte. Andererseits gedachte er, sie mit dem Versprechen zu beruhigen, seine Zeit zwischen ihnen aufzuteilen. An seine erste Frau Elena wollte er am liebsten gar nicht denken, sie hatte er schon lange zu vergessen versucht.

Eine Schar Kinder lief fröhlich johlend auf die Brücke, dicht gefolgt von ihren Müttern. Er sah sie genau an. Waren Boris und Nikita unter ihnen, die Söhne, die er von Elena hatte? Zehn und zwölf Jahre waren sie jetzt. Als er in ihrem Alter gewesen war, war er immer auf die Brücke gerannt, um zuzusehen, wenn die Kaufleute an Land gingen. Da. Ein dunkler, zerzauster Haarschopf und ein frohes Jungenlächeln zwischen all den anderen. Nikita! Sein Blick wanderte unruhig hinüber zu Estrid. Sie saß schweigend da und starrte den Jungen mit großen Augen an. Dann erkannte auch er, was sie selbst gerade gesehen hatte. Er und Nikita sahen sich so ähnlich, dass niemals jemand daran zweifeln konnte, dass sie Vater und Sohn waren.

Orfrim begegnete Estrids erstauntem Blick. Im nächsten Augenblick breitete sich ein glückliches Lachen auf dem Gesicht des Jungen aus, und sein Rufen war weit zu hören.

»Papa, Papa!«, rief er, und Orfrims Gesicht wurde heiß. Seine Frau Olga und das jüngste Kind Boris liefen direkt hinter ihm. Orfrim spürte Estrids unheilvollen Blick wie einen Bienenschwarm im Nacken.

König Björn zwirbelte seinen gewachsten Bart und betrachtete die Sklaven, die zu dem Platz schritten, wo die Versteigerung stattfinden sollte. Er bekam etwas Bienenwachs an die Finger, zog diskret sein Seidentüchlein heraus und wischte sich die Hände ab. Er hatte sich noch nicht an seinen neuen Mundschmuck gewöhnt und noch nicht herausgefunden, wie viel Wachs er nehmen musste. Drüben von der Sklavengruppe erklangen Rufe, und er sah auf.

Die Sklaven wurden von den Wachen zwischen den Marktständen vorwärts getrieben. Die Männer, Frauen und Kinder waren aneinander gekettet und sahen sich ängstlich um. Wer würde ihr nächster Bauer werden, und zu welchem Hof, in welches Land würden sie dieses Mal verkauft werden? Ihr Besitzer, ein schlaksiger, rotnasiger Mann in Lodenrock und bunten Hosen, hätte die Gruppe einen anderen Weg gehen lassen können, aber er wollte seine Sklaven allen zeigen. Auf diese Weise lockte er mehr Käufer zu seinen Versteigerungen und konnte die Gebote höher treiben.

Der Marktplatz war gut besucht, und Stimmen, Reden und Lachen erschollen zwischen den Ständen. Hier gab es im Frühsommer viel zu kaufen. Viele hatten den Winter mit Weben und Schnitzen zugebracht und freuten sich darauf, ihre Arbeit gegen ausländische Waren einzutauschen, andere wollten lieber Silber haben. Auf den Markständen der Hauptstraße lagen prächtig gewebte Wandbehänge, kunstvoll geschnitzte Holzschalen, Ketten und Armreife, weiter unten Richtung Ufer waren die Bewohner der umliegenden Inseln mit Fisch, Saatgut und Gemüse herbeigesegelt. König Björn, der beschlossen hatte, sich an diesem Tag unters Volk zu mischen, blieb vor den Tischen mit Schmuck und Glasperlen stehen. Schöne Dinge gefielen ihm, und er hatte schon lange darüber nachgedacht, die Schmiede und die Perlenwerkstatt zu Hause auf dem Königshof auszubauen. Ihm stand der Sinn vor allem nach feinen Fibeln aus Gold und Silber mit kunstfertig ausgearbeiteten Filigranarbeiten. Für diese Arbeit brauchte man scharfe Augen und flinke Hände, und die kleinen Sklavenkinder waren meist geschickt in solchen Dingen. Er selbst hatte mehrere in seiner Werkstatt, und er fand, dass es gut war, wenn sie sich nützlich machten, statt Unfug auszuhecken. Außerdem fanden die Sklavenkinder es oft lustig zu arbeiten. Auf einen erwachsenen Sklaven hingegen konnte man sich niemals verlassen, und auf eine Sklavin erst, nachdem man sie unterworfen hatte. Am besten, man schwängerte sie, dann kamen sie nicht weit.

Im selben Moment ertönte ein mächtiges Brummen, und der König fuhr herum. Seine Augen weiteten sich, und er schlug vor Staunen die Hand vor den Mund. Unmittelbar hinter ihm lief ein Tierbändiger mit einem großen Bären an der Kette. Es war ein gewaltiges Bärenmännchen, das ein langer, dürrer Mann gerade dazu gebracht hatte, auf den Hinterbeinen zu gehen. Das hier sah so drollig aus, dass er einfach lachen musste, und seine Fröhlichkeit wuchs, als es dem Tierbändiger gelang, den Bären Purzelbäume schlagen zu lassen.

König Björn, der oft Gaukler um sich hatte, war ihrer

in letzter Zeit überdrüssig geworden, weil sie fortwährend dieselben Kunststückchen aufführten. Lange hatte er darüber nachgedacht, was er dagegen unternehmen sollte, denn belustigen wollte er sich schließlich. Nun stand die Idee klar und rein vor ihm. Was für Späße auf ihn warteten, wenn er nur diesen Bären kaufen könnte! Seine Finger zwirbelten noch einmal ausführlich den Bart, worauf der König zur Tat schritt.

»Was für ein Bär! Lasst mich ihn kaufen«, sagte er eifrig, während er seinen Geldbeutel hervorzog und anfing, Münzen zu zählen.

Der Bärenbändiger sah ihn verwundert an.

»Und dich dazu«, fügte der König hinzu und legte dreißig glänzende Dirhams in die Hand des hageren Mannes. Der wurde blass, schluckte und sah den König unschlüssig an, während die Wachen Seiner Majestät viel sagende Blicke tauschten.

»Ich bin auf dem Weg nach Norden, um an einigen Aufführungen mitzuwirken. Ich kann die Fahrt jetzt nicht abbrechen«, antwortete der Bändiger verlegen und betrachtete sehnsüchtig die Münzen.

»Ach, wenn es weiter nichts ist«, sagte der König erleichtert, zog einen weiteren Beutel hervor und schüttete auch die Münzen daraus in die ausgestreckte Hand des Mannes. Dieses Mal lagen nicht nur Silber- sondern auch Goldmünzen in seiner Hand, und dem Bärenbändiger fehlten die Worte.

»Bleib für ein Jahr bei mir, dann kannst du weiterreisen«, fuhr der König eifrig fort. »Ich will zur Freude aller deinen Bären am Königshof haben. Und zum nächsten Markt bist du frei und kannst gehen, wohin du willst.«

Der Mann ließ seinen Blick stumm zwischen Seiner Majestät und dem Bären hin und her wandern. Hinter ihm räusperten sich die Wachen des Königs. Sollten jetzt etwa auch noch gefährliche Raubtiere an den Hof kommen, nur weil der König etwas zum Spielen haben wollte? Reichten all die Falken, Pfauen und Schoßhunde, die er seit dem Tod seiner Frau um sich versammelt hatte, nicht aus? Und wer sollte sich um den Bären kümmern, während der König im Reich herumreiste? Als hätte der König die Gedanken seiner Leibwache lesen können, drehte er sich um und sagte zu ihnen:

»Wenn ich zu den Höfen draußen im Reich reite, bleibt der Bär in eurer Obhut. Sorgt dafür, dass er ordentlich zu fressen bekommt, und behandelt ihn gut. An meinem Hof soll es nicht nur das beste Essen und die besten Männer des Sveareiches geben. Ich will, dass sich das Volk aus Ost und West bei mir belustigen kann und seinen Besuch in Erinnerung behält. Denkt nur, Bärentanz am Gauklerabend! Und Sklavinnen für alle und jeden. Sagt nicht, dass meine Gäste am Königshof nicht auf das Beste unterhalten werden.«

Die Wachen nickten höflich und blickten zu Boden, während dem König wieder einfiel, weshalb er den Markt eigentlich besuchte. Er wollte neue Sklavinnen kaufen. Schnell befahl er den Wachen, sich um den Bären zu kümmern, und setzte seinen Weg zur Versteigerung fort.

»Da freut man sich auf einen Abend mit neuen Sklavinnen und dann müssen wir uns um diese Bestie kümmern«, murrte einer der Wachmänner, der Godfred hieß.

»Als ob Jagdfalken und Papageien nicht Unterhaltung

genug wären. Die Spiellaunen Seiner Majestät ermüden mich«, befand sein Kamerad.

»Vielleicht sollten wir den Bären einfach loslassen, dann frisst er die anderen Tiere«, schlug Godfred vor.

»Und uns zum Nachtisch«, erwiderte sein Kamerad mit einer Grimasse.

Der Bärenbändiger sah sie mit gekränktem Blick an.

»Mein Bär frisst Ameisen, Zweige und Beeren. Ihn kann man nicht einfach mit irgendwas abspeisen!«

Die Wachen tauschten rasche Blicke. Offenbar würden sie nicht nur mit dem Bären Ärger bekommen, sondern mit dem Bärenbändiger noch dazu.

Als der König zum Podest kam, hatte Kolbein Halte, der unangefochtene Häuptling des Marktes in Birka, die Versteigerung schon begonnen. Auf der hohen Plattform wurden die Sklaven vorgeführt, dann begann das Bieten. Die Männer verkauften sich schnell, aber als die Sklavinnen an der Reihe waren, wurde Stimmengewirr laut.

»Prachtmädel. Die da, die will ich haben«, sagte ein älterer Mann mit grauem Bart und zeigte auf eine junge Frau, knapp fünfzehn Winter alt. »Ja, ein tüchtiges Weib am Herd und eine, die mir im Stall helfen kann«, fügte er zur Sicherheit hinzu.

»Brot kann sie backen, Met kann sie brauen und Kühe kann sie melken, mcinst du? Nein, so was kann ein altes Weib besser«, wandte seine Frau scharf ein. »Du nimmst eine ältere.«

Der Mann wich den Blicken seiner Frau aus, und als das Bieten begann, gab er das höchste Gebot ab.

»Bock«, zischte die Frau.

»Nein, Lammfleisch«, antwortete ihr Mann.

Danach dauerte es lange, ehe Mann und Frau wieder ein Wort miteinander wechselten.

Gegen Ende des Sklavenverkaufes wurde eine junge, schlanke Frau mit ovalem Gesicht, großen Augen und dunklem Haar auf das Podium geführt. Sie wandte sich von den Blicken aller ab und sah die ganze Zeit auf ihre Füße, als wollte sie ihr Gesicht nicht zeigen. So war nicht viel zu sehen von ihren Gesichtszügen, und ihr Körper wurde von einem wallenden Kleid verborgen. Die Fibeln waren aus einfachstem Eisen geschmiedet, sie trug weder Armreif noch Kette. Niemand begann zu feilschen, und als kein Gebot zu hören war, begann Kolbein Halte das Volk mit allen Mitteln zum Bieten zu bringen. Als auch das nichts half, ging er entschlossen zu der Frau hinüber, löste ihr Kleid und entblößte ihre Brust. Da verstummte das Gemurmel und ein Raunen ging durch die Versammelten. Sicher, die Frau sah blass und abgezehrt aus, aber an ihrer weiblichen Schönheit war nichts auszusetzen. Sogleich betrachteten die Männer sie mit lüsternen Blicken, riefen Schändlichkeiten, scherzten und lachten. So ermuntert packte Kolbein noch einmal fest zu und riss ihr Kleid hoch. In dem Augenblick ging König Björn vorbei. Er fuhr zusammen und glotzte mit aufgerissenen Augen. Was für eine Pracht! Seine sonst so eingeschlafenen Königsteile erwachten zu neuem Leben, und sein ganzer Körper begann zu kribbeln. Ohne nachzudenken hob er die Hand und schrie:

»Sie gehört mir – und drei Felder gebe ich für sie!«

»Mehr will ich hören«, antwortete Kolbein kühn.

Der König, der unmittelbar für das Mädchen entflammt war, wollte sich diesen reizenden Zufall nicht durch die Finger gehen lassen. Eilig löste er einen Beutel mit Geld vom Gürtel und sah nach, wie viel Silber er noch übrig hatte. Sein Blick fiel auf einen kleinen Silberbarren, den er von einem rusischen Kaufmann bekommen hatte.

Triumphierend hob er das Silber in die Luft.

»Überbietet das, wenn ihr könnt!«, sagte er stolz und hielt das glänzende Metall in die Höhe.

Füße scharrten am Boden, Husten und lautes Gemurmel ertönte, aber niemand wollte oder konnte mehr bezahlen. So viel hatte noch nie jemand für eine Sklavin bezahlt, nicht einmal für zwei. Vereinzeltes Lachen wurde laut, gefolgt von frechen Andeutungen, worauf Kolbein verstand, dass es langsam sehr schmählich für Seine Majestät zu werden drohte. Deshalb ergriff er hastig das Wort, um die Ehre des Königs zu retten.

»Euer Majestät will, wie ich sehe, auch ihren Sklavensohn kaufen«, sagte er verbindlich.

»Sicher«, sagte der König und wurde leuchtend rot. »So hatte ich es mir gedacht.«

Und dabei blieb es.

Als die Wachen des Königs später Seine Majestät nach Hause ruderten, sang er im Boot ein fröhliches Liedchen und klopfte dabei im Takt auf die Reling. Was hatte er heute doch für ein Glück gehabt! Mit sich brachte er nicht nur einen Bären und einen Bärenbändiger zum Königshof, sondern auch drei Sklavinnen. Darüber hinaus hatte er bei seinem Kauf noch einen Sklavenjungen bekommen, den er in seiner Werkstatt gut gebrauchen konnte. Das war ein gelungener Markt gewesen, und froh und ausgelassen beendete der König seinen Handel damit, seinen neuen Sklavinnen drei Paar goldene Fibeln zu schenken.

Als Erik Bernsteinhändler am Abend zu einer Partie Brettspiel zum Königshof hinüberruderte, konnte der König es nicht lassen, mit seinem großen Tag zu prahlen. Er fand gar nicht genug Worte für seine gelungenen Geschäfte, und sehr schnell kam das Gespräch auf seine neuen Sklavinnen.

»Soll ich sie rufen?«, fragte der König. »Ich habe sie schminken und mit den schönsten Kleidern kleiden lassen. Und ihr Schmuck schimmert wie Perlen im Himmel.«

»Sterne«, verbesserte Erik.

»Ja, du kannst dir nicht vorstellen, was für eine Augenweide sie sind«, zwitscherte der König vergnügt. »Außerdem glaube ich, sie mögen mich.«

»Aber sicher«, nickte Erik höflich zur Antwort, denn er hatte gelernt, dass man mit dem König taktvoll umgehen musste. Seine Majestät glaubte immer, dass alle Frauen ihn ebenso sehr mochten, wie er selbst sie begehrte, und in diesem Irrglauben ließ Erik ihn gern leben.

»Gleich wirst du es sehen«, rief der König und breitete seine Arme aus, als wollte er die ganze Welt umarmen. Im nächsten Augenblick reckte er sich und brüllte aus vollem Hals: »Tretet ein!«

Es war einen Moment still, dann wurde die Tür aufgeschlagen.

»Oh!« König Björn schnappte nach Luft.

Da stand sie, die Sklavin, für die er einen ganzen Silberbarren gegeben hatte. Ihre großen dunklen Augen waren, wenn das überhaupt möglich war, noch schöner als vorher, und sie lächelte scheu und unsicher. Ihre Wimpern waren geschwärzt, ihre runden Wangen schimmerten zartrosa und ihr kurzes, dunkles Haar war auf der Stirn in Locken gelegt worden. Sie war in feinstes Leinen gekleidet, darüber trug sie eine Tunika mit Gold- und Silberstickereien. Zwischen den glänzenden Brustfibeln hingen eine schwere Perlenkette und Glasperlen, und rote Karneole ruhten als leuchtender Schmuck auf ihrem hohen, weißen Busen. Der König hatte nicht einmal geahnt, dass es ein so schönes Wesen auf Erden gab, und er musste zweimal hinsehen, um sicherzugehen, dass sie wirklich vor ihm stand. Er hatte wahrhaftig erkannt, was kein anderer entdeckt hatte; dass hinter dem blassen Gesicht und dem zerrissenen Kittel eine ungewöhnliche Schönheit steckte. Und jetzt gehörte sie ihm.

»Na, was meinst du?«, sagte er belebt und drehte sich zu Erik um.

Der war verwirrt einen Schritt zurückgetreten. Was für eine Frau! Ihre Augen zogen ihn an, dunkel und schwarz wie ein Waldsee. Ihre Brust war voll, ihre Haut zart und ihr Mund weich und sinnlich. Die Schönheit ihres Körpers überwältigte ihn, und er dachte, dass es sie nicht wirklich gab – dass sie ein Trugbild sein musste. Es war als stünde die Geliebte seiner Jugend vor ihm, Jorunn. Die Frau, die einst seine Verlobte gewesen und jetzt tot war. Jorunn? Verwirrt betrachtete er sie, ohne ein Wort herauszubringen.

»Na?«, hakte der König nach.

»Eure Majestät hat schon immer ein gutes Auge für die richtigen Frauen gehabt«, sagte Erik angestrengt. Sein Blick wanderte wieder zu der Sklavin. Sie musste schon viele Männer gehabt haben, Erik fühlte ihre Sinnlichkeit und merkte, welchen Einfluss sie auf ihn ausübte. »Ja, dass du für sie viel Silber bezahlt hast, kann ich gut verstehen«, fügte er ein wenig abwesend hinzu.

»Ja, aber ihren Sklavenjungen habe ich auch genommen, verstehst du. Brauche Leute für die Werkstatt. Außerdem ist es für eine Mutter mit Kind schwerer wegzulaufen.«

»Sicher, sicher«, räumte Erik ein, den Blick auf die Sklavin gerichtet. Jetzt sah er es wieder, das Scheinbild von Jorunn. Fühlte er ihre Anwesenheit im Raum deshalb so stark?

»Ich habe sie Ingegerd genannt«, fuhr der König fort. »Kein gebräuchlicher Name für eine Sklavin, aber ich finde, sie sieht so fein aus.«

»Jaha, ja«, sagte Erik abwesend.

»Aber sie weigerte sich, auf den Namen zu hören, und so heißt sie doch weiter Ysja«, plapperte der König.

»Ich verstehe«, murmelte Erik zerstreut.

Seine Gedanken verharrten bei der Sklavin. Irgendwo in seinem Innersten meinte er, sie schon einmal gesehen zu haben. Aber wo? Oder kam es ihm nur so vor, weil sie ihn an Jorunn erinnerte?

6

Als Ysja vom Sklavenpodest heruntergeführt wurde, lächelte sie zum ersten Mal seit langer Zeit. Seit dem Tag, an dem ihr Bauer Eyvind ertrunken und sie mit Toste allein zum Eyvindhof zurückgeritten war, war ihr Leben nichts als unerträgliche Dunkelheit gewesen. Ohne Eyvinds Schutz war sie seiner kleinlichen und bösen Frau ausgeliefert gewesen. Die Hausherrin machte sie für den Tod ihres Mannes verantwortlich, und sie bestrafte sie für jeden noch so kleinen Verstoß. Auch Ysjas Junge, Toste, litt darunter. Auch ihn schlug und züchtigte die Frau ohne Grund. Wie oft hatte Ysja nicht an Flucht gedacht, aber sie war ständig unter Beobachtung, und sie und Toste hatten keinen Kontakt. Eine Frau flieht nicht ohne ihr Kind. So hatten sie es sich wohl ausgerechnet.

Die stille Rache an Ysja, der Sklavin, mit der Eyvind sich verheiraten wollte, ging weiter. Frühling, Sommer, Herbst und Winter vergingen, und es wurde wieder Frühling, ehe die Hausherrin es endlich leid war und sie verkaufen wollte. Wäre die Angst, dass sie und Toste an verschiedene Höfe verkauft werden könnten, nicht gewesen, hätte diese Entscheidung Ysja glücklich gemacht. Nun, dieses Mal waren die Götter mit ihr gewesen, und der König hatte sie beide gekauft. Sie und Toste durften auch in Zukunft zusammenbleiben.

Vor einigen Wintern war Ysja aus der Sklaverei befreit

worden. Aber das Schicksal hatte sie zum Eyvindhof geführt, wo sie wieder gezwungen worden war, Sklavin zu werden. Um Tostes willen hatte sie sich gefügt, damit die Wahrheit über das Kind nicht ans Licht kam – über das Kind, das nicht ihr leibliches war. Aber die Zeit als freie Frau hatte sie gelehrt, mit den Männern umzugehen. Sie wusste, wie sie sich anbieten musste – nicht zu viel, sonst schwand die Lust der Männer, aber auch nicht zu wenig, sonst schenkten sie ihr keine Aufmerksamkeit.

Ysja wusste um ihre Anziehung auf Männer, und sie hatte Kolbein Halte, dem Mann, der die Sklavenversteigerung abhalten würde, drei Nächte lang Liebesfreuden bereitet, damit er ihr im Gegenzug einen Gefallen tat. Sie hatte ihm gesagt, dass sie einen reichen Mann wollte, der für sie und das Kind sorgen konnte. Je wohlhabender, desto besser. Und Kolbein Halte hatte gelacht und geschworen, ihr zu helfen. In dem Augenblick, in dem der König auf der Sklavenversteigerung erschienen war, hatte er ihrem Wunsch entsprochen. Rasch hatte er sie aufs Podest geführt und ihre Reize enthüllt. Seiner Majestät Schwäche für Frauen war weithin bekannt, und mit dieser kleinen Überraschung war er sicher, sein Interesse wecken zu können. Der Plan glückte, und der König kaufte sie und das Kind.

Toste hatte er unbesehen genommen, und das war auch besser so, denn so übel, wie der Junge verprügelt worden war, war er kaum wiederzuerkennen. Der fröhliche und muntere Kerl von einst war dünn und schwach und hatte angefangen zu stottern. So elend ging es ihm, dass sie sogar um sein Leben fürchtete.

Darum hoffte sie, dass er auf dem Königshof viel zu essen bekommen und gut behandelt werden würde, bis er sich erholt hatte. Wenn sie den König nur um ihren Finger wickeln konnte, dann würde er sicher dafür sorgen, dass man sich gut um das Kind kümmerte. Einst war es ihr gelungen, Eyvind zu umgarnen, und sie hatte ihn beinahe dazu gebracht, sie zu heiraten. Mit dem König, der nun nicht unbedingt der schönste Mann im Svea-reich war, würde es sicher noch einfacher sein. Ein fetter Kerl mit gewachstem Bart ... wer machte sich schon etwas aus so einem? Nein, König Björn würde sie bald um den Finger gewickelt haben, und wenn das gelungen war, würde sie versuchen, die Freiheit für sich und den Jungen wiederzuerlangen.

Ysja schielte zum König hinüber. Sie spürte noch immer eine nagende, zehrende Unruhe in sich. Zwar glaubten alle, dass Toste tot war, und er war gewachsen und dünner geworden. Mit seinen gestutzten Haaren sah er auch nicht mehr aus wie an dem Tag vor vier Wintern, als sie ihn aus dem Brunnen gerettet hatte. Aber der Königshof lag nicht weit von Birka entfernt. Konnte sie wirklich sicher sein, dass niemand ihn erkennen würde?

An dem Abend, als Ysja zum König geführt wurde, gekleidet und geschminkt wie nie zuvor, war ihr leicht zu Mute. Auch wenn sie immer noch Sklavin war, war ihr klar geworden, dass der König sie zu seinem eigenen Vergnügen gewählt hatte. Somit würde sie besser behandelt werden als die anderen Sklaven und vielleicht auch den Nachstellungen der Wachen entgehen. Der König hatte sie zwar Erik Bernsteinhändler vorgeführt, aber so wie man etwas zeigt, über das man sich freut und worauf man stolz ist, nicht wie etwas, das man mit dem anderen teilen will. Aber sie hatte sich vor den Blicken des Mannes verborgen, sowie sie ihn gesehen hatte. Sie kannte ihn von früher; sein blondes, zerzaustes Haar, die Lachfalten und die Stupsnase.

Wo hatte sie ihn gesehen? Auf dem Snemunhof, wo sie Sklavin gewesen war, oder irgendwo in Birka? Vielleicht auf dem Markt?

Sie merkte, dass er ihre Neugier geweckt hatte. Seine Gestalt gefiel ihr, die sichtbare Männlichkeit und Stärke, und da war noch etwas anderes. Wehmut? Verletzlichkeit? Mit einem Mal wurde ihr klar, dass sie ihn gern wiedersehen wollte. Dann besann sie sich, denn sie wusste, dass es gefährlich sein konnte, jemanden zu treffen, den sie von früher zu kennen glaubte. Was sie hinter sich gelassen hatte, sollte nicht wieder an den Tag gebracht werden. Sonst konnte sie den Jungen verlieren.

In der ersten Frühlingssonne standen die Fensterluken und Türen des Großbauernhofs offen, und Feuchtigkeit und Enge des Winters wurden hinausgeweht. Gedämpfte Stimmen drangen aus dem Haus, und alles schien ruhig und friedvoll. Dann wurde die Stille von einem gewaltigen Fluch gebrochen und Torvald Hjalte erschien in der Türöffnung. Der Großbauer aus Badelunda war berüchtigt für seine schlechte Laune, und nun war er offenbar noch ungehaltener als sonst.

»Verdammter Gaukler!«, fluchte er und spuckte auf

den Boden. »Wieder hat der König uns zum Narren gehalten.«

Hjalte stapfte zum Schuppen und ließ sich zornig auf die Bank fallen. Lange hatte er dem Gerede und dem fröhlichen Gelächter der Knechte zugehört, aber jetzt konnte er es nicht länger ertragen. Er hatte genug. Sie konnten den König unmöglich an der Macht lassen. Es war an der Zeit zu handeln.

Torvald Hjalte war kein ruhiger und friedvoller Mann, sondern wechselhaft wie das Wetter im Frühling, wenn das Opferfest der Erdgöttin bevorstand. Er war groß gewachsen und stattlich, mit breiten Schultern und viel zu kurzen Beinen. Seine Gesichtszüge waren schwer zu deuten, aber meist sprachen Schlauheit und Kraft aus ihnen. Sein Blick war durchdringend, seine Nase gerade und sein Mund klein und verkniffen, als dächte er schlecht über jeden und vertraute niemandem. Er sprach langsam und nachdenklich, und wenn er ärgerlich wurde, bekam seine Stimme einen heiseren Klang wie das Krächzen der Raben im Asenhain. Er hatte nicht viele Freunde, aber er war so reich, dass er dennoch viele Leute um sich hatte. Sie verstanden es, sich gut mit ihm zu stellen, und er entlohnte sie üppig für ihre Treue. Seine Reichtümer hatte er sich als erfolgreicher Krieger im Osten verschafft. Dort hatte er viele Jahre zugebracht, und er prahlte damit, bis nach Miklagård gesegelt zu sein. Er redete gern über die große Stadt und über geheimnisvolle Feuerwerfer, die Feindesschiffe angesteckt und das Meer in Brand gesetzt hatten. Torvald Hjalte aus Badelunda war in der Stadt des Kaisers gewesen und hatte die zehn Meter hohe Stadtmauer mit ihren unzähligen Wachtürmen gesehen, das Hippodrom und die mächtige Christenkirche Hagia Sophia – die so groß wie eine ganze Sveastadt war.

Wieder in der Heimat war es ihm schwer gefallen, sich mit den einfachen Holzhäusern und Höfen zu Hause zu begnügen. Es gab so viel Prunkvolles in anderen Reichen, und er begann an seiner alten Heidenwelt mit Opferfesten und schlichten Holzgötzen zu zweifeln. Als er dann hörte, dass der Kaiser aus dem Westen Mönche zum Predigen nach Birka gesandt hatte, freute er sich, denn er glaubte, dass neue Gedanken ins Sveareich gebracht und das Land angesehener machen würden. Er träumte von einem erweiterten Handel mit den Christen, von großen Kirchenbauten, prächtigen Skulpturen und neuen Lehren aus dem Frankenreich und Byzanz. Aber tatsächlich verjagten die Bewohner Birkas die Mönche und alles blieb beim Alten. Seit diesen Tagen war er immer schlechter auf König Björn und seinen Königshof zu sprechen gewesen. Dieser Nichtsnutz tat nicht viel Sinnvolles für sein Reich, und statt seinen König zu achten, lachte das Volk über ihn. Seine Majestät hielt Gauklereien ab und Pferderennen, feierte und steckte seine Nase ins Trinkhorn. Den Rest der Zeit verbrachte er über verschiedenen Sklavinnen. Und als wäre das nicht schon genug, hatte er auch noch begonnen, Federvieh und Schoßhunde zu sammeln.

Gerüchten zufolge habe er sich sogar einen Bären zugelegt und besäße einen Papageien, der Liebesgestöhne nachahmte, aber das war vermutlich nur böswillige Verleumdung.

Torvald Hjalte hatte mit den Großbauern der Gegend

gesprochen, und alle waren derselben Ansicht. König Björn war ein Unglück für das Reich. Es war höchste Zeit, ihn vom Thron zu stürzen. Jeden Augenblick konnten die Dänen das Reich angreifen, und Birka wurde permanent von Seeräubern bedroht. Da brauchte es einen mächtigen und angesehenen Mann, der das Land lenken konnte, und keinen Spaßvogel, über den die Leute nur lachten. Torvald Hjalte erhob sich von der Bank und ging in die Schmiede. Er blieb in der Tür stehen, den Blick auf die Blasebälge gerichtet, ehe er zu seinem Schmied trat.

»Meister«, sagte er dann, »ich möchte, dass du Speere, Schwerter und Äxte für alle Männer des Hofes schmiedest. Und die Schwerter sollen härter und schärfer sein als alle anderen Waffen des Reiches. Versprich mir das!«

Der Meisterschmied musterte ihn nachdenklich.

»So, so, wieder Zeit für einen Heerzug?«

»Nein, diesmal werden die Waffen hier im Sveareich gebraucht.«

König Björn saß zähneknirschend auf seinem Hochsitz und dachte nach. War das Aberglaube oder lag doch ein Körnchen Wahrheit darin? Er hatte gehört, dass man Kühe dazu zwingen konnte, am Abend nach Hause zu gehen, indem man ein Haar jedes einzelnen Tieres unter die Schwelle des Viehstalls legte. Dann konnte er vielleicht etwas Ähnliches mit den Sklavinnen versuchen. Wenn er ihnen eine Haarlocke oder zwei von ihren Köpfen schnitt und sie unter sein Bett legte, würden sie vielleicht zu ihm kommen, ohne dass er sie rufen musste.

Aber wie verhinderte er dann, dass alle gleichzeitig kamen?

Das Gesicht Seiner Majestät hellte sich bei diesem verrückten Gedanken auf, und er nahm noch einen Schluck Wein. Die Wahrheit war, dass er versucht hatte, seine Zähne mit Fruchtwein zu heilen, und nun schwappten die Gedanken in seinem Kopf wie Wellen hin und her. Außerdem war er ein wenig geknickt, denn die Sklavinnen hatten ihm nicht die Freuden bereiten können, die er sich erhofft hatte. Missmutig hatte er einige Gaukler rufen lassen, aber auch die hatten ihn nicht aufmuntern können. Da fiel ihm wieder ein, was Erik Bernsteinhändler gesagt hatte, nämlich, dass er eine Seherin aufsuchen sollte. Er grübelte lange darüber nach, ehe er schließlich beschloss, die beste Hellseherin der Gegend zu sich zu rufen. Vielleicht konnte sie ihn in beidem beraten, in Reichsangelegenheiten und im Liebesleben. So hoch geachtet wie diese Wahrsagerinnen waren, mussten sie schließlich irgendetwas können.

Einige Tage später warf sich der König in Schale und schmückte sich zur Sicherheit mit seinem Marderpelz und einem Umhang mit Goldstickereien. Zur Feier des Tages hatte er seine grünen Hosen angezogen, die mit einem Band unter den Knien gebunden wurden. In ihnen fühlte er sich immer außerordentlich männlich und auf diese Weise auch wohl. Ferner hatte er in der großen Halle neu gewebte Wandbehänge anbringen lassen, und auf dem Boden lag frischer Wacholderreisig. In der Feuerstelle prasselte ein Feuer aus Birkenholz, und es duftete gut und heimelig. Der König hatte sich an diesem Tag große Mühe gegeben, denn die Seherin Gudrid aus Tuna war auf dem Weg. König Björn hatte bereits die Nachricht erhalten, dass eine Frau im blauen Mantel mit einer Katze auf dem Bock auf den Waldwegen gesehen worden war, und er erwartete sie jeden Augenblick auf seinem Hof. Ruhelos scheuchte er Wachen und Sklavinnen aus der Halle und setzte sich auf den Hochsitz.

Gudrid war die Beste unter den Wahrsagerinnen des ganzen Sveareiches, und der König war sehr darauf bedacht, dass sie sich wohl fühlte. König Björn hatte sich nicht nur besonders gekleidet, an der Querwand gegenüber der Bank hatte er außerdem über seinen feinen Papageienkäfig ein schimmerndes rotes Tuch geworfen. Darin hielt er seinen Lieblingsvogel Freja, und es widerstrebte ihm ein wenig, ihn zu verstecken. Gold und Silber hatten schließlich viele große Männer, aber keiner besaß einen so farbenprächtigen Papagei. Der König war sehr stolz auf seinen Vogel. Er hatte ihn von einem Kaufmann aus dem Frankenreich bekommen, und mit diesem fremdartigen Tier fühlte er sich über viele andere mächtige Männer erhaben. So vernarrt war er in seinen Papagei, dass er ihn Tag und Nacht bei sich in der Königshalle hatte, und er versorgte ihn ganz allein. Er gab ihm reichlich Samen und Wasser mit ein paar Tropfen Fruchtwein und nachts legte er ein schwarzes Tuch über den Bauer, damit Freja einen gesunden, tiefen Schlaf hatte.

Tagsüber versuchte er ab und zu seinen Vogel dazu zu bringen, neue Worte von sich zu geben, aber er war eigensinnig und entschied meist selbst, was er sagen wollte und was nicht. Im Übrigen machte das Talent des Vogels, Geräusche nachzuahmen, den König ein wenig verlegen, denn es kam vor, dass der König vergaß, den Käfig zu verhängen, wenn er Sklavinnen bei sich hatte. Andererseits hatte er selbst viel Freude daran, dem Vogel zuzuhören, und er schlug sich vor Vergnügen auf die Schenkel über all die komischen Dinge, die dem Vogel einfielen. Eigentlich war es sein größter Wunsch, Freja in der Christenkirche drüben in Birka loszulassen, aber er wusste, dass das ein Traum bleiben musste. Ein König durfte sich schließlich nicht alles erlauben.

An diesem Abend hatte er sich bemüht, das Käfigtuch nicht zu vergessen, und zufrieden sah er zu dem roten Samt hinüber. Heute hatte er an alles gedacht und in einer Mischung aus Erwartung und kindlicher Freude blickte er dem Besuch der Wahrsagerin entgegen.

Fliehen, fliehen. Estrid ruderte, war kurz davor einzuschlafen, aber griff erneut nach den Rudern. Dann wurde sie plötzlich von der Ducht geschleudert, und eine Welle eiskalten Wassers schwappte über sie. Das Boot war auf Grund gelaufen und Wasser wurde hineingespült. War sie trotz allem eingenickt? Verwirrt dachte sie an die Wellen zu Hause auf dem Björköfjord und daran, wie sie fast mit dem großen Boot gekentert wäre. Dann spürte sie die Kälte des Wassers, das in ihre Kleider sickerte, spürte den Sog unter dem Kiel und hörte das Rauschen des Wasserfalls. Stromschnellen? Mit einem Mal war sie hellwach. Sie war auf der Flucht, vom Kaufmann und seinen Männern gejagt, und sie begriff, dass sie die berüchtigten Strömungen erreicht haben musste, einige Meilen von Aldeigjuborg entfernt. Hier pflegten die Kaufleute Lotsen anzuheuern, um die

Stromschnellen zu überwinden, und viele luden ihre Fracht ab und ließen sie an dem heimtückischen Gewässer vorbeitragen, um sie später wieder im Schiff zu verstauen. Um diese Jahreszeit stand das Wasser hoch, und die Strömungen waren noch unberechenbarer als sonst.

Estrid warf sich in die Ruder. Sie musste aus dem Flussbett herauskommen, musste versuchen, das Boot an Land zu steuern. Das Donnern des Wasserfalls kam immer näher, und während sie ruderte, wurde der Kahn in den Strudeln vor- und zurückgeworfen. Sie legte ihre ganze Kraft in die Ruder, aber das Boot tanzte gleichsam fort und folgte dem Strom. Noch einmal sammelte sie all ihre Kräfte, und für einen Augenblick schien es, als würde es ihr gelingen. Das Boot hielt inne, wiegte sich in den Wirbeln, ehe es aufs Neue flussabwärts schoss. Estrids Wangen glühten und ihre Arme wurden steif vor Anstrengung, doch gegen die starke Strömung konnte sie nichts ausrichten. Das Wasser war nicht tief; ob sie die Ruder bis auf den Grund des Flusses bringen und das Boot aus den verräterischen Wirbeln hinausstaken konnte? Völlig durchnässt und ausgekühlt stand sie auf, nahm ein Ruder fest in die Hände und versuchte sich abzustoßen.

Im nächsten Augenblick wurde das Boot gegen einen Felsen geworfen und zur Seite geschleudert, es schwang herum und schwamm weiter, achtern voraus. Die Strömung nahm zu, kaltes Wasser spritzte über die Reling, und es donnerte und rauschte rundherum. Der Fluss war mächtiger als sie, und es würde ihr niemals gelingen, das Boot ans Ufer zu steuern. Estrid erkannte das Unmögliche. Verzweifelt sah sie über das schäumende

Wasser und weinte ohnmächtig. Sie hatte es geschafft zu fliehen, aber dann hatte sie sich nicht an Land gewagt, um sich auszuruhen, und so war sie erschöpft eingenickt und stattdessen hier gelandet.

Der Kahn wurde immer schneller nach vorn getrieben, und das Tosen des Wasserfalls wurde immer lauter. Bald würde die Strömung das Boot zum Kentern bringen und sie unter die Wasseroberfläche ziehen. In den Strudeln würde sie auf Grund gesogen werden, langsam würden die Kräfte sie verlassen. Sie musste schnell handeln. Estrid balancierte breitbeinig im Boot, während sie nach etwas Ausschau hielt, wonach sie greifen konnte. Sie wollte nicht so enden, sie wollte nicht aufgeben. Sie musste nach Hause zu Erik und ihrem Kind. Niemand sollte sagen können, dass sie im Osten geblieben, dass sie wegen ihrer Eigensinnigkeit und Unbedachtheit in dem großen Land verschwunden war. Und all das, weil sie sich von einem fremden Kaufmann hatte verführen lassen.

Der Gedanke ließ ihren Zorn auflodern, und neue Kräfte durchströmten ihren Körper. Die Stromschnellen donnerten, die Wellen schäumten um Steine und Felsvorsprünge, aber sie hörte von alledem nichts. Vor sich sah sie, dass das Wasser seichter wurde, und unmittelbar daneben lag ein großer, flacher Stein, umgeben von Holz und aufgestauten Ästen. Eine große Erle hing über den Grund, und dahinter stürzte das Wasser jäh hinab. Das war die letzte Möglichkeit einer Rettung. Estrid warf sich aus dem Boot, spürte einen plötzlichen Schmerz in der Brust, und das Wasser strömte kalt und schonungslos über ihren Körper. Dann verlor sie das Bewusstsein.

Das mächtige Gefühl, als erfolgreicher Krieger nach Haithabu zu segeln, überkam ihn in dem Moment, als sein Schiff die Wellenbrecher zum Hafen passierte. Harald Sigurdson, Erik Bernsteinhändlers älterer Bruder, der Mann, der Dorestad geplündert hatte, ließ seinen Blick über den Anleger schweifen. Bald würden alle wissen, dass er, Harald Sigurdson, von seiner Heerfahrt zurückgekehrt war, mit Schiffen, die unter der Last der Beute fast zusammenbrachen.

Er hatte den Traum wahr gemacht, mit dem so viele Svear und Dänen aufwuchsen, einen Traum, den sie ihr Leben lang mit sich herumtrugen. Zu siegen und reiche Beute zu machen.

Er gehörte nun zu den Auserwählten. Wie viele würden ihm nicht den Erfolg neiden, und wie viele würden nicht um einen Schiffsplatz bei ihm ansuchen?

Harald dachte daran, wie viel glücklicher er geworden war, seit dem Tag, an dem er Birka verlassen hatte. Jetzt war er nicht länger der von den Heiden besiegte Taugenichts der neuen Lehre, wie ein paar Winter zuvor.

Nein, auf Wikingfahrt hatte er unverdrossen und mit großer Mühe neue Schiffe gerüstet und neue Mannschaften für seine Flotte gedungen, bis er mächtig und stark genug geworden war, um Dorestad zu besiegen, die größte Stadt der Franken im Norden. Hier in Haithabu, der Stadt der Feuerstätten, würde er neue Waffen schmieden lassen, seine Schiffe überholen, neue Mannschaften mustern und den Überfall auf seine frühere Heimatstadt Birka vorbereiten.

Während die Mannschaft an Land ging und die Schiffe entlud, spazierte Harald Sigurdson durch die Stadt.

Die Holzhäuser mit ihren kleinen Gärten waren von einem hohen Erdwall mit schweren Holzpalisaden umgeben, an drei Stellen war der Wall von Wachtürmen und schweren Stadttoren unterbrochen. Die Straßen, die zu den Brücken führten, verliefen gerade, innerhalb des Walls schlängelten sie sich an den Grundstücksgrenzen entlang. In einigen Vierteln drängten sich Töpfer, Hornschnitzer, Weber und Gießer, in anderen waren Schmiede und Schiffsbauer angesiedelt.

Harald Sigurdson schlich sich in eines der Häuser, von dem er gehört hatte, dass dort die Münzen Haithabus geprägt wurden. Er entdeckte die Münzstätte und sah mit gierigen Blicken zu, wie der Meister die Münzstempel in das Silber hämmerte. Die Münzen wurden aus runden Silberrohlingen geprägt, und während ein Teil mit Bildern versehen wurde, bekamen die anderen die Wörter Carolus oder Dorestad eingestempelt. Haralds Gedanken wanderten zu den Unmengen von Silber, das er geraubt hatte. Er fand, dass es noch lange nicht genug war. Lederbeutel gefüllt mit Goldmünzen, das war es, was er wollte. Wikingergold. Und wenn es ihm gelang, an das eingeschmolzene römische Gold zu gelangen, von dem er so viel gehört hatte, würde er echte Goldmünzen mit seinem Bild prägen lassen. Haralds kalte Augen glitzerten vor diebischer Freude.

Er setzte seine Wanderung am Strand entlang fort und besuchte zwei Schiffswerften, bevor er sich entschied, wo er seine größten Drachenschiffe würde rüsten lassen. Zufrieden kehrte er in die Stadt zurück und war tief in Gedanken versunken, als er plötzlich in einer kleinen

Bucht am Strand einen Steg bemerkte. Er wollte gerade vorbeigehen, doch da schrie ein Kind. Harald erblickte einen hellhäutigen Mann mit roten Haaren, der mit einem strampelnden Baby im Arm angelaufen kam.

Das Kind war noch klein, neugeboren, und sein Schreien klang schrill und markerschütternd. Aber der Mann machte keine Anstalten, es zu trösten. Der Rothaarige ging mit entschlossenem Schritt auf den Steg. Harald beobachtete ihn verwundert. Sollte der Knabe getauft werden, oder weshalb brachte der Mann ihn dorthin? Der Rothaarige legte sich auf den Steg und beugte sich über das Wasser. Im nächsten Augenblick sah Harald, wie der Kopf des Neugeborenen unter der Wasseroberfläche verschwand. Das Schreien verstummte, Blasen stiegen an die Oberfläche. Harald erstarrte, betrachtete mit aufgerissenen Augen das Geschehen. Der Mann zögerte noch einen Moment, ehe er den leblosen Körper wieder hochhob. Dann erhob er sich, das tote Kind in seinen Händen, drehte sich um und ging auf den Wald zu.

Harald ballte die Faust, zitternd vor Zorn. Das war Mord an einem Unschuldigen, nichts anderes als Kindsmord! In Haithabu ertränkten die Einwohner ihre unerwünschten Kinder, so war es Sitte. Auch in Birka töteten die Heiden ihre Kinder, nur setzte man die armen Seelen zu diesem Zweck dort im Wald aus. Dass Menschen so grausam sein konnten! Menschen, die solche Sitten hatten, hatten kein Recht zu leben. Diese Barbarei musste aufhören und das Christentum endlich siegen. Mit einem Mal wurde Harald klar, dass der Allmächtige ihn gerufen hatte. Es war Gottes Wunsch gewesen, dass er sah, was er eben gesehen hatte. Er, Harald Sigurdson, war auf dieser Erde nicht nur geboren worden, um die Botschaft des Herrn zu verbreiten, sondern auch um die heidnische Lehre mit all ihren barbarischen Bräuchen zu besiegen. Mit seinen Schiffen würde er den Widerstand der Heiden zerschlagen und der christlichen Lehre den Weg bereiten. Bald würde Birka fallen!

7

Der Mann bewegte sich so geschickt im Wald, dass es fast unmöglich war, ihn zu entdecken. Hie und da wich er Zweigen und Büschen aus, aber er tat es ebenso gewandt und lautlos wie die Tiere, die hier lebten. Er war breitschultrig und schlank, mit geducktem Oberkörper huschte er in schnellem wiegendem Gang vorwärts. Das Bündel aus Marderpelzen an seinem Gürtel verriet, dass er ein guter Jäger war, doch obwohl er seine Beute geschickt erlegte, konnte man ihn gleichwohl für einen Kaufmann halten. Seine Hände waren alles andere als grob, eher lang und schmal.

Der Mann hatte keine Kopfbedeckung und trug eine lange Tunika und einen Umhang, seine Hosen waren mit Riemen geschnürt. Sein Gesicht war freundlich, sein Blick aufmerksam und wach.

Gelegentlich sah er auf. Das Donnern der Stromschnelle umgab ihn wie eine Wand aus Geräuschen, der Pfad war weich und feucht, und die Wurzeln, die hie und da nackt über den ausgetretenen Boden liefen, glänzten blank. Einen Moment hielt er inne und holte Luft, während sein Blick hinaus zur Stromschnelle wanderte. Er hatte das Gefühl, etwas zu sehen, was vorher noch nicht dort gewesen war. Etwas, das nicht dorthin gehörte, drüben an der Uferböschung. Dann entdeckte er das gekenterte Boot.

Es lag kieloben im Stauwasser unterhalb des Wasserfalls, schien aber unbeschädigt. Er lauschte. Das kleine Schiff konnte ein Köder sein, eine Falle. Feindliche Stämme hielten sich in dieser Gegend auf, und wenn er ins Wasser hinausging, würde er sich möglicherweise Speeren und Pfeilen aussetzen. Die Marderpelze an seinem Gürtel waren wertvoll und konnten viel Silber einbringen. Ragnar Weitfahrer, ein Rus aus dem Reich der Svear, suchte prüfend mit den Augen das Flussufer ab, ob irgendetwas die Nähe von Menschen verriet. Ein paar Vögel zwitscherten, und der Morgentau tropfte sacht vom Laub, sonst war alles still. Kein Vogel flog auf, kein Tier floh zwischen die Bäume. Vielleicht zeugte das Boot von einem Unglück, von einem Kaufmann, der auf dem Fluss gekentert war. In diesem Fall war der Mann vermutlich tot. Die Strömung und die eisige Kälte waren nichts für menschliche Geschöpfe. Wer einmal ins Wasser gefallen war, überlebte meist nicht.

Ragnar Weitfahrer fühlte sich unbehaglich in seiner Haut und sah zum Boot hinüber. Was war, wenn noch jemand darin lag? Vorsichtig ging er ans Ufer, wartete noch einen Augenblick und watete dann eilig ins Wasser. Die Kälte schnitt ihm in die Beine, und er keuchte laut. Aber er erreichte das Boot und zog es mit festem Griff um den Steven ans Ufer. Er drückte eine Seite herunter und versuchte das Boot umzudrehen. Beim dritten Versuch gelang es. Der Kahn war leer. Kein Gepäck, keine Beutekäfige – weder Angelgerät noch Schöpfer. Verwundert zog er das Boot ans Ufer und kippte das Wasser aus. Jemand musste in diesem Schiff gewesen sein.

Entschlossen begann er flussaufwärts zu gehen. Irgendwo in der Nähe des Wasserfalls musste das Unglück geschehen sein. Er hielt sich dicht an der Uferböschung, achtete sorgfältig darauf, nicht in Schlamm und Schilf zu versinken, und duckte sich unter die Laubzweige. Er fand keine Spuren unterhalb des Tobels und setzte seinen Weg fort. Hinter einem Felsen entdeckte er etwas. Es sah aus wie ein Stoffballen oder ein großes Tuch, das auf der Wasseroberfläche trieb. Vielleicht war es eine Ladung Felle oder Stoffe? Aber Kaufleute pflegten in Gruppen zu reisen, um sich gegenseitig helfen zu können, und wenn jemand Schiffbruch erlitt, unternahm man alles, um Boot und Ladung zu bergen. Ein einsames Boot? Wer nahm dieses Risiko auf sich? Nur ein Dummkopf würde sich allein flussabwärts begeben. Ragnar Weitfahrer ging näher. Der Stoff schien ins Wasser zu hängen und ... Jetzt erkannte er es, es war eine Tunika oder ein Kleiderstoff. Er erschrak. Am Strand lag eine Frau.

Sie lag bäuchlings an der Uferböschung, die Hände über dem Kopf, als hätte sie versucht, nach etwas zu greifen. Ihr dickes, blondes Haar wogte im Wasser, und ihre Arme waren flammend rot vor Kälte. Es schien, als hätte sie sich mit letzter Kraft an Land gerettet. Er beschleunigte seinen Schritt und als er ganz nah war, blieb er stehen. Noch einmal lauschte er auf verdächtige Geräusche, dann näherte er sich vorsichtig.

Die Frau hatte Prellungen an den Armen, die Haut an Händen und Armbeugen war aufgeschürft. Aber die Wunden waren nicht tief. Beunruhigt beugte er sich über sie und stellte zu seiner Erleichterung fest, dass sie atmete. Aber sie lag zu nah am Wasser, und immer wieder strömte kaltes Flusswasser über sie hinweg. Es hatte den Sand unter ihr fortgespült, und wenn sie noch lange dort gelegen wäre, wäre sie vermutlich zurück ins Wasser geglitten.

Entschlossen beugte er sich hinunter, packte die Frau und hob sie hoch. Sie war nicht schwer. Er trug sie zu einer sonnigen Felsplatte, legte sie behutsam nieder, wusch ihr Gesicht mit einem feuchten Ledertuch und schüttelte sie an den Schultern, um sie aufzuwecken. Aber sie war weit fort in einer Welt, die außerhalb der seinen lag. Wer war sie? Er wischte ihr das Blut von den Händen und von einer Wunde an ihrem Knöchel und ließ seinen Blick über ihren Körper gleiten. Sie schien nicht ernsthaft verletzt zu sein, war aber dennoch bewusstlos. Möglicherweise war sie am Kopf verletzt.

Er betrachtete sie unruhig und neugierig zugleich. Sie war nicht schön, aber auch nicht hässlich. Ihre Haut war jung und glatt, ihr Gesicht anmutig und ihre Nase ein wenig sommersprossig. Ihr fester weicher Körper verhieß Weiblichkeit, und er ahnte, dass viele Männer sie begehrten. Ein friedlicher Ausdruck lag auf ihrem Gesicht, und sie atmete ruhig. Aber sie musste aufwachen. Er gab ihr einen leichten Klaps auf die Wange. Sie rührte sich nicht. Unruhig befühlte er ihre Stirn, und als seine Hand über ihre Haut glitt, merkte er, wie kalt sie war. Sie musste länger im Wasser gelegen haben, als er geglaubt hatte.

Eilig zog er ihr die nassen Kleider aus und warf sich die Tunika von den Schultern. Vorsichtig breitete er sie über die Frau und legte sich dicht zu ihr. Der Umhang allein würde nicht helfen, er musste ihr auch seine eigene Körperwärme geben, sonst würde sie nicht wieder zu sich kommen. Und während die Sonne sie wärmte, drückte er seinen warmen nackten Oberkörper an ihren. Zuerst zuckte er zusammen, kalt wie sie war, und wollte zurückweichen, aber dann besann er sich und blieb liegen. Ihr unterkühlter Körper ließ ihn zittern, und es dauerte eine Weile, bis er spürte, dass sie wärmer wurde. Als die Wärme zu ihr zurückkehrte und ihre Haut zart und schön wurde, nahm er sie auch als Frau wahr. Ihr Körper war weich und sinnlich. Plötzlich überkam ihn die Lust, ihren Hals und ihre Schultern zu küssen, und die Berührung wurde zu etwas anderem, als er gedacht hatte. Er rang mit der Lust sie zu umarmen und zog sich zurück, verwirrt und verlegen zugleich. In diesem Augenblick bewegte sich die Frau.

Sie gab einen schwachen, jammernden Laut von sich und schlug die Augen auf. Vorsichtig drehte er sie auf den Rücken, beugte sich über ihr Gesicht und lauschte. Sie rang nach Luft und versuchte zu sprechen, doch obwohl ihre Lippen sich bewegten, konnte er nichts verstehen. Sie war noch immer kalt, aber er wagte es nicht länger, sie zu wärmen. Stattdessen löste er das Bündel mit den Marderfellen, das er bei sich gehabt hatte, und deckte sie damit zu. Dass er nicht schon früher an die Pelze gedacht hatte!

Er beobachtete die Frau gespannt. Langsam kam wieder Farbe in ihr Gesicht, und sie schien das Bewusstsein wiederzuerlangen. Er lag ganz still, und während er neben ihr ruhte und darauf wartete, dass sie aufwachte, begriff er, dass er Lust auf sie bekommen hatte.

Die Dämmerung hatte sich über den Königshof gesenkt, als der König endlich das Geräusch von Pferdehufen hörte. Ein Wagen rollte auf den Hofplatz und kurz darauf wurden Schritte vor der Tür laut. Dann trat Gudrid die Seherin ein. Die Wachen führten sie würdevoll zum König, und vor Seiner Majestät angelangt, bat sie sofort um einen eigenen Hochsitz, bedeckt mit einem weichen Kissen aus Hühnerfedern.

König Björn nickte und Gudrid erhielt sofort, was sie verlangt hatte. Nie zuvor hatte er eine so mächtige und große Frau gesehen und nahm andächtig ihre Erscheinung in sich auf.

Gudrid war in einen blauen Umhang gekleidet, verziert mit den prächtigsten Steinen. Außerdem trug sie eine Kette aus Glasperlen und einen schweren Hut aus Lammfell, gefüttert mit Katzenpelz. Um die Taille hatte sie einen Gürtel mit Zunderschwamm und einen Beutel mit Zaubermitteln gebunden, und unter dem Umhang waren ihre Schuhe aus Kalbsleder zu erkennen, mit Riemen und goldenen Knöpfen versehen. Die langen, schmalen Hände hatte sie mit weiß gefütterten Katzenfellhandschuhen bedeckt.

»Es ist mir eine Ehre, hier bei Eurer Majestät auf dem Königshof empfangen zu werden«, sagte sie mit tiefer Stimme und schenkte dem König ein würdiges Lächeln. Sie saß stolz und aufrecht, und ihr langes, schwarzes Haar fiel in kunstvollen Flechten über ihren Rücken. Ihr Gesicht war blass. »Ich soll Euer Majestät wahrsagen«, fuhr sie fort. »Gebt mir etwas Ziegenmilch und dann ein Herz von jeder Tierart, die Ihr hier auf dem Hof habt.«

König Björn zuckte zusammen und musste unmittelbar an seinen Gauklerbären und den Papageien denken. Errötend wich er ihrem Blick aus und schwindelte ein wenig:

»Wir werden Euch sogleich die Mahlzeit zubereiten lassen, und darin werdet Ihr die Herzen der allerbesten Tiere des Hofes finden. Sie werden Euch große Kraft verleihen.«

Gudrid beugte den Kopf als Antwort und zog einen Löffel und ein abgebrochenes Messer mit knöchernem Schaft aus ihrem mitgebrachten Marderfellbeutel. Dann verharrte sie reglos, bis die Hausmagd des Hofes die Milch und die Speisen brachte. Der König schwieg ebenfalls und zwirbelte seinen Bart so oft herum, dass er mehr einem Krähenbein als einem Schmuck glich, aber endlich hob Gudrid die leere Schale, um zu zeigen, dass sie fertig gegessen hatte. Sie räusperte sich.

»Heute habe ich keine Frauen bei mir, die für mich das magische Lied singen«, erklärte sie, »deshalb tue ich es selbst.«

Der König, der nicht wusste, was das bedeutete, lächelte und legte in Erwartung des Gesanges den Kopf in den Nacken. Im nächsten Augenblick durchschnitt ein gellender Schrei den Raum. Seine Majestät fuhr zusammen, sprang aus dem Hochsitz auf und sah sich erschrocken um. Dann bemerkte er, dass Gudrid gleichsam in sich versunken war, ihren Körper langsam wiegte und die schauerlichsten Laute ausstieß. Es war der Wildnisschrei der Schamanen, die Töne waren so hoch, dass der Papagei, der seinen Schlaf hinter dem Samttuch genossen hatte, aufwachte. Hellwach trillerte er laut in seinem Käfig, aber Gudrid, die in ihren eigenen Gesang eingehüllt war, merkte nichts, und als sie endlich aufhörte, war der Papagei wieder eingeschlafen.

Nach dem Zaubergesang stand Gudrid auf, nahm auf dem mannshohen Seherfelsen Platz, den der König hatte aufstellen lassen, und setzte dort ihren Zauber fort.

Nun rief sie die Dinge im Verborgenen an, indem sie Gesänge zur Geisterbeschwörung anstimmte, und nachdem sie eine ganze Weile immer denselben Ton gesungen hatte, begann sie mit dem Körper vor und zurück zu schaukeln.

»Im Sommer werden die Feldfrüchte auf den Äckern verfaulen und es wird in der ganzen Gegend Missernten geben«, sagte sie heiser. »Aber ich sehe noch mehr Dunkel. Es gibt Männer hier, die das Land führen wollen«, fuhr sie fort. »Euer Majestät muss sich um die Unterstützung des Volkes bemühen.«

Der König blickte sie entsetzt an.

»Ist großes Unglück zu erwarten?«, stammelte er.

Die Seherin schaukelte ihren Körper und fuhr fort:

»Birka wird von Seeräubern heimgesucht, und vom Volk der Dänen kann ein Angriff erwartet werden.«

Jetzt wurde der König sehr unruhig.

»Aber die Christen sind besiegt«, widersprach er schwach.

»Das hat keine Bedeutung. Wer Macht haben will, wechselt den Glauben, wann immer es ihm dienlich ist«, predigte Gudrid.

»Aber wann geschieht all das?«, fragte der König erschrocken und ihm wurde mulmig.

»Mit einem Angriff vom Meer ist jederzeit zu rechnen, aber weder Zaubergesänge noch Opferspäne können mir helfen, Genaueres vorherzusagen. In diesem oder dem nächsten Herbst, ich kann es nicht deutlicher erkennen.«

Gudrid fasste sich vor Anstrengung an die Stirn, schloss die Augen und schwieg.

»Aber, was ist mit den anderen«, keuchte der König, »mit denen, die das Sveareich führen wollen? Werden sie wirklich versuchen, die Macht an sich zu reißen?«

»Solche Männer gibt es immer«, mahnte die Hellseherin. »Aber mach ihnen reiche Geschenke, dann werden sie dir wohlgesonnen sein. Reite mit deinem Gefolge durchs Land und besuche die Höfe der wichtigen Männer. Wen man gut kennt und mit wem man sich beratschlagt hat, den lässt man nicht so leicht im Stich.«

König Björn sank in seinem Hochsitz zurück und legte die Stirn in Falten. Es stimmte, er war nicht gewillt gewesen, den Königshof zu verlassen. Er musste die großen Männer des Reiches öfter besuchen. Sogleich entspannte er sich. Wie gut, dass er eine Seherin befragt hatte. Jetzt konnte er noch rechtzeitig zur Tat schreiten. Und wenn er Birkas Verteidigung rüstete, ehe der Feind sich näherte, konnte sein Ansehen nur steigen.

Der König faltete die Hände über dem Bauch und fühlte seinen Seelenfrieden zurückkehren. Jetzt wusste er, was zu tun war. Außerdem fand er, dass der Rat der Seherin sehr klug gewesen war, und es überkam ihn große Lust, sie nach persönlichen Dingen zu befragen. Entschlossen und ein wenig verlegen beugte er sich im Hochsitz vor.

»Wie es sich mit dem Reich verhält, das weiß ich nun

nach Euren Weissagungen, doch habe ich noch eine andere Frage.« Der König befeuchtete seine Lippen und fuhr mehrmals mit der Zunge über die Unterlippe, ehe er sich endlich traute, damit herauszukommen. »Mein Haar ist ergraut, ein wenig Bauchspeck hat sich mit den Jahren angesammelt, und dazu bin ich auch nicht mehr so jung … aber, ja, junge Frauen gefallen mir so …« Hier hustete der König und räusperte sich ein paar Mal, bevor er das Wort wieder ergriff. »Ja, Jungfrauen sind der Schatz des Lebens für uns Männer, und nun frage ich mich, ob Gudrid glaubt, dass ich auch weiterhin so großes Glück mit den Frauen haben werde?«

Die Seherin setzte sich kerzengerade auf ihr Hühnerdaunenkissen und sah den König streng an.

»Alte Mannsbilder wie Euer Majestät sollten junge Mädchen in Frieden lassen«, sagte sie barsch.

Und noch ehe der König antworten konnte, ertönte plötzlich ein wohlbekanntes Geräusch. Laute Liebesseufzer erfüllten den Raum.

»Ahhhohhh!«, klang es vom Käfig unter dem roten Samt, gefolgt von einem kurzen Triller.

»Die Liebe«, setzte Gudrid betreten an, »muss man schützen wie die wertvollsten Kostbarkeiten.«

»Schwanz!«, unterbrach der Papagei.

Gudrid zuckte zusammen.

Der König sprang vom Hochsitz auf und begann diskret nach dem schwarzen Käfigtuch zu suchen.

»Aber ein Mann ist mit Gelüsten geschaffen«, widersprach er und versuchte den Vogel zu übertönen. »Wie eine Biene müssen wir von Blüte zu Blüte fliegen und sie bestäuben.«

»Ich kann kaum sehen, wie der König zwischen Blumen umher fliegt«, antwortete Gudrid.

»Welche Turtelbrüstchen«, trillerte der Papagei.

Gudrids Blick flackerte.

»Mein geliebtes Kussmündchen!«, fügte Freja fröhlich hinzu.

Die Hellseherin musterte den König argwöhnisch.

»Schwanz, Schwanz«, krähte Freja weiter.

Mit zwei Schritten war Seine Majestät beim Käfig und schüttelte ihn.

»Der ist zu klein und steht nicht!«, antwortete Freja rachlustig und flog von der Stange auf.

Jetzt wurde der König leuchtend rot. Bei allen Raben Odins, was war in den Vogel gefahren? Das Federvieh sang, obwohl er roten Samt über den Bauer gelegt hatte. Warum nur hatte er sich nicht an das schwarze Tuch gehalten?

»Ah, jetzt komme ich, jetzt komme ich!«, krächzte Freja laut, ehe es dem König endlich gelang, den Käfig mit dem schwarzen Tuch abzudecken. Es wurde still, sehr still. Der König sah zu Boden und an seinem Hals leuchteten flammendrote Flecken.

»Wie mir scheint, benötigt Euer Majestät keinen Rat in Liebesdingen«, sagte Gudrid trocken. »Aber möglicherweise Liebeskräuter.«

Mit diesen Worten stieg Gudrid vom Seherfelsen hinunter, raffte den blauen Umhang um ihren Körper und schritt hinaus. Die Katze lief ihr miauend hinterher.

Sie ließ sich sofort zu ihrem Wagen bringen. König Björn sah ihr lange nach. Was sie über die Politik gesagt hatte, glaubte er, aber er bereute es, dass er sie nach den

Frauen gefragt hatte. Und Freja musste den ganzen nächsten Tag ohne Futter unter dem schwarzen Tuch sitzen. Erst am folgenden Morgen bekam sie wieder Sesamsamen und eine Opferschale voll Wasser. Aber keinen Fruchtwein.

Frühling und Frühsommer waren so warm gewesen, wie seit langem nicht mehr, und Wiesen- und Feldblumen leuchteten in der Sonne. Auf den Koppeln und Feldern wiegten sich bunte Blumen und in den Wäldern duftete es nach Sommer. Wenn das Wetter hielt, würden Gerste und Roggen die beste Ernte seit vielen Jahren einbringen, wenn jetzt auch noch ein wenig Regen fiel.

Auf dem Königshof hatte Ysja sich gut eingelebt, und der Hausmagd fiel auf, dass die Sklavin große Tüchtigkeit im Haushalt zeigte. Außerdem kam sie gut mit den Tieren zurecht und kannte sich mit Pflanzen aus. Verblüfft über die Fertigkeiten der jungen Frau betraute die Hausmagd die Sklavin mit neuen und schwereren Aufgaben, während ihr Vertrauen in das verschlossene Mädchen wuchs. So kam es, dass Ysja den Auftrag erhielt, Blumen zum Färben zu sammeln. Die Wolle des Frühjahrs sollte in leuchtende Kleider verwandelt werden, und da König Björn eitel war und fortwährend nach Neuem verlangte, mit dem er sich schmücken konnte, mussten die Frauen auf dem Königshof, so oft es sich einrichten ließ, die Schafe scheren, Wolle spinnen und Stoffe färben.

Die Sklavin wusste, wo sie Birkenblätter und Hasel sammeln konnte, und sie wusste auch, wo Rainfarn, Färberkamille und Flockenblumen wuchsen. Die Hausmagd bat Ysja sogar, draußen auf den Inseln Färberwaid zu pflücken, denn seit der König den blauen Umhang der Hellseherin gesehen hatte, wünschte er sich Hosen in derselben Farbe. Außerdem wollte er Rot, um sich darin zu kleiden, wenn er zu großen Festmahlen lud. Aber Ysja musste noch warten, bis sie Blätter zum Rotfärben sammeln konnte, noch waren die Blaubeeren nicht reif.

An diesem Morgen, als sie mit ihrem Korb durch die Ländereien des Königshofes streifte, dachte sie viel über Seine Majestät nach. Viel Vergnügen bereitete ihr dieser Umgang nicht, auch wenn sie ihr Bestes tat, um ihm zu schmeicheln und ihm die größten Liebesfreuden zuteil werden zu lassen. Und sie liebkoste ihn nicht nur, fast jeden Tag hörte sie ihm geduldig zu, wenn er sein Herz erleichtern wollte.

Manchmal musste sie eine ganze Nacht nur dasitzen und seinen Erzählungen über die Abenteuer vergangener Tage lauschen, und sie musste sich anstrengen, um aufmerksam auszusehen und nicht zu gähnen. Er vergaß, dass er oftmals dieselbe Geschichte wieder und wieder erzählte, aber da sie ihn nicht enttäuschen wollte, ließ sie ihn gewähren. Denn auch wenn der König einen um den Verstand bringen konnte, war er ein weichherziger Mann, der sich große Mühe gab, damit es ihr gut ging, und das musste belohnt werden. Nur manchmal verlor Ysja beinahe die Geduld, so wie an jenem Tag, als sie zwei Läuse in seinem gewachsten Bart fand. Da waren ihr die Liebesworte schwer gefallen, und am Tag darauf hatte sie ihn überredet, die große Haarpracht abzuschneiden. Als er sich über diesen Vorschlag beklagte, entgegnete sie nur, sie liebe es, ihn zu küssen, und wolle am liebsten mehr von seinen warmen, sinnlichen Lippen spüren. Da der König alles Gute glaubte, was man über ihn sagte, ließ er sich sämtliche Haare von der Oberlippe schneiden und achtete zugleich darauf, die Länge aller Haare zu kürzen, um männlicher auszusehen. Auch wenn das Haareschneiden Seiner Majestät Vergnügen bereitete, hatte es doch kaum Auswirkungen auf seine Männlichkeit, und Ysja musste sich damit trösten, dass sie wenigstens die Mundläuse losgeworden war. Obwohl sie eigentlich nicht klagen durfte. In kurzer Zeit hatte sie das Vertrauen des Königs und der Hausmagd gewonnen, und dafür, dass sie Sklavin war, hatte sie großes Glück gehabt. Und doch ... Bevor sie noch einmal gezwungen worden war, Sklavin zu werden, war sie eine freie Frau gewesen.

Auf dem Königshof erging es ihr natürlich besser als jemals auf dem Eyvindhof, aber sie fürchtete immer noch um Toste. Er sah so blass und kränklich aus. Sie schlich mit etwas Essen zu ihm, so oft sie konnte, aber er wurde nicht kräftiger. Der Junge war mager, eingefallen und schwach und sagte nicht viel. In ihren dunkelsten Momenten fürchtete sie, dass er verkauft oder geradewegs geopfert werden würde. Sie musste versuchen, Toste und sich rechtzeitig frei zu bekommen, bevor ihnen etwas Furchtbares zustieß. Und Ysja wusste, was dazu erforderlich war. Sie musste sich mit einem freien Mann verheiraten, nur so konnte sie der Sklaverei entkommen. Und dieser Mann musste sie so sehr lieben, dass er sie einer freien Frau mit Mitgift, Geschlecht und Familie vorzog. Noch war sie eine junge Frau in der Blüte ihrer Jahre, und noch konnte ihr dies gelingen. Aber Eile war geboten. Die Bediensteten vom Hof begannen schon, sich über Toste zu beklagen.

Ein warmer Sommerwind blies ihr ins Gesicht, als sie in Gedanken versunken über die Wiesen lief. Da und dort fiel ihr Blick auf eine Pflanze, und sie bückte sich und sammelte die Blumen in ihre Hucke aus Birkenrinde. Wenn Toste nicht gewesen wäre, hätte sie diesen Tag vielleicht genossen, aber die Sorge verdunkelte ihre Sinne. Glücklicherweise war König Björn zu den Großbauern des Reichs geritten, so dass sie ein paar Tage für sich sein konnte. Er hatte gesagt, dass er beabsichtigte, andere Teile des Reiches zu besuchen und erst am Abend des zweiten oder dritten Tages zurückkehren würde. Nun waren drei Tage vergangen und sie hoffte, dass er nach seiner Rückkehr so erschöpft sein würde, dass er sofort zu Bett ging. Andernfalls wollte sie sagen, sie sei krank. Zum ersten Mal seit langem hatte sie Frieden und Ruhe genossen und Zeit für sich gehabt. Und diese Zeit wollte sie ausdehnen, so lange es ging.

Als Erik hörte, dass Seine Majestät am Königshof zurückerwartet wurde, beschloss er, ihn aufzusuchen. Er hatte dringliche Dinge zu berichten. Als er auf den großen Höfen um Badelunda herum nach Toste gesucht hatte, hatte er Unheil verkündende Gerüchte gehört. Der Großbauer Torvald Hjalte hatte Männer um sich geschart und war dabei zu rüsten. Erst hatte Erik dem boshaften Gerede keinen Glauben geschenkt, aber dann hatte er auf einem Hof in einem der Nebengebäude die blanken Speere und Äxte gesehen. Es waren neu geschmiedete Waffen, die noch nicht benutzt worden waren. Dann war vielleicht doch etwas an den Gerüchten, die besagten, dass unzufriedene Großbauern den König stürzen wollten. Auf beinahe jedem Hof hatte Erik Klagen gehört. Die Bauern ereiferten sich über den schwachen Führer, der nichts anderes als ein schlichter Gaukler war, und einen solchen Herrscher konnte das Reich nicht brauchen; nicht, wenn der Feind Dorestad niederbrannte und das Meer von Seeräubern wimmelte. Das Volk brauchte in diesen ungewissen Zeiten einen mächtigen Krieger, keinen Schelm.

Erik wurde wütend. Einen besseren und friedlicheren Machthaber als Seine Majestät hatten die Svear seit vielen Menschenaltern nicht mehr gehabt, und dass sich sein Widerwillen gegen Waffen nun gegen ihn richten sollte, das konnte Erik nicht begreifen. Einem König, der sich um Frieden bemühte, sollte dafür gehuldigt werden.

Schon am Morgen, als Erik entgegen seiner Gewohnheit früh aufwachte, ging er zum Steg hinunter und brachte das Boot in Ordnung. Er hatte keine Lust, das Rahsegel zu hissen, sondern beschloss zu rudern. Es würde dauern, bis der König zurückkehrte. Ohne Hast machte er das Boot los und ruderte gemächlich aus dem Hafen. Er tauchte die Ruderblätter ruhig ein und betrachtete das Spiel der Libellen auf dem Wasser.

Das Zwitschern der Singvögel trieb weit auf den Fjord hinaus, und das Geräusch der Ruder war auch am Ufer noch zu hören. Erik blickte nachdenklich auf die Stadt. Nun war Estrid seit fast einem Jahr fort. Wenn sie bis zum Herbst nicht zurückkam, war er ein freier Mann und konnte tun, was ihm gefiel. So hatten sie es vereinbart. Dann musste er nicht länger auf sie warten, und sie hatte versprochen nichts zu sagen, wenn er sich eine andere Frau suchte. Aber wollte er das? Wünschte er sich nicht, seine Estrid zu behalten? Was wäre, wenn sie nicht zurückkam, wenn sie in ein neues Leben verschwand, das ihn nichts anging? Das wollte er nicht. Doch sie waren so lange voneinander getrennt gewesen, vielleicht zu lange. Die Erinnerungen an sie waren schwächer geworden, und auch wenn er oft eine Sehnsucht verspürte, er konnte ihr Bild nicht mehr wachrufen. Auch die Wollust und Wärme ihrer Umarmungen überkamen ihn nicht mehr wie früher. Die Frau, die er so lange vermisst hatte und die er sogar heiraten wollte, war nicht länger dieselbe. Bald musste sie zurückkommen, sonst würde er sie wegen einer anderen vergessen.

Sein Leben war eintöniger ohne Estrid geworden. Es war, als wäre ein Teil von ihm verdorrt und müsste wieder zum Leben erweckt werden. Aber würde er dieselbe Liebe erfahren, wenn sie wiederkam, oder hatte sie das Gute, was zwischen ihnen gewesen war, für immer zerstört? Er wusste nur, dass ihn die Einsamkeit langweilte und quälte. Wenn Rurik und das Versprechen, das er ihr gegeben hatte, nicht gewesen wären, er wäre schon lange auf Wikingfahrt gezogen.

Ja, was hatte er in diesem Jahr, seit sie fort war, eigentlich getan? Mit Sigfrid im Schankhaus gearbeitet, nach Rurik gesehen, mit dem König gesprochen und zuweilen seinem alten Freund Snemun geholfen, Sigfrids Mann. Aber tief in seinem Innern war er unzufrieden mit sich selbst, denn was er getan hatte, war nichts, was er selbst gewählt hatte. Er war ein Werkzeug der anderen. Und dann das Gerede über den Milchbart. Nein, er konnte es nicht mehr hören. Als Erik das Schilf unterhalb des Königshofes erreicht hatte, nahm er seine Angelschnur, befestigte einen Köder und warf sie aus. Sofort biss einer an. So fuhr er fort, bis er einen Eimer voll kleiner Fische hatte. Er ruderte tiefer ins Schilf hinein, und als er das Bootshaus hinter sich gelassen hatte, nahm er eine dickere Schnur, und die kleinen Fische, die er eben gefangen hatte, dienten ihm nun als Köder.

Es war noch immer früh am Morgen, und Erik musste nicht lange warten, bis etwas anbiss. Ein großer Hecht hing am Haken, und er musste ziehen und wieder nachgeben, ehe er ihn so nah am Boot hatte, dass er ihn an Bord holen konnte. Erik fischte noch eine Weile, und als er drei Barsche und zwei prächtige Hechte gefangen hatte, beschloss er, an Land zu rudern. Er musste sich einen Köcher aus Zweigen flechten, um seinen Fang tragen zu können. Zufrieden zog er das Boot an Land, ließ die Fische im Bilgewasser des Achterschiffs zurück und schlenderte den Strand entlang. Es roch nach warmem Tang und Sommer, und ein lauer Wind wehte vom Meer. Die Sonne, die über die Baumwipfel stieg, war sengend heiß. Nach einer Weile begann er zu schwitzen und zog seine Tunika aus. Als er eine Felsplatte auf einer sonnenbeschienenen Lichtung erblickte, vergaß er die Fische. Er ging hinüber, legte sich hin, schloss die Augen und genoss die Wärme der Sonnenstrahlen auf seinem Körper. Nach einer Weile versank er in einen trägen Halbschlaf.

Er hatte keine Ahnung, wie lange er so gelegen hatte, als er plötzlich Geräusche und Stimmen vom See hörte. Er setzte sich auf und sah hinunter zum Ufer. Zwischen ein paar Erlen hindurch erspähte er etwas im Wasser. Eine junge Frau mit dunklen Haaren schwamm ein wenig vom Strand entfernt. Hinter ihr näherte sich ein Boot mit zwei Männern, und es schien, als versuchte sie, ihnen zu entkommen. Die Männer lehnten sich über die Reling und paddelten mit den Rudern, während sie scherzten und lachten und ihr etwas zuriefen.

Erik konnte nicht hören, was sie sagten, aber das höhnische Gelächter scholl laut und deutlich zu ihm herüber. Erik stand auf und rannte zum Strand hinunter. Jetzt hatten die Männer die Frau eingeholt und obwohl sie schrie und sich wehrte, zogen sie sie ins Boot. Die Sonne schien auf ihren nackten Körper, der sich im Gegenlicht in einer anmutigen Silhouette zeigte. Erik erkannte die Dunkelhaarige plötzlich und schnappte nach Luft. Es war Ysja, die Sklavin des Königs. Sie schlug um sich, schrie und spuckte und versuchte, sich zu befreien.

»Jetzt halt sie doch fest«, krakeelte der ältere der beiden Männer.

»Das ist nicht so einfach. Sie tritt«, entgegnete der Jüngere. »Au, und kratzen kann sie auch, die Meerkatze«, stöhnte er und fasste sich an den Arm. Im nächsten Moment spuckte sie ihm ins Gesicht, und er fluchte.

»So, du willst also nicht, du Hexe. Aber wir werden dich schon auf andere Gedanken bringen«, zischte er und drehte ihren Arm nach hinten. »Hierher mit dem Tampen«, rief er seinem Kameraden zu.

Erik beobachtete, wie die Männer mit Ysja rangen, aber sie standen so, dass er nicht richtig sehen konnte, was geschah. Dann hörte er Gelächter und ihren verzweifelten Schrei. Die Männer waren zur Rahe am Mast gegangen. Doch das Segel war noch immer zusammengezurrt. Die Männer waren dabei, die Rahe zu hissen, ohne das Lodensegel herunterzulassen. Erik stand ratlos da, dann begriff er. Sie hatten Ysja an der Rahstange festgebunden und waren auf bestem Wege, sie am Mast zu hissen.

Mehr musste Erik nicht sehen. Mit wenigen Schritten war er am Ufer und warf sich ins Wasser. Die Männer hatten ihn nicht bemerkt und waren vollauf damit beschäftigt, die arme Sklavin zu verspotten, und hissten und fierten abwechselnd das Tau. Erik nahm sein Messer aus dem Gürtel und näherte sich schwimmend dem Boot von achtern. Er bekam das Steuerruder zu fassen und zog sich vorsichtig hoch. Das Boot schaukelte, aber die Männer reagierten nicht. Sie achteten nur auf Ysja. Erik schlich sich vor zum Mast.

»Was bildet ihr euch ein? Fiert sie herunter!«, brüllte er und baute sich breitbeinig vor ihnen auf.

»Beruhige dich, wir ärgern das Sklavenstück nur ein bisschen, das wird sie gefügiger machen«, lachte der ältere der Männer und schlug Erik freundschaftlich auf die Schulter. »Komm mit, du, die ist gut, das kannst du uns glauben!«

»Fiert sie runter!«, schrie Erik außer sich vor Zorn. »Ihr seid verrückt, jemanden an die Rahe zu binden ... So etwas macht man weder mit Tier noch Mensch.«

Er fuchtelte mit dem Messer. Sie waren zu zweit und

er allein, aber sein Zorn und seine Kraft ließ sie gehorchen. Langsam gaben sie dem Tau nach.

»Los, runter mit ihr!«

Ysja war splitternackt, das Seil schnitt in ihre Haut. Die Rahstange knirschte und knarrte unter ihrem Gewicht, als sie langsam zum Boden gelassen wurde.

»Macht sie los«, mahnte Erik. »Euch sollte man beide opfern.«

»Ach, beruhige dich, sie ist doch nur eine Sklavin. Das ist kein Grund, sich so aufzuregen«, murrte der Jüngere der beiden, der sauer darüber war, dass sie bei ihrem Schabernack gestört worden waren. Missmutig machte er einen Versuch, Erik von hinten anzugreifen, aber der Ältere hielt ihn mit einem scharfen Blick zurück. Er hatte Erik erkannt und wusste, dass er ein Vertrauter des Königs war. Ihm war klar, dass es das Beste war, sich zurückzuziehen. Sie hatten Pech gehabt und waren gesehen worden, das war alles. Auf eine blutige Wunde nur wegen einer Sklavin, darauf hatte er keine Lust.

Mürrisch lieferte er beide, Erik und die Dunkelhaarige, am Strand ab und steuerte das Boot auf den Fjord zurück. Er fluchte darüber, dass sie sich nicht zuerst mit der Sklavin verlustiert und sie dann mit der Rahe gehisst hatten.

Als Ysja wieder in ihre Kleider geschlüpft war und ihre Hucke mit den Haselblättern und Flechten gegriffen hatte, ging sie hinüber zu Erik, der sich gesetzt hatte, um auf sie zu warten.

»Danke«, murmelte sie. »Es war dumm von mir, dort hinauszuschwimmen, aber es war so warm und ich habe niemanden gesehen.«

»Du solltest wohl in Frieden baden dürfen. Diese Schweine!«, antwortete Erik.

»Du hast mich gerettet.«

»Darüber bin ich froh. Wie kommt man nur auf solche Ideen. Ich verstehe das nicht.«

»Sklaven sind keine Menschen, weißt du das nicht?«

Ysja blieb ein Stück entfernt von ihm stehen. Erik wandte sich zu ihr um und sah, wie die Sonne in ihr anmutiges, rundes Gesicht und auf die von Mücken zerstochenen Oberarme schien. Ihre Haut war glatt und mit kleinen, feinen Flaumhärchen bedeckt, ihre tief liegenden dunklen Augen blickten kummervoll. Plötzlich tat sie ihm Leid. Arme Frau. Hatte sie so etwas schon früher erlebt? Draußen auf dem Fjord war das Boot mit den beiden Männern auf dem Weg nach Birka zu sehen. Er hatte sie verjagt, aber was wäre, wenn sie es wieder versuchen würden?

»Hab keine Angst, sie kommen nicht zurück«, sagte er in einem ungeschickten Versuch, sie zu trösten. »Übrigens, ich kenne dich vom Königshof, der König hat viel von dir erzählt.«

Ysja errötete verunsichert. Erik Bernsteinhändler. Es war nicht gut, gerade ihm so zu begegnen, er konnte sie als die frühere Sklavin vom Snemunhof wiedererkennen. Wenn Toste nicht gewesen wäre, würde sie vielleicht noch immer dort arbeiten. Für einen Augenblick sah sie den Jungen vor sich im Brunnen, leblos und im Begriff zu ertrinken. Aber sie hatte ihn gerettet und hatte ihn an Stelle ihres eigenen, missgebildeten Kindes zu sich genommen, das im Wald ausgesetzt worden war. Mit Toste in ihren Schal gewickelt, war sie vom Snemunhof geflohen und nicht mehr zurückgekehrt. Aber jetzt hatte das Schicksal sie nach Adelsö auf den Königshof geführt, unweit von Birka. Wenn Erik sie nur nicht von früher erkannte.

»Setz dich«, forderte Erik sie auf und zeigte auf den Platz neben sich auf der Felsplatte. »Das, was geschehen ist … ich meine, sind Männer oft so grausam zu dir?«

»Einige sind es, andere nicht, aber ich wehre mich. Ich kann kratzen und beißen, aber manchmal geht es übel aus, dann bekommt man Prügel. Das Einzige, worauf ein Sklave hoffen kann, ist einen guten Herrn zu bekommen.«

»Wie den König?«

»Ja, er ist ein guter Mann.«

Sie schwiegen.

»Sind die Blumen für dich?«, fuhr Erik mit einem Blick auf die Hucke fort. Er hatte nichts vor und redete gern mit ihr.

»Die Blumen? Nein, sie sind zum Färben, für König Björns neue Kleider …«

Erik lachte.

»Soll Seine Majestät neue Kleider haben? Schon wieder?«

»Wieder? Kommt das öfter vor?«

Ysja konnte es nicht lassen zu fragen. Wie gern wollte sie hier neben ihm sitzen, sich unterhalten, lachen und getröstet werden nach dem, was geschehen war. Aber sie wagte es nicht. Sie und Toste waren am selben Tag verschwunden. Wenn er sie erkannte, würde er vielleicht anfangen zu fragen. Aber er gefiel ihr. Als Erik Ysja auf dem Königshof gesehen hatte, war sein Blick an ihr hängen geblieben, neugierig und ein wenig zweideutig.

Er machte sie neugierig.

»König Björn tut alles, um stattlich zu wirken«, sagte Erik lächelnd.

Ysja kicherte und setzte sich zögerlich ein Stückchen entfernt hin. Er lächelte sie freundlich an und streckte seine Hand aus.

»Tut das nicht weh von dem Seil?«, fragte er und berührte die roten Striemen auf ihrem Unterarm.

»Nein, nein«, stotterte sie und zog den Arm zurück. Aber warum war sie so abweisend, er war nur freundlich gewesen. Ach, wäre sie nur eine freie Frau, die nichts zu verbergen hatte. Dann, vielleicht ... Sie beherrschte sich. Warum diese Gedanken? Sie musterte Erik von der Seite. Er war kein übles Mannsbild und auch sein Körper gefiel ihr, das merkte sie jetzt. Als sie ihm bei König Björn begegnet war, da hatte sie sein Lachen und sein offenes Wesen gemocht. Er hatte etwas Jungenhaftes an sich und einen Hauch von Wehmut im Gesicht. Sie fragte sich, warum. Wie kam es, dass er zu Hause war und nicht auf Wikingfahrt, um sich zu prügeln, wie so viele andere?

»Übrigens, was glaubst du, wird der König zu dem sagen, was geschehen ist?«, sagte er, nahm einen Grashalm und begann, ihn um seinen Finger zu wickeln.

»Das Beste ist, er erfährt es nie.«

»Aber die Männer gehören bestraft.«

»Für das? Nein, vergiss nicht, dass ich eine Sklavin bin. Sie hätten mich verprügeln, ja, töten können, ohne bestraft zu werden.«

»Doch, eine Geldstrafe hätten sie bekommen.«

»Nur wenn ich gestorben wäre, aber das Silber hätte mein Herr bekommen. Ich wäre nicht reich dadurch geworden.«

Erik blickte auf und merkte die Bitterkeit in ihrer Stimme.

»Ich werde nichts erzählen, wenn es das ist, was du willst.«

»Das wäre das Beste.«

Erik sah sie nachdenklich an. Sie war von diesen Männern misshandelt worden, und doch konnte sie sich weder rächen noch eine Wiedergutmachung für das Geschehene erhalten. Dass so etwas geschehen durfte. Mochte sie auch nur eine Sklavin sein, aber dennoch. Unvorstellbar, so ausgeliefert zu leben!

Hastig glitt sein Blick über ihren Körper. Sie war schön, ja, sie hatte ein besseres Schicksal verdient als nach Lust und Laune ge- und verkauft zu werden. Was wollte der König mit ihr tun? Würde er Ysja behalten oder vielleicht an einen Kaufmann aus einem anderen Land verkaufen, wie er mit den Sklavinnen zu verfahren pflegte, derer er überdrüssig geworden war?

Erik fand keinen der beiden Gedanken ansprechend, und als er darüber nachdachte, kam er zu dem Schluss, dass das mit ihm selbst zusammenhing. Ohne dass er etwas dagegen tun konnte, begann er, sie zu begehren.

Ysja hatte seinen Blick gesehen und dachte daran, dass König Björn sie und Toste für immer aus dem Königshof hinauswerfen würde, wenn er erfuhr, dass sie sich anderen Männern hingab. Sie durfte sich durch nichts verführen lassen, das gefährlich für sie werden konnte. Röte stieg in ihre Wangen, und sie senkte den Blick. Ein Mann, den sie selbst wählte, einen Mann, den sie selbst haben wollte, würde sie das jemals erleben? Nein, sie durfte nicht zu lange zögern.

Sie stand auf und streckte sich nach ihrer Hucke.

»Danke, nochmals Dank«, sagte sie schnell. »Ich muss gehen, die Hausmagd wartet auf mich.«

Sie log und sie wusste, dass er es ihr angesehen hatte. Verwirrt lächelte sie ihn kurz an, schulterte die Hucke und verschwand in Richtung Königshof.

8

Die Geräusche des Waldes kamen und gingen. Estrid hörte das Donnern einer Stromschnelle, den Wind in den Bäumen und etwas, das atmete. Der Boden schwankte, und im Nebel sah sie ein Gesicht über sich. Sie strengte ihre Augen an, um besser sehen zu können. Jemand kniete neben ihr. Sie schloss die Augen, wünschte sich weit fort, wollte nicht wieder in Gefangenschaft sein, aber als sie die Augen aufschlug, war das Männergesicht noch da. Sie erstarrte und machte sich bereit zu fliehen. Hatten die Männer sie einholen können? Mit einer kräftigen Bewegung schlug sie nach der Gestalt vor sich und versuchte sich aufzurichten. Aber ihr Körper gehorchte nicht und sie sank auf den Boden zurück. Im nächsten Augenblick spürte sie, wie jemand ihre Handgelenke umfasste und sie festhielt.

»Verschwinde, du Wahnsinniger«, schrie sie und versuchte, den Unbekannten zu beißen.

»So, du bist also eine Sveafrau«, sagte der Mann ruhig, ohne seinen Griff zu lockern. »Du musst dich ausruhen, fast hätte Ran dich zu sich geholt.«

Estrid sah auf, hörte ihre eigene Sprache und bemerkte, dass der Mann einen Thorshammer um den Hals trug. Ein Rus aus dem Reich der Svear?

»Dann lass mich doch los!«, erwiderte sie schroff, und er tat, wie ihm geheißen.

Sie musterte ihn erstaunt und rieb ihre Handgelenke.

Dann versuchte sie erneut aufzustehen, doch ihr wurde schwindelig. Der Fremde stützte sie, setzte sich neben sie, und plötzlich waren sie sich ganz nah. Ihre Blicke trafen sich. Seine Züge waren markant und sein dunkles Haar fiel weich um sein Gesicht. Seine Augen hatten einen lebhaften Glanz und waren so blau wie der Himmel, sein Mund war nicht zu groß und nicht zu klein. Sein Oberkörper schimmerte wie Tau im Sonnenlicht, seine Hände waren zart und wohlgeformt.

Er merkte, dass sie ihn anstarrte, aber er war sich der männlichen Ausstrahlung, die ihn umgab, nicht bewusst. Estrid empfand seine Nähe so stark, dass sie darin zu versinken drohte. Wer war dieser Fremde und warum überwältigte er sie so? Sie wagte kaum ihn anzusehen.

Sie blieben schweigend sitzen, und als sie den Blick wieder hob, bemerkte sie, dass er sie so eindringlich betrachtete, dass sie die Augen sofort wieder niederschlug. Es schien, als nähme er ihr Bild in sich auf, wie sie seines aufgenommen hatte, und sie dachte, dass es das Beste war zu gehen, bevor irgendetwas geschah. Sie wehrte sich gegen ihn, wollte sich von einem Fremden nicht so beeinflussen lassen. Sie war auf der Flucht, sie durfte niemandem trauen.

»Ich habe das verlassene Boot unterhalb des Wasserfalls gesehen und begriffen, dass etwas passiert sein musste. Aber es hat eine Weile gedauert, bis ich dich gefunden habe«, begann er.

Er hatte sich also aufgemacht, um zu sehen, ob er jemanden retten konnte? Ihr Gemüt hellte sich auf. Er kümmerte sich um sie und hegte keine bösen Hintergedanken. Dass sie fast ums Leben gekommen war, begriff sie erst jetzt. Wenn sie sich nicht aus dem Boot geworfen hätte, wäre sie verloren gewesen. Estrid holte tief Luft.

»Danke«, sagte sie eine Spur verlegen. »Du musst mich wohl gerettet haben.«

»Du hast dich selbst ans Ufer gerettet, aber vielleicht wärst du wieder ins Wasser gerutscht, wenn ich dich nicht gefunden hätte.«

Estrid schwieg, ihr Körper schmerzte. Aber vor allem war sie benommen und verwirrt. Sie wusste nicht, was sie sagen sollte, war sich noch immer unsicher, was dieser Fremde wollte.

»Woher kommst du?«, fragte er. »Obwohl, vielleicht sollte ich dich fragen, wohin du willst, denn irgendwohin wolltest du wohl, oder?«

Estrid sehnte sich danach, all das Geschehene jemandem anzuvertrauen, aber sie wagte es nicht. Warum sollte sie es diesem Mann erzählen? Er konnte von jemandem gedungen sein.

Er hatte zwar Marderfelle bei sich, aber wenn er Kaufmann war, kaufte oder verkaufte er vielleicht auch Sklaven.

Als hätte er ihre Gedanken gelesen, verschwand die Freundlichkeit aus seinem Gesicht, und er sagte mit einem schiefen Lächeln: »Ich weiß, dass ich ein Fremder für dich bin, und du kannst Böses von mir denken. Aber geh wohin du willst, du musst hier nicht mit mir sitzen. Geh schon!«

Das schöne sonnengebräunte Gesicht war plötzlich ernst, und ihr war klar, dass er wirklich meinte, was er sagte. Obwohl Estrid vorsichtig sein musste, vielleicht sogar Angst vor ihm haben sollte, blieb sie sitzen. Eine sonderbare Kraft hielt sie zurück. Sie spürte, dass sein Blick auf ihr ruhte, und sie wich ihm aus. Plötzlich wurde sie ihres fast unbekleideten Körpers gewahr und des Stoffes, der um ihre Taille geschlungen war. Eine Tunika? Verblüfft sah sie ihn an und seine Augen lachten.

»Du warst so durchgefroren, dass ich dir deine durchnässten Kleider ausziehen musste«, erklärte er. »Deshalb hast du meine Tunika bekommen. Allerdings verspürte ich keine große Lust, im Gegenzug deine Kleider anzuziehen.« Er strich sich über seine nackten Schultern.

»Und wenn du selbst keine Lust auf meine Kleider hattest, kannst du mir dann sagen, wo sie sind?«, sagte sie, leicht angespannt.

Er nickte und zeigte auf ein nasses Bündel direkt hinter ihnen.

»Ich hätte sie zum Trocknen aufhängen sollen, aber es stand nicht sehr gut um dich.«

»Schlimm?«

»Ja.«

Nun wurde Estrid neugierig.

»Was hast du dann getan?«

»Nun ja, ich habe versucht, dich zu wärmen«, sagte er ohne nachzudenken.

»Mich wärmen?«

»Ja, du warst kalt.«

»Ich sehe kein Feuer«, wandte Estrid ein.

»Nein, aber ich selbst war warm«, entgegnete er eine Spur verschämt und sah auf seine Hände. Sie betrachtete ihn ungläubig, aber als sie seinen jungenhaften, genierten Blick bemerkte, brach sie in Gelächter aus.

»Aha, du hast dich also neben mich gelegt? Mir scheint, du hast dir große Mühe gegeben, mich ins Leben zurückzuholen.«

»Ja, ich konnte nicht widerstehen.«

»Estrid. Ich heiße Estrid und komme aus Birka«, sagte sie plötzlich, um abzulenken und die seltsame Stimmung zwischen ihnen zu brechen. Sie streckte die Hand aus.

»Dann bist du aus dem Sveareich, ja, das dachte ich mir. Ich selbst bin Kaufmann aus Torslunda, Ragnar Weitfahrer nennt man mich.« Er drückte ihre Hand. »Ich treibe Handel mit den Slawen, aber statt die Felle von Jägern zu kaufen, jage ich selbst. Das bringt mehr Silber ein, und hier gibt es viel Wild. Außerdem gefällt es mir, durch Wald und Wiesen zu streifen.«

Estrid musste an Erik denken, den neugierigen und kühnen Wagehals, mit dem sie in Birka zusammengelebt hatte; auch er ging oft jagen. War dieser Mann auch ein Abenteurer, einer, der das Leben stets als Herausforderung betrachtete und niemals Ruhe fand?

»Was hat dich hierher ins Gårdarik geführt?«, fragte sie, und ihre Augen wanderten wieder zu ihm.

»Vieles«, antwortete er ausweichend. »Ich werde dir später davon erzählen, aber erst sollten wir etwas essen. Du musst hungrig sein.« Er stand auf und holte seinen Lederbeutel. Er nahm ein Stück getrocknetes Fleisch und etwas Brot heraus und reichte es ihr, dann nahm er sich selbst zu essen. Sie aßen schweigend. Beide waren erschöpft.

»Du siehst müde aus«, sagte er nach einer Weile und holte seinen Umhang. »Leg dich hin und ruh dich aus, ich passe so lange auf dich auf.« Estrid schüttelte den Kopf.

»Nein, ich muss weiter, hier kann ich nicht bleiben.«

Aber sie machte keine Anstalten aufzustehen, sondern blieb sitzen, und bald sank ihr der Kopf auf die Brust, und sie war viel zu müde, um das zu verhindern.

Er lächelte, als er das sah, legte sie dann vorsichtig auf den Boden und deckte sie mit seinem Umhang zu. Dann setzte er sich neben sie. Er brachte es nicht fertig, sie allein zu lassen, und er hatte keine Eile.

Leise stand er auf, nahm das Bündel mit ihren nassen Kleidern und hängte Tunika und Kleid über ein paar Zweige. Plötzlich dachte er wieder an den Anblick ihrer weißen Haut im Ausschnitt. Sie hatte vor Kälte gezittert und seine Gedanken waren nur darum gekreist, wie er sie retten konnte. Doch nun stand ihm das Bild einer vollkommenen Frau klar und deutlich vor Augen, und sein Blick wanderte wieder zu ihr hinüber. Wie schön sie ist, dachte er, und ihm wurde bewusst, dass er viel zu lange keine Frau mehr gehabt hatte.

Toste warf einen Blick durch die Tür. Draußen fiel ein heftiger Regen und widerwillig beschloss er, noch eine Weile in der Schmiede zu bleiben. Hier drinnen rauchte und qualmte es, und er wünschte sich frische Luft. Die Arbeit in der Werkstatt des Königs war schwer. Das Hämmern der Schläge gegen den Amboss, der Qualm, wenn das Metall in die Gussformen geschüttet wurde, die Stimmen und das Husten der Männer schwollen zu Geräuschkaskaden um ihn herum an. In seinen Ohren hallten der Lärm und das Klingen von Metall wider,

Schimpfworte und Ermahnungen und unzählige Stimmen. Manchmal wollte Toste den Blasebalg loslassen, sich verstecken und am liebsten gar nichts mehr hören. Was auch immer er tat, er machte es verkehrt. Er gab sein Bestes, um den Aufforderungen des Meisters zu folgen, und versuchte immer, Zangen und Hammer bereitzuhalten sowie alles andere, was der Schmied von ihm verlangte. Dennoch ging alles schief, und er wurde ausgeschimpft. Entweder goss er zu langsam oder der Rauch hatte die falsche Farbe oder der Guss misslang. Dann bekam er die Schuld. Aber er wollte nicht aufgeben, irgendwann würde er es ihnen zeigen.

»Du Faulpelz!« Plötzlich donnerte ein Schlag gegen seinen Schädel, und er wollte laut aufschreien.

»Versuch nicht, bei der Arbeit abzuhauen. Komm und hilf mir hier!« Der Meisterschmied zog ihn zu sich zur Bank und gab ihm den Schleifstein. »Ich will, dass du die Kanten von diesem Beschlag glättest.«

Plötzlich wurde Toste zornig. Immerzu diese eintönigen Arbeiten. Fertig gegossene Beschläge schleifen, das machte keinen Spaß.

»Ich will auch lernen, wie man schmiedet, nicht nur feilen, hämmern und Laufbursche sein«, entgegnete er bockig.

Der Meisterschmied kippte den Bronzebeschlag auf die Bank, drückte ihm den Schleifstein in die Hand und sagte: »Oh, du willst also etwas. Vielleicht bist du doch nicht so jämmerlich wie du aussiehst.« Dann ging er.

Toste sah ihm erstaunt nach. Das hatte fast wie Anerkennung geklungen.

Sie waren sechs Mann in der Schmiede, zwei Erwachsene und vier Sklaven. Er selbst war der Jüngste von allen, und egal, was zu tun war, schrie man nach ihm. Wenn niemand etwas sagte, dann war das meist ein Zeichen dafür, dass er alles richtig gemacht hatte, aber ein Lob hörte er nie. Und er litt darunter, dass er nie das Licht oder den Himmel draußen zu sehen bekam. Nur selten machten sie eine Pause, und er schaffte es kaum aus der Tür, ehe er zurückgerufen wurde.

Toste wusste, dass er als Sklave des Königs der Svear froh und stolz sein sollte. Ein guter Schmied wurde von allen geschätzt und geachtet, und man glaubte, dass er geradezu magische Kräfte besaß. Viele hätten gern Arbeit an Ofen und Esse gehabt. Aber Toste litt, denn er trug Bilder von etwas anderem in sich, die Erinnerung an etwas Helles und Fröhliches. Er sah sich selbst den Wald durchstreifen oder am Wasser entlangschlendern und dem Wind lauschen, den Vögeln und dem Wellenschlag des Meeres am Strand. Das hatte er einst getan, als er froh und sorglos gewesen war. Seitdem war etwas geschehen, aber seine Erinnerungen waren undeutlich und lückenhaft. Nur eines fiel ihm oft wieder ein: das schreckliche Bild des Pferdes und des Schlittens an der Eiskante und Onkel Eyvinds vergeblicher Kampf in dem kalten Wasser. Ysja hatte geweint, das Pferd hatte gescheut, und als sie zum Eyvindhof zurückgekommen waren, hatte die Herrin sie geschlagen und geschrien, dass alles ihre Schuld war. Seit dem Tag hatte die Herrin sie beide gehasst und sie für alles bestraft, das anders war, als sie es sich gedacht hatte.

Schließlich hatte sie ihren Anblick nicht mehr ertragen können und beschlossen, sie zu verkaufen.

Als der König sie dann gekauft hatte, hatte Ysja gejubelt, denn sie hatte gehofft, dass man auf dem Königshof gut für sie sorgen würde. Sicher hatte vieles sich zum Besseren gewendet. Seine Mutter war nicht mehr so ausgezehrt, hatte Farbe bekommen, und er konnte sie sogar lachen hören. Aber er selbst …

Als wäre der Hohn der Schmiede noch nicht genug, quälte ihn auch der Rauch. Niemals Licht und frische Luft zu bekommen, niemals frei zu atmen, ohne dass die Kehle sich zusammenschnürte. Die Sonne nicht zu sehen, weder Vögel noch Himmel. Toste litt, aber er klagte nicht. Wenn Ysja zufrieden schien, verschwieg er sein Unglück. Stattdessen magerte er ab, wurde verschlossen und wortkarg. Er wurde rasch müde, schaffte weniger, und bald fing das Gerede an.

Was nützte ihnen der Junge? Warum sollten sie sich mit einem solchen Taugenichts herumschlagen, wenn es doch flinke Schmiedeknechte gab, die nichts lieber wollten, als helfen? War es nicht besser ohne ihn, er war ohnehin meist im Weg. Toste merkte, dass hinter seinem Rücken geflüstert wurde, und er ahnte das Schlimmste. Er wusste, dass er kämpfen und härter werden musste, sonst würde er vielleicht geopfert werden.

Die Feuchtigkeit des Wolchow stieg zum Strand hinauf und kroch langsam unter den Umhang. Estrid wurde wach und setzte sich verwirrt auf. Wo war sie, warum hatte es schon zu dämmern begonnen? Dann hörte sie jemanden hinter sich, und Angst durchfuhr sie. Ihr Blick flackerte zum Wald, auf der Suche nach einem Fluchtweg.

»Estrid?«

Sie wandte den Kopf und ihre Unruhe wich. Es war Ragnar Weitfahrer, der Mann, der sie aus dem Fluss gerettet hatte.

»Du hast geschlafen, ich glaube, du hattest es nötig. Wie fühlst du dich?«, fragte er freundlich.

»Gut.«

Sie fuhr sich mit der Hand übers Gesicht und schüttelte ihr Haar. Blond und üppig fiel es über ihre Schultern, und als sie an sich heruntersah, bemerkte sie wieder den fremden Stoff, der durch die Strähnen schimmerte. Eine grüne Tunika?

»Meine Kleider, wo sind meine Kleider?«, fragte sie und ihr wurde klar, dass sie bis auf das weite, grüne Tuch nackt war. Auch ihm musste das aufgefallen sein, denn er sah zur Seite, als wollte er nicht, dass sie seinen Blick bemerkte.

»Ich habe deine Kleider zum Trocknen aufgehängt. Wenn ich sie dir gebe, könnte ich dann meine Tunika zurückbekommen? Es sei denn, du willst sie behalten«, sagte er und lächelte.

»Nein, dann behältst du am Ende noch mein Kleid«, antwortete Estrid, und ihre Augen glitzerten.

Beide mussten lachen und eine plötzliche Wärme umfing sie. Sie schielte zu ihm hinüber, und die Schönheit seines Körpers verwirrte sie. Estrid versuchte, den Blick abzuwenden, doch es gelang ihr nicht. Dann fiel ihr Orfrim ein und das, was geschehen war, und schnell schlug sie die Augen nieder.

Ragnar Weitfahrer, der für einen Augenblick die Vertraulichkeit gespürt hatte, bemerkte die Kühle und war enttäuscht. Vor zwei Wintern hatte er seine Schiffsmannschaft verlassen und seitdem allein gelebt. Aber nun, als er so dicht bei Estrid gewesen war, da hatte er eine neue Sehnsucht nach Nähe verspürt. Es war möglich, dass er sich das nur einbildete, aber er hatte eine Kraft, eine Art von Wärme zwischen ihnen wahrgenommen. Und jetzt saß sie da, das Gesicht abgewandt.

»Ich glaube«, sagte er nach einer Weile, »es ist das Beste, wenn wir über Nacht hier bleiben. Es ist schon spät. Ich habe das Boot an Land gezogen, und es kann uns als Schutz dienen. Morgen kannst du entscheiden, was du tun willst.«

»Nein, ich muss gehen. Ich muss weiter«, beharrte Estrid.

»Bis es dunkel wird, kommst du nicht mehr weit. Wenn ich schon einen ganzen Tag auf dich Acht gegeben habe, kann ich dich auch noch eine Nacht bewachen«, sagte er bestimmt.

Estrid sah sich um. Sie musste fliehen, so weit weg von Aldeigjuborg wie möglich. Konnte sie einem Mann trauen, den sie nicht kannte, den sie nie zuvor gesehen hatte? Aber er schien um sie besorgt zu sein ... Dennoch, sie musste fort, wie müde sie auch sein mochte. Ihr Blick wanderte zu ihm. Er hatte ihr nichts Böses getan und nur ihr Bestes gewollt, aber ...

Estrid stand auf und machte prüfend ein paar Schritte auf den Felsen zu. Würde sie es schaffen, die Flucht fortzusetzen? Ihr Knöchel schmerzte, und sie fühlte sich noch immer ein wenig schwindelig. Entmutigt blieb sie stehen. Es wäre nicht klug, im Dunkeln weiterzueilen. Wenn sie ohnmächtig würde? Vielleicht sollte sie doch noch ein wenig ruhen, ehe sie aufbrach? Ragnar Weitfahrer betrachtete sie abwartend.

»Wir können zur Nacht ein Feuer anzünden und von dem essen, was ich noch im Beutel habe. Morgen bist du kräftig genug, um weiterzugehen«, schlug er vor. »Es ist nicht gut, sich mit Werwölfen herumzuschlagen, wenn es dunkel ist. Hier wimmelt es nur so von ihnen.«

Er lächelte sie kurz an.

»Werwölfe, ja, aber woher weißt du, dass ich kein Waldweiblein bin?«

»Das weiß ich nicht, aber bis morgen werde ich es schon herausgefunden haben.«

Als es dunkel wurde, machten sie Feuer, und Ragnar Weitfahrer und die Frau, die vor einem Kaufmann und seinen Männern aus Aldeigjuborg geflohen war, schlugen ihr Lager in einer Höhle einige Ellen vom Fluss entfernt auf. Obwohl sie den Kahn vom Strand hochgezogen und abgedeckt hatten, fürchtete Estrid, dass er entdeckt werden und die Verfolger auf ihre Spur bringen könnte. Das Versteck zwischen den Felsspalten schien sicherer zu sein. Eine Weile unterhielten sich die beiden leise, dann breitete sich Schweigen zwischen ihnen aus. Kurz bevor Estrid in den Schlaf fiel, schloss sie den Umhang dicht um ihren Körper und drehte Ragnar den Rücken zu. Er bemerkte das, und für einen Moment wollte er ihr den Umhang am liebsten vom Leib reißen, aber er besann sich. Sie musste sich ausruhen, und er würde in der Gewissheit einschlafen, dass er sie am nächsten Tag neben sich finden würde.

Als er aufwachte, war Estrid verschwunden. Ihre Tunika war fort, und er sah ihre Fußspur, die zum Fluss hinunterführte. Beunruhigt ging er ihr nach. Er entdeckte sie am Ufer, als sie gerade aus dem Wasser kam. Ihr Haar war nass, und Tropfen glänzten auf ihrer Haut. Sie zog ihre Tunika an und blieb dem Fluss zugewandt stehen. Die Sonne schien durch den Leinenstoff und ihr Körper zeichnete sich verlockend darunter ab. Über ihrer vollen Brust spannte sich der Stoff. Dann musste sie seinen Blick gespürt haben, denn plötzlich ging sie in die Hocke und schlang die Arme um ihren Körper. Zögernd ging er zu ihr. Ihr Blick begegnete seinem, und er sah Verwunderung. Dann änderte sich ihr Gesichtsausdruck, und als sie ihn erkannte, lächelte sie ihm zu.

»Hallo«, sagte sie scheu.

»War es kalt?«, fragte er, denn ihm fiel nichts Besseres ein.

Sie nickte, und er setzte sich. Schweigend kramte er in seinem Beutel und reichte ihr ein Stück Brot. Während sie aß, sagte er nicht viel. Die Gedanken tosten in seinem Kopf. Bald sprachen ihre Augen mit ihm, bald verschloss sie sich, und er hatte Angst, sie zu vertreiben. Er musste ihr Vertrauen gewinnen, erst dann konnte er sie überreden, ihm zu folgen. Er mochte ihre Gesellschaft und wünschte sich, dass sie ihn begleitete. Und wenn sie aufstand und einfach von ihm fortging? Seine Kiefermuskeln arbeiteten, und er rang mit sich selbst und all dem Widersprüchlichen in sich. Ihr Duft schlug ihm entgegen, und er wollte sie an sich ziehen, aber er beherrschte sich.

»Du solltest nicht allein reisen, das kann gefährlich werden«, sagte er schließlich.

Er zerkrümelte sein Brotstück in der Hand und musterte sie unruhig. Da wurde ihm auf einmal klar, dass er nicht die Absicht hatte, sie allein zurückzulassen. Entschlossen fasste er sie an der Schulter, um ihr etwas zu sagen, und in diesem Augenblick hätte sie aufstehen und ihres Weges gehen können. Aber sie tat es nicht, sie wartete. Er blieb sitzen und vergaß, was er hatte sagen wollen. Er sah ihr schönes Gesicht mit den hellen Wimpern und entdeckte einen neuen Glanz in ihren Augen. Jetzt war sie nicht mehr zögerlich. Sie atmete in ruhigen gleichmäßigen Zügen, und ihr Gesicht war offen und freundlich. Unsicher beugte er sich vor, um sie zu küssen. Nur einen kleinen Kuss, mehr nicht. Er wollte ihr zeigen, dass er sie gern hatte. Aber plötzlich wurden die Jahre der Sehnsucht nach Nähe zu viel, und er verwandelte sich. Estrid sah, wie sich sein Gesicht veränderte, und mit einem Mal wurde ihr klar, dass sie allein waren, ganz allein.

Es wurde Abend, und es wurde kalt über den Feldern des Königs. Erik streifte auf den Ländereien umher, während er über das nachgrübelte, was er auf den Höfen erfahren hatte. Eine Verschwörung gegen König Björn? Das war schwer zu glauben, aber er hatte die zweideutigen Reden selbst gehört, die verschlagenen Blicke bemerkt und die neu geschmiedeten Waffen draußen auf den Höfen gesehen. Aber was hatte der König Böses getan? Nichts, viel mehr war es doch so, dass die Großbauern selbst das Reich lenken wollten. Sie wollten Macht. Wie war es möglich, dass so viele danach strebten? Als ob es ein Vergnügen wäre, über andere zu bestimmen! Erik verstand das nicht, er war froh, sein eigenes Leben zu leben und kümmerte sich nicht um das anderer. Nur wenn Menschen kamen und ihm etwas aufzwingen wollten, wurde er zornig und wehrte sich. So wie gegen die Männer der Kirche, Ansgar, Gautbert und Nithard. Wie viel Zwist hatten sie nicht über die Höfe gebracht! Glücklicherweise hatte man schon lange nichts mehr von den Kreuzträgern gehört, und er dachte, dass nun Ruhe und Frieden in der Stadt einkehren würden. Aber dann hatte Erik erfahren, dass die Dänen Dorestad geplündert hatten, und dass dieser Schurke Torvald Hjalte eine Verschwörung gegen König Björn vorbereitete. Wenn der König doch nur schon da wäre, Erik musste mit ihm reden. Es galt, wichtige Reichsangelegenheiten zu erörtern, aber er musste einräumen, dass er auch über andere Dinge sprechen wollte.

Er wollte mehr von Ysja hören, der dunklen Sklavin. Wer war sie und woher kam sie? Sie schien anders zu sein, als die gewöhnlichen Sklavinnen, sie hatte etwas an sich, das er nicht ergründen konnte, etwas, das nach außen drang und ihn verstörte. Sie hatte ihn neugierig gemacht.

Die Wachen grüßten lachend, als sie Erik erkannten, der auf die Königsterrasse trat, und während sie auf den König warteten, leerten sie gemeinsam ein Fässchen Bier. Erik erzählte von seinen Abenteuern in Britannien und dem Frankenreich, und als der König endlich auf den Hofplatz ritt, war Erik wieder fröhlich und heiter zu Mute. Die Miene Seiner Majestät hellte sich auf, als er den Freund erblickte, und er schleuderte seinen Umhang mit einer großen Geste von sich.

»Puuh«, stöhnte der König.

»Was?«, fragte Erik.

»Diese großmäuligen Bauern. Sie winseln und klagen schlimmer als alte Weiber und glauben, dass sie das Land besser lenken können als ich. Aber dafür braucht es fähige Leute.« Er setzte sich.

»Beim Thing höre ich ihnen zu, und wir beratschlagen uns dort, aber bei allem, was das Ausland betrifft, kommt es auf mich an. Das wissen sie sehr gut. Und trotzdem ... Nein, lasst uns von etwas anderem reden. Wo ist Ysja?«

Eriks Schultern sanken. Einen ganzen Tag hatte er auf den König gewartet, um die Verschwörung mit ihm zu besprechen, aber soeben musste er einsehen, dass es an diesem Abend schwer werden würde, den König zum Zuhören zu bewegen.

»Ysja? Die Wachen sagen, sie sei krank.«

»Krank?«

Der König wurde still und jegliche Freude schwand aus seinem Blick.

»Aber Euer Majestät können sich doch eine andere Sklavin nehmen«, versuchte Erik zu trösten.

»Keine ist wie Ysja«, jammerte der König. »Sie ist nicht wie die anderen. Stell dir vor, sich zu wagen, sich dem König zu widersetzen! Ich durfte sie nicht einmal umbenennen. Verstehst du, für Frauen mit Haaren auf den Zähnen habe ich eine Schwäche.«

»Ja, ja, aber hör zu, ich habe wichtige Nachrichten«, sagte Erik und senkte die Stimme. »Es wäre besser, die Wachen hinauszuschicken.«

Der König blickte auf. Jetzt, wo er Ysja nicht sehen konnte, wollte er nur noch ins Bett. Schlafen. Oder vielleicht noch ins Badehaus gehen. Er hielt sich die Hand vor den Mund und gähnte herzhaft.

»Erik, können wir nicht morgen weitersprechen?«

»Nein«, antwortete der Freund gereizt.

Widerwillig wies der König den Wachen die Tür, schenkte sich etwas Fruchtwein ein und lehnte sich im Hochsitz zurück.

»Naa?«, murrte er.

»Es heißt, die Großbauern aus der Gegend wollen Euer Majestät der Macht berauben«, begann Erik.

»Das kann ich nicht glauben«, antwortete der König. »Ich habe jeden mächtigen Mann in der Umgebung besucht, und alle schienen gleichermaßen erfreut, mich zu sehen. Außerdem habe ich ihnen Geschenke gemacht. Auf böses Gerede sollte man nichts geben.«

»Aber ich habe selbst gesehen, wie sie auf den Höfen Waffen schmieden«, wandte Erik ein. »Euer Majestät sollte vielleicht eine Palisade unterhalb des Königshofes errichten lassen.«

»Eine Palisade? Niemals. Alle sollen sich hier willkommen fühlen.«

»Aber Torvald Hjalte rüstet …«

»Hjalte aus Badelunda? Dieser Tölpel hat mehr Silber bekommen als jeder andere und sollte ergeben genug sein. Nur weil er in Miklagård war, glaubt er, ihm gehöre das ganze Sveareich. Nein, hinter dieser Christenwühlmaus steckt mehr Geschwätz als Stärke.«

»Aber ich habe die Waffen gesehen …«

»Der Kerl kann nicht mal ein Rasiermesser halten. Den fürchte ich nicht.«

»Aber es gibt andere Männer …«

»Gewinsel und Weibergewäsch von Großbauern? Nein, hör nicht auf so etwas. Reiche Leute jammern immer, also vergiss es. Doch an dem Tag, an dem du hörst, dass die Wenden oder Dänen auf dem Weg sind, verspreche ich zu rüsten. Aber Krähen mit Adlerschwingen … puuh!«

Der König streckte sich nach der Kanne mit Fruchtwein und leerte sie bis auf den Grund. Erik schwieg und sah ihn an. Es war, wie er vermutet hatte, an diesem Abend würde der König auf niemanden hören. Am besten, er kam am nächsten Tag wieder. Er erhob sich.

»Krähen mit Adlerschwingen, gerade die sind gefährlich«, sagte er auf dem Weg nach draußen.

»Ja, ja, man darf niemandem trauen, aber dann wird das Leben schrecklich öde«, lallte der König. »Nein, jetzt vergessen wir das. Erik, heute Abend werde ich nach der langen Reise baden. Die Sklaven machen Feuer im Badehaus, und ich werde die Sklavinnen bitten, mich sauber zu schrubben.«

Der König lachte vor Vergnügen auf. »Sag, willst du nicht auch gewaschen werden, du?«

Erik schüttelte den Kopf. Er konnte sich vorstellen, was dort im Badehaus vor sich gehen würde, wenn der König noch ein paar Kannen mit Fruchtwein getrunken hatte. Mit den Sklavinnen durfte er allein schmusen. Erik wollte den Respekt vor Seiner Majestät wahren.

Das Licht sickerte durch die Baumkronen, und der Wind wehte mild über den Berg. In der Ferne rauschte die Stromschnelle.

»Estrid!«

Ragnar Weitfahrer beugte sich hinunter und nahm vorsichtig ihr Gesicht in seine Hände. Er streichelte ihre Wangen. Ihre Haut war noch feucht, und das Wasser tropfte aus den Haarsträhnen auf ihre Stirn.

»Du bist schön«, murmelte er.

»Nein, nicht so, was tust du?«, stammelte sie, als sie seine Lippen auf ihren spürte.

»Aber«, murmelte er.

»Nein!«, wiederholte sie und wandte sich ab. Hastig stand er auf und sah sie verwirrt an. Dann drehte er sich um und lief mit schnellen Schritten in den Wald.

Estrid blieb benommen sitzen. Was war zwischen ihnen geschehen? Seine Lippen hatten ihre gestreift, und sie hatte Angst verspürt. Dann hatte er innegehalten. Aber sie hatte sehen können, wie sich die Zärtlichkeit in seinen Augen in Zorn verwandelte. Estrid wurde unruhig. Er würde doch zurückkommen? Er musste zurückkommen!

Um sie herum ragte Wald empor, schweigend und fremd. Wohin war er gegangen? Estrid fuhr sich mit den Händen übers Gesicht und schloss die Augen. Ich warte, dachte sie, ich muss warten. Er will mir nichts Böses, er … Ich war es, die … Sie schlang die Arme um die Knie und wiegte ihren Körper hin und her. Er gefällt mir, und doch habe ich ihn fortgestoßen.

Estrid wusste nicht, wie lange sie so gesessen hatte, als sie ihn plötzlich zwischen den Bäumen entdeckte. Ragnar! Was für ein Glück, er war zurück. Er setzte sich neben sie.

»Vergib mir!«, sagte er und seine Augen waren ernst. »Ich wollte dich nicht erschrecken. Ich wollte dich in Frieden lassen, aber, ja …« Er sah sie ängstlich, fast jungenhaft, an.

Sie lächelte, und die Unsicherheit, die sie gefühlt hatte, wich. Er schien genauso überrumpelt wie sie, fast erstaunt darüber, dass er es gewagt hatte, sich ihr zu nähern.

»Du musst nicht um Verzeihung bitten. Ich hatte es nur nicht erwartet, ich habe plötzlich Angst bekommen.«

»Dann bist du nicht böse?«, fragte er.

»Böse?« Sie schüttelte den Kopf. »Böse auf dich? Nein, erst rettest du mein Leben und dann …« Sie zögerte. Eigentlich hatten ihr seine Nähe und die Berührung seiner Hände in ihrem Gesicht gefallen. Plötzlich wurde Estrid rot und wusste nicht, was sie sagen sollte. »Warum sollte ich böse sein?«, wiederholte sie. »Ich mag dich doch.«

Er sah sie erleichtert an.

»Wir kennen uns nicht, und doch, es kommt mir vor, als ob ich …« Er suchte nach Worten und nahm ihre Hand in seine. »Manchmal muss man sich vielleicht nicht so gut kennen, damit es glückt. Ein anderes Mal geschieht es, dass man glaubt, man wäre vertraut mit jemandem und doch geht alles schief.«

Estrid blickte ihn forschend an und fragte sich, was hinter seinen Worten liegen mochte. Dieser Mann, den sie gerade erst getroffen hatte, was hatte er erlebt?

»Ja, das ist wohl richtig, aber …« Sie stand auf. »Ragnar, wir haben viel zu reden, aber wir müssen auch weiter. Komm!« Sie streckte die Hand nach ihm aus.

Ragnar wäre am liebsten so mit Estrid sitzen geblieben, aber er merkte, dass sie sich entschieden hatte. Er griff ihre Hand, stand auf und klopfte sich etwas Moos von den Kleidern.

»Dann werden wir uns auf den Weg machen«, murmelte er und nahm seinen Beutel, ein wenig enttäuscht darüber, dass Estrid ihr Gespräch nicht fortsetzen wollte. Als sie alles zusammengesammelt hatten und ihre Wanderung wieder aufnahmen, suchte sie wieder nach seiner Hand.

»Ja, ein Mensch ist nicht immer der, den man zu kennen glaubt, da hast du Recht«, sagte Estrid nachdenklich. »Manchmal verstehe ich nicht, wie man so blind sein kann.«

Ragnar betrachtete sie und dachte, dass sie vielleicht etwas erlebt hatte, über das sie nicht gern sprach. Möglich, dass ihr Schicksal seinem eigenen ähnelte. Als er damals glaubte, die Liebe gefunden zu haben, entdeckte er, dass die Frau an seiner Seite eine ganz andere war. Schließlich hatte sie ihn fortgejagt. Nein, er war vor ihr geflohen – hatte sich einen Schiffsplatz nach Osten gesucht. Und in Aldeigjuborg war er seiner eigenen Wege gegangen. Die Enttäuschung saß so tief, dass er gar nicht erst versucht hatte, sich nach einer anderen Frau umzusehen, nicht einmal aus den Mädchen im Hafen hatte er sich etwas gemacht.

Stattdessen hatte er sich mit der Einsamkeit des Waldes begnügt – auch wenn er ab und zu die Nähe einer Frau vermisst hatte. In der Begegnung mit Estrid schien es, als wäre etwas in ihm erwacht, eine Sehnsucht, eine enorme Kraft, und fast hätte ihn dieses Gefühl überwältigt. Er sah sie an, und in seinem Blick lagen Zärtlichkeit und Begehren.

Was hatte sie gesagt, dass ein Mensch nicht immer der war, den man zu kennen glaubte? Das wusste er nur zu gut.

»Du scheinst an etwas zu nagen, das du am liebsten vergessen würdest«, sagte Ragnar vorsichtig und drückte ihre Hand. »Ich höre gern zu, wenn du es erzählen willst.« Er machte eine kurze Pause, und als sie nicht antwortete, fuhr er fort. »Ich selbst bin vor einem zänkischen Weib von zu Hause geflohen. Ich wollte lieber ins Gårdarik segeln und Silber bekommen.«

Estrid musste schmunzeln. Das klang ganz nach Erik. Immer fort zu neuen Abenteuern, weil er glaubte, dann würde sich alles lösen. Zog sie diese Sorte Mann an oder wie kam es, dass sie hier mit ihm war? Auf der anderen Seite war sie eigentlich genauso. War nicht auch sie fortgegangen und hatte zu Hause alles zurückgelassen?

Sie sah ihn an und wusste, dass er hören wollte, was sie von ihrem Leben zu erzählen hatte. Und sicher, sie hätte sich gern an seine Schulter gelehnt und ihm alles anvertraut, was geschehen war. …

»Dann hast du also deine Frau zu Hause verlassen«, begann sie. »Ich selbst folgte einem Fremden und ließ mein Kind und seinen Vater zurück. Ich war überwältigt von Liebe und ganz ohne Sinn und Verstand. Mir scheint, die Liebe sitzt im Körper und nicht im Geist.«

»Ja, das kommt mir bekannt vor«, sagte Ragnar Weitfahrer mit einem Lachen.

Estrid blieb stehen und betrachtete ihn schweigend. Es dauerte eine Weile, aber dann entschied sie sich.

»Ich werde dir erzählen, was geschehen ist, doch es braucht Zeit, alles zu berichten«, begann sie, »aber ich werde nichts verschweigen.«

»Die Wahrheit ist das höchste Gut«, sagte Ragnar Weitfahrer ernst. »Nun lass hören.«

Estrid hielt inne. Er klang so drängend. Plötzlich schlugen ihre Gedanken um und sie zweifelte. Konnte sie ihm wirklich trauen?

9

Estrid kamen die Bäume plötzlich dunkel und bedrohlich vor, und der Wald kroch gleichsam näher. Sie durfte sich jetzt nicht einschüchtern lassen, sie musste die Schatten der Vergangenheit abwerfen.

»Setzen wir uns«, sagte Ragnar.

Estrid nickte und setzte sich neben ihn. Sie lächelte unsicher, holte tief Luft und begann zu erzählen.

»Manchmal geschieht etwas, das nicht geschehen dürfte«, sagte sie und wurde aschfahl im Gesicht. Mit unbehaglicher Deutlichkeit trat ihr der Tag vor Augen, an dem sie den Jungen auf der Brücke in Aldeigjuborg gesehen hatte. Das dunkle, zerzauste Haar und sein freudestrahlender Blick, als er Orfrim entgegenlief …

»Schau, er ähnelt dir«, sagte sie erstaunt, als das Boot an den Steg stieß. Doch sie ahnte es. Als sie den Ernst in seinem Gesicht bemerkte, verstand sie. Der Junge war sein Sohn.

Orfrim antwortete nicht, vielleicht tat er, als hörte er sie nicht, und als sie seinem Blick folgte, sah sie, dass er eine junge, magere Frau ansah, die einen Knaben an der Hand hielt.

»Papa, Papa«, hörte sie den Kleinen rufen, der sich losriss und mit ausgestreckten Armen angerannt kam. Der kleine Kerl und der Junge mit den dunklen, zerzausten Haaren erreichten Orfrim fast gleichzeitig. Sie umarmten einander und es schien, als wäre sie, die Frau aus dem fremden Land, überhaupt nicht anwesend. Nach einer endlosen Weile machte sich Orfrim von den Seinen los, sagte etwas zu ihnen und nickte in Estrids Richtung. Dann ging er zu ihr und sein angespanntes Gesicht und seine entschlossenen Schritte verrieten seinen Ernst.

»Liebste, sei nicht böse, es gibt so vieles, was ich dir erzählen wollte«, begann er und blickte sie flehend an. »Aber ich wollte es hier im Gårdarik tun, in meinem eigenen Land, der Stadt meiner Kindheit, damit du mich verstehst. Du siehst, ich habe eine Familie, aber dich liebe ich mehr als alle anderen. Glaub mir, ich habe nur nicht gewagt, über alles zu reden. Ich hatte solche Angst, dich zu verlieren.«

Estrids Lippen wurden weiß, ihr Körper zitterte und ihre Knie gaben nach. Verwirrt taumelte sie rückwärts, stützte sich auf die Reling, beugte sich darüber und erbrach sich. Die Übelkeit kam in Schüben über sie, ihr Magen rumorte und ihr ganzer Körper schmerzte. Wie hatte Orfrim ihr das antun können? Er hatte wohl von seiner Religion erzählt, von Beischläferinnen und mehreren Ehefrauen, aber niemals hatte er so etwas von seinem eigenen Leben offenbart. Die ganze Zeit hatte es nur sie und ihn gegeben. Sonst wäre sie ihm nicht gefolgt. Niemals! Rurik und Erik fielen ihr ein, und sie dachte, dass sie sofort zurückkehren musste.

»Vergib mir!« Sie fühlte einen Arm um ihre Schulter, und Orfrim beugte sich über sie. »Ich liebe dich, nur dich, glaub mir, du musst mir Zeit geben. Ich konnte mein Leben in Aldeigjuborg nicht ändern, als ich in Birka wohnte. Ich war gezwungen, erst hierher zurückzukehren. Wie hätte ich alles regeln sollen? Aber das werde ich jetzt tun, damit wir zwei, du und ich, zusammen leben können.«

Er strich über ihre Schulter und versuchte, sie an sich zu ziehen.

»Du hättest etwas sagen können. Du hättest mich warnen können«, entgegnete Estrid verzweifelt. Ihre Stimme bebte, sie hatte keine Kraft, um zu schreien. Er hatte sie belogen, er hatte sie getäuscht, und diesen Mann hatte sie geliebt.

»Hör mir zu!«, bat er. »Hätte ich erzählt, dass ich verheiratet bin, wärst du niemals mit mir gekommen. Verstehst du nicht? Ich liebe dich. Das war die einzige Möglichkeit, wie ich glaubte, dich halten zu können.«

»Und was hast du sonst vor mir geheim gehalten?«, fragte sie schroff. Der plötzliche Gefühlssturm hatte an ihren Kräften gezehrt, aber jetzt verwandelte sich die abgrundtiefe Enttäuschung in Zorn.

»Estrid, was willst du? Willst du, dass ich mein altes Leben um deinetwillen aufgebe, ohne für die zu sorgen, die einst die Meinen waren? Es wird nur uns beide geben, das verspreche ich, aber erst muss ich mich darum kümmern, alles für die anderen zu regeln.«

Sie horchte auf. Damit hatte er Recht, darin lagen Vernunft und Fürsorge, aber wenn sie doch nur geahnt hätte, wenn sie nur gewusst hätte. Sie fühlte sich so verraten.

»Estrid, Liebe, ich brauche dich jetzt, ich sehne mich so sehr nach dir …«

»Du hast eine seltsame Art, das zu zeigen.«

Orfrim schwieg und streichelte sanft ihren Nacken.

Jedenfalls hatte sie ihn weder getreten noch angespuckt, und seine Hände durften auf ihren Schultern ruhen.

»Meine Geliebte«, versuchte er es wieder, »wie enttäuscht du auch sein magst, du kannst nicht an Bord bleiben. Du musst an Land. In dieser Stadt kann eine Frau nicht allein durch die Straßen irren. Komm mit uns!«

Estrid blickte ihn aus dunklen Augen misstrauisch an.

»Was auch geschieht, ich werde dich immer lieben, Estrid«, sagte Orfrim leise und nahm seine Hände von ihren Schultern.

»Und deine Frau und deine Kinder? Vielleicht hast du ja noch mehr Frauen, von denen du mir zu erzählen vergessen hast?«, antwortete Estrid schroff.

»Meine Frau Olga habe ich nicht selbst gewählt. Meine Familie hat sie für mich ausersehen. Verstehst du nicht, du bist die Einzige, die ich je geliebt habe. Und doch verurteilst du mich. Kannst du dich nicht gedulden? Alles wird gut werden!« Er schmiegte seine Wange an ihre. »Schon heute Abend«, flüsterte er, »werde ich bei dir sein. Endlich.«

Estrid antwortete nicht. Sie stand einfach da und ließ Worte und Zärtlichkeiten an sich abprallen, als gingen sie sie nichts an. Was gab es für sie zu tun? Was sollte sie unternehmen?

»Wir müssen abladen. Kannst du auf den Steg gehen?«, hörte sie die gebieterische Stimme Brynolfs, des Schiffers, und hinter ihr begannen die Männer die Kisten zu heben. Es wurde spät, und sie musste irgendwo schlafen, auf dem Schiff konnte sie nicht bleiben.

Estrid atmete tief durch, hob den Kopf und musterte das Ufer. Wenn sie schon so weit ins Gårdarik gefahren war, sollte sie wenigstens die Stadt gesehen haben, ehe sie sich einen Schiffsplatz für den Heimweg suchte. Aber wie sollte sie einen bekommen? Die Kaufleute waren auf dem Weg nach Süden, nach Serkland, nicht viele zogen um diese Zeit westwärts. Estrid strich sich hastig mit der Hand über ihr Gesicht, ihr Blick flackerte. Die Reise und Orfrims Worte hatten sie müde gemacht. Das war nicht der Augenblick, um Entscheidungen zu treffen.

Wortlos ging sie von Bord. Sie roch Salz und Schmutz und hatte plötzlich das Bedürfnis, sich zu waschen. Tief aus ihrem Innern schöpfte sie Kraft. Schweigend nickte sie Orfrim zu und auf unerklärliche Weise gelang es ihr, auch die Frau und die Jungen freundlich anzulächeln, die ihr entgegenkamen. Beherrscht ging sie mit Orfrim zu seinem Haus.

Beim Abendessen aß Estrid mit Mühe und hätte am liebsten allen am Tisch das Essen ins Gesicht gespuckt. Sie war erleichtert, als sie endlich ein Bett und ein Fell für die Nacht bekam und sich zurückziehen konnte, um nachzudenken.

Am Abend kam Orfrim zu ihr, wie er gesagt hatte. Und er beugte sich über sie und nahm sie, wie ein Mann es tut, wenn er lange keine Frau gehabt hatte. Er merkte nicht, dass sie sich vor ihm verschloss, wie eine Blume ihre Blüte am Abend schließt. Danach lag sie lange wach und starrte in die helle Nacht. Sie weinte nicht, aber sie wimmerte leise. Erst als die Morgendämmerung kam, fiel sie erschöpft in den Schlaf. Tief in ihrer Seele ließen ihr die Gedanken an Orfrim und das ungeborene Kind keine Ruhe. Sie war runder geworden und seit einigen Tagen war ihr morgens übel.

Jetzt war sie sicher, dass sie mit seinem Kind schwanger war. Sein Kind, nicht Eriks. Was sollte sie tun? Wenn sie nur ausgeschlafen aufwachen könnte, denn der Beschluss, den sie fassen musste, konnte nicht warten.

Am Morgen begegnete sie Olgas dunklen Augen, finster vor Zorn und Hass. In der Halle tobten die beiden Kinder, Boris und Nikita, und es roch muffig und nach Schweiß. Alle sprachen eine Sprache, die sie nicht verstand, und bisweilen hielten sie inne und sahen sie verwundert an. Sie und Olga konnten sich nicht miteinander unterhalten, aber das Unausgesprochene war deutlich genug. Auch Olga hatte nichts gewusst, und in diesem Haus wollte sie allein bestimmen. Noch weniger wünschte sie, sich um eine fremde Frau zu kümmern, mit der sie nicht einmal reden konnte. Nur widerwillig bot sie ihr etwas zu essen an.

Estrids Blick wanderte durch den Raum. Das Gebäude war anders als zu Hause, hatte grob behauene Rundhölzer und war mit Erdgeschoss und Dachboden errichtet. An der einen Querwand gab es eine Feuerstelle und entlang der Längsseite des Hauses standen Bänke. Ein rustikaler Hocker lag in einer Ecke, neben der Tür hatte Olga einen großen Webstuhl. Im Übrigen wirkte der Raum kalt und ungemütlich. Estrid tröstete sich damit, dass sie wenigstens ihre Schlafstatt nicht mit den anderen teilen musste, sie durfte auf dem Dachboden schlafen.

Trotz Orfrims Warnung schlich Estrid sich hinaus. An der Gartentür glitt sie beinahe auf dem feuchten Lehm aus, aber ihre Hand bekam den Türpfosten zu fassen. Sie bemerkte, dass er vermodert war. Dass niemand ihn richtet, wunderte sie sich.

Sie sah sich um. Orfrims Haus unterschied sich nicht sehr von den anderen. Erst als Estrid es genauer betrachtete, entdeckte sie, dass es blasser und grauer war als die anderen und Feuchtigkeitsschäden an den Eckhölzern hatte. Orfrim hatte offensichtlich niemanden, der nach dem Rechten sah, wenn er fort war.

Eigentlich hatte sie nicht vorgehabt so weit zu gehen, doch die Neugier trieb sie immer weiter. Die grauen Holzhäuser an der Straße standen so dicht wie eine Mauer aus Holz, und jedes war von einem kleinen eingezäunten Stück Land umgeben. Darin wuchsen Apfelbäume und Kräuter und sie hörte das Kakeln und Grunzen von Hühnern und Schweinen. Sie begegnete zwei älteren Männern, die Wasser trugen, und einem kleinen Jungen, der pfeifend einen Karren mit Kuhdung hinter sich herzog. Die Männer hatten Bärte und trugen weite Pluderhosen, die unter den Knien geschnürt waren. Estrid dachte, dass soviel Stoff bei Wind ziemlich ungünstig sein musste, und kicherte bei dem Gedanken. Aber als sie aufsah, bemerkte sie den fragenden Blick der Männer und ging ihnen aus dem Weg. Im selben Moment fiel ihr auf, dass sie noch keine einzige Frau gesehen hatte. Wo steckten sie? Saßen sie drinnen und webten oder waren sie draußen auf den Feldern?

Estrid lief weiter, bis sie an eine Querstraße kam. Als sie den kleinen Weg hinunterblickte, sah sie die Befestigung der Stadt, den grasbewachsenen Erdwall und die Holzpalisaden, die einem mächtigen, von Gotteshand geschützten Gebäude glichen. In der Ferne glitzerte der Fluss.

Sie wurde kühner und eilte die schmale, gewundene Straße hinunter. Dann teilte sich der Weg und sie zögerte. Sie wählte keinen der beiden, sondern schlug einen schmalen Pfad ein, der auf den Erdwall zuführte. Als sie oben auf dem Kamm angekommen war, sah sie den Wolchow und ein großes Gräberfeld mit hohen Hügeln direkt vor sich, und weiter entfernt die grüne, wilde Ebene. Unter ihr im Westen fiel der Hügel steil ab und tief unten strömte der dunkle Ladogafluss. Ein kleiner Weg führte über eine Holzbrücke ans andere Ufer, und dort erspähte sie Häuser, die sie an ihre Heimat erinnerten. Auf den ausgetretenen Wegen waren Männer und Frauen zu sehen, die Heufuhren und Karren zogen. Dann erinnerte sie sich an Orfrims Worte an diesem Morgen:

»Auf der anderen Seite des Flusses liegt das Viertel der Rus, dort leben Svear und Goten. Bald werden wir dorthin ziehen, damit du dich mehr zu Hause fühlst. Dort musst du auch keinen Schleier tragen. Aber hier auf unserer Seite leben die Kaufleute aus dem Kalifat, und sie sind Frauen wie dich nicht gewohnt.« Dann hatte er eine kurze Pause gemacht und etwas hervorgeholt, was er in den Händen verborgen gehalten hatte. »Und deshalb, Liebste – damit dir nichts Schlimmes widerfährt –, ist es das Beste, wenn du das hier trägst.«

Er hatte ihr einen breiten Schleier hingehalten, und sie hatte das Tuch zornig zu Boden geschleudert.

»Glaub nicht, dass ich so etwas tragen werde!«

»Sei nicht so widerspenstig«, hatte er erwidert, sich schweigend gebückt, den Schal ausgeschüttelt und ihn ihr um Kopf und Schulter gelegt.

»Wir ziehen bald um. Das hier ist nicht für immer.«

Estrid befühlte den Stoff. Schließlich hatte sie eingesehen, dass es das Klügste war, diesen abscheulichen Schleier zu tragen. Sie dachte, dass Orfrim seine Familie umso schneller verlassen würde, wenn sie es ihm recht machte. Dann würden sie zusammen ein neues Leben im Viertel der Rus auf der anderen Seite des Flusses beginnen. Sehnsüchtig blickte sie auf den rusischen Stadtteil. Dort schien die Stadt prächtiger und schöner zu sein, und in diesen Vierteln würde sie sich sicher zurechtfinden. Sie würde Menschen treffen, die ihre Sprache sprachen, und sie würde Olga loswerden und all das, was zu Orfrims altem Leben gehörte.

Als Estrid zurückkehrte, stand Olga an der Feuerstelle, den Rücken ihr zugewandt, und tat, als hörte sie sie nicht kommen. Aber als Estrid die Arme ausstreckte, um Boris und Nikita zu begrüßen, zischte sie sie an. Eine Flut von Worten verließ ihren zusammengekniffenen Mund, und in diesem Moment war Estrid froh, dass sie sie nicht verstand. Je eher ich hier herauskomme, umso besser, dachte sie, und beim Abendessen sprach sie das Thema an. Doch als Estrid den Umzug erwähnte, wurde Orfrim schroff und sein Blick verdüsterte sich. Da kehrte die Unruhe zurück. Warum war er so?

Sie verstand seine wechselhafte Laune nicht. Als er erfahren hatte, dass sie ohne seine Erlaubnis aus dem Haus gegangen war, hatte er sie geschlagen, und nach dem Abendessen war er nicht zu ihr nach oben gekommen wie am Abend zuvor. Stattdessen hatte sie gehört, wie er zu Olga gegangen war.

Estrid erinnerte sich an die Erniedrigung und ihre tiefe Verzweiflung. Sollte sie all das nun Ragnar erzählen? Er schien ihre Unruhe zu spüren, setzte sich neben sie und strich ihr über die Wange. Er betrachtete sie stumm.

»Estrid, was bekümmert dich so sehr? Vielleicht wird alles leichter, wenn du es mich wissen lässt?«

Sie seufzte und wollte aufstehen.

»Wohin willst du?«

Estrid schwieg. Ja, wohin wollte sie? Sie konnte nicht einfach geradewegs in den Wald laufen. Heim nach Birka wollte sie, das war richtig, aber wie sollte sie dorthin kommen? Wenn sie nach Aldeigjuborg zurückkehrte, bestand die Gefahr, dass sie wieder gefangen wurde. Sie musste warten, bis der Markt vorüber war und die Kaufleute weiterzogen. Aber hier im Wald konnte sie nicht bleiben.

»Ich bin auf dem Weg nach Holmgård«, log sie, alles was sie von dieser Stadt wusste, hatte sie von Orfrim gehört. Auch von dort fuhren Schiffe nach Birka. Der kleine Marktflecken lag auf einer Insel, einige Wochen Segelreise von Aldeigjuborg entfernt. Dort lebten Slawen, aber auch Rus und Kaufleute auf dem Weg nach Serkland und Miklagård. Manche Kaufleute fuhren auch in die andere Richtung, nach Norden zu den Handelsstädten Wolin, Grobin und Seeburg. Einige von ihnen segelten bis nach Birka. Vielleicht konnte sie auf diese Weise nach Hause zurückkehren.

»Nach Holmgård? Da komme ich mit«, sagte Ragnar Weitfahrer hastig. »Ich verkaufe dort immer Zobel und Marderfelle. Dort bezahlen sie besser als in Aldeigjuborg. Dann können wir uns doch zusammentun?«

Ragnar Weitfahrer hatte zwar vorgehabt, nach Aldeigjuborg zurückzugehen, aber es war tatsächlich so, dass er weiter südlich bessere Preise für seine Waren bekam, und er konnte mit Estrid zusammenbleiben. Er wollte sie jetzt nicht verlassen. Außerdem war es gefährlich für sie, in dieser fremden Umgebung allein zu wandern.

»Du auch?« Estrid sah ihn ungläubig an. Wollte er sie trotz allem in eine Falle locken? Nein, als sie in sein offenes, freundliches Gesicht sah, erkannte sie seine Aufrichtigkeit. Was sollte sie auch allein draußen im Wald, sie hatte von Güten, Slowenen und Vepsen gehört. Was konnte ihr nicht alles zustoßen, wenn sie ihnen begegnete? In einer Umgebung, die sie nicht kannte, allein auf der Flucht zu sein, war gefährlich; ebenso wie sich mit einem Mann zusammenzutun, den man gerade erst kennen gelernt hatte. Aber … Sie fühlte etwas zwischen ihnen, eine Nähe und Vertrautheit. Das hätte sie nicht gefühlt, wenn er Böses im Sinn gehabt hätte. Und wenn es so wäre, dann hätte er ihr schon längst schaden können. Estrid schielte zu ihm. Entweder fasste sie Vertrauen zu ihm oder sie musste ihn jetzt verlassen. Das Brot mit jemandem zu teilen, an dem man zweifelte, das ging nicht. Nichts im Leben war geborgen und sicher, am allerwenigsten das, von dem man dachte, es wäre für immer unbedroht. Und war sie nicht in Ragnar Weitfahrers Gesellschaft sicherer als ohne ihn? Sie sah ihn an, ihre Augen funkelten.

»Dann lass uns zusammen nach Holmgård gehen«, sagte sie leise. Seine Miene hellte sich auf, und er beugte sich zu ihr. Als er ihr Lächeln sah, fasste er Mut und nahm ihre Hände in seine.

»Danke, Estrid«, sagte er. »Du machst mich so froh.« Und sie wartete, dass er seine Hände zu sich zurückziehen würde, doch er tat es nicht.

Sie hätte sie selbst wegnehmen oder ihn darum bitten können, aber sie rührte sich nicht. Mit einem Mal fühlte sie, dass sie ihn so nah bei sich haben wollte, dass sie hier sitzen bleiben sollten. Ohne wirklich darüber nachzudenken, beugte sie sich vor und kam ihm näher. Aber als er sie so ernst musterte, da sah sie plötzlich nicht mehr ihn, sondern Orfrim vor sich. Ihre Gesichtszüge verhärteten sich und sie erstarrte.

Die Schatten wurden länger, und bald reichten die Sonnenstrahlen nicht mehr bis zur Erde. Feuchtigkeit stieg von den Wiesen auf, und ein schwacher Abendnebel zog über den Hofplatz. Der Nebel wurde dichter, die Geräusche gedämpfter. Der Tag kam zur Ruhe. Drinnen im Königshof war es friedlich und still. Das Abendessen war beendet, das Gesinde hatte den Tisch abgedeckt und die Tischplatten an die Wand gehängt.

Die Wachen und Sklaven hatten sich zurückgezogen. Nur die besten Männer des Königs, die Wache hielten, saßen noch in der Halle. Sie gähnten kräftig und ahnten, dass es noch lange dauern würde, ehe Seine Majestät sich zur Nachtruhe begab.

Der König hatte im Badehaus anfeuern und drei seiner schönsten Sklavinnen rufen lassen. Dann, das wussten sie, würde es spät werden. Er hatte unglücklich ausgesehen, seit er die Nachricht erhalten hatte, dass Ysja krank war, und erst, als er zum Badehaus hinübergelaufen war, wo die drei Sklavinnen warteten, hatte sich seine Miene aufgehellt und er war wieder er selbst gewesen. Auf dem Königshof verfielen die Wachen in tiefes Seufzen. Frauen machten den König so launisch, und sie wussten nie, woran sie waren.

In der Nähe junger Frauenkörper pflegte Seine Majestät all seine Würde zu vergessen, und die Wachen hatten große Mühe damit, auf ihren Herrn aufzupassen. Aber um die verzagten Gedanken, die in der Halle herrschten, scherte der König sich wenig.

Im Badehaus dampften die Frauenkörper glänzend in der Wärme, und König Björn sang froh und munter mit lauter Stimme. Während eine der Sklavinnen seinen schmerzgebeugten Nacken massierte, kniff er vergnügt in alles und jedes, was er erreichen konnte. Bald hatte er sie ganz vergessen, die Großbauern und Ysja.

Auf dem Waldweg von Badelunda hinunter nach Ed und weiter westlich nach Adelsö ertönte das Geräusch von Hufen. Pferde schnaubten, Steine und Zweige stoben vom Weg auf. Torvald Hjalte ritt an der Spitze einer Gruppe bewaffneter Reiter, die ihre Rösser antrieben, bis die Tiere im Dämmerlicht glänzten und ihnen der Schaum vor dem Maul stand. Die Männer, die durch den Wald ritten, kamen von den größten Höfen der Gegend. Sie waren mit Schwertern und Speeren bewaffnet, in ihren Gürteln steckten Äxte und Messer. Aber das Gewicht der Waffen beschwerte sie kaum, denn sie hatten schon viele Schlachten erlebt und waren erfahrene Kämpfer. Wer seine Waffen mit ihnen maß, kam selten mit dem Leben davon.

Die kleine Schar Krieger war auf dem Weg zum Königshof, wo sie noch rechtzeitig ankommen wollten vor Einbruch der Dunkelheit. Sie wollten die Gegend absuchen, bevor sie losschlugen, denn sie waren Männer, die alles bedachten, ehe sie etwas in Angriff nahmen. An diesem Tag jedoch verspäteten sie sich wegen der beiden Wagen, die sie mit sich führten. In den Fuhrwerken aufgestapelt fanden sich reiche Geschenke für König Björn.

»Mit Schmeicheleien und Geschenken kommt man weit«, hatte Torvald Hjalte gesagt. »Erst schmeicheln wir ihm, dann überreichen wir die Geschenke und dann, ja, sobald er in die Falle getappt ist, schlagen wir ihm den Kopf ab.«

Aber die Last auf den Wagen war schwer und neigte sich so sehr zur Seite, dass die Männer zweimal gezwungen waren, stehen zu bleiben und neue Seile um die Ladung zu schlingen. Die Reiter stießen Flüche aus und fragten sich, ob Hjalte seinen Plan wirklich ordentlich durchdacht hatte, aber keiner wagte es, etwas zu sagen, denn mit diesem Mann war nicht gut Kirschen essen, wenn er zornig wurde.

Unter den Geschenken befanden sich auch zwei große Holzstatuen, eine von Odin, die andere von Frey. Viele der Reiter, die erst vor kurzem zu der neuen Lehre übergetreten und noch ein wenig unsicher mit dem christlichen Gott waren, beunruhigte es, wie schlecht die Statuen behandelt wurden. Was wäre, wenn die alten Götter sich rächten? Man konnte ja nicht wirklich sicher sein bei Göttern, die so lange Zeit über einen geherrscht hatten.

Es war später Nachmittag geworden, als die Männer Adelsö endlich erreichten und auf die Ländereien des Königs ritten. In der Ferne schimmerten der Hafen, ein paar mächtige Grabhügel und schließlich der Königshof.

Die Männer zügelten ihre Pferde.

Die Häuserreihe vor ihnen war mindestens achtzig Ellen lang, die Dächer mit Stroh und Birkenrinde gedeckt. Kunstvoll geschnitzte Pfeiler trugen das schwere Dach, das Eichentor hatte einen überdachten Eingang mit einem schrägen Dach darüber. Auf dem Hofplatz gab es Schmieden, Schuppen und Vorratsspeicher und unten am Wasser waren Bootshäuser zu erkennen. Torvald Hjalte hielt sein Pferd an und gab den Männern ein Zeichen, stehen zu bleiben. Dann drehte er sich im Sattel um und sagte:

»Ich will, dass mir vier Mann in den Königshof folgen, ihr anderen versteckt euch hier. Erst wenn ich dreimal in die Rindenlure geblasen habe, greifen wir an. Ich muss vorher sicher sein, dass wir die Wachen überrumpeln, sonst kann das unseren Tod bedeuten.«

Die Männer nickten stumm.

»Außerdem müssen wir wissen, dass der König tot ist, ehe wir den Hof anzünden. Sonst kann er in dem Qualm entkommen. Also hütet eure Köcher mit den Brandpfeilen, bis ich euch das Zeichen gebe.«

Wieder senkten die Männer ihre Köpfe auf die Brust zum Zeichen, dass sie verstanden hatten. Wie lange schon hatten sie gewünscht, diesen heidnischen Gaukler von König zu stürzen. Was Ansgar und seinen Nachfolgern nicht gelungen war, würden sie in dieser Nacht zu Ende bringen. Lange hatten sie davon geträumt, den Königshof niederzubrennen, jetzt war es soweit.

Die Reiter saßen ab und banden ihre Pferde fest, während die Männer auf den Wagen Hjalte folgten. Der Großbauer ritt an der Spitze, als sie die Gespanne auf den Hofplatz lenkten. An der königlichen Terrasse machte er Halt und saß ab. Dann gab er seinen Männern das Zeichen, sich bereitzumachen, ging mit entschiedenem Schritt zur Eichentür und klopfte kräftig an.

10

Eine kleine Luke öffnete sich und eine Nase wurde hinausgestreckt. Dahinter tauchte ein strenges Gesicht mit markanten Zügen auf.

»Wen sucht ihr?«

»Seine Majestät.«

»Er ist nicht hier.«

»Aber wir haben ein dringendes Anliegen.«

»Mag sein, aber das hat er auch.«

Bei diesen Worten trat die Schamesröte auf die Wangen der Wache, denn im Lügen war er noch nie gut gewesen.

»Wir haben Geschenke für den König bei uns.«

»Schade, denn Seine Majestät ist nicht hier.«

»Es wird unseren Geschenken schaden, wenn sie hier draußen stehen bleiben. Es wäre besser, wenn wir sie hineintragen könnten.«

»König Björn ist sehr beschäftigt«, fuhr die Wache fort und dachte, dass wenigstens das wahr war. »Er hat sehr wichtige Dinge zu erledigen und wird erst spät zurückerwartet. Morgen wird er euch sicher empfangen.«

In diesem Augenblick trug ein Windstoß Gelächter und Frauenstimmen vom See herauf. Die Wache sah erschrocken in Richtung Badehaus, hustete verstohlen und hoffte, dass der Fremde nichts gehört hatte. Er fröstelte. Es war windig geworden, das Wetter schien launisch zu sein an diesem Abend.

»Manches können wir nicht mit uns zurücknehmen,

und das Silber wagen wir nicht bis morgen hierzulassen«, sagte Torvald Hjalte schlau und schob seine Hand zwischen die Luke, als die Wache sie schließen wollte.

Bei dem Wort Silber hielt der Mann hinter der Tür inne. Der König würde wohl kaum böse werden, wenn er die Männer ihre Geschenke hineintragen ließ?

Bue Schönhaar, so wurde die Wache genannt, beugte sich zur Luke und erwiderte: »Wartet einen Moment!«

Darauf folgten Schritte, Flüstern und das Gerassel von Waffen. Hjalte wurde unsicher, aber jetzt war es zu spät, das Weite zu suchen. Am besten, sie warteten. Wieder erklang Gemurmel und die Tür wurde einen Spaltbreit geöffnet. Drinnen war eine Gruppe bewaffneter Wachen zu sehen.

»Ihr müsst uns eure Waffen geben«, sagte Bue Schönhaar barsch.

»Unsere Waffen?«

»Ja! Tritt über niemandes Schwelle / bevor du gespäht und geschaut hast, / bevor du gespäht und gespürt hast; / denn ungewiss ist es zu wissen, / wo Feinde sitzen / dort auf den Bänken der Halle«, deklamierte Schönhaar, der immer Dichter hatte werden wollen. »Kennt ihr nicht den Gesang des Höchsten? Wachsamkeit hat noch niemandem geschadet. Achtsam soll derjenige sein, der zu einem Unbekannten über die Schwelle tritt oder die Tür einem Fremden öffnet. Wir Wachen müssen jeden genau durchsuchen, der die Halle des Königs betritt. Darum legt eure Waffen unter eure Umhänge auf die Terrasse.«

Nun war Torvald Hjalte nicht unvorbereitet auf diese Aufforderung, sondern alles verlief so, wie er es vorausgesehen hatte. Mit einem verschlagenen Lächeln legte er sein Schwert unter seinen Mantel und bedeutete seinen Männern, das Gleiche zu tun. Draußen auf der Königsterrasse war das Klirren von Metall zu hören, als Schwerter und Speere aufeinander gelegt wurden, dann wurde es still. Vorsichtig wurde das Tor ganz geöffnet. Die Wachen traten hinaus, die Schwerter erhoben, aber sie ließen sie sinken, als sie die Waffen unter den Umhängen auf dem Boden herausragen sahen. Schnell zählten sie Männer und Schwerter, und zur Sicherheit legten sie noch zwei Wandbehänge des Königs auf den Waffenhaufen. Die sechs Wachen musterten die Männer auf der Terrasse, und im selben Moment zerriss ein lauter Knall die Stille. Ein Blitz teilte den Himmel und sofort grollte der Donner.

»Thor scheint heute Abend ungnädig zu sein. Vielleicht könnten wir selbst mit einigen der Geschenke hineinkommen?«, beharrte Torvald Hjalte und zeigte auf die Holzfiguren. »Odin, Thor und Frey haben wir im Garten des Königs gesehen, aber diese beiden Götterstatuen sind für den Opferraum. Es wäre ein Jammer, wenn sie vom Regen zerstört würden. Und das Silber wird in den Taschen nass.«

Hjalte hielt seinen Geldbeutel in die Höhe und ließ ihn vor Bue Schönhaars Nase hin und her pendeln. Ein zweiter Blitz fuhr durch den Himmel, gefolgt von Donnergrollen und schweren Regentropfen. Eine Wand aus schwarzem Regen war in der Ferne über den Feldern zu sehen und schien schnell näher zu kommen. Ein scharfer Wind drückte das Gras zu Boden und kündigte einen Wolkenbruch an. Die Wachen, denen weder der Gedanke gefiel, selbst zwei schwere Holzstatuen hineinzutragen oder dort draußen auf der Terrasse stehen zu bleiben und nass zu werden, gaben nach.

»Na, dann geht schon. Tretet ein!«, grunzte Bue Schönhaar und schlug die Tür auf. »Wie ich sehe, könnt ihr genauso gut drinnen sein.« Schönhaar und die Wachen, die sich immer langweilten, wenn sie auf den König warteten, freuten sich, Gesellschaft zu bekommen. Zugleich machten sie sich Gedanken um den König. Er würde doch nicht die ganze Nacht im Badehaus bleiben? Und wenn er nur mit einem Trockentuch bekleidet hereinkam wie damals, als der Fruchtwein ungewöhnlich stark gewesen war? Wenn sie dem König wenigstens eine Botschaft zukommen lassen könnten, um ihn wegen des Besuchs vorwarnen zu können.

Bue bat die Männer, am Feuer Platz zu nehmen, und rief zwei der Mägde.

»Bier und Met für die Gäste!«, befahl er barsch, plötzlich Herr im Hause.

»Für das Badehaus auch?«, fragte das jüngere der Mädchen unschuldig.

»Nein, der König hat viel zu tun«, entfuhr es Bue Schönhaar viel zu schnell.

Ein wachsamer Blick trat in Torvald Hjaltes Augen. Soo, dort befand sich der König? Dann war nicht viel Manneskraft erforderlich. Kein Schlagabtausch, kein Blutvergießen. Sie mussten nur die Tür blockieren und das Haus anstecken. Seine Augen blitzten auf, und ein höhnisches Lächeln spielte um seinen Mund. Ohne Mühe war ihm der König in die Falle gegangen.

In der Badestube hatte König Björn weder die Wagen noch die Pferde gehört. Er war vollauf mit sich beschäftigt, weil die Sklavinnen hart mit ihm umsprangen. Sie kitzelten ihn unter den Fußsohlen, putzten ihm die Ohren, kraulten ihn unter den Armen und kniffen ein wenig hier und ein wenig da. Er stöhnte, prustete und wand sich vor Lachen, und zwischendurch kam er schon gar nicht mehr zum Luftholen.

König Björn war erst spät ins Badehaus gekommen, und auf diese Weise wurde ihm eine andere Art Vergnügungen zuteil, als er gedacht hatte. Er hätte es besser wissen müssen und die drei Sklavinnen nicht so lange allein lassen dürfen, aber jetzt war es zu spät. Als sie auf den König warteten, hatten sich die drei Schönen abgesprochen und ein hinterlistiges Netz gesponnen. Diese Frauen hatten selten ihren Frieden oder ungestörte Nachtruhe, da der König ständig hinter ihnen her war. Jetzt sahen sie eine Gelegenheit, seine Liebeslust ein wenig abzukühlen.

»Ist das nicht schön?«, kicherten sie und kitzelten ihn, so viel sie konnten. Seine Majestät wand sich und gluckste vor Heiterkeit, bis seine Wangen glühten. Gerade als er sich von diesen Späßen erholt hatte, den nackten Schönheiten seinen lüsternen Blick zuwarf und glaubte, zur Tat schreiten zu können, rotteten sich die Sklavinnen aufs Neue zusammen. Wieder kitzelten sie, fingerten und kniffen, bis er so atemlos war, dass er seine Pläne auf Eis legen musste. Erschöpft setzte er sich auf.

»Wie ihr euch aufführt, Mädchen«, stieß er mühsam hervor, aber da legten die Sklavinnen nur die Köpfe schief, griffen nach dem Birkenreisig und kitzelten ihn damit unter dem Kinn.

»Lasst uns baden«, schlug der König matt vor und zupfte sich ein paar Blätter aus dem Bart.

»Nein, erst wollen wir Euer Majestät einen Kranz aus Birkenreisig winden, damit er richtig stattlich aussieht«, antworteten die drei wie aus einem Mund. Der König, der stets darauf bedacht war, elegant gekleidet zu sein, fand Gefallen an der Idee, fügte sich und blieb sitzen, während die Sklavinnen Blätter und Reisig zu einem prächtigen Kopfschmuck banden.

»Ist es nicht etwas heiß hier drinnen?«, schnaufte der König nach einer Weile.

»Oh, nein«, zwitscherten die Sklavinnen und legten neues Holz aufs Feuer. Die Bänke, die nass und klebrig von Blättern und Reisig waren, brannten an den Pobacken, aber die Sklavinnen hatten einen Eimer mit kaltem Wasser neben der Wand versteckt und hatten keinen Kummer damit. Der König dagegen …

»Puuh!«, ächzte Seine Majestät.

»Was hat er nur«, antworteten die Sklavinnen frech.

Aber dem König fiel es schrecklich schwer zu atmen, und seine Haut färbte sich von Rosa zu Rot, während sein Schweiß über seinen Körper perlte.

»Es scheint mir recht warm«, versuchte er es wieder und stieg von der obersten Bank herunter. »Wollen wir uns nicht abkühlen?«

»Nein, nicht doch!«, fanden die Sklavinnen und gossen mehr Wasser auf die Steine.

Der Dampf breitete sich im Raum aus und hüllte sie in weißen Nebel. Jetzt wurde es mächtig heiß für König

Björn, der die Lust auf Frauen zu verlieren begann. Sein Leben war ihm kostbarer.

»Lasst uns baden, Mädchen. Kommt schon!«, keuchte er atemlos und wankte noch eine Bank tiefer.

»Nicht ohne Birkenreiser, Euer Majestät«, beharrten die Sklavinnen. »Der König kann nicht so ungeschützt hinauslaufen.«

Und ehe König Björn sie daran hindern konnte, hatten sie ihn hinten und vorn mit Birkenreisig bekleidet. So ausgestattet und mit dem Kranz auf dem Kopf sah er vielmehr wie ein Wassergeist als wie ein König aus, und die drei Sklavinnen mussten sich die Hände vor den Mund halten, um ihre Heiterkeit zu verbergen. Jetzt hatte Seine Majestät genug.

»Hilfe, kaltes Wasser! Nein, Eis!«, brüllte er und warf sich gegen die Tür. »Nehmt Euch in Acht, ihr Wildschweine, Rehe und Gespenster, hier komme ich!«, rief er in einem letzten Versuch schneidig zu sein und rannte zum See.

Der hellrote Körper Seiner Majestät dampfte, und wie er in vollem Lauf den Hügel hinunterrannte, hinaus auf den Steg, um sich schließlich mit einem Schrei ins Wasser zu werfen, ähnelte er am ehesten einem protzig geschmückten Schwein.

Torvald Hjaltes Männer, die im Wald versteckt lagen, hörten das gewaltige Geschrei und erstarrten in großem Staunen. Seit einigen Wintern glaubten sowohl Torvald Hjalte als auch seine Männer mehr an Jesus Christus als an Geister, aber jetzt wurden sie unsicher. Eine rote, dampfende Gestalt bewegte sich zwischen den Büschen und stieß wilde Schreie aus, und die Männer sahen sich erschrocken an. Kaltes Grausen kroch ihnen den Rücken hinauf, und sie wurden bleich.

»Gespenster!«, flüsterte einer.

»Nein, das waren sicher Kobolde«, schlug ein anderer vor.

»Vielleicht ein Omen?«, überlegte ein dritter.

War der Schrei vielleicht ein Signal? Nein, Hjalte würde in die Lure blasen. Aber im nächsten Augenblick erklangen dumpfe Stöße aus einer Birkenlure. Es waren drei Signale, gefolgt von drei weiteren. Die Männer standen sofort auf. Lautlos nahmen sie ihre Waffen und schlichen zum Königshof.

Das kalte Wasser weckte den König auf. Spuckend und prustend kam er aus dem See und versuchte das Birkenreisig von seinem Körper zu streifen. Es war inzwischen dunkel geworden, und nur der Mond schien, aber der König erkannte, dass er in diesem Augenblick eher einer Birke, denn dem Herrscher des Reiches ähnelte. Das kalte Wasser hatte ihn darüber hinaus durchaus ein wenig zornig gemacht.

Was hatten die Sklavinnen sich erlaubt! Wie hatte das passieren können? Nein, Seine Majestät war über die Maßen ergrimmt darüber, dass er sich auf diese Weise hatte entehren lassen. Nun gedachte er wahrhaftig ins Badehaus zu gehen und sie zurechtzuweisen, diese Mädchen. Welch ein Glück, das niemand ihn gesehen hatte! Vor dem Badehaus riss sich der König rasch das restliche Birkenlaub vom Leib und wickelte sich in das Badetuch, das am Eingang hing. Dann öffnete er die Tür und trat ein. Drinnen war es dunkel, und es dampfte, und die Sklavinnen bemerkten ihn nicht.

Sie hatten eine Birkenlure entdeckt und vergnügten sich damit, immer wieder hineinzublasen. Drei Signale, worauf sie drei weitere folgen ließen. Dann plapperten und kicherten sie, und unweigerlich musste er mit anhören, was sie sagten.

»Mit dem König das Lager zu teilen ist in etwa so spannend wie Grütze kochen«, prustete die jüngste von ihnen.

»Nein, wie Läuse pflücken«, fand die älteste und erfahrenste Sklavin.

»Na, also, Läuse spürt man wenigstens«, kicherte die Dritte und alle brachen in johlendes Gelächter aus. Jetzt wurde Seiner Majestät klar, dass die Frauen ihre Scherze mit ihm getrieben hatten, und aufgebracht ballte er die Fäuste. Da entdeckte er den Eimer mit kaltem Wasser.

Wortlos hob er ihn hoch und goss das eiskalte Wasser über die Sklavinnen.

»Vertrocknete Weiber!«, schrie er, stürzte hinaus und schlug die Tür zu. In das Badetuch gewickelt steuerte er mit aufgeregten Schritten auf den Königshof zu. Was für ein Pack, diese Sklavinnen! Nein, verkaufen würde er sie. Den ganzen Weg zum Königshof schnaubte und fluchte er, hochrot vor Zorn. Jetzt wollte er in die Wärme der Halle, sich seinen schönen Königsumhang anziehen und ein Horn Met hinunterschütten. Er kannte nichts Besseres, um sich zu beruhigen, wenn er seine gute Laune verloren hatte.

Mit großen Schritten nahm er die Treppe, wunderte

sich über einen Haufen aus Waffen und Wandbehängen draußen auf der Terrasse, aber dachte nicht weiter darüber nach. Dann griff er energisch nach der Klinke und riss die Tür auf.

Das Treffen mit dem König hatte Erik enttäuscht. Die Leichtfertigkeit Seiner Majestät war gefährlich, und Erik dachte, dass es am besten war, ihn am nächsten Tag erneut aufzusuchen. Aber als er hinausging, sah er, dass das Wetter umgeschlagen hatte und ein Gewitter über dem Fjord heraufzog. Er beschloss zu bleiben. Ihm war die Idee gekommen, mit den Wachen zu sprechen. Vielleicht konnten sie den König zum Zuhören bewegen. Andernfalls war die Gefahr groß, dass König Björn die Gewalt über die aufrührerischen Häuptlinge der Gegend verlor.

Auf dem Weg zum Nebenhaus, in dem die Wachen wohnten, standen ein paar kleine, niedrige Häuser. Dort lebten die Sklaven, und plötzlich fiel ihm auf, dass er nur wenig mit ihnen zu tun gehabt hatte, obwohl er so oft beim König gewesen war. Sie bauten Häuser, hüteten Schweine und Ziegen oder misteten die Ställe aus, aber wo sie sich aufhielten, war Erik selten. In die Schmiede oder in die Werkstätten pflegte er auch nicht zu gehen. Er kam nicht oft mit Sklaven ins Gespräch. Nur die Mädchen des Königs kannte er gut, die, die Bier und Met und Essen brachten.

Seine Gedanken wanderten zu Ysja. Wo war sie? Die Wachen hatten gesagt, sie sei krank, vielleicht hielt sie sich fern, nach dem, was geschehen war. Die Misshandlungen hatten ihr wohl schwerer zugesetzt, als sie hatte zugeben wollen. Erik beschloss, nach ihr zu sehen. Vielleicht brauchte sie Hilfe. Entschlossen ging er zu einem der Grubenhäuser und klopfte an die Tür.

Drinnen verstummten die Stimmen, und die Tür wurde geöffnet. Gestank von Schweiß, feuchtem Loden und armen Leuten schlug ihm entgegen, und als er den Schmutz und das Ungeziefer sah, dachte er, dass sie ganz sicher nicht hier wohnte. Nein, sagte die Alte, die geöffnet hatte und wies auf ein neu gezimmertes Haus, ein Stück entfernt.

»Dort wohnt die neueste Beischläferin des Königs«, sagte sie schroff und verzog den Mund. »So lieb hat er das Mädchen, dass er für sie und ihren Sohn sogar ein Haus hat zimmern lassen. Bald bringt sie ihn sicher auch noch um all sein Gold«, fügte die Alte hinzu und spuckte verächtlich aus. Erik sah ihren verletzten Blick, fragte nicht weiter und ging zu dem Wohnhaus.

Als er näher kam, sah er, dass die Tür offen stand. Drinnen erkannte er Ysja, die mit Birkenreisern fegte. Es roch nach Wacholder und Humus, und er trat ein. Beim Geräusch seiner Schritte fuhr sie zusammen.

»Hab keine Angst, ich bin es nur«, sagte Erik ruhig.

Ysja hielt inne. Toste war mit den anderen Sklavenjungen Zunder sammeln. Sie waren draußen im Wald, und sie wusste nicht, wann sie zurückkommen würden. Unruhig spähte sie zur Tür. Erik durfte Toste nicht sehen. Niemals durfte das geschehen. Aber was sollte sie jetzt mit dem Bernsteinhändler tun? Sie konnten nicht in der Wohnhalle bleiben.

»Die Wachen sagten, du seiest krank.«

»Krank? Nein, mir geht es gut«, sagte Ysja und lächelte. »Das habe ich nur gesagt, um meinen Frieden zu haben. Nur weil ich dieses feine Haus für mich und Toste bekommen habe, glaubt der König, er könne ohne Unterlass über mich verfügen.«

»Toste?« Erik wurde ernst. »So hieß mein Stiefsohn. Aber er ist vor vielen Wintern verschwunden.« Er verstummte und wurde traurig. »Alle glauben, dass er tot ist, aber eines Tages werde ich ihn finden. Ich weiß, dass er lebt. Immer wieder suche ich draußen auf den Inseln nach ihm.«

»Ja?«

Ysja fröstelte und ihre Nackenmuskeln spannten sich. Warum hatte sie Toste erwähnt? Der Name war ihr herausgerutscht, bevor sie sich hatte beherrschen können. Jetzt musste sie sich etwas einfallen lassen, Erik durfte nichts ahnen, durfte keinen Verdacht schöpfen. Sie musste ihn irreführen. Wenn sie diesen Birkamann doch nur von sich fern halten könnte. Sie musste. Er hatte sie auf dem Boot gerettet, und sie sollte ihm Dankbarkeit zeigen, aber sie durften nicht miteinander ins Gespräch kommen, damit sie sich nicht noch einmal versehentlich verriet. Toste, das Kind, das sie aus dem Brunnen gerettet hatte, hatte bei ihm und seiner Frau gelebt ... Der Knabe war sein Stiefsohn, ja, das Kind nach dem er gesucht hatte. Ysjas Blick wanderte wieder zum Hügel, und sie fürchtete jeden Augenblick, der Junge könnte plötzlich auftauchen.

Sie musste mit Erik fort. Ysja legte den Reisigbesen zur Seite.

»Ja, also hier wohnen wir, Feuerstelle, Bänke und Erdboden«, sagte sie angespannt. »Es qualmt nicht, und wir haben einen besseren Platz als die anderen Sklaven auf dem Hof, aber noch besser wäre es, wenn wir frei wären.« Sie sah ihn scheu an und fuhr fort: »Nein, ich muss hinaus in den Stall, eines der Pferde wird bald fohlen.«

Erik bemerkte Ysjas schrille Stimme und dachte, dass sie in Sorge um das Pferd war. Es war wohl das Beste, wenn er sie begleitete.

Sie gingen hinaus, und Ysja ließ die Tür offen stehen. So würde sie wissen, wann Toste nach Hause gekommen war, und konnte das Haus meiden. Er machte sie immer hinter sich zu. Ysja und Erik gingen schweigend zum Stallgebäude. Und beide fühlten, dass sich ein unsichtbares Netz zwischen ihnen spann. Ysja wusste, dass er ein freier Mann war und mit ihr machen konnte, was er wollte, aber er tat es nicht.

Er schien sie als Mensch zu betrachten, nicht als Sklavin, die man kaufen und wieder verkaufen konnte. Doch in seiner Nähe würde sie nur schwer verbergen können, was er nicht wissen durfte. Es war besser, ihn von sich fern zu halten.

Ysja ging durch die Stalltür, und als sie sich bückte, erhaschte Erik einen Blick auf ihre weichen, runden Schultern unter ihrer Tunika. Sie stießen aneinander, und für einen Moment fühlte er ihren Körper an seinem. Sie wechselten einen kurzen Blick, und Ysja lächelte verlegen.

»Dort«, sagte sie dann und zeigte auf eine braune trächtige Stute mit langer Mähne, die in ihrem Verschlag stand. Zwar würde die Stute bald fohlen, aber offensichtlich nicht mehr an diesem Abend. Das Pferd wieherte, schüttelte die Mähne und knuffte Ysja in die Seite.

»Ich glaube, das dauert noch«, bemerkte Erik. »Heute Abend dürfte kaum etwas geschehen.«

»Vielleicht nicht, aber man kann nie wissen.«

Erik schien sich mit Pferden auszukennen, die Stute würde auch in den nächsten Tagen nicht fohlen. Ysja sah sich um. Der Mann zog sie an. Merkte er das? Sie fuhr dem Pferd über den Hals und sprach leise mit ihm, während sie nachdachte. Wenn Erik der Herrscher über das Sveareich gewesen wäre, hätte sie seine Sklavin sein können. Aber König Björn! Ysja schielte verwirrt in Eriks Richtung.

»Ich glaube nicht, dass du dir heute Abend Sorgen um die Stute machen musst«, beruhigte er sie und legte freundschaftlich seinen Arm um ihren Rücken. Er spürte die Hitze ihrer Haut unter dem Leinenstoff und zog hastig seinen Arm zurück. Nein, nicht die Sklavin des Königs, jede andere Frau, aber nicht sie! »Dann gehen wir wohl zurück zum Haus, hm?«, sagte er und räusperte sich.

»Ja, ich weiß nicht. Kann ich dir irgendwie helfen?«, fragte Ysja unschlüssig.

»Ein Unwetter braut sich zusammen, da will ich nur ungern über den Fjord rudern. Dann fielen mir die Beeren und Pflanzen ein, die du gepflückt hast, und ich dachte, dass du vielleicht etwas anzubieten hättest.«

Erik hakte die Daumen in seinen Gürtel, sah ihr in die Augen und begriff mit einem Mal, dass es etwas anderes gewesen war, das ihn den Weg zum Grubenhaus hatte einschlagen lassen. Ysjas Körper, ihre Haut und ihre nackten Schultern standen ihm immer noch als lebendiges Bild vor Augen. Er hatte sie vor den Männern im

Boot geschützt, aber da war er unempfänglich gewesen für das, was er sah. Jetzt hatte er wissen wollen, wie es ihr erging nach dem, was geschehen war, aber eigentlich hatte er sie nur wiedersehen wollen.

»Essen?«, fragte Ysja verwirrt. Sollte sie ihm eine Mahlzeit zubereiten? Das hatte er gedacht? Sicher hätte das ein Spaß werden können, sie hätten sich bestimmt gut unterhalten und zusammen lachen können. Aber sie wusste nicht, ob sie es wagte. Jemals. Sie dachte an Toste. Erik durfte ihm niemals hier begegnen. Es war zwar viele Jahre her, seitdem er den Knaben das letzte Mal gesehen hatte, und Toste hatte sich seither sehr verändert. Erik war auch nicht der leibliche Vater des Jungen, aber … Ysja seufzte in ihrer Ratlosigkeit. Was sollte sie tun? Konnte sie sagen, dass Toste, den sie liebte wie ihren eigenen Sohn, eigentlich jemand anderem gehörte? Dass sie sich nur um ihn gekümmert hatte, seit seine Mutter an einer schweren Krankheit gestorben war? Das war eine gute Lüge. Jemand anders hatte ihn entführt, es musste ja nicht sie gewesen sein. Niemand hatte gesehen, wie sie Toste aus dem Brunnen gezogen hatte, und Eyvind, der Einzige, der herausgefunden hatte, wie die Dinge lagen, war tot. Wenn ihr eine glaubwürdige Geschichte einfiele, ohne dass Erik Verdacht schöpfte, müsste sie nicht länger versuchen, ihn fern zu halten. Und Erik würde sie vielleicht noch mehr lieben können, wenn sie es war, die sich des Jungen angenommen hatte. Aber was würde dann aus Toste werden? Erik würde natürlich seinen Sohn zurückholen wollen, und dann lief sie Gefahr, ihn vielleicht doch zu verlieren. Die Gedanken wirbelten in ihrem Kopf, und ihre Hände flochten Muster in die Mähne des Pferdes. Wenn sie nur eine Möglichkeit fände, beide zu behalten, Erik und den Jungen!

Schweigend gingen sie zum Haus zurück, und als sie den Hügel erreichten, sah Ysja, dass die Tür geschlossen war. Unvermittelt blieb sie stehen. Toste war zurück. Jetzt musste sie Erik von ihrem Haus fortlocken.

»Komm«, sagte sie leise. »Ich will dir etwas im Bootshaus zeigen. Der König hat mir gesagt, dass du der Schiffer bist, der Ansgar hierher gebracht hat.«

Erik nickte.

»Ja, Fehler machen wir alle.«

»Erinnerst du dich an das Schiff, das die große Kirchenglocke nach Birka gebracht hat?«

Natürlich erinnerte sich Erik an den breiten Knorren, der den Fjord entlanggesegelt war, ächzend unter seiner gewaltigen Last. Ansgar hatte der neuen Gemeinde der Stadt eine Kirchenglocke geschickt. Diesen Anblick würde er nie vergessen – wie sie glänzte und schimmerte, diese Glocke.

»Die Glocke, ja, an die erinnere ich mich«, sagte er.

»Vergiss die Kirchenglocke und versuche, dich an das Schiff zu erinnern. An Bord waren zwei kleinere Schiffe. Als die Franken zurückkehrten, ließen sie eines davon zurück. König Björn hatte den Franken so reiche Geschenke gemacht, dass das Boot keinen Platz mehr fand.«

»Und du meinst, dass dieses Boot noch da ist?«

»Ja, König Björn hat mir davon erzählt. Komm, ich zeige es dir!«

Ysja zog Erik hastig mit sich zum Bootshaus. »Siehst

du«, flüsterte sie, als sie die Tür aufgeschoben hatten, »ist das nicht schön?«

Im schummrigen Licht war die Silhouette eines schmalen, kleinen Schiffs zu erkennen. Erik ging näher. Das Boot war wohlgeformt und hatte breite, dünne Planken. Es schien leicht zu rudern zu sein. Das würde er gut gebrauchen können, um Netze auszubringen. Warum hatte der König nichts davon erzählt? Erik ging um den Schiffsbauch herum, fuhr mit der Hand über die Reling und fühlte das fein verarbeitete Holz. Es war ein fast sinnliches Gefühl.

»Hier«, sagte er und streckte sich nach Ysjas Hand aus. »Fühl!«, Lächelnd führte er ihre Hand über das Holz, aber als er die Wärme ihrer Haut spürte, veränderte sich sein Wesen. Die Berührung wurde zu einem Kraftfeld zwischen ihnen. Im Dunklen ahnte er ihre Brust und die weichen Rundungen ihrer Hüfte. Ihre Stimme erreichte ihn aus weiter Ferne und doch war sie ganz nah.

Unter Aufbietung all seiner Kraft ließ er sie los und ging weiter ins Bootshaus hinein. Verwirrt hielt er inne, bevor er sich wieder ihr zuwandte. Aber sie war nicht mehr dort, sie hatte sich auf die Bank gesetzt. Seine Augen weiteten sich. Ihr bodenlanges Kleid war hochgezogen und das Band ihres Trägers aufgeknotet.

11

Erik starrte Ysja auf der Bank an, überrascht und verwirrt. Er zögerte, doch dann spürte er die Lust in seinem Körper. So lang war er ohne Frau gewesen, und nun wurde er zu ihr gezogen wie eine Welle zum Strand. Sie musste das gemerkt und seine Lust gespürt haben.

Das Begehren pochte in seinen Adern, alles andere wurde blass und verschwand. Ysja beobachtete ihn aus halb geschlossenen Augen, merkte, dass er das tat, was sie wollte. Als er dort drüben an der Reling ihre Hand genommen und sie die Spannung zwischen ihnen gespürt hatte, hatte sie es plötzlich klar und deutlich vor sich gesehen. Wenn sie Eriks Lust wecken konnte, so gewaltig, dass er nicht mehr ohne sie sein konnte, würde sie ihn dann dazu bringen, sich mit ihr zu verheiraten? Dann würde er Toste niemals zurückholen. Dann würde der Sohn ihnen beiden gehören. Mit einem Mal schien alles so einfach, und sie verstand nicht, warum sie nicht schon früher darauf gekommen war. Ysja lehnte sich zurück.

»Komm!«, flüsterte sie und ließ das Kleid fallen. Erik befeuchtete seine Lippen, musterte ihre Gestalt und ging zögernd auf sie zu. Sie zog ihre Tunika über den Kopf. Erik schluckte. Vergessen waren Jorunn und Estrid, vergessen war die Treue zum König. Niemand würde es erfahren.

Erik öffnete seine Kleider, und alle Hemmungen waren verschwunden. Dann hörte er plötzlich ein fremdes Geräusch. Es klang wie Töne aus einer Lure. Gleich darauf folgten Lärm und Waffenrasseln. Er erwachte aus seinem Taumel. Wenn das die Großbauern waren! Er nestelte an seinen Kleidern und stolperte auf dem Weg durch die Tür fast über seine Schärpe.

»Verzeih«, murmelte er und stürmte hinaus. Im nächsten Moment war er verschwunden.

König Björn fröstelte ein wenig in seinem Badetuch und er fluchte, als er die ersten Regentropfen bemerkte. Schnell ins Haus! Die Tür klemmte und er bekam sie nicht gleich beim ersten Versuch auf. Da zog er, so fest er konnte, und sie flog mit einem solchen Schlag auf, dass sie an die Wand prallte, das Handtuch des Königs löste sich und fiel. Einen kurzen Augenblick stand der König nackt da, bevor er sich bückte, um das Badetuch aufzuheben. In diesem Augenblick flog ein Schwung Speere über seinen Kopf, gefolgt von schrillen Schreien auf der Terrasse. Hinter ihm stürzten Männer in großem Durcheinander zu Boden.

Der König zuckte erschrocken zusammen und stolperte über die Umhänge vor der Tür. Als er fiel, spürte er den harten Stahl unter dem Kleiderstoff und begriff, dass Besucher im Königshof waren, die man dazu gezwungen hatte, die Waffen abzulegen. Aber wer hatte dann die Speere geworfen? Unter dem Stoff lag ein Haufen Waffen, und plötzlich hatte der König wieder einen kühlen Kopf. Schnell griff er einen Schild, ein großes, zweischneidiges Schwert und warf sich einen der Umhänge um. Dann schritt er Ehrfurcht gebietend über die Schwelle.

Der Anblick, der sich ihm bot, ließ ihn erzittern. In der Mitte des Raumes brannte ein Ring aus Öllampen, darin thronten zwei riesenhafte Statuen von Odin und Frey. Rundherum wogte der Kampf zwischen seinen Wachen und mehreren fremden Männern. Mit aufgerissenen Augen sah der König, wie einer der Fremden Speer und Schwert aus einer der Holzstatuen zog, und begriff zu seinem Entsetzen, dass es sich um Waffenverstecke handelte. So einfach hatten sich seine göttetergebenen Wachen also hereinlegen lassen. Kaum hatte der König seinen Gedanken zu Ende gedacht, hörte er ein unerklärliches Poltern hinter sich. Hastig warf er sich zu Boden. Im selben Augenblick zischten Langspieße an seinem Kopf vorbei in die Halle. Speere aus allen Richtungen, der Feind schien überall zu sein!

Torvald Hjaltes Männer, die sich im Wald versteckt hatten, hatten die Birkenlure gehört und geglaubt, dass dies das Signal zum Angriff war. Aber als sie angreifen wollten, waren sie von Speeren getroffen worden, die dem König gegolten hatten. Viele fanden den Tod, doch die, die davongekommen waren, versuchten nun zurückzuschlagen. Die Speere, die in die Halle flogen, trafen dieses Mal jedoch weder den König noch seine Wachen, sondern mehrere ihrer eigenen Männer. Seine Majestät und seine Leibwache waren noch immer unversehrt.

Torvald Hjalte, der sich stets für einen großen Kämpfer gehalten hatte, brüllte aufgebracht und sah seine Ehre bitter geschmäht. Was war das? Es schien, dass seine Männer sich hauptsächlich gegenseitig umbrachten. Das war eine Schmach, mit der er bis in alle Zeiten würde leben müssen. Einzig wenn es ihm gelang, den König zu stürzen, würde er sein Ansehen retten können. Entschlossen stürzte Hjalte sich mit hoch erhobenem Schwert unter die Kämpfenden. Wo war Seine Majestät? Geschrei und Gebrüll hallten durch den Raum und Schwerter blitzten, aber nirgends konnte er einen untersetzten Mann im Königsmantel finden. Torvald Hjalte sah sich um, aber er entdeckte den König nicht. Die Wachen jedoch hatten Seine Majestät erblickt, der, barfuß und in einen weiten Umhang gehüllt, sein Schwert bald in den einen, bald in den anderen Kerl steckte und schrie:

»Wachen, lasst uns den Raben Blut zu trinken geben!«

Als König Björn über die Schwelle getreten war und begriffen hatte, dass fremde Männer sich in einen Hinterhalt gelegt hatten, war etwas Sonderbares mit ihm geschehen. Eine fürchterliche Raserei hatte ihn ergriffen, und er brüllte wie eine waidwunde Elchkuh. Er stürzte sich geradewegs in den Kampf. Bei jedem Schwerthieb wuchs sein Zorn, und wenn er keine Hiebe austeilte, biss er in den Rand seines Schildes und spuckte die Eichenspäne aus. Diese Ungeheuer hatten ihn stürzen wollen, so etwas konnte er nicht dulden. In seinem Blick funkelte Rache, und er kochte vor Wut.

Funken flogen um den Stahl, und seine Schwerthiebe spalteten die Schilde der Feinde. König Björn, der dafür bekannt war, dass er Blut und Abscheulichkeiten nur schlecht vertrug, war wie verwandelt. Die Enttäuschung über die Einfältigkeit der Wachen und das Gespött der Sklavinnen hatten sich mit dem glühenden Zorn über den Verrat der Großbauern vermengt. Er hätte auf Erik hören sollen, der hatte ihn gewarnt. König Björn fühlte sich jetzt stärker als Thor und zum ersten Mal in seinem Leben hatte er keine Angst. Um ihn herum fielen die Männer, und obgleich der König von einem Hieb in die Wade und in den Arm getroffen wurde, spürte er keinen Schmerz. Seine Majestät kämpfte in glühender Raserei und wich vor nichts und niemandem zurück.

Hjaltes Männer schwitzten hinter ihren Schilden und trauten ihren Augen nicht. Da, da war der König! Vor sich hatten sie keinen Krieger, dessen Attacken, Schläge und Finten vorhersehbar waren, sondern ihnen stürmte ein barfüßiges Geschöpf entgegen, mit Umhang und Handtuch bekleidet, hoch erhobenen Schwertes Schwüre und Schimpfwörter brüllend. Der Arm, der das Schwert führte, flog wie ein Dreschflegel durch die Luft, der andere schwang den Schild vor und zurück, als wäre er eine Schaukel.

»Tod euch, ihr Schurken, möget ihr in der dunkelsten Hölle schmoren«, rief der König. Plötzlich hielt er inne. Sein Blick war auf Torvald Hjalte gefallen. Seine Augenbrauen zogen sich zusammen, seine Augen verengten sich zu blutunterlaufenen Schlitzen. Jetzt drangen keine Worte mehr aus dem Mund des Königs. Stattdessen stieß er ein Zischen aus, einen Laut, wie niemand ihn je zuvor gehört hatte. Er stürmte vorwärts und schlug seinen Schildbuckel in das Gesicht des Verräters. Mit blutender Stirn versuchte Hjalte die folgenden Schwerthiebe zu parieren, aber zu seinem Erstaunen stellte er fest, dass der König stark und gewandt zugleich war. Dass er von dem Gerücht umgeben war, er ginge jedem Blutvergießen am liebsten aus dem Wege, schien jedenfalls nicht zu bedeuten, dass er auch ein Stümper am Schwert war. Ganz im Gegenteil. Bevor Torvald Hjalte den König niederstrecken konnte, war Seine Majestät schon wieder über ihm. Die Schwertklinge blitzte, die Männer schwitzten. Verwirrt blieb Torvald Hjalte mit dem Schwert in der Hand stehen, unfähig zu entscheiden, wohin und wie er seinen Hieb richten sollte.

In diesem Moment tat König Björn etwas Seltsames. Er machte eine Rolle rückwärts, kam wieder auf die Füße, warf sich nach vorn und schwang sein Schwert zwischen Hjaltes Beinen auf und ab. Der, auf so etwas überhaupt nicht vorbereitet, konnte den Hieb nicht mehr abwehren. Er stieß einen Furcht erregenden Schrei aus, einen Schrei, der als tiefer Bass begann und in ein helles Falsett überging, ehe er erstarb.

Dann war von Hjaltes Männlichkeit nicht mehr viel übrig, und als er starb, blickten seine Augen noch immer erstaunt.

Als Torvald Hjalte gefallen war, wurde erschrockenes Gemurmel laut, und die Kampfeslust unter den Großbauern sank jäh. Der König selbst, der ein wenig Zeit zum Luftholen bekommen hatte, eilte zum Hochsitz und begann, die Armlehnen aufzuschlitzen und daran zu reißen. Die Männer starrten. Da löste der König die Lehnen und zog etwas aus dem Versteck hervor.

»Hier!«, rief er. »Hier bewahre ich Silber und Gold für euch auf, es sei denn, ihr wollt mich immer noch stürzen.« Er hielt eine Hand voll Silbermünzen hoch. »Blut Silber vorzuziehen, zeugt von geringem Verstand. Denn damit kann man keinen Handel treiben.« Der König machte eine Pause und zog ein paar Schmuckstücke und Silberbarren hervor. »Ihr mögt mit bewaffnetem Gefolge gekommen sein, aber meine Männer sind zahlreicher, und bald wird meine ganze Leibwache hier sein. Ihr habt die Wahl. Durch das Schwert zu sterben oder mir Treue zu geloben, indem ihr dies als Geschenk annehmt.«

Mit einer großen Geste schleuderte der König Silber und Schmuck auf den Boden und setzte sich mit verschränkten Armen in den Hochsitz und wartete, was geschehen würde. Stille breitete sich aus. Hjaltes Männer wechselten verwunderte Blicke, traten von einem Fuß auf den anderen und musterten gierig die Geschenke, die auf dem Boden verstreut lagen. Dann begannen die Männer nacheinander ihre Schwerter zurück in die Scheide zu stecken und sie senkten die Köpfe. Sie murmelten Bedauern und Entschuldigungen und fielen vor Seiner Majestät auf die Knie. Vor dem Hochsitz sagten alle wie aus einem Mund, dass sie, so wie der König an diesem Abend gekämpft hatte, erkannten, dass er keineswegs der handlungsunfähige Waffenträger war, von dem Hjalte gesprochen hatte. Vielmehr habe er sich als starker und flinker Mann erwiesen, der nur das Beste für seine Untertanen wolle. Wer könnte das Reich besser führen an dem Tag, an dem der Feind Birka angriff? Mit gesenkten Häuptern nahmen die Großbauern die Geschenke entgegen, verbeugten sich vor Seiner Majestät und entfernten sich eilig. Und so beschämt und verwirrt waren diese Großköpfe, dass sie gerade noch daran dachten, ihre Toten und Verwundeten beim Aufbruch mitzunehmen. Erst als die Männer auf ihren Höfen angekommen waren, bemerkten sie, dass sie die Holzstatuen und ihre Wagen mit den Geschenken beim König vergessen hatten. Aber da niemand unter ihnen war, der es wagte einzuräumen, dass sie von König Björn besiegt worden waren, blieben sowohl die Holzstatuen als auch die Geschenke auf dem Königshof zurück. Und nachdem mehr Silber in den Wagen war, als König Björn den Großbauern überlassen hatte, ging Seine Majestät mit Ehre und Reichtümern aus dem Überfall hervor.

Im Kampf hatte er nur zwei Wachen verloren und war selbst leicht verletzt worden. Da sowohl seine Wade als auch sein Arm von Sklavinnen gepflegt wurden, quälten ihn auch die Wunden nicht nennenswert. Und vor allem – er hatte fast ohne fremde Hilfe gekämpft. Als Erik hereingestürmt kam, waren die Kämpfe schon beendet, und erstaunt konnte sein Verbündeter das Schwert zurück in die Scheide stecken. Seit diesem Tag prahlte der König mehr als gewöhnlich, und am glücklichsten war er, wenn er die Narben der Schwerthiebe zeigen durfte. Einen ganzen Mondumgang lang sang er, spielte Brettspiele und trank Fruchtwein, und als der Mond sich erneuerte, kaufte er drei neue Sklavinnen. Die, die ihn im Badehaus verhöhnt hatten, schenkte er einem muslimischen Kaufmann und bekam dafür eine frisch geraubte dunkle Frau aus dem Mohrenland.

Jedoch schämte sich König Björn dafür, dass er nicht zugehört hatte, als Erik versuchte, ihn zu warnen, und er war fest entschlossen sich zu bessern. Da Erik ihn auch vor der Bedrohung durch die Dänen, die Dorestad geplündert hatten, warnte, entschied Seine Majestät Birkas Verteidigung aufzurüsten. Respekt einflößend befahl er seinen Männern, Burg und Palisaden zu verstärken, die Garnisonen zu überholen, neue Waffen anzuschaffen und alle Verteidigungsanlagen und die Palisaden draußen vor dem Hafen in Stand zu setzen. Ohne es zu ahnen, hatte er einen sehr wichtigen Beschluss für das Reich getroffen.

Ein leichter Wind führte den Geruch von Wald und Humus mit sich. Ein Zweig wurde auf den Boden geweht, ein paar Vögel flogen erschrocken auf. Entfernt war das Bellen eines Rehbocks zu hören, und bis auf die Geräusche des Waldes war es still. Als Estrid und Ragnar das Flussufer erreichten, blieben sie stehen und sahen sich um. Alles schien ruhig. Zwischen den Bäumen sahen sie den Kahn am Ufer. Ragnar untersuchte das Boot. Niemand hatte es angerührt. Kein Moos war von den Felsen gerissen und das Gras stand aufrecht. Niemand war hier gewesen.

»Dann können wir laden. Wir sollten uns beeilen«, entschied Ragnar und drehte sich zu Estrid um. Sie antwortete nicht, aber half ihm, das Boot anzuschieben. Als Ragnar gerade seinen Beutel hineinwerfen wollte, hielt sie ihn auf.

»Nein«, sagte sie plötzlich. »Das ist zu gefährlich. Lass uns nicht das Boot nehmen, es ist besser, wenn wir zu Fuß gehen.«

»Aber auf dem Fluss kommen wir schneller und leichter voran.«

»Mag sein, aber das hilft uns nicht, wenn wir nicht auch durchkommen.«

»Es gibt nichts zu fürchten«, widersprach er. »Ich bin bei dir. Komm jetzt.«

Aber Estrid rührte sich nicht.

»Magst du mich?«, fragte sie plötzlich.

»Hast du das nicht gemerkt?«

»Willst du mit mir nach Holmgård gehen?«

»So haben wir uns geeinigt. Ich fahre nicht ohne dich.«

»Vertraust du mir?«

»Wie ich sage, ich kann mir nicht vorstellen, ohne dich zu fahren, und auch wenn ich dich nicht gut kenne, glaube ich nur Gutes von dir.«

»Versprichst du mir, mich nicht zu verlassen, auch wenn ich etwas tue, das dir vielleicht nicht gefällt?«

»Du sprichst in Rätseln. Sag es mir.«

»Das werde ich, aber erst …«

Sie zog das Kopftuch heraus, das sie in ihre Tunika gewickelt trug, schüttelte es aus und warf es ins Wasser. Dann schob sie hastig das Boot hinaus. Aber sie hielt es nicht am Steven fest, wie er erwartet hatte, und ehe er eingreifen konnte, hatte sie das Boot der Strömung überlassen. Ragnar Weitfahrer sah hilflos zu, bevor er begriff, was geschehen würde. Da lief er mit großen Schritten ins Wasser, um das Boot zu retten. Aber die Strömung hatte den Kahn gepackt und ihn ins Flussbett hinausgetragen, wo er in den Wasserwirbeln schaukelte und krängte. Ragnar wagte nicht, weiter hinauszuwaten. Durchnässt und aufgebracht kehrte er ans Ufer zurück.

»Bist du von Sinnen? Sollen wir nach Holmgård schwimmen?«

Estrid nahm seine Hand und versuchte ihn zu beruhigen.

»Verzeih«, sagte sie, »aber ich musste das tun. Es könnte uns beiden das Leben gerettet haben. Ich habe nichts gesagt, denn sonst hättest du mich daran hindern können.«

»Hätte ich das? Was meinst du?«

Ragnar Weitfahrer sah sie missbilligend an, plötzlich argwöhnisch. Wer war sie, diese Frau? Hatte er sich geirrt? Sie war ihm so ehrlich und treu erschienen, die Art Mensch, der man sofort vertraut. Und dann das? Er war enttäuscht.

»Wir sind jetzt zu zweit, wir müssen miteinander reden über das, was wir tun wollen und warum. Sonst können wir nie Vertraute werden. Sonst werden wir Feinde sein, ehe diese Fahrt vorüber ist«, sagte er grimmig.

»Du hast Recht«, gab Estrid ein wenig beschämt zu. »Aber ich hatte Angst, Angst um uns beide. Ein rusischer Kaufmann und seine Männer jagen mich, und sie hätten den Kahn erkannt. Sie hätten uns töten können. Jetzt wird das Boot in den Stromschnellen zerschlagen, bald werden sie es finden, mit dem Kopftuch. Dann werden sie denken, dass ich ertrunken bin. Erst wenn sie glauben, dass ich tot bin, werde ich Frieden finden.«

Ragnar Weitfahrer sah sie erschrocken an.

»Was ist es, das du vor mir geheim hältst?«

»Ich werde es dir erzählen, das verspreche ich dir, aber es ist nicht leicht für mich.«

Sein Ärger verflog, er streichelte ihre Hand und zog sie an sich.

»Jetzt warte ich nicht länger. Ich folge dir nicht einen Schritt weiter, bis du mir nicht alles erzählt hast«, sagte er milde. Er betrachtete sie beunruhigt. »Estrid, was ist geschehen?«

»Komm«, antwortete sie. »Wir können hier nicht länger bleiben, wir müssen weiter. Aber ich verspreche dir, ich werde dir alles erzählen!«

Dann beugte sie sich vor und küsste ihn schnell auf die Wange, als wollte sie sich vergewissern, dass er sie nicht im Stich lassen würde. Von ganzem Herzen wünschte sie sich, dass Ragnar Weitfahrer ein Mann war, dem sie vertrauen konnte. Ein Mann, der sie niemals verraten würde.

»Weißt du«, begann sie, während sie durch den Wald gingen. »Alles schien so gut mit Orfrim, dem Kaufmann, dem ich nach Osten gefolgt bin. Aber ich hatte mich geirrt.«

Dann erzählte sie Ragnar alles, was bei der Überfahrt und der Ankunft in Aldeigjuborg geschehen war. Als sie von Olga und Orfrims Familie berichtete, brach ihre Stimme.

»Ich glaubte, dass Orfrim so bald wie möglich nach unserer Ankunft mit mir ins Viertel der Rus ziehen würde, aber nach einiger Zeit begann er wieder, zu seiner Frau Olga zu gehen, und nichts änderte sich. Da begann ich zu ahnen, dass er mich vielleicht getäuscht hatte.«

»Hatte er das denn?«

Estrid machte eine Pause und deutete Ragnar Weitfahrer, dass sie sich setzen musste. Etwas scheuerte in ihrem Schuh. Sie setzten sich auf den Boden, und als

Estrid ihren Schuh wieder angezogen hatte, lehnte sie erschöpft ihren Kopf an seine Schulter.

Ragnar Weitfahrer strich ihr sanft übers Haar, und sie beruhigte sich.

Dann seufzte sie tief und mit einem Mal schien alles, was geschehen war, wieder Wirklichkeit zu werden, und Estrid war wieder in Aldeigjuborg …

Es roch nach dunklem Brot und Wurzelsuppe. Estrid trat über die Schwelle und bückte sich tief, um sich nicht den Kopf an dem niedrigen Türstock anzuschlagen. Aber sie stolperte und stieß sich die Stirn. Ihr Korb mit Löwenzahn fiel zu Boden.

»Pass doch auf«, ertönte Orfrims Stimme. »Und überhaupt, was willst du mit dem ganzen Löwenzahn?«

»Ich wollte Wein machen, damit wir etwas Gutes zu trinken bekommen. Olga und den Kindern würde das vielleicht auch gefallen«, erklärte sie.

»Wein? Hast du den Verstand verloren? So etwas trinken wir nicht.« Er sah sie vorwurfsvoll an.

Estrid starrte auf den umgekippten Korb und begann schweigend, den Löwenzahn aufzusammeln. In Birka hatte Orfrim sehr wohl getrunken, alles, Bier, Met und Wein.

Warum hatte er sich so verändert?

Mit einem tiefen Seufzen sammelte sie die letzten Blätter ein und ging mit ihnen zum Abfallhaufen. Ihre ganze Arbeit war umsonst gewesen.

Als sie wieder hereinkam, hatten Olga, Orfrim und die Kinder sich zum Essen gesetzt. Auf dem Tisch lagen zwei große Brote neben Schalen mit Rosinen und Walnüssen, aus einem großen Tonkrug duftete es nach Honig. Honig, mit dem sie zu Hause geizten, bekam sie hier reichlich, und er schmeckte gut zusammen mit dem dunklen sauren Brot. Aber sie vermisste das dünne Brot und den Käse ihrer Heimat.

Olga ordnete ihr Tuch und holte die Sauermilch. Ohne sich um Estrid zu kümmern, schob sie den Kindern die Schale hin und drehte sich wieder um. Als Boris und Nikita genommen hatten, was sie wollten, stellte sie das Gefäß in die Mitte des Tisches und schnitt sich ein Stück Brot ab.

Sie könnte wenigstens so tun, als wäre sie freundlich, dachte Estrid verärgert und streckte sich nach dem Brot.

Sie versuchte, etwas in der fremden Sprache zu sagen, aber niemand antwortete und sie aßen schweigend weiter. Ab und zu starrte Olga sie an, aber sie sagte kein Wort. Schließlich war Estrids Geduld am Ende und sie wandte sich an Orfrim.

»Ich habe es satt. Das Haus stinkt, du bist immer fort und Olga will mich hier nicht haben. Du hast mich ins Gårdarik gebracht, dann musst du dich auch um mich kümmern. Zeig mir die Stadt, nimm mich mit zum Markt. Hier halte ich es nicht länger aus. Ich will in unser neues Zuhause ziehen, jetzt.«

Orfrim sah sie gereizt an.

»Wir werden umziehen, aber es dauert seine Zeit, in Aldeigjuborg ein Haus zu kaufen. Du musst Geduld haben. Aber so lange wir hier wohnen, musst du unseren Sitten folgen. Du kannst nicht hinausgehen, wie du es gewohnt bist. Hier in unserem Viertel dürfen Frauen sich nur in Gesellschaft ihrer Väter oder Brüder zeigen. Und du hast keine Familie hier.«

»Aber das wusstest du, bevor du mich hierher gebracht hast. Warum hast du mir nichts gesagt?«

»Das habe ich, aber du hast nicht zugehört.«

»Du lügst. Und du weißt, dass ich nur im Viertel der Rus leben kann wie zu Hause. Ich bin es leid, eingesperrt zu sein, und wenn wir nicht dorthin ziehen, werde ich heimkehren.«

»Ja, versuch es nur«, lachte er, aber fasste sich dann. Er beugte sich vor. »Estrid, ich verspreche dir, wir werden umziehen. In der Zwischenzeit musst du Geduld haben und unseren Glauben zu verstehen versuchen.«

»Das tue ich, so gut ich kann.«

Er tat, als hörte er die Bitterkeit in ihrer Stimme nicht, nahm ihre Hand in seine beiden und sah sie ernst an.

»Weißt du, hier in Aldeigjuborg gibt es viele verschiedene Menschen. Du kannst Rus, Vepsen, Slawen und Kaufleute aus Itil und Miklagård treffen. Ein Teil der Menschen glaubt an einen Gott im Himmelreich, andere an mehrere verschiedene Herrscher. Manche von jenen, die hier leben, haben viele Götter. Zum Beispiel diejenigen, die in der Festung auf der anderen Seite des Flusses leben.« Er machte eine kurze Pause und betrachtete sie. Alles war so neu, er musste sie dazu bringen zu verstehen. »Weißt du«, fuhr er fort, »sie haben einen Gott für den Winter, einen für den Sommer, einen für den Regen, einen für den Wind, einen für die Bäume und sogar verschiedene Götter für Nacht, Wasser, Erde und den Tod. Dann gibt es einen anderen Volksschlag, der Schlangen, Fische, Kraniche und anderes merkwürdiges Getier anbetet. Meinst du nicht selbst auch, dass all das Irrlehren sind?«

»Ja, Schlangen und Kraniche anzubeten, das klingt wie eine große Torheit«, gab Estrid zu. »Aber …«

»Ja, sieh selbst. Verstehst du meinen Glauben nicht? Allah steht über all dem. Auch dein Heidenglauben dort im Sveareich ist eine große Irrlehre. Du solltest denselben Gott haben wie ich. Du kannst nicht länger an Odin, Thor und Frey glauben.«

»Aber das sind die Götter der Svear«, widersprach Estrid gekränkt. »Odin steht uns im Kampf bei, ohne Thor kann niemand sein, und Frey und Freya brauchen wir um der Ernte und der Fruchtbarkeit willen. Ich kann sie nicht verwerfen.«

»Aber verstehst du nicht? Ihr Svea widmet euch auch der Götzenverehrung«, lachte Orfrim. »Heidenglauben. Darum versuchen die Christen, euch zu bekehren. Aber ich glaube nicht an das, was Ansgar und die Gesandten des Kaisers predigen. Für mich ist Allah der Höchste.«

Estrid schwieg, ihr Hals wurde flammend rot. Niemals hatte Orfrim sich in Birka um Religion geschert. Warum hatte er jetzt davon angefangen? Und er hatte auch gesagt, sie müsse zu beten anfangen, sowohl zum Sonnenaufgang als auch zum Sonnenuntergang, mehrmals am Tag.

»Du hast dich verändert, Orfrim. Warum all dieses Gerede über verschiedene Lehren? Können wir nicht leben wie früher?«, flehte Estrid.

Olga sah die beiden missbilligend an, und Orfrim drehte sich zu ihr um und sagte etwas. Seine Frau lächelte, stand auf und schlang sich den Schleier um den Kopf und verließ mit den Kindern den Tisch.

»Es ist wahr, Estrid, mein Glaube ist hier in Aldeigjuborg wichtiger für mich, als er es jemals in Birka war. Aber mein Vater stammte aus Itil am Schwarzen Meer, und er lebte im muslimischen Teil der Stadt«, fuhr Orfrim fort. »Dort gab es eine Moschee, und er hielt dort die Freitagsgottesdienste ab. Die Moschee, hatte auch ein schönes Minarett und mehrere Gebetsrufer. Er liebte all das, und als er hierher zog, wollte er seinen Glauben hier verbreiten. Als sein Sohn musste ich leben wie er.«

»Hier gibt es doch viele verschiedene Völker, und alle sind glücklich mit ihrem Glauben«, wandte Estrid ein. »Warum ihnen nicht ihr Leben lassen, statt eine Lehre aus dem Serkland zu verbreiten?«

»Die Menschen brauchen einen Gott, der allein herrscht. Das ist am besten für alle. Auch wenn wir hier noch nicht so viele Muslime sind, wir werden mehr.«

»Aber glaube nicht, dass du mich bekehren kannst«, fauchte Estrid ihn an. Sie bemerkte, wie seine Augen schwarz wurden. Sie schienen dunkel und bedrohlich, dann hellten sie sich wieder auf. Estrid schwieg, und sie sahen einander abwartend an. Er fuhr mit der Hand über die Tischplatte und zerkrümelte ein Stückchen Brot. Dann fuhr er fort:

»Liebste, ich verstehe, dass dir all das sehr fremd vorkommen muss, aber du wirst dich daran gewöhnen.«

»Vielleicht, aber nur, wenn wir zu den Rus auf die andere Seite des Flusses ziehen«, antwortete Estrid trotzig. »Und zwar jetzt.«

Orfrim sah ihre entschlossene Miene und musste lächeln. Jetzt war Estrid wieder so unvernünftig eigensinnig. Er beugte sich vor und küsste sie auf die Wange.

»Estrid, vergib mir«, sagte er. »Ich habe soviel mit

Olga und den Kindern zu tun, dass ich dich ganz vernachlässigt habe. Komm, gehen wir hinaus, damit du siehst, wie schön es hier ist.«

Er reichte ihr die Hand. Estrid sah auf. Orfrim musste ihre Gedanken gelesen haben, und wieder einmal kam er ihr zuvor. Gerade als sie kurz davor war, in Tränen auszubrechen und in ihrer Verzweiflung auf die Straße hinauszustürzen, hatte er seinen Fehler eingesehen und wollte ihn wieder gutmachen. Jetzt sah er sie liebevoll an.

Es war wohl auch für ihn nicht leicht, mit jemandem aus einem anderen Land hier zu leben. Vielleicht sollte sie sich zügeln und versuchen, mehr Geduld zu zeigen?

Die Straße mit den niedrigen, grauen Häusern war friedlich; noch feucht vom leichten Regen des Morgens. Sie mussten ein paar Fahrrinnen und Pfützen ausweichen, aber Richtung Stadt war die Straße trocken. Hier pflegten die Märkte stattzufinden, und alte Körbe, Essensreste und welkes Gemüse lagen überall verstreut. Aber Estrid bekam weder Schmuck noch Stoffe zu sehen, denn die Buden waren geschlossen. Die Schiffe wurden erst am nächsten Tag erwartet.

Die Sonne schien und wärmte sie, aber sie verstärkte auch den Gestank von Dreck und Abfall. Ein Mann mit Stock ging an ihnen vorbei, gebückt, schlecht gekleidet und mit leicht hinkendem Gang. Estrid nahm Orfrims Hand. Der Mann sah abscheulich aus.

»Nicht alle haben als Kaufleute Erfolg. Man muss hart arbeiten, sonst kann es böse enden«, sagte Orfrim mit einem Nicken zu dem Buckligen. »Darum schufte ich so viel und kümmere mich um meine Geschäfte.«

»Und bist so selten zu Hause«, fiel Estrid ihm ins Wort.

»Ja, denn ich kenne eine Frau, die wünscht ein eigenes Haus«, entgegnete er und drückte ihre Hand.

»Aber bald wirst du doch Silber genug haben?«

»Ja, sehr bald«, beruhigte er sie. »Komm! Jetzt werde ich dir zeigen, wo wir wohnen werden.«

Guter Dinge folgte Estrid ihm über die Holzbrücke ins Viertel der Rus auf die andere Seite des Flusses. Orfrim legte den Arm um sie.

»Hier ist es fast wie in Birka, nicht wahr?«

»Und ob!« Sie lächelte ihn glücklich an.

Sie folgten einem schmalen, mit Planken belegten Weg, gesäumt von gezimmerten Häusern, ganz ähnlich denen in Birka. Nach einer Weile erreichten sie einen schmalen Querweg, der zum Flussufer hinunterführte.

»Die Werft«, sagte Orfrim und zeigte zum Fluss.

»Können wir nicht dorthin gehen?«

»Doch, aber erst will ich dir das hier zeigen.«

Er bog auf einen kleinen Pfad, der in die entgegengesetzte Richtung führte, umrundete ein großes Holzgebäude und lief mit raschen Schritten zu einer kleinen Gruppe niedriger Häuser. Sie lagen etwas erhöht, und Wasser glitzerte zwischen den Bäumen.

Die Häuser hatten Mansardendächer und kleine Fensterluken und waren von kleinen Gärten mit prächtigen Obstbäumen umgeben. Es waren Hühnerkäfige, Holzstapel und Gemüsebeete zu sehen.

»Na, was meinst du?«

»Genau wie zu Hause«, jubelte Estrid. »Können wir nicht hineingehen?«

»Nein, nicht jetzt, später. Morgen.«

»Warum morgen?«, fragte Estrid enttäuscht.

»Gerade jetzt gibt es soviel anderes, das ich dir zeigen will.«

Dann zog er sie mit sich in eine neue Querstraße Richtung Fluss.

Am Strand teerten vier Männer ein paar Kähne, während zwei größere Schiffe neue Böden bekamen. Estrid wollte hinuntergehen und mit den Männern sprechen. Aber Orfrim hinderte sie daran.

»Später, ich verspreche es.«

Er ging mit Estrid das Flussufer entlang, schlenderte hinüber auf die Straße der Rus, zeigte auf Apfelbäume und Blumen in den Gärten und nahm sie an der Hand, als sie zu den Grabhügeln direkt hinter der Bebauung gingen.

»Von hier hat man eine gute Aussicht«, sagte er, und sie blickten über den dunklen Fluss und die Ebene, die sich auf der anderen Seite erstreckte. »Gibt es keine Felsen und Berge hier?«, fragte Estrid verwundert.

»Nicht hier, aber die Bäume und Pflanzen sind dieselben wie bei dir zu Hause im Reich der Svear.«

Estrid begann sich besser zu fühlen. Der Mann an ihrer Seite war der Orfrim, den sie von früher kannte. Alles schien gut, jetzt wo sie allein waren. So würde es auch werden, wenn sie erst hierher gezogen waren. Plötzlich ließ er ihre Hand los und verschwand den Hügel hinunter.

»Komm mit!«, rief er und winkte sie zu einem Hügel mit den schönsten Blüten. Er pflückte einen Arm voll Blumen, die er ihr lächelnd überreichte, und seine Augen funkelten und lachten, wie sie es von zu Hause gewohnt war. Estrid war glücklich, denn Orfrim gehörte wieder ihr und sie kannte die Blumen. Schlüsselblumen, Schafgarbe und Margeriten. Sie roch daran, und sie dufteten nach Wiese und Sommer.

»Liebste«, murmelte er und zog sie ins Gras. Als sie fühlte, wie er sich unter ihren Kleidern vorwärts tastete, schlang sie die Arme um seinen Körper und küsste ihn. Estrid schmiegte sich fest an ihn. Er streichelte sie und als sie ihn spürte, führte sie ihn, glücklich vor Lust. Mit einem Mal fühlte sie sich, als hätte sie ihn noch nie so geliebt wie jetzt, und ihre Gefühle wurden leidenschaftlicher. Sie gab sich hin, und sie umarmten einander heftig. Nichts von all dem Bösen, das sie durchgemacht hatte, hatte jemals stattgefunden, es gab nur sie und Orfrim, und sie waren wieder Liebende in Birka.

Keuchend kamen sie einander entgegen, dann sank Estrid erschöpft unter ihm zusammen. Ein wohliger Frieden erfüllte sie.

»Oh, Orfrim, bald können wir es jeden Tag so haben. Ich habe solche Sehnsucht.«

»Ja, wir ziehen bald um.«

»Dann kann das Kind hier auf den Wiesen spielen und unten im Fluss baden«, fuhr Estrid fort.

»Das Kind?« Orfrim erstarrte, aber Estrid merkte es nicht.

»Stell dir vor, ich glaube, das Kind wird deine dunklen Augen und deine schöne Haut haben.«

Orfrim setzte sich auf und runzelte die Stirn.

»Ein Kind? Nein, ich habe schon zwei. Wir werden keine Kinder haben!«

»Doch, Liebster, noch ein paar Mondumgänge, und du

wirst spüren, wie es sich bewegt.« Sie legte seine Hand auf ihren nackten Bauch. Heftig zog er sie weg.

»Was meinst du? Du wirst ein Kind bekommen? Das Kind ist nicht von mir. Du warst bei einem anderen Mann, du Heidenhündin!«, schrie er und hob die Hand, um sie zu schlagen. »Und glaube nicht, dass ich mich mit einer götzenanbetenden Frau wie dir verheiraten werde. Niemals!«

Der Schlag traf sie auf der Wange, und Estrid fuhr zusammen. Sie verstand nicht. Ihre Haut brannte und ihr Auge tränte. Eben noch hatten sie sich geliebt und plötzlich hatte er sie wieder geschlagen! Sie begann zu schluchzen.

Orfrim sah ihre Verzweiflung und beherrschte sich. Reumütig beugte er sich zu ihr und nahm ihren Kopf in seine Hände.

»Liebste, verzeih mir«, murmelte er. »Ich wollte das nicht, ich hatte plötzlich Angst.«

»Angst?«

»Ja, dass dir etwas zustößt, wenn du gebierst, und auch, dass ich das Essen für zwei Familien verdienen muss.«

»Aber ich kann arbeiten, du musst dich nicht bekümmern.«

»Nein, hier in Aldeigjuborg muss ich allein für dich sorgen, verstehst du das nicht?«

»Nein, das verstehe ich nicht.«

Er murmelte eine Antwort, die sie nicht hörte, stand auf und half ihr auf die Füße. Sie klopften Erde und Gras von ihren Kleidern und gingen heimwärts. Estrid schwieg, dachte an all das, was sie vor wenigen Augenblicken geträumt hatte. Jetzt war das nichts als ein Wahn, fort. Sie verstand Orfrim nicht mehr. Er hatte sich so sehr verändert, dass sie nicht länger wusste, wer er war. Der lange Kaftan ließ ihn wie einen Fremden aussehen, und sie fand, dass er das auch war. Hier in Aldeigjuborg war er ein anderer geworden. Jetzt begriff sie, wie einfältig sie gewesen war. Nie würde er mit ihr auf die andere Seite des Flusses ziehen. Niemals. Sie hatte ihn verloren.

Als sie den Brunnenplatz querten, sahen sie einen Menschenauflauf dort, wo Olga und sie Wasser holten. Die aufgebrachte Masse schrie und tobte. Estrid drängte sich vor und dicht am Brunnen entdeckte sie eine junge, schöne Frau, die auf dem Boden kniete, die Hände auf dem Rücken gefesselt. Männer in bodenlangen Mänteln drohten mit den Fäusten und fluchten, verschleierte Frauen riefen gehässig mit heiseren Stimmen. Ein Mann mit langem Bart und Kaftan las aus einem Buch, zeigte auf die Frau und rezitierte etwas mit lauter Stimme. Die junge Frau sollte offensichtlich bestraft werden.

Estrid stieß Orfrim in die Seite und bat ihn, für sie zu übersetzen, doch er blickte starr geradeaus. Plötzlich begann die Menschenmenge, sich der Frau mit Steinen in den Händen zu nähern. Estrid griff nach Orfrims Arm, aber er tat, als merke er es nicht. Im nächsten Augenblick hörte sie einen Schrei und sah, wie die Ersten Steine nach der Frau warfen.

»Halte sie auf, sie bringen sie um!«

»Ja, aber das ist ihre Strafe«, erwiderte er ruhig.

Als Estrid seine kühle, gleichgültige Stimme hörte, zerbrach etwas in ihr. Sie riss sich los, lief auf die Frau zu und versuchte, das Seil von ihren Handgelenken zu lösen. Wenn die Ärmste nur die Hände frei bekam, könnte sie sich befreien und fortlaufen. Aber das Seil saß zu fest, und Estrid wurde von einem Stein in die Seite getroffen. Starrsinnig zerrte sie weiter an dem Seil, aber als ein Stein sie im Rücken traf, und ein anderer ihr eine Wunde in die Schulter schlug, musste sie aufgeben. Benommen taumelte sie zurück zu Orfrim.

»Sie töten sie!«, schrie sie aufgebracht, aber er antwortete nicht. Stattdessen packte er sie an ihrem Kleid und zog sie mit sich. Kaum waren sie durch die Tür gekommen, begann er, sie wieder zu schlagen.

»Du hast mich entehrt, du Plage!«, brüllte er und schlug besinnungslos zu. Die Schläge hagelten auf ihren Körper und ihr Gesicht schmerzte. Verzweifelt versuchte sie, das Schlimmste mit den Armen abzuwehren.

»Orfrim, hör auf!«, stammelte sie. »Hör auf!«

»Ich habe das Recht dich zu verprügeln, und am liebsten würde ich dich einsperren«, schrie er zur Antwort.

In dem Moment hatte Estrid genug. Als seine Hand sich das nächste Mal näherte, gelang es ihr, sie zu fassen, und sie biss zu, mit aller Kraft. Er brüllte vor Schmerz und trat einen Schritt zurück. Dann schien er auf einmal zu verstehen, was er getan hatte. Er sah sie verzweifelt an.

»Estrid, vergib mir, ich wusste nicht, was ich tue.« Er streckte bittend seine Hände nach ihr aus, aber Estrid zog sich erschrocken zurück.

»Liebste, verzeih. Die Frau hat ihre verdiente Strafe bekommen. Du hast mich vor allen zum Gespött gemacht. Ich musste an meine Ehre denken.«

»Ehre? Was kümmerst du dich darum? Wer einen anderen Menschen steinigt, verdient keinen Respekt.«

»Aber sie ist verheiratet und war mit anderen Männern zusammen«, sagte er aufgebracht.

»So wie du«, fauchte Estrid höhnisch. »Zwei Jahre lang war ich deine Frau, ohne ein Wort darüber zu verlieren, dass du verheiratet warst. Dann hast du mich hierher gebracht und gesagt, wir beide würden zusammen leben. Obwohl du eine Familie hast. Aber du wirst nicht bestraft, du bist ein freier Mann!«

All das Freundliche, das sie an diesem Tag erlebt hatte, war fort, und sie war außer sich vor Enttäuschung.

Mit zwei Schritten war sie bei ihm und zerkratzte ihm das Gesicht. Orfrim zuckte zusammen und wollte sich gerade auf sie stürzen, als die Kinder hereinkamen.

Er beherrschte sich und verließ den Raum. In der Dämmerung aßen sie stumm ihr Mahl. Estrid würdigte Orfrim keines Blickes.

Als er später zu ihr kam, hatte sie keine Angst mehr, denn wenn er sich abends zeigte, wollte er alles wieder gutmachen. Zu spät bemerkte sie seinen dunklen, starren Blick. Mit ein paar harten Schlägen schickte er sie zu Boden, wo sie liegen blieb.

In der Nacht bekam sie heftige Blutungen und am folgenden Tag verlor sie ihr Kind.

Olga half ihr, die Blutung zu stillen, und zum ersten Mal ahnte Estrid so etwas wie Menschlichkeit hinter den strengen, verschlossenen Zügen. Sie dachte, dass auch Olga es wohl nicht leicht mit Orfrim haben konnte.

»Und so endete alles?«, fragte Ragnar, nachdem er ihrem Bericht gelauscht hatte. »Hast du nicht geahnt, dass er gewalttätig werden könnte?«, fuhr er fort.

»Nein. In Birka hat er alles getan, damit ich es gut hatte, er kümmerte sich um mich, war liebevoll und sagte immer das, was ich hören wollte. Einfach bei ihm zu sein, war mein größtes Glück. Um uns herum wurde alles lebendig und fröhlich und schließlich konnte ich nicht mehr ohne ihn sein. Darum bin ich mit ihm gegangen.«

Ragnar Weitfahrer zog Estrid an sich und hielt sie fest im Arm.

»Du musst mir nicht mehr erzählen, ich sehe, wie schwer es für dich ist«, sagte er tröstend.

»Ja, es tut weh, aber schlimmer ist wohl die Enttäuschung. Wenn man etwas erwartet und alles kommt ganz anders. Dann erst wird man wirklich unglücklich«, überlegte Estrid.

»Mit Orfrim hattest du offenbar Donnergrollen und Ragnarök zugleich.«

Estrid lächelte schwach und versuchte, ihre Tränen zurückzuhalten.

»Nein, ich darf nicht weinen«, sagte sie dann. »Er ist es nicht wert. Vielmehr sollte ich einen Fluch auf ihn legen.«

Ragnar Weitfahrer schmunzelte.

»Ja, so lange es nur um ihn geht ...«

Estrid fühlte seine Wärme.

»Komm jetzt«, sagte er und reichte ihr die Hand. »Vielleicht ist es das Beste, wenn wir weitergehen. Wir müssen weit fort von Orfrim und all dem, was er dir angetan hat.« Estrid nahm seine Hand und erhob sich.

»Fast hätte ich den Kopf verloren, aber es war schön, all das zu erzählen. Jetzt fühle ich mich besser.«

Sie behielt seine Hand in ihrer, als sie die Wanderung

fortsetzten. Vor ihnen schlängelte sich der Weg zwischen Kiefern und Felsblöcken entlang, der Boden war von Tieren und Wanderern ausgetreten.

»Ich habe gehört, dass es an einer der Lotsenstellen Boote und ein Wirtshaus gibt. Vielleicht können wir dort ein Boot bekommen. Orfrim hat mir davon erzählt.«

»Ja, und dem Mann kann man schließlich vertrauen«, entgegnete Ragnar mit einer Grimasse. »Naja, ich kenne diese Lotsenstelle, und wenn wir nicht vom Weg abkommen, müssten wir noch vor Einbruch der Dämmerung dort sein. Aber Estrid, bevor wir sie erreichen, musst du mir sagen ...«

»Jaa?«

»Nun hast du mir von Orfrim erzählt, aber wer ist hinter dir her? Ich meine, wie sieht er aus? Wer ist Freund und wer ist Feind? Ich muss es wissen, sonst kann ich dich nicht beschützen.«

»Du wirst es erfahren«, sagte Estrid ausweichend, »aber gib mir etwas Zeit ...« Einfältig und gutgläubig bin ich zur Genüge gewesen. Eine Sklavin wie ich ist drei Felder wert, dachte sie. Ragnar würde eine Menge Silber für mich bekommen, er müsste mich nur einem rusischen Kaufmann überreichen. Nein, ich muss vorsichtig sein. Ich warte noch damit, alles zu erzählen. Vielleicht in Holmgård. Dort kann ich Hilfe finden, aber hier im Wald bin ich ausgeliefert.

Und so wurde Estrid wieder einsilbig, widerwillig, denn sie hatte angefangen, Ragnar lieb zu gewinnen.

Am Abend erreichten sie eine der Lotsenstellen. Kleinere Holzhäuser lagen auf einem Hügel, und am Flussufer, wo sich das Flussbett zu einem kleinen Rinnsal verengte, waren mehrere Boote vertäut. Ein Bauer mit Pferd und Wagen bot interessierten Mannschaften Schlepphilfe an, andere zogen ihre Boote auf Rollen. Aus einem der Häuser stieg Rauch aus der Dachöffnung, und es roch nach Fisch.

»Hier können wir sicher um einen Schiffsplatz bitten«, sagte Estrid.

»Wir leihen uns besser ein Boot. Mit einem Marderpelz können wir ein Boot und einen Lotsen bezahlen und bekommen darüber hinaus Essen und einen Schlafplatz.«

»Ja, können wir das denn?«

»Ja, du bist nicht mehr allein, Estrid, sieh her!« Ragnar hielt ein Bündel Pelze hoch. »Bald sind wir in Holmgård.«

Estrid blickte ihn erleichtert an. Ihr Körper tat weh, der Knöchel schmerzte und hatte angefangen zu bluten. Sie war todmüde und hatte sich Sorgen um den morgigen Tag gemacht, aber er hatte schon an alles gedacht. Sie drückte seine Hand.

»Und hier bekommen wir Essen und ein Fell für die Nacht?«

»Ich denke schon.«

Sie gingen ins Wirtshaus, und erst als Estrid sah, dass dort niemand war, den sie wiedererkannte, entspannte sie sich. Sie aßen und tranken, und für die Nacht erhielten sie einen Schlafplatz in einem der Nebengebäude. Estrid dachte, dass sie soweit von Aldeigjuborg fort war, dass sie keine Angst haben musste, und dennoch gefiel es ihr nicht, eine ganze Nacht im Wirtshaus zu bleiben. Im Wald hatte sie sich sicherer gefühlt.

Sie sah sich mehrmals unruhig um und bat Ragnar, niemanden ins Vertrauen zu ziehen. Aber Ragnar lächelte zärtlich und versicherte ihr, dass er die ganze Nacht über sie wachen würde. Als er schließlich aufstand und zu den Männern ins Wirtshaus ging, schlief sie tief und merkte nicht, dass er sie verließ.

Am Morgen war er wieder an ihrer Seite wie am Abend zuvor. Sie fand, er rieche nach Schweiß und Met, aber dachte, dass es wohl nur Einbildung war. Und als sie das Nebenhaus verließen, bemerkte sie nicht, dass dort ein kleiner, untersetzter Kaufmann mit fetten Wülsten um den Hals stand und wartete. Sein Blick verharrte bei Estrid.

12

Mit entschlossenen Schritten ging Erik auf Adelsö die Brücke entlang. König Björn war erneut aufgebrochen, um die Großbauern des Reichs zu besuchen, und Ysja musste irgendwo auf seinen Ländereien sein. Erik sah sich um. Seit dem Abend im Bootshaus wurde er von dem starken Verlangen getrieben, sie wieder zu treffen. Alle guten Vorsätze, sie zu vergessen, waren wie weggeblasen. In seinem Kopf gab es nur noch einen einzigen Gedanken. Er musste sie haben, alles andere war unwichtig. Der Abend im Bootshaus – das Unvollendete – hatte ein solches Begehren in ihm geweckt, und seither hatte er keine Ruhe mehr gefunden.

Zehn Monde war er Estrid treu gewesen, jetzt konnte er nicht länger. Die Sehnsucht nach einer Frau war zu groß, und in der Begegnung mit Ysja hatte er gefunden, was er vermisst hatte. Ihre Sinnlichkeit war eine betäubende Kraft, die er nicht beherrschen konnte. Doch wo war sie? Erik blickte über die Wiesen. Einige Männer mähten mit großen Sensen das Gras, und eine Gruppe Frauen mit Rechen folgte ihnen unter Rufen und Lachen. Keine Ysja. Dann war sie wohl im Stall oder holte Wasser am Brunnen. Einen Augenblick zögerte er. Er war dabei, sich an eine einfache Sklavin zu verlieren; an eine, die nach Gutdünken ihres Herrn geprügelt oder getötet werden konnte, eine Frau ohne Stammbaum und Familie. Außerdem war sie Eigentum des Königs. Musste er sich nicht besinnen? Wenn er sich noch ein wenig geduldete, würde Estrid zurückkommen.

Er blieb auf dem Hofplatz stehen. Ysja gehörte nicht ihm, sondern König Björn. Ohne sich Vorwürfe zu machen, war er auf dem besten Wege, seinem Verlangen nachzugeben, fern aller Gedanken an die Folgen. Für einen Moment erwog er umzukehren, aber dann ging er weiter zum Stall. Er konnte es nicht lassen, er musste sie wiedersehen! Als er das Stallgebäude erreicht hatte, sprang er beinahe über die Schwelle. Mit schnellen Schritten ging er zwischen den Verschlägen hindurch. Es war warm und roch würzig nach Tieren und Stroh. Dann blieb er atemlos stehen. Dort war sie! Und sie war ebenso schön und begehrenswert, wie er sie in Erinnerung hatte.

»Ysja, komm!«, sagte er nur und gab ihr ein Zeichen, ihm zu folgen. Entschieden ging er den Pfad zum Bootshaus hinunter und drehte sich nicht einmal um, um sicherzugehen, dass sie ihm folgte. Sie waren allein im Bootshaus und tauschten wortlose Blicke. Mehr war nicht nötig. Im nächsten Moment war er bei ihr. Seine Heftigkeit war fast beängstigend, und bald war sie nur noch Frau unter seinen Händen. Ungeschickt rissen sie einander die Kleider vom Leib, und Ysja empfing ihn, fast ohnmächtig vor Glück. Als er in sie eindrang, schlang sie die Arme um seinen Hals und küsste ihn, als wolle sie ihn nie wieder gehen lassen.

Aber es kam anders, als sie gedacht hatte.

Kaum hatte sie ihn empfangen, war es schon vorbei, und enttäuscht fühlte sie sich wieder als Sklavin, benutzt und ausgenützt. Enttäuscht wandte sie sich ab.

Aber Erik blieb bei ihr und verließ sie nicht wie die anderen. Vielmehr schien er ein wenig beschämt und streichelte sie verlegen.

»Ich war zu gierig«, sagte er hilflos. Sie sah ihn an und fühlte sich schon besser. Er machte sich etwas aus ihr.

»Weißt du, ich wollte dich schon im Bootshaus, nein, schon das erste Mal, als ich dich gesehen habe«, lächelte er.

»Das habe ich gefühlt, ich wollte dich auch«, gab sie leise zurück. »Du hast mich vor diesen Männern im Boot gerettet. Seit diesem Tag habe ich an niemanden als an dich gedacht.«

Er lachte, beugte sich über ihr Gesicht und küsste sie.

»Aber du musst viele Männer gehabt haben.«

»Ich verliebe mich nicht, wenn Männer mich benutzen.«

»Und der Mann, der der Vater deines Kindes ist, hast du ihn nie geliebt?«

»Wie viele Sklavinnen, glaubst du, lieben den Vater ihres Kindes? Du scheinst nicht zu begreifen, wie es ist, Sklave zu sein.«

»Vielleicht nicht, aber nach dem, was im Boot geschehen ist, habe ich begonnen nachzudenken.«

»Ja, was dort geschehen ist, war nicht nur schlecht. Wäre das nicht gewesen, du hättest mich vielleicht nie bemerkt.« Sie lächelte ihn an.

»Oh, doch, früher als du denkst«, sagte Erik. »Dich übersieht man nicht.«

Er streichelte ihre Wange, und seine Hand folgte ihrem Hals zu den nackten Schultern. Ihre Brust war groß und schwer und wogte ihm gleichsam entgegen. Er streichelte die warme, milchige Haut und verstand nicht, wie er früher von ihr hatte lassen können. Jetzt wünschte er, mit ihr hier bleiben zu können, sich zu unterhalten, sie besser kennen zu lernen. In ihrer Nähe war er gefangen wie in einem Regenbogen des Begehrens, und er verlor den Boden unter den Füßen.

Ysja drückte sich an ihn und genoss den Mann, der von ihrem ganzen Wesen gefesselt zu sein schien. Erst hatte sie nur vorgehabt, ihn zu täuschen, aber jetzt wusste sie, dass sie sich in ihn verliebt hatte.

»Ich habe dich sehr gern«, murmelte sie. »Du bist nicht wie die anderen.«

Er lachte auf.

»Nicht? Du hast also gehört, dass man mich Milchbart nennt?«

»Milchbart? Du? Nein, das kann ich nicht glauben. Du bist genauso wenig bartlos wie ich riesig«, sie kicherte bei dem Gedanken. Seine Miene hellte sich auf.

»Ja, mit dem Schwert kann ich umgehen und Schiffe und Silber habe ich auch.«

»Und doch wirkst du nicht richtig glücklich. Gibt es etwas, das du vermisst?«

»Dich«, sagte er neckend.

»Ach was, Sklavinnen vermisst niemand. Warum bist du nicht auf Wikingfahrt?«

»Meine Frau ist im Osten, und ich habe versprochen, ihren Platz in der Schankstube einzunehmen, bis sie zurückkommt.«

»Aha, und deshalb nennen sie dich Milchbart?«

Erik nickte.

»Wann kommt sie denn zurück?«

»Im Herbst.«

»Schon?«, Ysja versuchte, ihre Enttäuschung zu verbergen. »Liebst du sie noch?«

Erik zögerte mit der Antwort. Tat er das? Er konnte es nicht sicher sagen. Jetzt gab es nur Ysja, nur sie, diese anmutige Frau. Er streichelte sie und fühlte die Schwere ihrer Brust in seinen Handflächen. Sagte dann: »Ich weiß es nicht. Dem, den man liebt, nicht nahe zu sein, ist schlecht für die Liebe. Sicher mögen wir uns, wir sind Freunde und haben mehrere Winter unter einem Dach gelebt, aber … ja …« Er vergaß, was er sagen wollte, als er spürte, wie sie sich unter ihm bewegte.

Sie öffnete ihm ihren Mund, und er merkte, wie ihre Bewegungen fordernder und hitziger wurden.

»Was tust du da?«

Aber er bekam keine Antwort, denn ihre Lippen pressten sich fest auf seine. Sie umschloss ihn mit ihrer Wärme und schenkte ihm all die Freuden, die ein Mann sich wünschen konnte. Dieses Mal wurde sie nicht enttäuscht.

Fast sofort hatte Ragnar Weitfahrer das Gefühl, dass jemand sie anstarrte. Dann entdeckte er den dicken, untersetzten Mann mit dem fetten Nacken. Ragnar erkannte ihn. Als er am Abend nicht hatte schlafen können, hatte er Estrid allein gelassen und war in die Schankstube gegangen. Dort hatte er den Mann gesehen, der sich mit anderen Händlern unterhielt. Sie hatten viel getrunken und veranstalteten einen solchen Radau, dass er schließlich neugierig geworden und zu ihrem Tisch gegangen war. Dort hatten sie ihm auf den

Rücken geklopft, ihm Met angeboten und von Bagdad und Miklagård erzählt.

Ragnar Weitfahrer dachte an seine Felle und hörte sich nach Preisen um, aber sie sprachen hauptsächlich von Silber und Sklavinnen. Ab und zu wurde ein Krug mit Nabid am Tisch herumgereicht, und Ragnar Weitfahrer beobachtete, dass der Dicke reichlich davon trank. Vielleicht war ihm langweilig. Der Mann schien einer der reichen Kaufleute auf dem Weg nach Miklagård zu sein, einer von denen, die mit Stoffen, Silber und Sklaven reich geworden waren und alles besaßen. Um Freude im Leben zu finden, suchten sie den Rausch oder taten seltsame und verbotene Dinge. Nabid war ein starkes Getränk, und Ragnar kostete nur einen Mund voll.

Es hieß, der Rausch wäre so stark, dass Körper und Verstand sich trennten. Ragnar hatte gehört, dass man Sklavinnen, die mit ihrem Herrn beerdigt werden sollten, diesen Trank einflößte. Dann wurden sie gefügig und folgten ihrem Herrn bereitwillig in die andere Welt.

Die Männer am Tisch hatten viel zu erzählen, und Ragnar blieb bei ihnen sitzen und hörte zu. Nach mehreren Hörnern Met löste sich auch seine Zunge und er wurde redselig. Obwohl es gar nicht seine Absicht gewesen war, kam die Rede auf ihn und die schöne Frau, die er im Wald getroffen hatte.

»So?«, sagte der Fette und lauschte aufmerksam. »Eine Frau aus dem Wald?«

»Ja, über solchen Schmuck stolpert man nicht alle Tage.«

»Und wo hast du sie jetzt gelassen?«, fragte der Kaufmann und beugte sich vor. Schweißperlen glänzten auf seinem fetten Nacken und er sah Ragnar zuvorkommend an. Den Eifer und den lauernden, forschenden Blick dahinter bemerkte Ragnar nicht.

»Eine Frau wie sie, ja, unter dem Fell natürlich«, antwortete Ragnar scherzend und stand auf. »Nein, liebe Leute, es ist spät. Ich brauche meinen Schlaf.« Er hob die Hand und kehrte zu Estrid zurück. Als er sich schlafen gelegt hatte, dachte er eine Weile über die Männer nach, die er im Schankhaus getroffen hatte. Für einen Moment bereute er seine Gesprächigkeit am Tisch, aber dann tröstete er sich damit, dass die Kerle am nächsten Tag noch so sinnlos betrunken sein würden, dass sie liegen bleiben und ihren Rausch ausschlafen mussten.

Als Ragnar den Kaufmann erblickte, war er vor allem darüber erstaunt, dass er schon auf den Beinen war. Dann überlegte er, mit Estrid zu ihm hinüberzugehen und ein paar Worte zu wechseln, aber als er bemerkte, wie der Mann nach Estrid schielte, wurde er plötzlich misstrauisch.

»Dreh dich nicht um«, sagte Ragnar hastig zu Estrid, schob seinen Arm unter ihren und zog sie zur Seite. »Einer der Kaufmänner starrt dich an. Kennst du ihn? Ich sage dir, wenn er in die andere Richtung schaut.«

Estrid witterte sofort die Gefahr. Hatten sie sie eingeholt? Sie befeuchtete ihre Lippen und schluckte, aber ihr Mund blieb trocken.

»Jetzt!«, flüsterte Ragnar, und Estrid warf einen kurzen Blick über die Schulter.

Wie war das möglich? Das war der Kaufmann, der in

Aldeigjuborg auf sie gewartet hatte, der fette Rus, der sich mit ihr hatte vergnügen wollen. Was tat er hier? Hatte man den gestrandeten Kahn und ihr Kopftuch nicht gefunden? Oder war er hinter jemand anderem her? Estrid wagte es nicht, noch einmal in die Richtung des Rus zu sehen. Wie dumm war es gewesen, sich bewohntem Gebiet zu nähern, sie hätte es besser wissen müssen. Warum war sie nicht ihrem Instinkt gefolgt und im Wald geblieben? Wenn der Kaufmann sie jetzt zu fassen bekam, würde er sie verkaufen oder töten.

»Dieser Mann ist gefährlich. Wir müssen fliehen«, sagte Estrid leise.

»Aber er hat Schiff und Pferde. Es wird schwer werden, ihm zu entkommen.«

»Wir müssen.«

»Aber ...?«

»Kannst du ihn nicht niederschlagen oder ihn zum Zweikampf herausfordern?«

Estrid schielte vorsichtig zu dem Kaufmann hinüber. Jetzt stand er an einem der Schiffe und unterhielt sich. Offensichtlich hatte er sowohl Wachen als auch Ruderer bei sich.

»Zweikampf? Er hat mich nicht beleidigt, und mit einem Fremden die Waffen zu kreuzen, der seine Freunde um sich hat, hieße, sein Schicksal herausfordern. Wenn er etwas tut, kann ich dich verteidigen.«

Estrid schwieg. Ragnar Weitfahrer konnte ihr nicht helfen. Nicht einmal wenn er ein achtbeiniges Pferd und Sigurd Fafnirstöters Schwert in der Scheide gehabt hätte, hätte er sie retten können. Der Kaufmann hatte treue Wachen und war viel zu mächtig. Sie musste sich selbst etwas einfallen lassen. Sie dachte nach und ballte ihre Hände so fest, dass es wehtat.

Dann wandte sie sich an Ragnar.

»Hast du einen Fuchspelz?«, fragte sie plötzlich.

»Ja, aber Marderpelz ist feiner.«

»Gib mir den Fuchspelz, das ist genau das, was ich brauche.«

Verwundert suchte Ragnar in seinem Fellbündel und fand zwei dichte Fuchspelze. Einen gab er Estrid.

»Hast du einen Kamm?«, fragte sie weiter.

»Einen Kamm? Ja …«

»Dann gib ihn mir!«

»Treibst du deine Späße mit mir? Ich dachte, du hast Angst und brauchst meine Hilfe.«

»Die brauche ich auch, aber erst will ich ihn in den Wald locken.«

»Hast du den Verstand verloren?«

Sie schüttelte den Kopf, stellte sich auf die Zehenspitzen und flüsterte ihm etwas ins Ohr. Und sie redete hartnäckig auf ihn ein, bis er sie gehen ließ. Estrid machte sich auf in den Wald.

Ragnar blickte ihr unruhig nach, nahm sein Kurzschwert, prüfte die Klinge und steckte es zurück in die Scheide. Er öffnete seinen Beutel und tat, als suchte er etwas darin, während sein Blick hinüber zum Kaufmann wanderte. Doch, natürlich behielt der Dicke Estrid im Auge. Ragnar fluchte über seine Geschwätzigkeit, warum hatte er das Mädchen erwähnt, das er im Wald getroffen hatte?

Sobald Estrid in Richtung Waldrand fortging, unterbrach der Kaufmann sein Gespräch mit den Schiffskameraden und folgte ihr. Ragnar ließ es geschehen, ängstlich und unruhig. Was glaubte sie, wer sie war, Estrid? Bildete sie sich ein, stark und klug genug zu sein, um mit diesem Fettwanst allein fertig zu werden? Er war zwar dick, aber er war auch kräftig. Und das Gebräu am Vorabend war kein klares Quellwasser gewesen. Unter der Wirkung des Rausches konnte er noch gefährlicher sein. Nein, Ragnar konnte das nicht untätig mit ansehen. Als der Fremde sich so weit entfernt hatte, dass er nicht mehr sehen konnte, ob ihm jemand folgte, hob Ragnar seinen Beutel auf und ging ihm nach.

Sobald Estrid den Waldrand erreicht hatte, begann sie zu rennen. Sie lief zum Wasser hinunter, wo der Fluss einen kleinen See an der Seite eines Flussarmes bildete, und blieb erst stehen, als sie einen alten, hohlen Baumstamm erreichte. Dort riss sie einen Arm voll Rinde und verrottetes Holz ab, dann hastete sie weiter.

Am Flussufer ging sie an einer feuchten Stelle auf die Knie und begann nach Lehm zu graben. Sie hatte Glück und stieß schnell auf die zähe graue Masse, die sie sorgfältig auf die Rückseite ihres Kleides strich. Dann band sie sich den Stoff wieder um und legte sich rücklings auf die Rinde und das vermoderte Holz. Wie sie gehofft hatte, blieb der Großteil davon in dem Lehm kleben, und sie stand vorsichtig wieder auf. Sie erspähte einen Schimmer ihres Spiegelbildes im Wasser und lächelte. Von hinten ähnelte sie eher einem Waldweiblein als einer Sveafrau. Und das war genau das, was sie beabsichtigt hatte.

Eilig wusch sie sich die Hände, richtete Tunika und Kleid, band sich den Fuchspelz um und stieg auf eine große Steinplatte am Wasser. Bald würde der Kaufmann sie eingeholt haben, aber sie war bereit. Schließlich nahm sie den Kamm und begann, ihr langes blondes Haar zu kämmen. Während sie dort saß, begann sie mit heller und klarer Stimme zu singen. Statt sich zu verstecken, würde sie ihn zu sich locken, den fetten Rus. Es war ihr einmal gelungen, sich aus seinem Griff zu befreien und zu fliehen. Und das gedachte sie zu wiederholen.

Das Roheisen hing in Stangen an den Wänden, auf den Bänken lagen Speerspitzen und Schwertklingen. Messer, Pfeilspitzen und Äxte standen aufgereiht an einer der Querwände, und der ganze Raum war schwarz von Ruß. Die schweißglänzenden Oberkörper der Männer waren als dunkle Schatten am Feuer zu sehen. Nie zuvor hatte man in der Schmiede so hart gearbeitet, niemals zuvor hatten sie so viel zu tun gehabt. König Björn hatte eingesehen, dass es nicht reichte, Birkas Verteidigungsanlagen auszubauen, es wurden mehr Waffen benötigt. Er würde seine Feinde nicht schlagen können, wenn er seine Krieger nicht ausreichend bewaffnete.

Erschöpfte und schmutzige Schmiede brüllten Schimpfworte, während sich die Sklaven an Ambossen und Essen quälten. Jetzt hatten sie nicht länger Zeit für Feinarbeiten an Gold und Schmuck, und man schaffte es auch nicht mehr, kunstvolle Silberintarsien für die Äxte zu fertigen. Was gebraucht wurde, waren harte Schwerter, die keinem Schlag wichen, und Äxte mit Schneiden aus Funken sprühendem Eisen. Jede Hilfe wurde gebraucht und auch Toste lernte zu schmieden. Es war ihm bereits gelungen, ein Messer anzufertigen, und heimlich hatte er angefangen, an einer Schnalle für Ysja zu arbeiten. Er wollte sie ihr für ihre neue Schärpe schmieden, ein Geschenk, das ihr bestimmt gefallen würde. Aber so ein Schmuckstück zu fertigen, war schwierig, und die Schnalle wurde ein wenig schief. Er schwitzte und hustete in dem Rauch, aber er gab nicht auf. Jetzt, wo er schmieden durfte, ertrug er die Arbeit in der Werkstatt besser, aber der Rauch war eine Qual und sein Atem ging schleppend und pfeifend. Manchmal keuchte er abends im Liegen.

Ysja sah, wie der Junge sich quälte, und sie wusste, dass es besser wäre, wenn er von der Werkstatt fortkam, bevor er noch mehr leiden musste. Doch wie sollte sie das anstellen, ohne dass der Junge verkauft oder geopfert wurde? Außerdem war er in der Werkstatt vor den Augen anderer verborgen, aber wenn er anfing, im Stall oder draußen auf dem Feld zu arbeiten, würden ihn mehr Menschen bemerken. Dann würde es vielleicht Einwohner aus Birka geben, die Toste erkannten.

Ysja machte sich Sorgen und immer deutlicher wurde ihr klar, dass ihr die Zeit davonlief. Sie musste Erik dazu bringen, sie zu heiraten, dann erst würden sie und Toste frei sein.

Der rusische Kaufmann kratzte sich die Fettwülste im Nacken, während er der fliehenden Frau nachsah. Doch, sicher war sie das, die Hexe, die ihm an dem Abend in Aldeigjuborg fortgelaufen war. Niemals würde er sie vergessen, so wie sie ihn erniedrigt hatte. Nach dem, was geschehen war, hatte er seinen Männern sofort befohlen, ihr zu folgen, aber die Hexe hatte einen zu großen Vorsprung gehabt, und sie hatten sie verloren. Seit diesem Tag hatte er sie in seinen Gedanken gejagt, und als der Markt in Aldeigjuborg vorüber war, hatte er beschlossen, selbst nach ihr zu suchen. Die Männer hatten ihn ausgelacht, und er musste seine Ehre zurückgewinnen. Seine Rache auf diese Weise herauszufordern! Er würde ihr den Rücken aufschlitzen und ihr die Lunge herausreißen, dabei zusehen, wie diese Sklavenfärse sich quälte. Aber erst würde er sie sich holen und sie benutzen, bis er ihrer überdrüssig wurde. Als er von seinen Männern gehört hatte, dass ein Kahn auf dem Ladogafluss verschwunden war, hatte er sich schon gedacht, dass das Biest damit geflohen war. Da hatte er sich im Stillen gefreut, denn er wusste, dass sie niemals weiter als bis zur Lotsenstelle kommen konnte – wenn sie nicht schon unterwegs in den Stromschnellen verschwand.

Deshalb hatte er sich eiligst an die Stelle begeben, wo das Flussbett schmaler wurde und die Schiffe auf Rollen gesetzt werden mussten. An der Lotsenstelle gab es ein Wirtshaus, und er wusste, dass sie früher oder später dort vorbeikommen musste. Um sicherzugehen, dass er sie nicht verpasste, hatte er den Meldestab herumgehen lassen. Wenn jemand eine Frau mit langen blonden Haaren und einer Wunde am Knöchel sah, würde er es erfahren. Aber er hatte nicht einmal nach ihr suchen müssen. Der Rus, der von der Frau erzählte, die er im Wald gefunden hatte, hatte alle Zweifel ausgeräumt. Sie musste es sein, seine alte Sklavin. Wie ein Luchs, der seiner Beute auflauert, hatte er das Haus den ganzen Morgen bewacht und einen Moment abgewartet, den sie allein sein würde. Es brauchte nicht viel, sie musste nur ein paar Ellen allein ums Haus herumgehen. Das würde ihm schon genügen, um sie einzufangen. Und alles würde so schnell gehen, dass niemand ahnen würde, wohin sie gegangen war. Aber jetzt musste er nicht einmal vorsichtig sein. Die Hexe war einsam auf dem Weg in den Wald. Dass sie das wagte!

Der Kaufmann richtete seinen Umhang, damit er den Schwertarm frei bewegen konnte, sah sich hastig um und folgte Estrid. Sein Kopf brummte und er schwitzte, bereute, dass er am Vorabend so viel getrunken hatte. Aber dieses Mal hatte er dafür gesorgt, dass er ein Seil dabei hatte. So würde es trotzdem klappen.

Sie erreichten die Bäume, und er verlor seine Sklavin aus dem Blick. Plötzlich fühlte er sich ganz schwindelig und dachte, dass er auf den Nabid am Abend vorher besser verzichtet hätte, aber er tröstete sich damit, dass er schon mit schlimmeren Katern als diesem fertig geworden war. Unschlüssig irrte er herum, bis er sie plötzlich nahe dem Wasser entdeckte.

Sie saß ihm zugewandt da, ihr Haar fiel weich über die Schultern. Sie konnte ihn nicht gesehen haben, denn sie sang, und während liebliche Melodien übers Wasser getragen wurden, kämmte sie ihr Haar mit langsamen Bewegungen. Ihre Stimme war anziehend hell und klar und ihre Brust hob und senkte sich verführerisch, wenn sie Atem holte. Er blieb ergriffen stehen und spürte plötzlich, wie er steif wurde. Es war, als hätte sie ihn in ihrer Macht, und er fühlte, dass er sich nicht mehr im Griff hatte.

Benommen stürzte er auf sie zu, und als er näher kam, lächelte sie einladend. Erkannte sie ihn nicht? Müsste sie nicht ängstlich sein? Wieder überkam ihn der Schwindel. Fast schien sie unwirklich, und für einen kurzen Augenblick zweifelte er. Das war doch die Sklavin, die er in den Wald hatte gehen sehen? Doch, dort saß sie und verwirrt bemerkte er, dass sie von ihrem Felsen aufstand und ihre Hand nach ihm ausstreckte. Obwohl sie ihm die Hand entgegenhielt, zog sie sich doch zugleich zurück. Nur eine Spur, so wenig, dass es ihm nicht sofort auffiel, denn ihr Blick war voller Sehnsucht, dass er nichts anderes mehr wahrnahm.

Nie zuvor hatte er ein so schönes weibliches Geschöpf gesehen, nie zuvor hatte er sich so gefesselt gefühlt.

Ihr Haar war hell, fast weiß, und ihre Haut glänzte wie das Silber des Mondes. Der feuchte, halb geöffnete Mund war ihm zugewandt, und sie hatte ihr Kleid am Ausschnitt geöffnet. Ihre Augen glitzerten und die milchweiße Brust wölbte sich anmutig lockend. Der Kaufmann befeuchtete seine Lippen und fühlte sein Herz in der Brust pochen. Seine Wangen glühten und die Hand, mit der er das Seil hielt, war klebrig vor Schweiß. Es spannte in seinem Schritt, seine Männlichkeit schmerzte und in seiner Hitze wollte er sich auf sie stürzen und sie bezwingen.

»Komm!«, lockte sie und nickte scherzend in Richtung Wald, während sie rückwärts den Pfad hinaufging.

Bald näherten sie sich einer kleinen Lichtung zwischen den Bäumen, und dort begann sie wieder zu singen. Ihr Gesang war leise und ruhig. Ihr Gesicht strahlte Anmut und Wärme aus, und seine Gedanken an Rache verließen ihn. Jetzt würde sie ihm gehören und nichts anderes hatte in seinen Gedanken Platz.

Einen kurzen Moment kam ihm der Gedanke, dass sie ihn nicht so verführen würde, wenn sie ihn wiedererkannt und gewusst hätte, dass er sie jagte – dann hätte sie fliehen müssen. Aber sein Blick fiel wieder auf sie und seine Gedanken verflogen. Nie zuvor hatte er ein schöneres Wesen auf Erden gesehen. Wieder packte ihn die Lust, und er war wie verwandelt.

»Folge mir«, wisperte sie wieder. Seine Augen klebten an ihrem Körper, und er streckte die Hände aus, um sie zu berühren. Er wollte in ihr sein und konnte nicht länger warten. Aber kaum war er so nah, dass er ihren Atem hören konnte, entzog sie sich wieder.

Sie wandten dem Fluss den Rücken und gelangten tiefer und tiefer in den Wald. Willenlos folgte er ihr und wenn er glaubte, sie fassen zu können, glitt sie wieder fort. Schließlich erreichten sie eine ungemähte Wiese.

»Hier«, lockte sie. »Endlich!« Ihr Lachen sang im Wind, und er konnte sie kaum einholen. Je verrückter sie ihn machte, desto schwerer wurde es für ihn, sie zu fassen zu kriegen.

Sie näherte sich mit schelmischer Miene und ihre Augen glänzten wie Hexengold. Jetzt war sie nah genug, jetzt würde er sie packen. Siegessicher setzte er seinen Fuß vor und streckte die Arme aus, um sie zu fangen, wenn sie fiel. Aber da schien es, als wäre die Midgardschlange freigekommen. Erst hörte er ein grässliches Zischen, dann einen schrillen Schrei, der sein Blut gefrieren ließ. Es war so gellend und haarsträubend, dass er erschrocken zurückwich. Und da er den Fuß ausgestreckt hatte, verlor er das Gleichgewicht und stürzte. Bevor er wieder auf die Füße kommen konnte, drehte sich die Frau um, und er erstarrte.

Ihr Rücken war hohl und verrottet wie ein Baumstamm, und zwischen ihren Füßen war ein Fuchsschwanz zu sehen. Er stieß einen entsetzlichen Schrei aus. In seiner Erregung hatte er sich täuschen lassen. Das hier war nicht seine Sklavin, das war ein Waldweib, das ihn in den Wald und ins Verderben gelockt hatte.

Die Dämmerung senkte sich über Birka, und in der Schankstube rollten Lachsalven über die Tische. Es roch nach Bier und Met, die Stimmung war ausgelassen, und der Geräuschpegel stieg. Ein paar Kabbeleien, zwei Auswärtige maßen sich im Armdrücken. Nur am Tisch hinten an der Querwand war es ganz still. Erik Bernsteinhändler stand mit der Metkanne in der Hand da und schnappte nach Luft. Entsetzen stand ihm in den Augen und er starrte Schwarzbart an, als hätte der davon gesprochen, dass Odin selbst den Raum betreten würde.

»Was sagst du da?«, stieß Erik hervor. »Ist das die Wahrheit, der König will sich mit der Sklavin verheiraten?«

Ohne, dass Erik es bemerkte, rann der Met aus der Kanne und tropfte die Tischplatte hinunter.

»Hör mal, du Tölpel, pass auf deine Kanne auf«,

fauchte ein dürrer Kerl mit beißendem Atem. »Meinen Met will ich anständig serviert bekommen.«

Erik murmelte eine Entschuldigung und wischte den Met mit der Handfläche vom Tisch. Schwarzbart wollte ihn vielleicht nur reizen, der Mann konnte spöttisch und launenhaft sein. Vielleicht war es auch nur eine seiner üblichen Geschichten. Einar Schwarzbart war ein Meister der Lüge. Wenn König Björn sich mit Ysja verheiraten wollte, hätte er das doch erzählt?

Erik ging mehr Met holen und stieß auf dem Rückweg abwesend gegen eine Bank.

»Diese Sklavin und König Björn, das glaube ich nicht«, fuhr er fort. »Hast du keine bessere Geschichte zu erzählen?« Ein Freund aus Kindertagen oder nicht, mit den Jahren war es für Erik immer schwerer geworden, den Kameraden zu ertragen. Einar Schwarzbart wusste alles besser und hörte nie auf andere. Am schlimmsten aber war der Mord an Ansgars Nachfolger, das war feige und wahnsinnig gewesen, auch wenn Einar Schwarzbart das Gegenteil behauptete.

»Ich lüge nicht, das ist die Wahrheit«, antwortete Schwarzbart beleidigt. »Einer der Sklaven auf Adelsö hat es mir erzählt.«

Erik setzte sich auf die Bank. Nein, das musste ein Irrtum sein, das durfte einfach nicht wahr sein. Den ganzen Sommer über hatten er und Ysja sich heimlich fortgeschlichen, die Umarmung des anderen genossen und sich so nach dem anderen gesehnt, dass sie schon im Augenblick des Abschieds die Zeit bis zum nächsten Treffen betrauerten.

Nicht nur Erik war wie besessen, es schien, als wären

beide von einer großen Liebe zueinander heimgesucht worden. Das konnte nicht zu Ende sein, er konnte jetzt nicht auf sie verzichten. Niemals. Heimlich König Björns Sklavin zu treffen, war schlimm genug, und wenn der König das herausfand, würden sie dafür büßen. Aber wenn König Björn sie heiratete, konnte kein anderer Ysja mehr nahe kommen. Dann konnten sie mit dem Leben bezahlen, wenn sie sich weiterhin trafen. Was Schwarzbart da erzählte, durfte nicht wahr sein.

»Was fehlt Seiner Majestät, dass er sich mit einer Sklavin zu verheiraten beabsichtigt?«, murmelte Erik und schaute zur Seite.

Schwarzbart kraulte seinen Bart und nahm einen Schluck Met.

»Tja, Ysja muss ihm den Kopf verdreht haben. Besser wäre es, wenn er die Tochter eines Großbauern nähme oder eine Frau aus dem Gårdarik. Seine Sklavinnen kann er trotzdem gebrauchen, wie er will. Nein, ich verstehe es nicht.«

»Er will sie wohl für sich allein haben«, seufzte Erik düster. Abwesend hörte er dem Lachen und Lärmen der Gäste zu. Was war in den König gefahren? Erik hatte gehofft, dass König Björn ihrer überdrüssig werden würde, wie so vieler anderer seiner Sklavinnen. Dann hätte er sie vielleicht übernehmen können. Und jetzt das!

»Wann soll die Hochzeit stattfinden?«, fragte Erik und tat unbeteiligt.

»Vor der Schlachtung und dem Herbstopfer hat man mir gesagt«, antwortete Schwarzbart. »Der König stellt sich ein stattliches Festmahl vor.«

Erik stand auf und nahm ein paar leergetrunkene Hörner vom Tisch. Bis dahin würden mehr als zwei Mondumgänge verstreichen. Noch war Zeit zu handeln. Aber was sollte er tun?

13

König Björn knetete seine Hände vor Vergnügen. Jetzt hatte er dafür gesorgt, dass jeder einzelne Verwalter, Hausknecht, Sklave, jede Sklavin und jede Hausmagd mit den Vorbereitungen für die Hochzeit beschäftigt war. Nie zuvor hatte der Königshof sich so gerüstet wie jetzt. Bei seinen früheren Beilagern hatte es zahlreiche Fässer mit Met und Bier gegeben, und die Tische hatten sich unter den Speisen gebogen, aber diese Hochzeit sollte prächtiger als alle anderen werden. Dieses Mal würde er sich mit einer Sklavin verheiraten, und um all das Gerede zu beenden, sie wäre seiner nicht würdig, würde er das Fest von Neu- bis Vollmond stattfinden lassen, Ysja wie eine Königin kleiden und mit ihr an den Gästen vorbeireiten, wie es sich für einen ordentlichen Brautlauf gehörte, um sie allen zu zeigen.

Für das stattliche Gastmahl hatte er sich bemüht, alle Großbauern von Adelsö, Munsö und Ekerö einzuladen, weit gereiste Männer aus Ed und Skålhamra sowie sämtliche Hofbesitzer aus Birka. Außerdem hatte er die besten Gaukler des Reiches, Jongleure, Seher, Musikanten und Skalden gebeten zu kommen. Eine Weile hatte der König sogar überlegt, farbenprächtige Berserker in Bärenfellröcken auftreten zu lassen. Männer, die mit ihren Schwertern kämpften und mit den Zähnen knirschten, dass ihnen der Schaum vor dem Mund stand, aber als er näher über die Sache nachdachte, sah er ein, dass das Risiko doch zu groß war. Was passierte, wenn die Hünen anfingen, in ihre Schilde zu beißen und die Gäste anzugreifen? Das konnte böse enden. Nein, da war es besser, sich an den Bärenbändiger zu halten und den Bären allerhand Kunststückchen vorführen zu lassen. Vielleicht konnte der König sogar selbst ein kleines Liedchen vortragen.

Schließlich hatte König Björn sich eingehend im Spiegel betrachtet und überlegt, wie er jünger und schöner aussehen konnte. Nach langem Zögern hatte er sich für die rote Farbe entschieden, die zum Färben seines neuen Umhangs benutzt worden war. Nachdem er die Tür sorgfältig hinter sich geschlossen hatte, tauchte Seine Majestät vorsichtig ein paar Haarsträhnen in die Flüssigkeit. Er wurde mutiger und färbte sich seinen ganzen Schopf. Zwar hatte er keine richtige Mähne mehr auf dem Kopf, aber das, was er noch hatte, leuchtete nun flammend rot. Er selbst fand, dass er mit dieser Haarfarbe sehr stattlich und kühn aussah. Die Wachen hingegen fragten sich, was wohl mit ihm geschehen war, und als sie ihn aus der Nähe sahen, gingen ihre Gedanken in Richtung Karotten. Aber niemand wagte etwas zu sagen und ihm die Laune zu verderben, so dass der König seine neue Haarfarbe bis zum Hochzeitstag behielt. Aus der Ferne sah es nun aus, als trüge Seine Majestät einen großen Feuerball auf dem Kopf, und manch einer wurde unruhig und erkannte ein Omen darin.

Das Boot glitt langsam über den Fluss. Das Wasser hatte eine starke Strömung, und es galt, mit den Ruderblättern dagegenzuhalten. Plötzlich rutschte Ragnar ab, und

Wasser spritzte über die Reling. Estrid wachte auf und fuhr sich verschlafen mit der Hand übers Gesicht. Sie war ganz nass. Verwirrt setzte sie sich auf.

»Entschuldige!«, sagte Ragnar Weitfahrer und grinste fröhlich. »Wir rudern ans Ufer, dann kannst du deine Kleider trocknen. Weißt du, dass du den ganzen Morgen geschlafen hast?«

»Habe ich?«

»Ja, du scheinst gestern deine ganze Kraft verbraucht zu haben. Es strengt wohl an, einen Kaufmann in den Wald zu locken.«

Estrid begann zu kichern und erinnerte sich an die Irrfahrt des Kaufmanns im Wald.

»Dass du dich getraut hast, so dreist zu sein! Er hätte dich töten können.«

»Ach was, mich doch nicht, aber denk nur, wie er sich hat täuschen lassen.«

»Eben! Aber wenn nicht, stell dir vor …«

»Ja, aber du warst nicht weit …«

»Wenn etwas geschehen wäre, hätte ich dir geholfen, aber trotzdem. Es hätte zu spät sein können.«

Das Boot glitt ans Ufer hinter eine Sandbank, wo sie Windschatten fanden.

»So, jetzt können wir eine Rast machen.«

»Warst du besorgt?«, fragte Estrid.

»Besorgt? Ich hatte Todesangst!« Er setzte sich auf die Ducht ihr gegenüber.

»Ich frage mich, ob dieser Kaufmann noch immer im Wald umherirrt«, fuhr Estrid mit funkelnden Augen fort.

»Das tut er sicher, so wie du ihn in die Irre geführt hast.« Ragnar musste lächeln. »Aber ich bin die ganze

Nacht gerudert, jetzt dürfte uns keiner mehr finden. Das ist ein gutes Boot, was wir da bekommen haben.«

Estrid ließ ihren Blick über das Flussufer schweifen. Rundherum wuchsen Büsche und Gräser, sie mussten weit gekommen sein.

»Ich dachte, wenn der Kaufmann uns Späher hinterherschickt, wäre es gut, einen ordentlichen Vorsprung zu haben«, fuhr er fort.

»Ja, wenn er jemals zurückgefunden hat«, sagte Estrid und kicherte wieder. »Du hättest ihn sehen sollen! Als er das Waldweib erblickte, floh er, als wäre ein Wolf hinter ihm her.«

»Dabei warst du das, und das war nicht minder gefährlich.«

Ragnar und Estrid tauschten warme Blicke und mussten lachen. Dann stand Ragnar auf und gab Estrid einen leichten Kuss auf die Wange. Ohne nachzudenken, griff sie nach seiner Hand und legte sie auf ihre Wange.

»Danke«, murmelte sie. »Du warst es, der mir Mut gegeben hat.«

Er streichelte ihre Wange, zärtlich und nachdenklich. Sie hätte seine Hand fortstoßen können, aber sie ließ ihn gewähren, und als er sich vorbeugte, kam ihr Mund seinem entgegen. Er küsste sie vorsichtig, fast als schmecke er sie, und sie war weich und warm in seiner Umarmung.

»Oh, Estrid«, murmelte er und sein Verlangen wuchs. Behutsam streichelte er sie am Hals und an den Schultern und ließ seine Hände in ihren Ausschnitt gleiten. Er umschloss ihre Brust und dachte, dass sie ihn aufhalten würde, aber sie legte ihren Kopf in den Nacken und ließ es geschehen. Er wurde mutiger, hob ihre Tunika und wagte sich weiter hinunter. Sie küsste ihn und streichelte sanft seinen Nacken. Estrid begegnete ihren Gefühlen mit Freude. Trotz allem, was sie durchlitten hatte, hatte offenbar kein Übel ihren Körper verwelken lassen können. Ragnar hatte sie dazu gebracht zu begehren und zu genießen, obwohl sie geglaubt hatte, dass dies nie wieder geschehen könnte. Und sie gab diesem Mann nach, den sie gerade erst getroffen hatte, und erwiderte seine Küsse, als hätte sie es schon immer getan und als wollte sie nie mehr damit aufhören.

Sie sanken in ihrem Boot nieder, sie öffnete sich ihm und wünschte nichts anderes, als seinen Körper auf ihrem zu spüren. Sie entfloh in diese Nähe und wollte noch einmal an das Gute glauben. Ragnar fühlte das und vergaß alles andere. In diesem Moment gab es nur sie und ihn. Wohin auch immer sie unterwegs war, er würde sie nie wieder loslassen. Er drang in sie ein und war glücklich.

Heftig atmend sanken sie aufeinander zu, kamen zur Ruhe und wurden still.

Lange blieben sie so in ihrer Umarmung liegen, während die Woge der Verzückung langsam verklang.

»Was ist geschehen?«, sagte sie verwundert.

»Das fragst du mich?«

»Es gibt keinen anderen hier zum Fragen«, sagte sie mit einem leisen Lachen, und er küsste sie.

»Das ist Schicksal, ich meine, dass es so mit uns gehen soll. Ich habe es schon geahnt, als ich dich zum ersten Mal unten am Strand gesehen habe«, sagte er benommen.

»Ich habe wohl auch gewusst, dass es so enden könnte, aber zu Anfang wagte ich nicht, dem nachzugeben. Du siehst ja … Du gefällst mir.«

Er stützte sich auf die Ellenbogen und sah sie belustigt an.

»Und du gefällst mir.«

Wieder umarmten sie einander und küssten sich, als wäre dies ihre letzte Begegnung und als wüssten sie nicht, ob sie sich je wiedersehen würden. Schließlich nahm Estrid Ragnars Gesicht in ihre Hände und flüsterte zärtlich:

»Liebster, waren wir nicht auf dem Weg nach Holmgård?«

»Doch, das hier ist nur eine Ruhepause.«

»Das hier nennst du Ruhe?«

»Ein Nickerchen vielleicht?«

Sie sahen einander an und kicherten wie Kinder. Schließlich half er ihr auf, und sie ordneten ihre Kleider.

»Holmgård, dann machen wir uns wohl auf den Weg dorthin.«

Er setzte sich auf die Ducht, tauchte die Ruder ins Wasser und zog kräftig durch. Nichts geschah.

»Du«, sagte Estrid mit einem belustigten Glitzern in den Augen. »Meinst du nicht, wir sollten das Boot erst hinausschieben?«

Er sah sie an und lachte. Sie begann zu hoffen, dass dieser Mann sie nicht enttäuschen würde.

Ysja ließ ihre Hände sinken und konnte die Tränen nicht länger zurückhalten. Alles schien nach ihren Wünschen zu gehen, und zum ersten Mal in ihrem Leben war sie glücklich gewesen, aber dann war etwas geschehen, das alles verändert hatte. König Björn hatte entschieden, sich mit ihr zu verheiraten.

Erst hatte sie geglaubt, er würde sich einen Spaß mit ihr erlauben, aber dann hatte sie zu ihrem Entsetzen begriffen, dass es ihm ernst war. Seine letzte Frau war im Wochenbett gestorben, und unter den Töchtern der Großbauern wollte er sich keine Frau suchen, nicht nach dem Überfall auf den Königshof. Stattdessen hatte er sie erwählt. Eine Hochzeit mit dem König war sicher das, von dem viele Sklavinnen träumten; Reichtum, Pracht und Speis und Trank im Überfluss. Aber Ysja hatte etwas anderes erlebt, etwas, das viel mehr bedeutete: Liebe. Was sie mit Erik erlebte, war ihr noch nie zuvor widerfahren, ein Glück, an dessen Existenz sie nicht geglaubt hatte, ein Gefühl, größer als alles andere. Sie war wie besessen. Ihre Annäherung, die zu Beginn nichts anderes war, als die Absicht, ihn zu täuschen, hatte sich in etwas verwandelt, das sie nicht hatte vorhersehen können.

Den ganzen Sommer hatte sie nur für ihre gemeinsamen Stunden gelebt und sie hatte ihn jeden Augenblick vermisst, in dem sie nicht beieinander waren. Alles um sie herum erinnerte Ysja an ihn und ihre Gedanken waren immer bei ihm. Er war gut und liebevoll, und in ihrer Umarmung meinte sie zu fühlen, dass sie ihm ernsthaft etwas bedeutete. Sie war sicher, dass auch er sich in sie verliebt hatte, und sie sah ihre gemeinsame Zukunft vor sich.

Seine Frau war nicht zurückgekehrt, und Ysja hatte begonnen zu glauben, dass Erik sie zur Frau nehmen würde. Es würde nur sie und ihn geben, und zum ersten Mal in ihrem Leben würde sie richtig glücklich sein dürfen.

Nach all dem Schlechten, was ihr widerfahren war, würde sie endlich mit einem Mann zusammenleben, den sie liebte. Und niemand konnte ihr Toste fortnehmen, sie würden gemeinsam für ihn sorgen. So wäre es sicher gekommen, wenn König Björn nicht gewesen wäre!

Von dem Moment an, in dem sie seine Frau wurde, konnte sie Erik nicht mehr treffen. Und was würde aus Toste werden? Bei Missernten konnte ein König seinen eigenen Sohn opfern, so etwas war schon vorgekommen. Und wenn der Alte starb, würde sie vielleicht gezwungen, ihm ins Grab zu folgen. Als Ysja all das begriff, ging sie auf den Hofplatz und schrie ihre Verzweiflung hinaus. Sie fühlte sich, als müsse sie sterben und als würde ihre Freude für immer begraben. Das unvergleichliche Glück und die Begeisterung, die sie mit Erik geteilt hatte, sie würde sie nie mehr erleben.

In den Nächten lag sie wach, ihr Kopf schmerzte und ihr Gesicht war verschwollen von den Tränen. Die Traurigkeit drückte sie zu Boden, und langsam begann sie sich zu verändern. Der Kummer schuf eine neue Kraft, eine Kraft, die böse und gefährlich war. Ihr Wesen verdüsterte sich, ihre Lippen wurden schmal und ihre Augen verengten sich. Sie wurde bitter, antwortete kaum auf Ansprache und mied jeden, der ihr nahe kam. Nein, die Hochzeit durfte nicht stattfinden, sie musste es verhindern. Wie etwas Unausweichliches setzte sich der Gedanke in ihrem Kopf fest. Das Glück, von dem sie gekostet hatte, das sie für ihre Zukunft geahnt hatte, wollte sie um keinen Preis verlieren. Nichts würde sie jetzt aufhalten.

Als ihr die Idee das erste Mal kam, verwarf sie sie.

Aber sie keimte weiter in ihr, und je eifriger die Reden des Königs über die Hochzeit und ihr gemeinsames Leben wurden, umso sicherer wurde sie. Niemals würde sie seine Frau werden, und sie selbst musste dafür sorgen, dass die Hochzeit nicht stattfand.

Einige Wochen später, als der Entschluss in ihr gereift war, schlich sie sich in den königlichen Stall, nachdem die anderen Sklaven zur Ruhe gegangen waren. In der Hand hielt sie eine Schnalle mit einer Nadel, die so fest wie eine Ringfibel und deren Spitze scharf wie ein Schwert war. Lange hatte sie sie heimlich geschärft, jetzt war sie endlich fertig. Sie gab den Pferden Wasser und Futter und verbarg die Schnalle im Sattel des Königs. Niemand würde beim Satteln des Pferdes etwas merken, denn die Schnalle war im Leder unter dem Holz festgenäht. Aber sobald der König aufsaß und sein Gewicht den Sattel hinunterdrückte, würde die Nadel sich in den Rücken des Pferdes bohren. Das Pferd würde scheuen, und je verzweifelter der König versuchen würde, sich im Sattel zu halten, desto tiefer würde die Nadel eindringen. Seine Majestät war in die Jahre gekommen, und viel mehr würde nicht nötig sein ... Rache leuchtete aus ihren Augen. Ysja hegte keine Gewissensbisse. Lange Zeit hatte der König sie zu seinem eigenen Vergnügen benutzt, jetzt ertrug sie ihn nicht länger. Nichts durfte sie daran hindern, Erik zu gewinnen, nichts. Der König oder Estrid, ganz gleich, wer sich ihr in den Weg stellte. Erik gehörte ihr. Ysja ging so leise wie sie gekommen war aus dem Stall. Der Mond nahm ab und dunkle Wolken bedeckten den Himmel.

Das Wasser des Flusses war kalt, aber die Strömung war nicht besonders stark, und mit jedem Ruderschlag kamen sie Holmgård näher. Von Zeit zu Zeit half Estrid zu rudern, bisweilen ruhte sie sich auf der Achterducht aus. Sie betrachtete Ragnar und lächelte ihn zärtlich an. Er würde sie niemals so enttäuschen wie Orfrim. Nein, der Mann, der sie aus dem Fluss gerettet hatte, war warmherzig und offen, ja, ehrlich, und er hatte keine Scheu vor Worten und Versprechen. Estrid musterte sein Gesicht und seine Muskeln, die unter seiner Tunika arbeiteten. Mit einem Mal verspürte sie Liebe und Freude. Dass sie einem wie ihm begegnet war, wie war das möglich?

Die Sonne stand hoch am Himmel, und sie mussten schon seit langem unterwegs sein. Ragnar hatte das Rudern übernommen, denn er fand, dass sie sich ausruhen sollte. Natürlich war sie müde, aber sie hatte keine Lust, von ihm entfernt zu schlafen. Sie wollte auf der Achterducht sitzen, ihn ansehen und seine Nähe genießen. Wie veränderlich doch alles war. Noch vor wenigen Monden hatte sie die Hoffnungslosigkeit wie ein Alptraum bedrückt. Danach verfolgten sie Entsetzen und Angst. Dass sie Orfrim nicht früher verlassen hatte! Dass sie so lange bei ihm und seiner Familie geblieben war! Vielleicht wäre sie immer noch da, wenn das alte, graue Holzhaus nicht gewesen wäre. Der Speicher.

Estrid lehnte sich zurück und schloss die Augen. Sie war wieder in Aldeigjuborg. Zwei Mondumgänge waren vergangen, seit Orfrim sie geschlagen und sie die furchtbare Blutung bekommen hatte, bei der sie ihr Kind verlor.

In der ganzen Zeit hatte sie sich in einer dunklen Leere befunden, teilnahmslos und kraftlos. Es war so weit gekommen, dass Orfrim nicht einmal mehr so tat, als würden sie ins Viertel der Rus ziehen, sondern behauptete, dass sie bleiben mussten, wo sie waren. Manchmal war er der zärtliche, fürsorgliche Mann, den sie in Birka kennen gelernt hatte, doch dann verdunkelte sich sein Wesen ohne Vorwarnung, er wurde unzugänglich und machte ihr Angst. Es schien ihr das Klügste, ihm alles recht zu machen und zu tun, was er verlangte, denn wenn sie Wünsche äußerte, war die Luft zwischen ihnen wie vergiftet, und die Tage wurden unerträglich. Auch Olga war ihr keine Hilfe – im Gegenteil –, in ihrer Verlassenheit musste sie auch noch die Kälte und Verachtung dieser Frau ertragen. Um ihres Überlebens willen wurde Estrid zum Schweigen gezwungen, zu einem inneren Kräftesammeln vor dem Aufbruch, von dem sie wusste, dass er kommen musste. Sie wartete nur auf den Tag, an dem sie Aldeigjuborg verlassen und zurück nach Birka reisen konnte. Aber sie wagte nicht, ihre Gedanken jemandem anzuvertrauen, und wenn sie zum Fluss hinunterging und nach einer Fahrt westwärts fragte, war sie sehr vorsichtig.

Eines Tages, als sie hörte, dass eine Gruppe Kaufleute den Dnjepr flussaufwärts unterwegs war, lebte sie auf. Diese Schiffe konnten auf dem Weg nach Haithabu oder Birka sein. Die Hoffnung machte sie fröhlicher, und ihr wurde leichter ums Herz. Das Leben mit der Familie in dem grauen, schäbigen Haus an der Hauptstraße war nicht für immer, es gab einen Ausweg. Orfrim bemerkte ihre Verwandlung, sie gefiel ihm, und er wollte wieder bei ihr sein. Aufgeräumt nahm er Estrid mit auf den Besitz seiner Eltern im Osten der Stadt und führte sie herum. Hier besaßen sie Wiesen, Vieh, Weideland und einige Vorratsspeicher. Durch die Ländereien floss ein Bach.

Von dem langen Spaziergang in der Sonne wurde es Estrid warm und sie ging an den Bach hinunter, um sich abzukühlen. Sie hatte ihr Kleid und die Lederschuhe abgelegt, als sie plötzlich seine Arme um ihren Körper fühlte. Wortlos zog er sie ins Gras. Sie sträubte sich erst, aber dann ließ sie es geschehen, denn sie dachte, es würde ihn milde stimmen. Aber ihre Kleider gerieten in Unordnung und sie wurde nass und lehmig.

»Musstest du mich geradewegs ins Gras ziehen, hätten wir nicht in den Speicher dort drüben gehen können?«, klagte sie und deutete auf ein Holzhaus, ein Stückchen entfernt.

Orfrim versteinerte, und sein Blick verdunkelte sich. Estrid begriff sofort, dass sie etwas gesagt hatte, das sie besser für sich behalten hätte.

»Das ist der Speicher meines Vaters. Er ist verriegelt, vergiss ihn«, entgegnete er unwirsch. Dann zog er sie hastig fort. Aber der Speicher im Wald beschäftigte sie. Warum war Orfrim nicht bereit gewesen, mit ihr dorthin zu gehen? Sie begann darüber nachzudenken, ob dort etwas Wertvolles aufbewahrt wurde, vielleicht etwas, das ihr für die Abreise von Nutzen sein konnte? Die Erntezeit war nah, und bald wurden die ersten Schiffe im Reich der Svear erwartet. Doch sie besaß weder Silber noch Geld. Und welcher Schiffer würde sie an

Bord nehmen, wenn sie nicht bezahlen konnte? Aber wenn in dem Speicher Pelze lagen oder etwas anderes, das sie gebrauchen konnte? Vielleicht konnte sie dort auch heimlich ihre Sachen lagern, bevor sie sich zu den Booten fortschlich. Denn Orfrim durfte von ihren Plänen nichts ahnen. Wenn er herausfand, dass sie nach Hause zurückkehren wollte, würde er alles tun, um sie aufzuhalten.

Als Estrid ihn am Abend nach dem Speicher fragte, wich Orfrim ihrem Blick aus und begann von etwas anderem zu sprechen. Das genügte. Hätte er einfach geantwortet, dass dort altes Saatgut lagerte oder sein Vater den Speicher einer anderen Familie vermietet hatte, hätte sie sich vermutlich damit zufrieden gegeben. Aber das Gefühl, dass er etwas verheimlichte, machte sie neugierig. Sie beschloss, baldmöglichst dorthin zurückzukehren.

Dann kam der Tag des Marktes, an dem Orfrim und Brynolf vom Morgengrauen bis zum Abend dem Handel nachgingen, das Haus wurde leer zurückgelassen. Dieses Mal lehnte Estrid es ab, zu den Buden mitzukommen. Sie fühle sich unpässlich und müsse sich ausruhen, meinte sie.

Als alle gegangen waren, schlich sie sich vorsichtig aus dem Haus. Nicht heute, aber bald reise ich, dachte sie. Wenn ich nur einen Schiffsplatz finde. Zuversichtlich beschleunigte sie ihren Schritt und zog ihren Schleier fester um sich, so dass nur noch die Augen zu sehen waren. Niemand durfte sie erkennen.

Hastig ging sie durch den Wald und sah sich immer

wieder um, um sicher zu sein, dass niemand ihr folgte. Es war nicht schwer, den Pfad zu finden, und als die Sonne am höchsten stand, erreichte sie den Speicher. Es duftete nach Blumen und Sommer. Ein leichter Wind strich durch das Gras, sonst war es still. Estrid wollte zwischen den Holzbalken hindurchspähen, aber sie hielt verblüfft inne. Der Speicher hatte keine einfachen Wände, sondern war aus kräftigen Balken gebaut, die von der Innenseite mit Brettern verkleidet waren, und nirgends waren Ritzen oder Astlöcher in den Wänden zu finden, durch die sie hätte hineinschauen können. Auch die Tür war sorgfältig abgedichtet. Wer machte sich solche Mühe mit einer Tür für einen einfachen Vorratsspeicher? Dieses Gebäude war nicht für Flachs, Saatgut oder die Mahd vorgesehen, darin befand sich etwas, das niemand sehen durfte.

Prüfend griff sie nach der Türklinke, aber sie war wie erwartet verriegelt. Doch Estrid gab noch nicht auf. Als sie um das Haus gegangen war, hatte sie frische Spuren auf dem Boden entdeckt. Das Moos auf den Steinen war abgetreten, Wurzeln abgeschabt und Zweige gebrochen. Jemand war hier gewesen. Entschlossen klopfte sie an die Tür. Kein Laut war zu hören. Sie versuchte es wieder und legte ihr Ohr an das Holz und lauschte. Erst war es still, dann hörte sie ein leises Wimmern. Estrid holte tief Luft, ihr schwante nichts Gutes und sie wich ein paar Schritte zurück. Das war nicht das Winseln eines Tieres, das Jammern kam von einem Menschen. Jemand wurde hier gefangen gehalten. Estrid suchte nach einer Möglichkeit, in den Speicher zu gelangen. Ihr Messer war ihr dabei eine große Hilfe. An einer Stelle standen zwei faulige Balken nebeneinander, und sie bohrte vorsichtig ein Loch. Bevor sie weitere Schritte unternahm, wollte sie sehen, was dort drinnen war.

Die Sonne wärmte ihren Rücken, sie hätte den Tag genießen und sich dem Frieden und der Stille hingeben können. Und doch forderte sie ihr Schicksal heraus. Estrid zögerte einen Moment, dann beugte sie sich vor und blickte durch das Loch.

Es dauerte eine Weile, bis sich ihre Augen an die Dunkelheit gewöhnt hatten, aber dann sah sie sie. Auf einem Strohballen saß eine abgemagerte Frau. Ihr Haar war dunkel und verfilzt, ihre Haut blass und ihre Kleider zerschlissen. Sie wiegte ihren Körper vor und zurück, während ihr Kopf unruhig zuckte. Ihr Blick wurde von dem Lichtstrahl gefangen, der durch das Loch in der Wand fiel, aber noch schien sie die Fremde draußen nicht entdeckt zu haben.

Estrid konnte ihren Augen nicht trauen. Die arme Frau war hier gefangen. Aber warum? War sie eine Sklavin, die verkauft werden sollte, oder jemand, der von anderen fern gehalten werden musste? Estrid musste sich sammeln, ehe sie aufs Neue durch das Loch blickte. Jetzt war die Gefangene aufgestanden und zu der Wand gegangen. Und Estrid verstand das einzige Wort, das sie sagte:

»Essen!«

Noch hatte Estrid nichts von dem gegessen, was sie mitgenommen hatte, aber wenn sie ihr Essen der Frau überließ, würde bald herauskommen, dass jemand hier gewesen war. Und was Estrid gesehen hatte, war nicht für die Augen anderer bestimmt. Sie bereute ihren Einfall, den Speicher zu untersuchen. Aber sie konnte die Eingesperrte nicht einfach zurücklassen. Die Frau brauchte Hilfe. Entschlossen vergrößerte Estrid die Öffnung im Holz. Ohne zu verraten, wer sie war, stopfte sie ihre Wegzehrung hindurch und deckte das Loch sorgfältig ab.

Am folgenden Tag, als Orfrim und seine Familie zum Markt zurückgekehrt waren, schlich Estrid sich wieder zu dem Speicher. Als sie sicher war, dass sich niemand in der Nähe befand, nahm sie die Holzstücke von der Öffnung und sah hinein. Langsam gewöhnten sich ihre Augen an die Dunkelheit. Jetzt erkannte sie, dass die Magere eine junge, groß gewachsene Frau war, die einmal sehr schön gewesen sein musste. Ihr Gesicht war blass, die Wangenknochen hoch und ihr Mund schmal. Die Augen unter den schwarzen Brauen glühten wie Kohle.

Estrid dachte, dass dies keine in Sklaverei geborene Frau sein konnte, denn dazu waren ihre Haut zu weiß und ihre Hände zu schmal, aber wer war sie dann? Es war unklug zu fragen, doch sie konnte sich nicht beherrschen.

»Wer bist du?«, fragte sie stockend in der Sprache des Landes und hoffte, dass die Frau sie verstand. Die Unbekannte trat an die Öffnung.

»Elena«, flüsterte sie. »Rette mich, bring mich von hier fort!«

»Aber ...«, stammelte Estrid.

»Ich werde hier gefangen gehalten, weil ich meine Sippe und meine Familie entehrt habe. Aber für das, was geschehen ist, konnte ich nichts. Sei barmherzig, nimm mich mit!«

Die Frau sprach langsam, und Estrid verstand mit Mühe, was die Fremde sagte.

»Wer tut dir so etwas an?«, flüsterte sie durch das Loch in der Wand. Die Frau antwortete nicht, Tränen erstickten ihre Stimme. Dann holte sie tief Luft und versuchte zu erzählen.

»Mein Mann«, schluchzte sie. »Er war es! Aber Boris und Nikita ... Was ist mit meinen Kindern geschehen?«

Bei den Worten duckte Estrid sich, als hätte sie jemand geschlagen. Boris und Nikita? Eine schreckliche Ahnung beschlich sie. Sie verstand nicht richtig, aber ihr dämmerte die Wahrheit – eine Wahrheit, die sie nicht kennen wollte. Aber sie musste weiterfragen.

»Wer hält dich gefangen?«

»Orfrim, mein Mann. Er hat mich eingesperrt, ehe er nach Birka aufbrach. Erst wurde ich auf dem Boden in seinem Haus festgehalten, und als er zurückkam, ließ er mich hierher bringen.«

Hatte er seine Frau auf den Dachboden gesperrt? Dorthin, wo sie selbst wohnte? Estrid fröstelte. Nein, sie musste sich verhört haben, das war ein Irrtum. Aber die Namen flimmerten vor ihren Augen. Elena war der Name von Orfrims erster Frau, ihre Kinder hießen Boris und Nikita. Das konnte kein Zufall sein. Jetzt wurde ihr klar, warum Orfrim nie über Elena sprechen wollte. Estrid sank auf die Knie und zitterte am ganzen Körper.

»Er hat mich mit einem anderen Mann gesehen«, fuhr Elena fort. »Aber ich hatte keine Schuld. Einer seiner Freunde hat mir Gewalt angetan, als ich allein war. Orfrim behauptete, dass ich Schande über ihn gebracht und dass er seine Ehre verloren hätte. Ich versuchte, ihm alles zu erklären, aber er glaubte mir nicht. Dann sperrte er mich ein. Manchmal bekomme ich nicht einmal Essen.«

Die Frau sagte die Wahrheit, daran gab es keinen Zweifel. Hatte Orfrim nicht auch ihr gedroht und sie sogar geschlagen? Orfrim schien ein Mann mit zwei Gesichtern zu sein, und jetzt hatte sie verstanden, dass er sogar gefährlich sein konnte. Estrid erschauerte und begriff, dass sie selbst in großer Gefahr schwebte.

»Deinen Kindern geht es gut«, flüsterte sie in den Speicher. »Halte aus!« Dann verschloss sie das Loch und verschwand eilig.

Am nächsten Morgen saß sie wie gewöhnlich auf der Bank und aß ihr Frühstück. Niemand merkte, dass sie sich heimlich Fleisch und Brot einsteckte. Mit keiner Miene verriet sie, dass sie an diesem Morgen fortgehen wollte von Orfrim und seiner Familie, um nie wieder zurückzukehren. Als Orfrim das Haus verließ, betrachtete sie ihn nachdenklich. Es war das letzte Mal, dass sie ihn sehen würde. Dieser Mann, der sie so geblendet hatte, den sie mit all ihren Sinnen angebetet und geliebt hatte, war nun nicht mehr schön und stattlich. Sie fühlte nur noch Abscheu ihm gegenüber.

Am Abend hatte sie eine von Orfrims Truhen aufgebrochen und sich mit Eichhörnchenfellen und Dirhams für die Reise versorgt. Der Moment war gekommen.

Sie hatte von einer Gruppe Svear gehört, die aus Miklagård zurückkehrten und auf dem Weg nach Westen waren. Orfrims Silber würde sicher für die Überfahrt reichen. Estrid sah sich ein letztes Mal im Haus um und fühlte keine Reue. Nun konnte sie endlich alle verlassen. Sie hatte alles vorbereitet, nur eine Sache blieb ihr noch zu tun. Ruhig wartete sie, bis sie allein im Haus war. Dann nahm sie Orfrims Axt und schlich hinaus. Estrid schlang das Tuch eng um ihren Kopf und eilte hastig in den Wald.

Als sie den Speicher erreichte, nahm sie das Holzstück von dem Loch und rief nach Elena. So angespannt war sie, dass sie nicht bemerkte, dass das Holz nicht mehr so lag, wie sie es am Tag zuvor zurückgelassen hatte.

Auch dass die Luke in der Tür verschoben war, sah sie nicht. Vielleicht hätte sie all das erkannt, wenn sie mit ihren Gedanken nicht schon weit weg gewesen wäre und die Zeit nicht gedrängt hätte. Elena sollte nur die Axt bekommen. Mit der würde sie sich aus dem Speicher befreien können, während Estrid selbst auf dem Fluss in Sicherheit war.

»Hier!«, flüsterte Estrid und kniete sich vor die Öffnung. Sie erhielt keine Antwort, schob dennoch die Axt in den Speicher. Im nächsten Augenblick fühlte sie eine schwere Hand auf ihrer Schulter und hörte eine Stimme, die ihr bekannt vorkam. Als sie sich umdrehte, blickte sie in Brynolfs steinernes, ausdrucksloses Gesicht.

»Hätte ich mir denken können, dass du das warst«, sagte er grimmig und bog ihr die Arme auf den Rücken. Dann wandte er sich einem zweiten Mann zu. »Orfrim, hier hast du sie!«

14

Niemals würde Estrid seinen Blick vergessen. Die dunklen Augen triumphierten in einer Mischung aus Hohn, Freude und Verachtung. Es war ihm gelungen, ihre Pläne zu durchkreuzen, sie gehörte ihm, und er konnte mit ihr tun, was er wollte. Sie war ihm gefährlich geworden, denn sie hatte das gesehen, was er geheim gehalten hatte. Mit eisiger Klarheit erkannte sie, was sie erwartete. Er würde ihr schaden, vielleicht würde er sie töten. Orfrim zitterte und tobte, diesen Verrat konnte er nicht dulden. Er begann, blind auf Estrid einzuschlagen.

»Du Heuchlerin, du Heidenhündin! Du wolltest mich verlassen!« Estrid zuckte zusammen und hielt sich schützend die Hände vors Gesicht. Brynolf sprang dazwischen.

»Orfrim, sie wollte nur helfen. Verurteile sie nicht zu hart.«

»Nein, sie soll sterben. Ich werde sie im Fluss ertränken.«

»Besinne dich, Orfrim, einst hast du Estrid angebetet. Du kannst sie nicht töten, sie hat dir nichts Böses getan.«

»Hat sie nicht? Sie hat mich entehrt. Sie soll mir aus den Augen.«

Estrid hörte die Worte, aber sie verstand sie nicht. Sollte das Orfrim sein, der Mann, den sie so geliebt hatte, dass sie ihr eigenes Kind zurückgelassen hatte? Das durfte nicht wahr sein. Wie hatte sie sich so täuschen können.

»Verkauf sie doch, aber töte sie nicht!«, versuchte Brynolf.

»Niemals. Sie soll sterben.«

»Orfrim, du hast die Wahl. Entweder wir verkaufen sie oder ich werde nie wieder mit dir Handel treiben. Estrid ist eine gute Sveafrau, du kannst dich nicht so an ihr vergreifen. Verkauf sie beide, Elena auch.«

Orfrim schwieg.

Während die Männer sich stritten, hielt Estrid nach einem Fluchtweg Ausschau. Sie musste fort von diesen Männern, die über ihr Schicksal bestimmen wollten. Als Brynolf seinen Griff um ihre Arme erneuern wollte, biss sie ihn in die Seite und riss sich los. Ihr Umhang glitt zu Boden, und sie hörte, wie der Stoff riss, aber sie kam frei und rannte los. Noch nie war sie so schnell gelaufen. Ihr Kleid flatterte bei jedem Schritt, und Zweige und Äste zerschrammten ihre Schenkel. Sie war flink, aber die Männer verfolgten sie, und sie wollte den Weg über den Bach abkürzen.

Gerade, als sie springen wollte, stolperte sie und fiel, und ihre Verfolger drückten sie zu Boden.

Orfrim musterte die Frau, die er so geliebt hatte. Er hätte es besser wissen müssen, als zu glauben, mit einer wie ihr leben zu können. Eine Frau aus einem Volk mit Vielgötterei verdiente nicht zu leben. Wie hatte er sich so täuschen lassen können? Er sah in ihr verschmutztes, angstvolles Gesicht und spürte nur Verachtung.

»Nun, wie willst du es halten, Orfrim? Ich habe schon

früher versucht, dich zu überzeugen. Der Sklavenhandel kann dich reich machen, und der Markt dauert noch ein paar Tage. Jetzt würdest du beide loswerden können, Estrid und Elena.«

»Eine treulose Frau wie sie verdient das Leben nicht. Aber du hast Recht, Silber ist besser als nichts. Wir verkaufen sie!«

Estrid traute ihren Ohren kaum. Bevor sie Orfrim ostwärts gefolgt war, hatten ihr alle Unglück verheißen, und vielleicht hätte sie eingesehen, dass es nicht gut gehen würde, aber niemals, niemals hätte sie sich das vorstellen können. Zorn flammte in ihr auf, sie hob den Kopf und spuckte ihm ins Gesicht.

Estrid blickte über den Fluss und wandte sich an Ragnar. Jetzt hatte sie alles erzählt. Als sie mit geschlossenen Augen auf der Achterducht saß, hatte sie zu weinen angefangen, und Ragnar wollte sie trösten. Schließlich hatte sie sich entschieden zu berichten, was geschehen war, obwohl sie eigentlich warten wollte, bis sie Holmgård erreicht hatten. Aber sie hatte Vertrauen zu ihm gefasst und glaubte nicht länger, dass er ihr Böses wollte. Misstrauisch zu sein war eine schlechte und zerstörerische Kraft. Man musste auch hoffen und an das Gute glauben können. Und dafür hatte sie sich entschieden.

»Das ist es also, was du durchgemacht hast«, sagte Ragnar bestürzt. »Dass es solche Menschen gibt, ich verstehe das nicht.«

»Nein, blind und einfältig war ich, dass ich in diesem Sumpf gelandet bin«, erwiderte Estrid und sah ihn erschöpft an. »Dann werfe ich mich stattdessen sofort in deine Arme.« Sie lächelte zaghaft. »Aber ich glaube an dich, du darfst mich jetzt nicht verlassen. Einen Verrat ertrage ich vielleicht, aber mehr verkrafte ich nicht.« Ragnar legte die Ruder ins Boot, setzte sich neben Estrid auf die Achterducht und küsste sie.

»Ich liebe dich, weißt du das?«

Der König war so beschäftigt, dass er keine Zeit hatte, Ysja oder eine andere seiner Sklavinnen zu sehen. Die Einladung zu dem großen Festmahl war mit dem Meldestab auf allen Höfen herumgegangen, und die Vorbereitungen auf dem Königshof waren in vollem Gange. Erfreut schlenderte König Björn über seine Ländereien und mischte sich in alles ein. Hopfen sollte gepflückt und Bier gebraut werden, Butter musste gestoßen, Käse zubereitet und Met in große Fässer gefüllt werden. Nicht dass er viel darüber gewusst hätte, wie all das vonstatten ging, aber er bemühte sich möglichst kundig auszusehen, wenn er seine Befehle gab. Dann kam das Festessen: Lamm, Wildschweinbraten, gegrillte Lachskoteletts, Schneehuhn, Steckrüben und in der Glut gegarte Barsche und Hechte mussten vorbereitet werden. Dazu wollte er seine Gäste mit Köstlichkeiten wie Früchten, Beeren, Honigkuchen und echtem Haselnusskuchen, getränkt mit Weißwein, bewirten. Als wäre die Arbeit mit Speisen und Trank noch nicht genug, war der König der Ansicht, dass auch eine ganze Reihe Tische und Bänke noch fehlten. Möbel, die die Leute des Hofes in aller Eile fertig stellen mussten. Außerdem war der König gezwungen, die Wachen auf die Prozession von der Brücke zum Königshof und auf die bevorstehende Hochzeitszeremonie vorzubereiten sowie ihnen neue Fanfaren beizubringen. Außerdem gab es Sporen, Sättel und anderes Zaumzeug für den Brautlauf. Die Schlafplätze für die weit gereisten Gäste mussten bereitet werden und über all dem Kopfzerbrechen verlor der König mehrere Pfund an Gewicht. Dagegen hatte der König nun wirklich nichts einzuwenden, denn das Verjüngungsmittel aus einer Mischung von Kräutern, Menstruationsblut und Katzenurin hatte überhaupt keine Wirkung gezeigt, und nun sah er plötzlich wie von selbst jünger und schöner aus. Zum ersten Mal seit vielen Jahren konnte er all seine Kleider anziehen, ohne dass ein einziges Stück platzte. Aber worüber der König sich am meisten freute, war das Programm, das er zur Unterhaltung seiner Gäste vorbereitet hatte. Zum Fest hatte er nicht nur Jongleure, Musikanten, Taschenspieler und Gaukler eingeladen, auch der Bärenbändiger hatte seinem Petz neue Kunststücke beigebracht. Der Bär, den Seine Majestät liebevoll Großvater nannte, war zwei Monde lang fleißig dressiert worden, und jeden Tag, der verging, wurde das Tier geschickter. Seine Majestät war strahlender Laune, und während er laut ein paar der unanständigsten Opferlieder sang, leuchtete sein gefärbtes Haar wie ein beständiger Sonnenuntergang.

Nach allen erdenklichen Vorbereitungen war das meiste nun vollbracht. König Björn wartete nur noch darauf, dass der Mond sich erneuern würde, damit die Hochzeit stattfinden konnte.

Ein breitschultriger Nordmann mit blondem Haar und Augen, so blau wie das Eis des Meeres, ging die Brücke auf und ab. Immer wieder rieb er sich die Augen und gähnte herzhaft, denn viel Schlaf hatte er in dieser Nacht nicht bekommen. Die Bewohner Haithabus hatten von Sonnenauf- bis Sonnenuntergang gesungen und gejohlt, und er hatte kein Auge zugetan. Doch die Schiffe waren gerüstet, die Mannschaften gedungen und die Wurfmaschinen ausgebessert und mit Schweinefett geschmiert. Nichts hielt sie auf, sie waren bereit, die Segel zu setzen. Harald Sigurdson blickte über den Hafen und zählte seine Schiffe. Zwanzig gehörten ihm selbst, und die Dänen besaßen neun Drachen. Es waren einige Zwanzigbänker, zwei Vierzigbänker und ein so stattliches Schiff darunter, wie er es nie zuvor gesehen hatte. Dieses Schiff hatte sechzig Mann an den Rudern und war so schön, dass er es eigentlich nicht in der Schlacht einsetzen wollte. Andererseits würde der Anblick des Drachenkopfes jeden Feind abschrecken. Ja, die Bewohner Birkas würden schon die Beine in die Hand nehmen, wenn sie erst die makellose Flotte draußen auf dem Fjord entdecken würden, denn so viele Schiffe hatten Birka nie zuvor bedroht.

Ein siegessicheres höhnisches Lächeln zog über Haralds Gesicht. Nicht genug, dass er mit neunundzwanzig Schiffen segelte – wenn etwas schief ging, hatte er noch andere Überraschungen parat …

In Haithabu war er auf eine seltsame Schar von Kriegern getroffen. Es waren Walküren aus Kurland, die gezwungen waren, die Vorräte ihrer Stadt aufzufüllen. Jetzt waren diese weiblichen Krieger auf dem Rückweg über die Ostsee, mit Fellen und Honig bis hin zu fränkischen Waffen beladen. Frauen, die mit Speer und Schwert kämpften? Selbst Harald fiel es schwer, sich so etwas vorzustellen, aber er hatte gehört, dass es Mädchen gab, die zum Waffengebrauch erzogen wurden. Die Kelten im Westen waren dafür bekannt, diese Kriegerinnen einzusetzen, und im Waräger Meer vor Grobin sprachen die Seefahrer von einer ganzen Insel voll streitbarer Amazonen. Obwohl das vielleicht nur Aberglaube und Spinnerei war, sicher war Harald sich nicht. Eine ganze Insel nur mit Frauen, das klang nach einer Sage! Aber dass er selbst Walküren gedungen hatte, hatte seinen Grund. Wie Harald wusste, hatte der König der Svear eine Schwäche für Weiber, und so dachte er, dass ihm diese streitbaren Frauen vielleicht dienlich sein konnten. Denn wenn König Björn Frauen sah, dachte er kaum an Krieg, sondern an ganz andere Dinge, und diese kampfeslustigen Jungfrauen konnten Harald vielleicht helfen, den Königshof einzunehmen. So hatte er die Walküren gebeten, sich seinem Heer anzuschließen, und tief geschmeichelt hatten sie entschieden, mit ihren beiden Schiffen mitzusegeln. Als der Morgen des nächsten Tages dämmerte, ruderte eine mächtige Flotte aus dem Hafen. So viele Schiffe waren noch nie vor Haithabu gesichtet worden. Hinter der Pfahlsperre zogen die Männer die Ruder ein und setzten Segel. Jetzt waren es nur wenige Tage auf See bis Birka.

Erst war Erik mit Rurik auf dem Snemunhof gewesen und hatte nach den Schafen gesehen, dann waren sie an den Strand gegangen, um zu fischen. Rurik hatte einen Hecht und drei große Barsche gefangen und war überglücklich. Der Junge war ein lebhaftes Kerlchen und ähnelte Erik in allem. Er hatte nicht nur sein blond gelocktes, widerspenstiges Haar und seine Stupsnase geerbt, auch die Abenteuerlust und die Ungeduld hatten sie gemein. Aber die Augen hatte er von Estrid, genau wie ihre Wärme und Fürsorglichkeit. Erik setzte sich und sah zu, wie Rurik versuchte, die Fische zu putzen. Erik hatte ihm beigebracht, nie einen Fisch herauszuziehen, wenn er ihn nicht auch selbst putzte, und der Knabe tat alles, um seinem Vater zu imponieren. Rurik glitt geschickt mit dem Messer über die Schuppen, öffnete den Fischbauch und nahm die Eingeweide heraus. Auf die grüne Galle achtete er besonders, denn sie durfte nicht kaputtgehen, und als er alle Innereien unbeschädigt herausgeholt hatte, strahlte er übers ganze Gesicht.

»Schau!«, rief er stolz. »Kein einziger ist kaputtgegangen!«

Erik lachte und zerzauste ihm die Haare.

»Du bist geschickt, Junge, ich bin stolz auf dich.« Vergnügt wandte Rurik sich wieder den Fischen zu, während Erik ihn nachdenklich betrachtete. Er lernt schnell, der Knabe, dachte er, und Zärtlichkeit wallte in ihm auf. Dass Estrid dieses wunderbare Kind für diesen zungenfertigen Fremdling verlassen hatte! Und nun schien es, als würde sie nicht wieder zurückkommen, denn sie ließ auf sich warten. Vielleicht war es tatsächlich so, dass sie in diesem Kaufmann ihre Liebe gefunden hatte?

Dass sie noch nicht wieder da war, konnte bedeuten, dass alles gut für die beiden gegangen war, sonst wäre sie mit dem erstbesten Schiff zurückgekommen. Wenn nicht etwas Ernstes geschehen war. Und ihm kam der Gedanke, dass er Estrid noch vor nicht allzu langer Zeit heiraten wollte, und zusammen wären sie drei eine Familie gewesen. Dann würden sie jetzt vielleicht zusammen hier sitzen. Aber aus der Hochzeit war nichts geworden – Orfrim kam dazwischen.

Lange hatte er nicht verstehen können, was in Estrid gefahren war, dass sie ihn und das Kind hatte verlassen können. Erst jetzt hatte auch ihn dieses seltsame Fieber gepackt. Er war wie verzaubert von Ysja. Eine eigenartige Verwirrung befiel Verstand und Körper. Nichts anderes fand in seinen Gedanken Platz: Schiffe, Essen, Trinken, das Dach über dem Kopf – all das wurde mit einem Mal unwichtig. Manchmal war er zu nichts mehr zu gebrauchen, bis er mit ihr zusammen sein konnte, und hinterher dauerte es nicht lange, bis er sich wieder genauso fühlte. Seit dem Moment im Bootshaus drehte sich alles nur um Ysja, und er musste sich zwingen, sich mit anderem zu beschäftigen. Vielleicht sollte er dennoch nicht traurig sein über den Beschluss des Königs, sie zu heiraten, vielleicht war es so vorherbestimmt? Obgleich solche Gedanken ihm in diesem Moment nicht halfen. Er wusste nicht, wie er ohne sie zurechtkommen sollte. Sie hatte solche Macht über ihn gewonnen, dass er nicht nur König Björn verraten, sondern auch sein Versprechen Estrid gegenüber gebrochen hatte. Fast beängstigend war sie, diese unerhörte Kraft, die ihn so schwach machte. War es Liebe? Begierde? Oder vielleicht beides zugleich? So etwas musste auch Estrid widerfahren sein, als sie ihn verließ, um Orfrim zu folgen. Vielleicht war es keine Kraft, sondern ein übernatürliches Wesen, das all das lenkte?

Eriks Blick wanderte zu Rurik zurück. Konnte eine solche Besessenheit Glück mit sich bringen oder war es nur ein Rausch, der blendete, bevor er zum Unglück für alle wurde? Erik stand auf, nahm einen der Barsche und begann Rurik beim Putzen zu helfen. Nein, diese Gedanken führten zu nichts, er versuchte sich nur zu trösten. Er musste sich Ysja aus dem Kopf schlagen. Wenn er sich nur zwingen konnte, an etwas anderes zu denken! Er könnte einen letzten Versuch unternehmen, Toste zu finden. Er würde alles tun, was in seiner Macht stand.

Erik betrachtete Rurik. Toste war vier Winter alt gewesen, als er verschwand, fast im selben Alter wie Rurik jetzt. Wenn Toste lebte, musste er folglich acht Winter alt sein. Bei dem Gedanken lächelte Erik.

Wie viel Freude er an einem Sohn in diesem Alter haben konnte. Er durfte die Suche nicht aufgeben, und Rurik war inzwischen so groß geworden, dass er ihn sogar mitnehmen konnte. Als Erik die letzten Male auf den Höfen gewesen war, hatte er hauptsächlich mit den Erwachsenen gesprochen. Wie einfältig das gewesen war. Dabei wussten Kinder wahrscheinlich vieles, von dem Erwachsene keine Ahnung hatten. Da konnte Rurik ihm hilfreich sein. Erik legte den Barsch hin.

»Rurik, willst du mich begleiten? Wir wollen mit dem Boot hinaus«, sagte er.

»Im Segelboot?«

Erik nickte.

Rurik stieß einen Freudenschrei aus und warf sich in Eriks Arme.

»Jaa!«, rief er. »Segeln wir los?«

»Sofort!«, lachte Erik.

Die Wohnhalle bot freie Sicht über den Fluss. Wenn die Sonne auf dem Wasser glitzerte, war die Stimmung fast so wie zu Hause. Estrid blickte gedankenverloren auf den stillen, rostbraunen Wolchow, ihren Heimweg. Aber wann würde sie fahren?

Sie pustete ein paar Samenkörner von der Handmühle. Das Mahlen ging langsam voran. Der Holzgriff war zu klein, und der Stein ließ sich nur schwer drehen, aber vielleicht war sie mit ihren Gedanken auch nur weit weg.

»Was ist los?« Ragnar sah sie an und schob eine Strähne aus ihrer Stirn. Sie blickte auf.

»Ich denke an all das, was geschehen ist – an Orfrim, der mich töten wollte. In die Unterwelt, in die allertiefste Unterwelt soll er, das Ungeheuer. Und die Vorstellung, dass ich für diesen Mann mein eigenes Kind zurückgelassen habe.«

Estrid verstummte und betrachtete mit zusammengepressten Lippen den Fluss. Der Wolchow floss gemächlich dahin, und jenseits der Landzunge legten Fischer ihre Netze aus. Das erste Blau der Dämmerung senkte sich auf den Fluss, und die feuchte Luft wob zarte Schleier über die Hügel. Holmgård war ein schöner Ort, und Estrid hätte sich sicher gut zurechtgefunden, wenn sie in der Gegend geboren worden wäre. Aber ihr Zuhause war Birka, die Stadt in der ihr Kind lebte. Sie sehnte sich danach, Erik und Rurik wiederzusehen. Endlich war sie in Sicherheit und musste keine Angst mehr haben, aber dennoch … Die Sehnsucht nach dem, was ihre Heimat war, wuchs. Estrid sah Ragnar an.

Seit zwei Monden war sie mit ihm in Holmgård, und er hatte sie nicht enttäuscht. Sie war glücklich mit ihm. Das auflodernde Feuer zwischen ihnen schien einen tieferen Grund gehabt zu haben, als sie hatte ahnen können. Sie fühlten sich wohl miteinander. Was zwischen ihnen war, verdichtete und festigte sich. Beständig. In der letzten Zeit hatte sie sich bei dem Gedanken ertappt, dass es schwer werden würde, ihn zu verlassen.

Nach der Flucht hatten sie Holmgård erreicht, wo ein Verwandter Ragnar Weitfahrers wohnte. Seit ihrer Ankunft hatten sie in einer kleinen Stube für sich auf dem Hof wohnen dürfen, und vielleicht war das die glücklichste Zeit, die Estrid je erlebt hatte. Aber ganz gleichgültig, wie sorglos sie mit ihm war, sie fand vor Heimweh keine Ruhe. Jetzt war der Herbst gekommen, und sie wollte die Heimreise nicht länger aufschieben.

Sie musste zurückkehren, nach Hause fahren zu Erik und Rurik. Erik würde nicht warten, und was immer er auch tun würde, sie wusste, er würde ihr Kind mitnehmen. Estrid quälte sich. Erik war Ruriks Vater, und sie sehnte sich so nach ihrem Kind. Aber wie sollte sie ohne Ragnar auskommen?

Sie hatte ihn eine ganze Weile betrachtet, und er ahnte, dass sie etwas bedrückte. Es war nicht nur Orfrim, es war etwas anderes. Schließlich sagte er:

»Du bist nicht hier bei mir, du bist in Gedanken woanders, ich kann es fühlen.« Er legte sein Holzstück beiseite und ergriff ihre Hand. Er saß auf der Treppe zur Stube und schnitzte Kienhölzer für den Winter. Sie brauchten schon früh Licht, denn die Tage waren rasch kürzer geworden.

Estrid sah ihn an.

»Ich denke an die Meinen zu Hause. Daran, dass ich

zurückkehren sollte.« Sie stand auf, schlang die Arme um seinen Hals und küsste ihn. In ihrer Liebesbekundung lagen Traurigkeit und Verzweiflung. »Weißt du«, fuhr sie fort, »es ist so, dass du mir sehr viel bedeutest. Viele Schiffe sind bereits westwärts gesegelt, aber ich bin bei dir geblieben. Doch nun ist der Herbst gekommen, und ich muss fahren.«

»Bist du gezwungen?«

»Sonst verliere ich meinen Sohn und mein Zuhause.«

»Aber du kannst hier ein neues Zuhause bekommen, und ich werde dir viele Söhne schenken.« Ragnar drückte sie fest an sich und zog sie auf seinen Schoß. »Ich ertrage es nicht, wenn du mich verlässt, verstehst du das nicht?«

Estrid spürte seine Furcht.

Schweigend und eng umschlungen blieben sie sitzen, sahen auf den Fluss hinaus, bis es dunkel wurde. Schließlich stand Estrid ungelenk und verfroren auf und ging ins Haus. Auf der Schwelle blieb sie stehen und sah ihm in die Augen.

»Bedeute ich dir etwas?«

»Ja.«

»Liebst du mich?«

»Ja.«

Er trat zu ihr und küsste sie. Aber Estrid löste sich aus seiner Umarmung.

»Ragnar«, sagte sie und ihr Gesicht war ernst, »ich will, dass du mit mir nach Birka kommst.«

Der Tag des Neumondes stand bevor, und die Vermählung des Königs nahte. Die Gäste kamen zur Hochzeit gesegelt, Großbauern, Gesinde, Kaufleute und Handwerker. Unzählige Knorren, Fischerboote, Ruderboote und Drachenschiffe schienen den ganzen Fjord zu bedecken. Eine königliche Hochzeit war ein Ereignis, an dem nicht viele in ihrem Leben teilzunehmen Gelegenheit hatten, und die Stimmung war heiter und gelöst. In dem Trubel kenterte eines der Boote, und während die durchnässte Besatzung im Wasser versuchte, den Kiel wieder nach unten zu bringen, klatschten die Zuschauer vergnügt in die Hände.

»Wollt ihr euch jetzt waschen?«, riefen die Versammelten frech. »Fällt euch das nicht ein bisschen spät ein?«

Die Männer im Wasser grunzten verächtlich und ließen zur Feier des Tages sogar ihre Schwerter stecken.

Auch zahlreiche Frauen standen am Hafen. Sie spotteten und verzogen den Mund, weil der König eine Sklavin heiraten wollte, aber in Wahrheit hätten diese Bauerntöchter am liebsten selbst den König geheiratet.

Nun mussten sie sich mit einem prächtigen Fest begnügen.

Draußen vor dem Königshof hatten die Knappen Grillgruben für die Spieße gegraben und Gestrüpp und Büsche gerodet, damit alle Gäste Platz fanden, und glücklicherweise war es ein warmer, sonniger Herbsttag. Sie konnten unter dem »Himmelsdach« sitzen, wie der König es bestimmt hatte. Dann konnten Jongleure und Troubadoure auf der Königsterrasse auftreten, und niemandem würde ihre Kunst entgehen.

Der Platz war mit Zweigen, die Tische mit Decken

und Blumen geschmückt, und überall waren Bier- und Metfässer aufgestellt worden. An den Spießen klang das Knistern der Feuer, und die Geladenen konnten unten an den Brücken den würzigen Duft von Wildschwein und Braten bereits riechen.

Jedes Mal, wenn ein Boot anlegte, bliesen die Knappen eine Fanfare, und die Sklavinnen des Königs empfingen die Gäste in bodenlangen Kleidern mit Met.

Der König hatte eine Schwäche für Prozessionen und hatte in aller Heimlichkeit beschlossen, mit Ysja vom Hafen zum Hofplatz hinaufzureiten, wo die Zeremonie stattfinden sollte. Ysja, die lange Zeit versucht hatte, den König zu überreden, sein Pferd zu satteln und sie auf einen Ausritt in den Wald zu begleiten, schluckte entsetzt. So hatte sie sich das nicht vorgestellt. Ein scheuendes Pferd im Wald ohne Zeugen war ein Unglück im Verborgenen, aber hier war die gesamte Hochzeitsgesellschaft anwesend und konnte sehen, was sich ereignete. Was würde geschehen, wenn die geschliffene Schnalle im Sattel gefunden wurde?

Doch die Knappen warteten. Es gab nichts, was sie tun konnte. Jetzt war der Augenblick gekommen. Wollte sie den Tod des Königs wirklich? Eine Zeit lang, als die Enttäuschung am größten gewesen war und sie in tiefster Finsternis gelebt hatte, hatte sie ihn in die andere Welt gewünscht, aber jetzt … Ysja spürte, wie ihr der Schweiß ausbrach. Konnte sie noch etwas tun, ehe es zu spät war?

In dem Augenblick wurde das Stimmengewirr um sie herum von einer feierlichen Fanfare unterbrochen. Die Prozession sollte beginnen. Ysja schwindelte. Sie liebte

Erik, wollte ihn mehr als alles andere, aber ... Ratlos stand sie da, während ihr Blick zum Sattel des Königs glitt. Ihre Lippen zitterten, und in ihre Augen trat ein ferner Glanz. Doch sie würde die Schnalle lassen, wo sie war. Vielleicht würde sie ihr zuletzt doch helfen?

15

Erik stand draußen auf der Brücke und sah grimmig zum Brautpaar hinüber. Ein König konnte sich aller Dinge bemächtigen, warum musste er ausgerechnet die Frau nehmen, die er lieb gewonnen hatte? Noch dazu hatte der König ihn gebeten, bei dem Fest dabei zu sein. Ohne ihn wäre die Hochzeit nicht das Fest, das er sich wünsche, hatte Seine Majestät gesagt. Erik schnitt eine Grimasse und trat gegen einen Stein am Widerlager der Brücke. Erik drehte sich um und begann zum Hofplatz hinaufzugehen. Wie hatte Ysja solche Macht über ihn bekommen können? Wenn sie nicht zusammen waren, überlegte er ohne Unterlass, wie er es anstellen sollte, sie baldmöglichst wiederzusehen. Dann stolperte er geistesabwesend in der Schankstube herum, brachte denen Met, die Bier bestellt hatten, und kam mit Fruchtwein zu jenen, die Speisen haben wollten. Es war, als gehörten Körper und Verstand nicht länger zusammen, und Sigfrid war kurz davor, die Geduld zu verlieren. Sie schimpfte und fragte ihn, was los war, aber da sie und Estrid enge Freundinnen waren, schwieg Erik. Estrid konnte noch zurückkehren, und dann wollte er ihr alles selbst erklären, bevor sie das Gerede anderer hörte. Aber was sollte er ihr sagen? Dass er wegen Ysja Sinn und Verstand verloren hatte und an nichts anderes als an sie denken konnte? Dass er sogar darüber nachgedacht hatte, diese Frau zu heiraten? Nein, er musste sie sich endlich aus dem Kopf schlagen und sich an ein Leben ohne sie gewöhnen. Ysja konnte niemals die Seine werden. Von nun an gehörte sie einem anderen.

Schritte rissen Erik aus seinen Gedanken. Die Knappen stellten sich am Brückenkopf auf. Sie hoben die Luren und bliesen eine kurze und eine lange Fanfare, worauf vierzig Jungfrauen in bunte Trachten gekleidet herbeieilten und sich entlang des Weges zum Hofplatz aufstellten. In den Händen hielten sie Blumen und weiße Tücher aus Seide, ein Symbol, das dem Brautpaar Glück verhieß. Erik wandte den Blick ab, dieses Schauspiel war mehr, als er ertragen konnte.

Ysja und König Björn standen neben den Pferden, bereit zum Aufsitzen. Er winkte allen fröhlich zu. Das Glück strömte gleichsam aus seinem ganzen Körper, und auf einmal gönnte Erik ihm diese Freude. Zu Beginn des Winters war das Herz Seiner Majestät so düster geworden, dass Erik sich große Sorgen um ihn gemacht hatte, doch jetzt war er wieder er selbst.

Die Knappen bliesen erneut eine Fanfare, und eine Horde Kinder in blauen Kleidern bildete einen Kreis um die Gäste. Dann stimmten sie ein Lied an und tanzten zum Hofplatz. Es war höchste Zeit für die Feierlichkeiten auf der Königsterrasse geworden.

»Ysja, meine Geliebte, komm«, forderte der König seine Braut auf, verbeugte sich tief und reichte seiner Auserwählten die Hand. »Es ist soweit, sie erwarten uns.«

Aufgeräumt führte er sie zu einem der Pferde und sah sie liebevoll an. Da merkte er, dass sie sich verändert hatte. Sie zitterte, und ihre Hand war kalt. Dass die junge Sklavin an einem solch bedeutsamen Tag ein wenig angespannt war, verstand er gut. Doch ihr Blick schien unaufhörlich zum Sattel seines Pferdes zu wandern, und er spürte, dass sie etwas beunruhigte. Das rührte ihn zutiefst, denn am Morgen noch hatte er über Rückenschmerzen geklagt, und nun fragte sie sich natürlich, ob er den kurzen Ritt zur Königsterrasse bewältigen konnte.

»Meine Liebe!«, rief er aus. »Alles wird gut. Nun steig auf!« Und er musste den Atem anhalten. Wie schön sie war! Die Schminke um ihre großen, dunklen Augen und das frisch gefärbte rote Haar ließen sie noch hübscher aussehen als zuvor. Ihre weiße Leinentunika, der gelbe Rock mit den Goldstickereien und der Goldreif, den sie um den Arm trug, ließ sie gleichsam leuchten, und der König dachte hingerissen, dass sie einem schimmernden Gobelin glich. Er pfiff vor Entzücken. Nun würde Ysja die Seine werden, seine vertrauteste und liebste Frau. Was für ein Tag! Eifrig half er ihr aufs Pferd, küsste sie leicht auf die Wange und ging zufrieden zu seinem eigenen Pferd.

»Euer Majestät«, sagte der Knappe und reichte ihm die Zügel.

König Björn nahm sie entgegen und wollte gerade aufsitzen, als ihm der Gedanke kam, dass Ysja vielleicht nicht wollte, dass er ritt. Wenn es einen Knacks in seinem Rücken gab und er sie dann beim Beilager nicht glücklich machen konnte! Jetzt begriff er, warum sie so beklommen aussah. Das Risiko wollte er natürlich nicht eingehen.

»Nein«, sagte der König an den Knappen gewandt.

»Ysja soll allein zum Hofplatz reiten. Ich will, dass alle sehen, was für eine schöne Braut ich gewählt habe. Ich selbst beabsichtige, mein Pferd zu führen.«

Der Knappe starrte ihn erstaunt an. An diesem Tag, an dem der König heiratete und Ysja zu einer freien Frau erhob, wollte er offenbar, dass nur sie und niemand sonst glänzte. Edel gedacht, fand der Knappe, aber er schüttelte den Kopf, als der König ihm die Zügel wiedergeben wollte.

»Wenn Eure Majestät das Pferd führen wollen, ist es vielleicht besser, die Zügel zu behalten.«

Die Musikanten stimmten ein neues Lied an, und das Gefolge setzte sich in Bewegung. Ysja, die steif und aufrecht im Sattel saß, hatte nichts von dem Entschluss des Königs, das Pferd zu führen, gehört, und als sie ihn nicht neben sich sah, dachte sie, er wäre schon gestürzt. Sie holte tief Luft und blickte starr geradeaus, bis sie den Mut fasste und sich umdrehte. Aber nein, der König ging hinter ihr, führte sein Pferd und verbeugte sich unaufhörlich winkend vor seinem Volk. Eine Mischung aus Erleichterung und Enttäuschung schoss in ihren Kopf, und ihre verschwitzten Hände umklammerten die Zügel. Der König war der Falle entkommen.

Als das Brautpaar die laubgeschmückte Terrasse erreichte, jubelte die Menge, und der Gode, Priester der Vanen und Asen, der die beiden vermählen sollte, senkte den Kopf in respektvollem Gruß.

Ysja hatte keine Mitgift, darum hatte der König entschieden, seinerseits kein Muntgeld abzulegen. Aber in seiner großen Liebe hatte er ihr den breiten, goldenen Armreif geschenkt, den sie am Oberarm trug. So besaß

Ysja nun beides, Fingerring und Armreif, aus dem kostbaren Metall, während die Frauen der Großbauern nur vergoldete Bronzefibeln oder Silberschmuck trugen. Ysja war wahrlich eine Frau, die man vorzeigen konnte.

»Heute sollt ihr zwei euch zu Freyas großer Freude vermählen. Mögen sie und alle Götter Asgards mit euch sein«, begann der Gode feierlich und betrachtete das Brautpaar mit ernster Miene.

»Möge Freya euch beistehen und brünstig sein.«

Der König blickte zu Boden, und die Großbauern und ihre Frauen hielten sich die Hände vor den Mund und versuchten, ihr Lachen zu verbergen. Der Gode sah sie erstaunt an, dann fiel ihm auf, was er gesagt hatte. Mit rotem Kopf verbesserte er sich:

»Mit Frey als Zeugen werde ich euch jetzt verbinden«, versuchte er es aufs Neue, worauf er der Braut hastig einen silbernen Thorshammer umlegte. Er nahm Ysjas Hand und legte sie in die des Königs. Der Gode bemerkte ihre großen, dunklen Augen. Sie waren unsagbar schön, aber sie schienen auch einen Quell der Kälte zu hüten. Er starrte sie kurz verwundert an und legte seine Hand auf die des Brautpaares. Die Trauzeugen des Königs und seine engsten Knappen traten vor und taten dasselbe. Der Gode nickte, dann zog jeder von ihnen seine Hand wieder zurück. Die Knappen bliesen eine Fanfare, und damit war die Zeremonie beendet. Es war Zeit, sich an die Tische zu setzen.

Auf dem Weg zur Festtafel holte Snemun Erik ein und stieß ihn in die Seite. Seine Stirn war gerunzelt.

»Die Braut, erkennst du sie nicht?«, begann er. »Das ist meine alte Sklavin.«

»Ysja?«

»Ja, ich glaube, dass sie das Mädchen ist, das ich auf dem Hof hatte.«

»Nein, Ysja kommt von Munsö.«

»Ich mag ja viele Sklavinnen gehabt haben, aber so schlecht ist mein Gedächtnis nicht. Siehst du nicht: die Art, wie sie sich bewegt, ihre Schritte, die Haltung. Das alles ist mir wohl bekannt. Und ihre Augen, die vergisst man nicht. Sie sind schön und verlockend wie Hexengold, aber sie können ebenso hart und kalt blicken.«

Erik musterte Ysja. Als er ihr das erste Mal begegnet war, hatte er auch das Gefühl, sie schon einmal gesehen zu haben. Auf eine seltsame Weise war sie ihm nie fremd gewesen, sondern vertraut. Jetzt stand sie neben dem König, hatte aber das Gesicht abgewandt, als wagte sie nicht, in seine Richtung zu blicken. Ihre halblangen Haare waren mit Gold- und Silberfäden geschmückt, ihre Haut schimmerte hell und verführerisch. Ihre Brust hob und senkte sich mit jedem Atemzug, und Erik merkte, wie er steif wurde. Er konnte sich ihrer Kraft nicht entziehen. War sie wirklich Snemuns Sklavin gewesen?

»Ysja schien mir auch von früher vertraut zu sein«, sagte Erik an den Freund gewandt. »Aber dann erkannte ich, dass sie Jorunn ähnelte, meiner Verlobten.«

»Jorunn? Ja, vielleicht hast du Recht. Aber dieser Blick. Siehst du nicht? Armer König. Sie wirkt so berechnend und kalt.«

»Ysja, kalt, nein du, das ist das Letzte, was man über …« Erik schluckte. Fast hätte er sich versprochen, aber Snemun schien nichts gemerkt zu haben.

»Diese Sklavin weicht den Blicken des Volkes aus, und sie sieht den König ohne Wärme an«, fuhr er fort.

»Vielleicht liebt sie ihn nicht«, sagte Erik vorsichtig.

»Ja, das ist verständlich.«

»Wer als Sklave lebt, muss wohl hart und verschlossen werden, um zu überleben.«

Snemun horchte erstaunt auf.

»Alle Achtung, wie du dich um sie sorgst. Sie ist doch nur eine Sklavin!«

Erik merkte, wie er errötete, aber in diesem Moment stieg der König auf die Terrasse und breitete feierlich die Arme aus, eine Geste, die er von Ansgar übernommen hatte, als er in Birka weilte.

»Meine Freunde, zu Tisch, zu Tisch, und lasst es euch schmecken. Hier gibt es Speis und Trank für alle!«, rief er und deutete in Richtung der Tische.

»Ja, dann setzen wir uns wohl«, fiel Snemun ein. »Endlich gibt es etwas zu essen, ich bin schon ganz ausgehungert. Aber diese Sklavin geht mir nicht aus dem Kopf. Ein Horn Met darauf, dass sie nicht die ist, für die sie sich ausgibt.«

Erik sah seinen Freund unsicher an. Was meinte Snemun? Und wenn Ysja nicht die war, für die er sie hielt, wer war sie dann?

Der Himmel war sternenklar, und der Mond stieg ruhig aus dem Meer. Die Luft war trocken, und der kühle Nachtwind trug den Geruch von Tang und Meer mit sich. Harald Sigurdson, Heerführer der Flotte aus Haithabu, stand am Vordersteven seines Schiffes und blickte nach vorn. Jetzt sollte der Mond ihnen den Weg weisen, dann würde sich die Fahrt nicht verzögern, und sie mussten kein Nachtlager aufschlagen. Wenn das klare Wetter anhielt, würden sie Birka in zwei Tagen erreichen.

Sie hatten das Land der Wenden verlassen, waren an der Küste des Dänenreiches und Schonens vorbeigesegelt und hatten das Baltische Meer und die Schären vor dem Land der Svear erreicht. Zwar trug Harald die Verantwortung für viele Schiffe, aber er kannte das Gewässer gut und hatte keine Furcht. Mit seinem Wissen über die Untiefen, Landzungen und Schären der Gegend glaubte er, die ganze Flotte nach Birka und Björkö manövrieren zu können, ohne dass ein Schiff auf Grund lief. Vor Tälje mussten sie nach Nordwest steuern, dann hatten sie Birka bald erreicht. Dieses Jahr schien die Wärme länger als gewöhnlich anzuhalten, und noch hatte er keine Anzeichen für einen Wetterumschwung bemerkt. Seine Mannschaft war den Herbststürmen entkommen, das war von großem Nutzen. Der Heilige Geist war mit ihm, und alles war ihm gut von den Händen gegangen. Aber so war auch Er, der Allmächtige, den alten Holzgötzen überlegen, den heidnischen Abgöttern, die von Gewalt und dem Geruch nach Blut umgeben waren. Haralds eindringliche Gebete zu dem neuen Gott schienen ihnen schon Glück gebracht zu haben, und bald würde der neue Glaube auch den Bewohnern Birkas zuteil werden. Wenn die Stadt bekehrt war, würde Gott der Allmächtige sie alle schützen.

An Bord war Gemurmel und Gelächter zu hören, und alle schienen guter Laune zu sein. Die Männer, die bei der Plünderung von Dorestad dabei gewesen waren, übertrumpften einander mit grässlichen Geschichten von alten Großtaten und freuten sich auf reiche Beute; und die Dänen, die zu lange an Land gewesen waren, ohne ihr Schwert zu gebrauchen, sehnten sich danach, die Heiden dieser reichen Kaufmannsstadt in die Schranken zu weisen. Zwar gab es Männer unter ihnen, die schon einmal dort gewesen waren, aber Birkas Verteidigung war schwer zu besiegen, und sie hatten mit leeren Händen zurückkehren müssen. Aber mit so vielen gut gerüsteten Schiffen und Mannschaften konnte es gar nicht anders als glücklich für sie enden. Und so sangen die Dänen und fühlten sich dem Sieg nahe. Bald würden die Schwerter sprechen!

Harald blickte auf das Meer, genoss den Fahrtwind im Gesicht und den Wellengang. So lange schon hatte er sich für diese Begegnung gerüstet – für die Rache an König Björn und seinen Verbündeten. Dann würde er auch Erik begegnen, seinem Bruder, dem er schon lange den Tod wünschte. Viele Winter waren vergangen, seit der Bernsteinhändler die Flotte des Bruders vor Tälje vernichtet hatte, eine Schmach, die zu rächen Harald geschworen hatte.

Harald erfreute sich an dem Anblick der vielzähligen Schiffe. Die Rahsegel spannten sich im Wind, die Schiffsrümpfe ritten über die Wellen, und um die Buge spritzte der Schaum. Gleichauf pflügten sie durchs Wasser, nur die Schiffe der Walküren hielten nicht ganz die Richtung.

Sie segelten ihre beiden Schiffe nach ihrem eigenen Kopf, und Harald kaute auf seinem Vollbart herum und fragte sich, ob er es bereuen würde, sie gedungen zu haben. Bald segelten sie unter lautem Frauenlachen an ihm vorbei, bald fielen sie so weit zurück, dass er sie fast aus den Augen verlor. Bisweilen waren sie ganz still und sagten nicht viel, dann wieder erscholl ihr Gekicher weit über das Meer. Mit ihrer Anführerin, Astrid Mannszunge, tat er sich besonders schwer. Diese Frau hatte Haare über der Oberlippe, eine tiefe Bassstimme und fluchte oft und gern. Sie war groß, hatte kluge blaue Augen und trug ihr langes, rot gefärbtes Haar zu einem dicken Zopf zusammengebunden unter ihrem Lederhelm. Ihre Oberarme waren kräftig und ihr üppiger, wogender Busen schien mir schwer unter das Kettenhemd zu passen. Außerdem war sie rund und ihre Haut verlockend zart. Am schlimmsten war es, dass sie einen derart scharfen Ton anschlug, dass niemand wagte, ihr zu widersprechen, und zu seiner Verwunderung hatte Harald sich dabei ertappt, dass er ihr gehorchte. Nun ja, er hatte Gerüchte gehört, dass sie geschickter zuschlug als ein Mann, und wenn sie nur ihr entsetzliches Lachen für sich behielt, würde es ihm schon gelingen, mit ihr auszukommen. Er war sicher, dass sie und ihre Mitschwestern ihm von großem Nutzen sein konnten. Während er selbst die Männer übernehmen und Birkas Burg angreifen würde, wollte er die Walküren direkt nach Adelsö in den Königshof schicken.

Er lachte leise und spöttisch. Er sah sie schon vor sich: Walküren in Kettenhemden, die zu König Björn hereinrauschten. Vermutlich würde Seine Majestät vor Entsetzen Bart und Bauchfett verlieren.

Harald und seine Männer segelten die ganze Nacht, und als die Inseln im Morgengrauen immer zahlreicher und Grün und Schilf immer dichter wurden, wusste er, dass es nicht mehr weit war. Bald würde er alle zur Beratung versammeln und die Schlachtordnung bestimmen, und um Mitternacht würden sie zum Angriff übergehen. Seine Augen leuchteten. Endlich würde Birka fallen.

Lange stand er im Vorschiff und sog den Duft von Salz und Meer ein, während die Schiffe mit vollen Segeln in einen schmalen Sund steuerten. Wolken waren am Himmel aufgezogen, und auf dem Meer kräuselten sich dunkle Wellen. Der Wind frischte auf, dichter Regen setzte ein und erschwerte die Sicht. Aber Harald ließ weder die Segel reffen, noch Wachen aufstellen. Das hier war sein Heimatgewässer, er kannte es gut.

Die Kälte kroch unter seine Kleider, und er begann zu frieren. Erschöpft ging er nach achtern zurück, um das Steuer zu übernehmen.

»Pass auf!«, hallte plötzlich Astrid Mannszunges Stimme durch den Wind, und im nächsten Moment ertönte ein knirschender Laut vom Kiel. Erst dachte Harald an Treibholz, aber dann wurde das Geräusch immer lauter und das Schiff krängte. Er fiel vornüber, als das Boot aufsetzte. Felsen schlugen gegen Holz, Holz brach, und Masten und Rahstangen fielen ins Wasser.

Alles war in Aufruhr, der Wind heulte, Männer schrien.

Die Flotte war direkt auf eine mächtige Steinsperre zugesegelt, und in der Dunkelheit waren fast alle Schiffe auf Pfähle und Steine aufgelaufen. Einzig Astrid Mannszunge und ihre Walküren hatten oben am Mast Wache gehalten und deshalb rechtzeitig ausweichen können. Schnell holten sie die Segel ein, tauchten die Ruder ins Wasser und streckten ihre Hände nach den Männern aus, die über Bord gegangen waren. Als Astrid sich Haralds Schiff näherte, lehnte sie sich über die Reling und bemerkte mit ihrer dumpfen Stimme:

»Ich dachte, du siehst das Hindernis, du standest ja am Vordersteven. Sonst hätte ich dich natürlich früher gewarnt. Aber es stimmt, das Segeln in diesen Gewässern erfordert Übung.«

Als Braut, Bräutigam und das Brautgefolge sich gesetzt hatten, ließen sich auch Erik und Snemun nieder. Sehnsüchtig blickten sie auf die Tröge. Auf verzierten Silbertabletts waren Wildschweinbraten, gebratener Hering und Lammfleisch angerichtet, und auf großen Platten aus Ton gab es Schneehuhn, Kräuterhähnchen und Eierkuchen sowie in der Glut gegarten Barsch. Drüben in den Grillgruben briet das Fleisch. Der Duft zog zu den Gästen, die schon lange an den Brücken gewartet hatten, und ihnen lief das Wasser im Mund zusammen.

»Da seid ihr ja«, erklang eine vertraute Stimme, und Einar Schwarzbart bahnte sich einen Weg zu ihnen. Er war schon leicht betrunken, und sein Atem erinnerte an alten Fisch. Erik wandte sich von ihm ab und sah sich nach einem anderen Platz um, aber es war zu spät.

»Soso, jetzt verlierst du also das Mädchen, nach dem du so geschielt hast. Ich habe euch unten am Strand gesehen«, sagte Schwarzbart ihm geradewegs ins Gesicht. »Ich verstehe, dass du das Weibsvolk vermisst, aber euch hat man über den ganzen Fjord gehört.«

Ertappt senkte Erik den Blick und plötzlich fehlten ihm die Worte. Dann fasste er sich:

»Nachdem ich sämtliche Hausmägde des Königs probiert hatte, fand ich, es wäre an der Zeit für eine Sklavin.

Aber mit dir kann ich mich nicht messen, du nimmst dir die Frauen wie andere ihr Brot.« Mit seiner Antwort hoffte Erik, Zweifel zu säen. Schwarzbart erzählte oft wilde Geschichten, und man konnte dem, was er sagte, nicht immer Glauben schenken. Vermutlich glaubte ihm auch jetzt niemand.

»Schöne Frauen habe ich genossen wie Honig, das ist wahr, aber ich bin klug genug, die Finger von den Sklavinnen des Königs zu lassen«, erwiderte Schwarzbart schroff und nickte in Ysjas Richtung.

»Und seine Hausmägde?«, gab Erik zurück. »Wie gefielen dir die?«

Snemun sah Erik verwundert an. Worüber zankten sie sich? Hatte Erik die Sklavin des Königs genossen?

Das Gespräch wurde von König Björn unterbrochen, der so heftig aufstand, dass ihm der Met ins Gesicht schwappte.

»Liebe Freunde, so glücklich macht es mich, euch hier zu sehen«, begann er mit gerührter Stimme und gab den Knappen ein Zeichen, in die Luren zu blasen. Sie hoben die Rinden zum Himmel und eine kurze Fanfare erklang. Einige Sklavinnen, die die Essensplatten hereintragen wollten, blieben stehen. Vier Jongleure sprangen auf die Bühne und warfen sich Bälle und Fackeln zu, bis dem König so schwindelig wurde, dass er sich setzen musste. Es entstand eine Pause und alle hofften, sich aus den Trögen bedienen zu dürfen, aber im nächsten Augenblick stürmte ein kleiner, schmächtiger Gaukler auf die Terrasse. Er machte einen Kopfstand, schlug Purzelbäume, hüpfte ein wenig hierhin und dorthin und endete schließlich mit einem Rückwärtssalto.

Nun applaudierten alle höflich, und endlich trugen die Sklavinnen die Speisen auf. Die Gäste streckten sich gierig nach den Platten, aber gerade als sie mit ihren Messern zustechen wollten, betrat der Troubadour des Königs die Bühne. Er hatte eine Reihe romantischer Weisen eingeübt, die er pflichtbewusst mit Tränen in den Augen vortrug, und nach jedem Beifall entschied er sich, noch ein Lied zu singen. Aber plötzlich hörte er auf, doch da stand der König auf, um eine Rede zu halten.

»Willkommen, meine Freunde«, ergriff er glücklich das Wort und versuchte sich zu erinnern, was er hatte sagen wollen.

»Essen!«, zischte Erik und hoffte, dass der König es hörte, was er vielleicht auch getan hätte, wenn das laute und plötzliche Brummen nicht gewesen wäre, das über den Hofplatz grollte. Großvater, der Zögling des Bärenbändigers, hatte sich von der Kette losgerissen und tanzte in seiner Sehnsucht nach Gesellschaft zur Königsterrasse hinauf. Auf den Hinterbeinen ging er zu einem der Tröge mit Wildschweinbraten, schnupperte erfreut und öffnete sein Maul. Das gut gewürzte Fleisch verschwand verblüffend schnell, und desgleichen taten Lammbraten, Hühnchen und Lachs. Mit Entsetzen sahen die hungrigen Gäste, wie Leckerbissen um Leckerbissen im Bärenmagen verschwanden, als handelte es sich um kleine Insekten. Der Bärenbändiger befahl ihn streng zu seinem Platz hinter der Königsterrasse, denn sein Auftritt war noch nicht an der Reihe, doch bevor er den Bären wieder an die Kette legen konnte, trottete Großvater weiter. Der stark gewürzte Wildschweinbraten hatte ihn durstig gemacht, und er hatte Met gewittert. Brummend schaukelte er zu einem der Metfässer, riss das Maul auf und trank. Ehe jemand begriff, wie es zugegangen war, war es leer und so sauber ausgeschleckt, als wäre es nie gefüllt worden. Ein enttäuschtes Raunen ging durch die Gesellschaft.

Der König lächelte Großvater nachsichtig an und nahm dann einen neuen Anlauf.

»Liebe Gäste, es ist mir eine Freude, euch hier zu sehen«, sprach er mit lauter Stimme. »Seid willkommen, und ich hoffe, dass Essen wird euch schmecken.« Im Hintergrund genehmigte Großvater sich noch eine Speckschwarte.

»Auf meiner Hochzeit heute«, fuhr der König fort, aber da verstummte er, denn der Bär hatte ein paar Schritte nach vorn gemacht und hob ihn hoch. Jetzt konnte der König keine Rede mehr halten, denn Großvater hatte den königlichen Atem gewittert. Met und Fruchtwein, was für eine Oase lieblicher Düfte!

Der Bär schleckte dem König Wangen und Bart sauber und trottete schließlich fort. Der König, der nicht auf den Kopf gefallen war, wenn es darauf ankam, stand galant auf und verbeugte sich vor der Menge, als wäre die Vorstellung eingeübt gewesen.

Zu ihrer großen Freude stellten die Gäste fest, dass der Bär den König endlich zum Schweigen gebracht hatte, und Stimmengewirr wurde an den Tischen laut. Die Sklavinnen trugen das Essen auf, in den Grillgruben spritzte und duftete das Fett, und die Stimmung stieg.

Erik schielte immer wieder zu Ysja hinüber und bemerkte, dass ihr Blick so finster war wie nie zuvor, und er dachte, dass auch sie außer sich vor Verzweiflung sein musste. Er konnte sich jederzeit eine andere Frau suchen, doch sie war für immer an den König gefesselt. Aber dass Snemun sie zu kennen glaubte! Erik fiel auf, wie wenig er eigentlich über Ysja wusste. Ihre gemeinsame Zeit war gestohlene Zeit, und das Verlangen war wichtiger als das Reden gewesen. Hinterher hatten sie nie gewagt, lange beieinander zu bleiben, aus Angst, jemand könnte sie entdecken.

Eine Liebe im Verborgenen konnte nur zum Scheitern verurteilt sein, dachte Erik. Vermutlich hatte sich die Wirklichkeit mit den Wünschen und Träumen vermischt. War es denkbar, dass Ysja nicht die Frau war, für die er sie hielt? Und warum war er nie ihrem Sohn begegnet?

Der Junge war acht Winter alt, und Erik hatte ihr versichert, dass er ihn mögen würde, aber da hatte Ysja ihn nur merkwürdig angesehen und ein Treffen mit dem Jungen hatte es nie gegeben. Doch er musste aufhören, an Ysja zu denken, versuchen, sie zu vergessen, sonst würde alles um ihn herum düster werden.

Mit gespielter Fröhlichkeit nahm er sein Horn, wandte sich an Schwarzbart und sagte:

»Hör mal, du Gaukler, kannst du nicht noch mehr von deinen Geschichten erzählen? Noch haben wir nicht alle gehört, oder?«

»Wahre oder unwahre?«

»Nun, so wahr wie die, die du über mich erzählt hast«, entgegnete Erik mit einem breiten Grinsen.

»Habt ihr von der Frau auf Ekerö gehört?«, fragte Schwarzbart, der den Brocken sofort schluckte. »Die,

die so wütend auf ihren Mann war, dass sie zu einer Legende in der Gegend wurde?«

»Nein, lass hören!«, erklang es einhellig aus den Mündern der Gäste am Tisch.

Schwarzbart feixte, legte sein Brot zur Seite und nahm einen großen Schluck Met.

»Wisst ihr«, sagte er und machte eine bedeutsame Pause, bis er sicher war, dass alle zuhörten. »Das war eine Frau, könnt ihr glauben, sie nörgelte immerzu, und alles was sie androhte, tat sie auch.«

»Na, und wie?«, fragte Erik.

»Sie sagte zu ihrem Mann, wenn er betrunken nach Hause käme, würde sie ihn anspucken. Und wenn er ihr an die Brust fasste, wenn alle es sehen konnten, würde sie ihn schlagen.«

»Und das tat sie?«

»Ja, geradewegs ins Gesicht, so dass der Mann zornig wurde und sich eine andere Frau nahm. Da sagte sie ihm, dass sie sich scheiden lassen würde, wenn sie ihn mit einer anderen Frau erwischte, und die Hälfte von allem mitnähme, was sie besaßen. Auch ihren Teil des Hauses.«

»Das Haus?«, wunderte sich eine Frau mit Kopftuch. »Wie soll das zugehen?«

»Ja, du ...«, Schwarzbart blinzelte und senkte die Stimme. »Ihr Mann, versteht ihr, war ein richtiger Spaßvogel, ein fröhlicher, munterer, schön und schlagfertig dazu, und er hatte Frauen wie andere Läuse.«

»Gute Grütze im Topf«, murmelte einer der Großbauern neidisch.

»Hurenbock«, meinte die Frau mit Kopftuch.

»Genießer«, seufzte die Alte daneben.

»Nun, was ist dann geschehen?«, fragte Erik weiter.

»Ja, schließlich ertappte sie ihn eines Tages mit einem Weib mitten auf dem Boden neben der Feuerstelle«, fuhr Schwarzbart fort.

»Das war gewagt«, fand Erik.

»Da stürmte die Frau zum Nachbarshof und schleppte den Nachbarn als Zeugen herbei. ›Jetzt scheide ich mich von dir, du Bock‹, sagte sie, ›und das wirst du bereuen.‹«

»Na, tat er das denn?«

Jetzt wurde es still, und erst nachdem Schwarzbart mit einem neuen Horn Met genötigt worden war, fuhr er fort:

»Tja, der Mann lachte nur, nahm seinen Ranzen und sagte, dass er erst wieder nach Hause käme, wenn sie sich beruhigt habe. Denn harte Worte und Weibergewinsel ertrage er nicht. Und damit ging er.«

»Was geschah dann?«

»Ihr hättet sein Gesicht sehen sollen, als er zurückkam!«

»Nun?«

»Sie hatte das halbe Haus mitgenommen, das Weib hat es in der Mitte durchgeteilt.«

»Das halbe Haus? Ach was, du machst dich über uns lustig, Schwarzbart!«

»Keineswegs«, erwiderte er beleidigt. »Die Frau hielt auch dieses Mal Wort. Sie hatte den Verwalter und ein paar tüchtige Sklaven dazu gebracht, für sie das Haus zu durchtrennen. Doch damit nicht genug«, fuhr er fort, »sie nahm den besten Teil mit, den mit der Halle und

Feuerstelle. Nur den Hochsitz und den Verschlag für die Tiere ließ sie zurück.«

Große Heiterkeit breitete sich am Tisch aus.

»Da seht ihr selbst, Schwarzbarts Geschichten sind wirklich gut. Ich fand schon immer, er hätte Skalde werden sollen«, bemerkte Erik mit lauter Stimme und hob das Horn für ein Skål.

»Ja, aber die Geschichte ist wahr. Ihren Teil des Hauses hat sie auf dem Hof ihrer Eltern wieder aufgebaut«, wandte Schwarzbart ein.

»Ja doch, wir glauben dir«, lachten die Männer und hoben ihr Horn.

Dann legten sie die Köpfe in den Nacken und tranken und bedienten sich von den Essensplatten.

Fettige Hände streckten sich nach Wildschweinbraten und Blutwurst, und auch wenn alle die Lammkoteletts und Schweineschwarten vermissten, die Großvater in sich hineingestopft hatte, gab es noch viele andere Köstlichkeiten zu genießen. Kaum hatten die Gäste den ersten Bissen im Mund, wurden sie wieder vom König unterbrochen.

»Meine Freunde«, brüllte er schwankend. »Nicht alle konnten die Braut sehen, und darum werden wir den Brautlauf reiten. Kommt herauf auf die Königsterrasse, damit ihr gut sehen könnt. Nach dem Lauf werden wir mit dem Festmahl fortfahren.«

Widerwillig verließen die Gäste die Tische und gingen auf die Terrasse.

Da sie das Beilager erst in einigen Stunden einnehmen durften und der König nicht wollte, dass die Stimmung nachließ, hatte er gedacht, dass dies der rechte Moment war, seine Braut zu zeigen. Er und Ysja würden vor die Terrasse und auf die Ländereien hinausreiten, so dass jeder die Gelegenheit bekam, ihnen Glück zu wünschen. In Wahrheit hatte Seine Majestät sich die ganze Zeit auf diesen Moment gefreut, so stolz war er auf Ysja. Endlich würden alle sehen, was für eine prächtige Braut er erwählt hatte. Eifrig gab er den Knappen Zeichen, die Pferde vorzuführen, und streckte seine Hand nach Ysja aus.

»Liebe, wie ich mich auf diesen Augenblick gefreut habe. Jetzt sollen alle sehen, dass wir Mann und Frau sind.«

»Ja«, antwortete Ysja tonlos und sah dabei nicht ihn an, sondern das Pferd mit dem herrlichen Königssattel.

16

Die Knappen führten die Pferde herbei, und die Gäste rundherum glotzten neugierig. Applaus und Jubel brachen los. Der König verbeugte sich, Ysja machte einen Knicks und eine ganze Weile standen sie oben auf dem Hügel und nahmen die Huldigung des Volkes entgegen. Der Knappe Bue Schönhaar machte sich bereit, dem König auf den Pferderücken zu helfen.

»Nein, Ysja soll zuerst in den Sattel«, protestierte Seine Majestät.

»Eine Sklavin?«, zischte Schönhaar dem König ins Ohr.

»Na gut, einverstanden«, antwortete der König freimütig, denn er wollte nicht stur erscheinen. Er legte die Hand auf den Sattelknauf, während sein Knappe die Hände unter den königlichen Fuß wölbte. Dann gab Schönhaar Seiner Majestät einen kräftigen Schubs, so dass er in die Höhe fuhr und schwungvoll im Sattel landete. Die Schnalle, die länger als einen Mondumlauf in dem Leder verborgen gelegen hatte, schlitzte es auf und sprang heraus. Es war, als schlüge das Böse selbst sein Schwert in das Pferd. Mit einem grässlichen Schrei scheute es, nahm die Zügel zwischen die Zähne, senkte den Kopf und schlug mit den Hinterläufen aus, so dass König Björn, der krampfhaft versuchte, sich in der Mähne festzuhalten, in weitem Bogen über den Pferdekopf geschleudert wurde und auf dem Hügel landete.

Das Pferd wieherte und schnaubte.

»Pass auf!«, brüllte Bue Schönhaar, aber es war schon zu spät. Ehe er sich versah und ohne dass jemand hätte eingreifen können, trafen die Hufe Ysja am Kopf. Das Pferd bäumte sich noch einmal auf und galoppierte über den Platz, während die Sklavin in ihrem Brautkleid leblos zu Boden sank.

Der Wind frischte auf, und einige Schiffe saßen auf der Sperre fest. Taue und Holz schlugen und rieben aneinander, und verunsicherte Männerstimmen schollen über das Wasser. Harald Sigurdson starrte unruhig nach vorn, nach achtern und wieder nach vorn. Was wäre, wenn Männer hier im Hinterhalt lagen? Eine Steinsperre von zweihundert Stadien zwischen Schären, Inseln und Grund musste bewacht werden. Er spähte ans Ufer, um zu sehen, ob sich jemand hinter den Bäumen an Land verbarg. Er wusste, dass der Feind jederzeit angreifen konnte. Aber alles blieb ruhig.

Mit hitzigen Befehlen trieb er seine Männer an, die Schiffe freizumachen, und das Blut in seinen Adern begann zu kochen. Er hatte schlecht Ausschau gehalten und seine ganze Flotte ins Verderben geschickt, eine Schmach, die nicht so schnell vergessen sein würde. Und mitten in all dem Elend erklang Astrid Mannszunges sonore Stimme.

Weder ihr Schiff noch das ihrer Mitschwestern war in die Falle geraten, denn sie hatten die Sperre rechtzeitig gesehen, und jetzt mischten sie sich in alles ein. Wenn Astrid wenigstens ihre Zunge im Zaum halten würde, aber sie plapperte, als könnte jedes Wort ihr letztes sein.

Ohne dass jemand sie darum gebeten hatte, gaben sie und ihre Walküren gute Ratschläge und fischten heldenhaft die Männer aus dem Wasser. Und so schnell und geschickt waren sie, dass sie alle gerettet hatten, ehe Harald selbst etwas unternehmen konnte. Dann versuchten sie, ohne seinen Befehl abzuwarten, die aufgelaufenen Schiffe freizubekommen. Bald forderten sie die Besatzung auf, einen Teil der Last über Bord zu werfen, um das Schiff leichter zu machen, bald warfen sie den Männern Taue und Trosse zu und versuchten, sie freizuschleppen. Wenn auch das nichts half, ließ Astrid Mannszunge das Beiboot zu Wasser und ruderte zu dem festgefahrenen Schiff, wo sie lautstark neue Anweisungen gab. Bevor Harald sie aufhalten konnte, hatte sie sich am Vordersteven seines Schiffes aufgebaut und brüllte, die Hände in die Seiten gestemmt:

»Springt von Seite zu Seite, Männer, dann bringt ihr das Schiff zum Schaukeln!«

Die Männer sprangen, und viele Schiffe glitten auf diese Weise von den Steinen herunter. Zum Schluss blieb nur ein Schiff übrig, das hoch und trocken stand. Es war Haralds eigenes.

»Nimm das Tau hier, Harald, dann ziehen wir dich von achtern frei«, forderte Astrid Mannszunge ihn auf.

Rasch befahl sie ihren neun stärksten Mitschwestern zuzupacken. Sie legten ihre Kettenhemden, Schwertscheiden, Umhänge und Kleider ab, um im Wasser schneller voranzukommen. Sie sprangen mit nichts als ihren leinenen Tuniken ins Meer und schwammen zu Haralds Schiff. Sie verteilten sich zu beiden Seiten des Stevens und stemmten ihre Körper gegen den Rumpf.

»Jetzt packt zu!«, schrie Astrid mit ihrer donnernden Stimme, und alle Walküren setzten die Schultern an. Sie spannten ihre Muskeln, hoben das Vorschiff an und warfen das Boot zur Seite. Mit leichten Blessuren gelang es diesen Walküren, das Schiff im ersten Versuch flottzumachen. Mit Jubel zollten sie ihrem Einsatz Beifall, bevor sie kichernd zu ihren Booten zurückkehrten.

»Das war das«, sagte Astrid Mannszunge zu Harald, als sie an ihm vorbeischwamm, dann zog sie ihre Leinentunika bis zur Hüfte hoch und kletterte auf ihr Schiff. Während das Wasser von ihren Haaren und Kleidern tropfte, stand sie im Vorschiff und achtete darauf, dass all ihre Mitschwestern wohlbehalten hochkamen. Dann wandte sie sich wieder an Harald.

»So, dann können wir jetzt weitersegeln!«

Nicht genug damit, dass der König auf den Rücken und das Becken gefallen war, auch seinen Kopf hatte er sich im Fall übel gestoßen. Verwirrt kam er wieder auf die Füße, und war so benommen, dass er überhaupt nicht begriff, was geschehen war. Noch weniger wusste er, was er hier draußen auf dem Hofplatz wollte, wo die Gäste doch am Langtisch saßen. Seine Majestät betastete verlegen seinen Kopf. Snemun und Erik, die zu ihm gerannt waren, um ihm zu helfen, scheuchte der König verwirrt fort, denn wegen ein paar blauer Flecken wollte er nicht verhätschelt werden.

»Zu Tisch, zu Tisch, meine Freunde«, forderte er die Gäste auf, während er die lieblichen Essensgerüche einsog, die vom Hofplatz herüberdrangen. Er hatte so viele Reden gehalten, dass er noch gar nicht zum Essen gekommen war, und jetzt übermannte ihn der Hunger mit aller Macht. Bei dem würzigen Duft nach gebratenem Fleisch und süßem Met kräuselten sich seine borstigen Nasenhaare vor Behagen. Eine Spur unsicher im Gang wankte Seine Majestät erwartungsvoll zu seinem Platz am Langtisch zurück. Er hatte keine Erinnerung an das, was geschehen war.

Die anderen blieben zurück und kümmerten sich um Ysja. Die Sklavin atmete, aber sie lag völlig regungslos da. Erschrocken kniete sich Erik an ihre Seite. Sie durfte nicht sterben!

»Ysja«, rief er, aber sie antwortete nicht. Er schüttelte sie heftig und schlug ihr auf die Wangen, aber sie rührte sich nicht.

»Blutegel«, schrie er. »Wir brauchen Blutegel.«

»Nein, ein gutes Horn Met und sie kommt gleich wieder zu sich«, sagte Snemun nüchtern. »Ich kenne die da, sie ist wahrlich eine gute Gauklerin.«

Erik hörte und hörte doch nicht. Verzweifelt glitten seine Hände über ihr Gesicht, und er hob ihre Augenlider. Doch was er sah, ließ seinen Körper versteinern. Ihr Blick war tot und ausdruckslos.

»Es geht ihr schlecht. Sie braucht sofort Hilfe«, sagte er verzweifelt.

»Ach, so gefährlich wird es schon nicht sein«, wandte Snemun ein und versetzte ihr einen Tritt mit dem Fuß.

»Was fällt dir ein, bist du verrückt?«, schrie Erik außer sich.

»Weißt du«, fuhr Snemun ungerührt fort, »es ist, wie ich glaubte. Wo ich sie aus der Nähe sehe, bin ich mir sicher.«

»Merkst du nicht, dass sie uns stirbt?«, brüllte Erik, und einige der Wachen eilten herbei.

»Sie stirbt schon nicht«, erwiderte Snemun kalt, »sie kann jeden täuschen. Ysja war die Sklavin auf meinem Hof, von der ich erzählte habe. Sie ist eines Tages vor vier Jahren verschwunden.«

»Deine Sklavin?«

»Ja, sie lief an dem Tag fort, an dem Toste verschwand. Wir haben sie zuerst nicht vermisst, denn sie ließ alles, was sie besaß, im Grubenhaus zurück. Aber das hatte sie getan, um uns in die Irre zu führen, und als wir das endlich begriffen, war es zu spät, um nach ihr zu suchen.«

»Bist du sicher?«, sagte Erik mit einer Stimme voller Zweifel. Ysja lag bleich und leblos vor ihm, und er wollte Snemuns Worte nicht glauben. »Ysja kommt von Munsö, und sie hat einen Sohn von acht Wintern«, hielt er dagegen. »Du irrst dich sicher, deine Sklavin hatte doch wohl kein Kind?«

»Nein, sie hat zwar ein Kind zur Welt gebracht, aber es war missgebildet, darum ließ ich es im Wald aussetzen.«

»Da siehst du. Ysja hat einen Sohn, du musst sie mit jemand anderem verwechseln.«

Erik fühlte sich ruhiger und nahm Ysjas Hand. Das Blut pulsierte am Handgelenk. Sie lebte – mochte Thor mit ihr sein! –, bald wachte sie sicher auf.

Snemun antwortete nicht, sondern beugte sich neben Ysja nieder, zog ihr Kleid und die Tunika ein Stück zur Seite, und entblößte ihre Schultern. Dann sagte er:

»Ja, das dachte ich mir, sieh selbst«, murmelte er.

»Hier siehst du ihr Muttermal. Ich habe mich nicht geirrt.«

Snemun zeigte auf einen braunschwarzen Fleck auf ihrer linken Schulter. Eriks Mund öffnete und schloss sich wieder, und er starrte fassungslos auf das Mal, das er so oft liebkost, gestreichelt und geküsst hatte.

Dann hatte Snemun Recht, Ysja war nicht die, für die er sie gehalten hatte, und sie hatte ihn die ganze Zeit getäuscht. Ein kühler Wind durchfuhr ihn, und er fröstelte. Als er aufstand, musste er sich auf seinen Freund stützen.

»Wenn sie vor vier Wintern kein Kind hatte, dann kann sie heute keinen Sohn von acht Wintern haben«, stammelte Erik verwirrt.

»Sie hat ja vieles geschafft, aber das würde nicht einmal ihr gelingen. Nein, dieser Sohn ist ganz sicher nicht ihrer.« Die Männer wurden von lauten Stimmen unterbrochen. Bue Schönhaar und eine Schar Knappen hatten das Pferd eingefangen und kamen mit dem Tier zurück.

Sein Fell glänzte an den Lenden vor Schweiß, seine Augen irrten groß und schwarz umher. Während Schönhaar sich um Zaumzeug und Sattel kümmerte, versuchte der Stallmeister, das Pferd zu beruhigen. Es blutete. Rinnsale von Blut liefen vom Rücken die Lenden hinunter. Verwundert untersuchte der Stallmeister, woher das Blut kam. Wo der Sattel aufgelegen hatte, war eine tiefe Wunde, als hätte sich etwas ins Fleisch gebohrt.

»Merkwürdig«, sagte er erstaunt und drehte sich zu Bue Schönhaar. Der hatte sich schon abgewandt und schulterte den Sattel, um ihn in den Stall zu tragen. Plötzlich schrie er vor Schmerz auf.

»Bei Odins Raben«, fluchte er und legte ihn wieder auf den Boden. Dann tastete er nach seiner Schulter. Blut klebte an seiner Handfläche. Er drehte den Sattel um. Da war etwas. Er entdeckte ein Loch im Leder und tastete vorsichtig weiter. Er erspürte etwas Hartes, Spitzes und zog es mit Daumen und Zeigefinger aus dem Sattel.

»Eine Schnalle«, murmelte er verblüfft. »Ein schlecht geschmiedeter Riemenbeschlag, aber schärfer geschliffen als eine Schwertschneide. Eine schlaue Übeltat. Es sieht aus, als hätte jemand versucht, den König umzubringen!«

Toste saß im Hafen, am Ende vom Steg, und blickte ins Wasser hinunter. Um die Pfähle herum wimmelte es von kleinen Fischen, und Barsche und Ukeleis tummelten sich im Seegras. Weiter Richtung Ufer, zwischen den Tangarmen auf dem Grund, entdeckte er einen Hecht. Wenn er ein Seil auswarf, würde er ihn sicher fangen können. Aus der Ferne drangen Stimmen und Lachen vom Fest des Königs an sein Ohr, und er wollte auch dort sein statt allein auf dem Steg. Obwohl König Björn den Schmieden wegen der Hochzeit drei Tage freigegeben hatte, hatte Ysja ihm gesagt, dass ein Gastmahl nichts für Sklavenkinder sei. Er war gezwungen gewesen, ihr zu versprechen, sich vom Festplatz fern zu halten, so lange das Fest andauerte, und das verwirrte ihn. Der König hatte schließlich gesagt, dass alle willkommen waren. Aber Ysja hatte ihm Prügel angedroht, wenn er nicht tat, was sie sagte, und da Toste daran gewöhnt war, allein umherzustreunen, dachte er, dass er sich auch so vergnügen konnte.

Am Vormittag hatte er mit anderen Sklavenkindern das Brautpaar angeschaut, und nach der Zeremonie waren sie zum Sklaventisch gegangen und hatten sich mit Speisen versorgt. Hin und wieder warf er einen Blick hinüber zu Ysja. Sie saß schön und strahlend am Tisch, aber sie sah ihn nicht.

Zusammen mit den anderen Kindern betrachtete er die Festlichkeiten aus der Ferne und folgte ihnen dann zur Bucht, um zu baden. Sie schwammen um die Wette, lachten und lärmten, bis die Kälte sie aus dem Wasser trieb und sie sich erschöpft ins Gras legten. Da merkte Toste, dass er lieber allein sein wollte.

Leise schlich er sich in den Wald und streunte ziellos umher. Er sog die Gerüche des Waldes ein, beobachtete Rehe und Eichhörnchen, lauschte den Vögeln und betrachtete die Schmetterlinge auf den offenen Lichtungen. Was würde geschehen, wenn Ysja den König heiratete? Würde er der Schmiede entkommen und Knappe am Königshof werden? Das wünschte er sich, denn ein guter Schmied war er nicht, und die Schnalle, die er für Ysja gefertigt hatte, war robust, aber sie war schief und krumm und nicht besonders schön. Nein, da wollte er lieber Lieder auswendig lernen wie die Troubadoure, ja, vielleicht würde ihm jemand zeigen, wie man Flöte und Laute spielte. Er hatte Musik aus der Ferne gehört, aber noch nie selbst ein Instrument versuchen können. Jetzt würde sich all das ändern.

Beschwingt lenkte er seinen Schritt zum Hafen hinunter. Dort würde er die Fische im Wasser beobachten können und vielleicht Musik vom Hofplatz hören und auf diese Weise wenigstens aus der Ferne am Fest teilnehmen können. Während er den kleinen Fischen zwischen den Pfählen zusah, hing er seinen Gedanken nach. Spät am Nachmittag saß er immer noch dort, als plötzlich aufgeregte Stimmen vom Hof zu ihm herüberdrangen, aber er nahm keine Notiz von dem Lärm.

Und in all der Aufregung dachte auch niemand an den Jungen. Am Abend legte er sich wie gewöhnlich auf die Bank zum Schlafen, und da er wusste, dass das Fest die ganze Nacht andauern würde, vermisste er seine Mutter nicht. Ysja würde noch früh genug zu ihm zurückkommen, und dann würde er alles über sein neues Leben erfahren. Zufrieden fiel er in einen tiefen Schlaf.

Das Hochzeitsfest wurde nicht unterbrochen, denn der König war noch immer nicht ganz zu sich gekommen und hatte noch nicht überrissen, was geschehen war, und die Wachen glaubten, dass Ysja bald aufwachen würde. Sie erklärten ihre Abwesenheit damit, dass sie Kopfschmerzen hatte und Ruhe brauchte, und das Beilager ließ auf sich warten, weil der König Rückenschmerzen hatte und sich schonen musste. Aber da König Björn allen, die es hören wollten, verkündete, dass diese Hochzeit mehrere Tage währen sollte, beunruhigte sich niemand. So lange die Hochzeitsgäste Essen und Trinken bekamen, waren sie zufrieden, und etwas so Unterhaltsames wie das Beilager war ein Ereignis, auf das man sich gerne freute.

Viele Gäste, die von weither gekommen waren, hatten viel zu erzählen, und sie unterhielten sich selbst und andere damit, von ihren Heldentaten in fremden Ländern zu berichten. Andere dichteten Lieder, tranken und sangen, und wieder andere waren so dreist, mit ihrem Mädchen in den Schuppen zu verschwinden. Dass weder der König noch Ysja an diesem Abend von sich Reden machten, schien niemanden zu verwundern, und der Bärenbändiger führte seinen Bären an der Kette herum und ließ ihn hie und da Purzelbäume schlagen oder die Schwerstbetrunkenen forttragen. Dann drehte er eine weitere Runde, und Großvater hielt den Gästen eine Schale hin, damit sie Silber hineinlegten.

Zwischenzeitlich wurde der König wieder klar im Kopf und fragte nach Ysja. Da beruhigten ihn die Wachen und versicherten, sie sei gerade auf dem Weg. Das musste Seine Majestät sofort mit einem Horn Met feiern, das er mit großen Schlucken leerte, und schon vergaß er sie wieder. Aber drinnen im Königshof brannten Öllampen und Bue Schönhaar und Erik wachten an ihrer Bettstatt.

Ysja war nicht mehr zu Bewusstsein gekommen, und obwohl Seher und Heiler, Zauberkundige und Aderlasser herbeigeholt worden waren, ging es ihr nicht besser. Ihr Kopf schwoll an und wurde blau, wo die Hufe ihn getroffen hatten. Nicht einmal die Blutegel halfen. Erik wachte über sie und versuchte, sie zum Reden zu bringen, jedoch ohne Erfolg.

Ysja starb am dritten Tag. Sie glitt in die andere Welt, ohne sich jemandem anvertrauen zu können. Erik wandte das Gesicht ab, damit niemand seine Tränen sah, und als der König die Nachricht erhielt, konnte er überhaupt nicht fassen, was geschehen war. Er schüttelte den Kopf, brüllte, schrie und stieß Schimpfworte aus. Darauf verbot er allen, über das Geschehene zu sprechen, und stürmte auf den Hofplatz. Er glaubte, Ysja würde bald wieder ins Leben zurückkehren, wenn das Fest nur weiterging, und er tat, als wäre nichts gewesen. Als der König selbst nichts sagte, wollte auch keiner der anderen den Gästen die Nachricht überbringen, denn alle warteten auf König Björns Worte.

Der König trauerte, aber um keinen Preis wollte er das jemanden wissen lassen. Sein Kopf war wieder klar und er erkannte, dass Freya der Hochzeit nicht zugestimmt hatte und es deshalb so schlimm geendet hatte. Er hatte den Zorn der Götter auf sich gezogen und er wollte verhindern, dass sein Volk dies herausfand. Viel zu viele christliche Großbauern waren um die Tische versammelt, und sie konnten den Vorfall an die große Glocke hängen. Die Gefahr war zu groß, dass das Gerede aufkam, er wäre alt geworden und die Götter hielten ihre Hand nicht länger über ihn, nein, es war das Beste, das stattliche Fest weitergehen zu lassen. Noch früh genug würden es alle erfahren, aber zu einem Zeitpunkt, der wohl gewählt war, und erst, nachdem er selbst herausgefunden hatte, was geschehen war. Sobald alle schlafen, frage ich Erik, dachte er.

Die Männer hatten sich in den Königshof zurückgezogen. Die Öllampen flackerten in der Halle, ein paar Fliegen surrten eigensinnig um die Metflecken auf dem Tisch und das harzige Brennholz knisterte im Feuer und sprühte Funken.

»Hier ist sie«, sagte Erik und gab dem König die Schnalle. »Wir haben sie im königlichen Sattel gefunden.«

König Björn war noch immer benommen, seine Glieder schmerzten, und er war niedergeschlagen. Beim Anblick der Schnalle wurde er noch blasser.

»Eine Schnalle im Sattel?« Er befühlte sie und rief dann aus: »Aber die ist ja geschliffen. Scharf wie ein Messer.«

Erik nickte.

»Ja, und ein Schurke hat sie im Sattel versteckt.«

Der König fuhr zusammen, sein Blick flackerte und sein Gesicht zuckte.

»Was sagst du da! Wer würde mir so etwas antun?«

Erik zögerte und aus tiefster Seele enttäuscht sagte er:

»Ich kenne diese Schnalle, sie gehörte Ysja.«

»Ysja? Aber woher weißt du das?«

»Ich erkenne sie wieder. Ihr Sohn Toste hat sie ihr geschmiedet, sie hat sie mir gezeigt. Und ich weiß, was Ysja bei sich zu tragen pflegte. Die Frau, die du heiraten wolltest, bedeutete auch mir sehr viel.«

Erik wollte sein Verhältnis mit Ysja nicht länger verheimlichen, er musste sagen, wie es war.

Dann würde der König vielleicht weniger trauern. Und früher oder später würde er die Wahrheit ohnehin erfahren.

»Du hast mir oft deine Sklavinnen angeboten, doch ich habe stets verzichtet«, fuhr Erik fort. »Aber Ysja erinnerte mich an Jorunn, meine Verlobte, die vor einigen Wintern starb. Vielleicht war das der Grund, warum sie eine solche Macht über mich bekommen konnte. Ich versuchte, mich von ihr fern zu halten, aber schließlich, ja, wurde sie mein.«

Es wurde still, und Erik fürchtete die Antwort des Königs.

»Dein? Aber sie habe ich dir nicht angeboten. Du weißt doch, wie …«

Seine Stimme stockte.

»Ich weiß«, fiel Erik ein. »Du hast sie angebetet, und ich versuchte zu widerstehen, aber es gelang mir nicht.«

»Du, von allen!?«

König Björn sprang auf. Sein Gesicht war blutrot und er brüllte:

»Du, du Untier, was hast du noch zu verbergen?«

»Nichts, das ist schon schlimm genug. Nach der Hochzeit wollte ich Ysja entsagen, das hatte ich mir geschworen. Und doch habe ich noch mehr zu berichten. Sie hat uns beide getäuscht. Ysja stammte nicht von Munsö, wie sie sagte, sie war nicht die, für die sie sich ausgab. Vor vier Wintern lief sie vom Snemunhof fort. Dort war sie Sklavin.«

Erik machte eine Pause und hielt die Schnalle hoch, dass der König sie sehen konnte.

»Und siehst du diese Schnalle hier, zu einer Waffe geschliffen? Verstehst du, dass sie dahinter steckt?«

Der König nahm Erik die Schnalle aus der Hand und hielt sie ins Licht. Sein Gesicht war aschfahl.

»Ysjas Schnalle, bist du sicher?«

»Ja, es ist die Schnalle, die Toste ihr geschmiedet hat, sie hat sie geschliffen und in den Sattel gesteckt.«

»Das könnte auch jemand anders getan haben.«

»Nein, sie trug diesen Riemenbeschlag immer bei sich, und wen außer Ysja hast du nach eigenem Gutdünken in den Stall gehen lassen?«

»Aber ein anderer Sklave könnte …«

»Niemals hätte Ysja es gewagt, einem Dritten so etwas anzuvertrauen. Außerdem hatte sie keine Vertrauten.«

Die beiden Männer schwiegen.

Wer war sie, diese geheimnisvolle Frau, die sie so lieb gewonnen hatten? Und wie hatten sie sich so in die Irre führen lassen können? König Björn nahm wieder auf seinem Hochsitz Platz.

»Dann wollte Ysja mir schaden«, murmelte er traurig. Seine Augen glänzten und seine Hände zitterten. »Aber warum? Ich verstehe das nicht, ich habe alles für sie getan«, rief er aus. »Wem außer mir hat sie etwas angetan?«

Eriks eigener Schmerz war Müdigkeit und Zorn gewichen und plötzlich merkte er, dass er Mitleid mit dem König empfand. Er trat vor die Bank mit den hohen, verzierten Lehnen und legte seine Hände auf die Schultern des Königs.

»Es tut mir sehr Leid für dich, für uns beide, aber vielleicht war es so am besten.«

»Und ich glaubte, sie hätte mich gern«, seufzte der König.

»Sie hat uns beiden den Kopf verdreht. Wer unehrliche Absichten hegt, dem gelingt so etwas.«

»Das stimmt, und dennoch …«

»Aber ich begreife nicht, warum sie die Schnalle in den Sattel gesteckt hat, ich weiß, dass sie dich gern hatte«, sagte Erik tröstend.

Der Blick des Königs verdunkelte sich und seine Stimme wurde schroff.

»Hier glaubt man sich von Verbündeten umgeben, und dann geschieht so etwas. Und du, wie konntest du sie mir nehmen, obwohl du wusstest, wie viel sie mir bedeutet?«

»Ich wollte das nicht, aber ihre Kraft war zu groß. Ich hatte allen Verstand und jede Vernunft verloren. Vergib mir.«

Der König schüttelte den Kopf, schloss und öffnete die Hände. Dann lachte er plötzlich auf, laut und schallend.

»Vernunft, ja, das ist wahr. Meine hat sie mir auch geraubt. Ich werde niemals klug aus den Frauen. Sie sind so wechselhaft wie das Aprilwetter.«

Der König wandte sich an Erik, sein Blick hatte sich aufgehellt.

»Eigentlich sollte ich dich zum Zweikampf herausfordern oder dich für alle Zeiten vom Königshof verweisen, aber lass uns über diese Sache nicht Feinde werden. Das ist Ysja nicht wert. Sie hat mich auch verblendet, ich kann dich verstehen. Und du hast mir die Wahrheit gesagt, das ehrt dich.«

Der Wind hatte nachgelassen, und aus der Ferne klangen die Geräusche der Nacht. Der König hatte nach dem Schenk geschickt, und nun tranken die Männer schweigend und nachdenklich ihren Fruchtwein. Sie trauerten beide, aber sie fühlten sich auch erleichtert. Nach einer Weile stand Erik auf, ging zum Tisch und ergriff die Schnalle. Langsam drehte er sie zwischen den Fingern. Plötzlich blickte er auf.

»Der Junge«, platzte er heraus. »Der Sohn ist nicht ihrer.« Mit einem Mal wurde er ganz aufgeregt. »Ysja verschwand am selben Tag vom Snemunhof wie Toste. Und das war vor vier Wintern, als er vier Jahre alt war.«

»Ja?«, der König sah ihn fragend an.

»Ysja war außerdem immer sehr darauf bedacht, dass ich ihm nicht begegne.«

»Ich verstehe nicht …«

»Nicht einmal bei der Hochzeit durfte Toste dabei sein.« Eriks Worte kamen zögerlich. »Auch mein Toste wäre dieses Jahr acht Winter alt geworden.«

»Ja, aber er ist doch tot, ertrunken.«

»Nein, ich glaube nicht daran, niemand hat ihn gefunden, und sein Wiedergänger ist nie umgegangen. Ich weiß, dass er lebt.«

»So beruhige dich doch …«

»Verstehst du nicht? Ysja war nicht Tostes Mutter, und dieser Junge ist genau so alt, wie mein Sohn jetzt sein würde. Und sie sind am selben Tag verschwunden.«

»Hm«, der König strich sich über den Bart. »Ich beginne zu verstehen. Wer einmal Böses tut, tut immer Böses. Du meinst, dass sie Toste geraubt haben könnte?«

»Genau das.«

»Den Sklavenjungen? Den in der Schmiede?«

»Ja, das muss er sein. Aber wo ist er jetzt?«

»Sie haben heute nach ihm gesucht, aber keiner weiß, wo er sich aufhält.«

»Nein, sag das nicht!«, Eriks Stimme wurde schrill. »Hilf mir, wir müssen ihn finden!«

17

Besinnungslos lief Toste geradewegs in den Wald. Gestrüpp und Zweige zerschrammten seine Beine und Arme, aber er lief einfach weiter. Tränen strömten seine Wangen hinab. Er dachte nicht einmal darüber nach, wohin er rannte, er floh wie ein verängstigtes Tier. Manchmal stieß er gegen Baumstämme, mitunter musste er über Gräben springen, sich an umgestürzten Bäumen und Wurzeln vorbeischlängeln, aber nichts konnte ihn aufhalten. Erst als er über einen Felsen stolperte und sich das Knie aufschlug, schluchzte er und blieb liegen. Der Meisterschmied hatte ihm gesagt, dass Ysja tot, dass seine Mutter in die andere Welt verschwunden war. Ein Pferdehuf hatte sie am Kopf getroffen, und es war so schnell gegangen, dass sie nicht einmal mehr Angst bekommen konnte. Ihr Tod war ohne Qualen gekommen, aber jetzt war er allein. Ganz allein.

Toste setzte sich mühsam auf, wischte das feuchte Moos von seinen Hosen und schlang die Arme um die Knie. Wieder wanderten seine Gedanken zu dem, was geschehen war. Erst hatte er den Schmied angeschrien und auf ihn eingeschlagen, hatte nicht geglaubt, was er sagte, aber als Ysja in die Schmiede getragen worden war und er sie selbst gesehen hatte, hatte er zu zweifeln begonnen. Doch dann entschied er sich: Sie schlief nur, bald würde sie aufwachen, da war er sicher. Er sank an ihrer Seite nieder und weigerte sich, ihre Bettstatt zu verlassen. Zum Schluss hatte der Schmied ihn hinaus auf den Hügel gezwungen, und als er wieder hineingehen wollte, hatte der große, grobe Mann in der Tür gestanden und ihn daran gehindert.

»Du musst warten. Erst muss der König die Hochzeit absagen«, hatte er gesagt. »Dann kannst du reinkommen und dich von ihr verabschieden.« Da wollte Toste nichts mehr hören, sie war doch gar nicht tot! Und er riss sich vom Meisterschmied los und rannte davon. Warum sollte Toste ihm vertrauen? Diesem grobschlächtigen Eisenbändiger, der nie mit seiner Arbeit in der Werkstatt zufrieden gewesen war, der fortwährend fluchte und ihn verspottete. Nein, der Meisterschmied sagte nicht die Wahrheit, er log! Bald würde Ysja sich erholen, alles andere war nichts als eine böse Lüge!

Toste stand auf, versuchte sich auf das verletzte Bein zu stellen. Es schmerzte leicht. Der Stoff seiner Hosen scheuerte gegen die Wunde, aber er lief weiter, wenn auch langsamer.

Gegen Abend erreichte er einen kleinen Bach und beugte sich hinunter, formte seine Hände zu einer Schale und trank. Das Wasser kühlte angenehm, und er fühlte sich ein wenig besser. Aber er war müde. Seine Schenkel hatten tiefe Kratzer im Wald abbekommen, seine Füße taten weh. Er blieb am Bachbett sitzen, brach einen Zweig ab und begann damit auf die Wasseroberfläche zu schlagen, dass sich Ringe bildeten, die immer größer wurden und zu immer flächigeren Mustern wuchsen. Wenn er nun nach Hause zurückkehrte, würde er zur Nacht in der Sklavenhalle sein. Dort würde Ysja sicher auf ihn warten. Und sobald sie am nächsten

Morgen erwachten, würde er sie bitten, ihn zum Schmied zu begleiten. Dann würde der Meisterschmied selbst sehen können, wie sehr er sich geirrt hatte.

Sofort war Toste leichter ums Herz, er bohrte den Zweig auf den Grund des Baches und wirbelte Schlamm auf. Das Wasser wurde trüb, aber er hatte keine kleinen Fische aufgescheucht. Er wurde der Sache überdrüssig, stand auf und trocknete sich die Hände an der Hose ab. Nein, es war besser, er ging zurück. Er war hungrig und Ysja hatte ihm sicher schon das Essen bereitet.

Toste machte sich auf den Weg, aber er fand sich nicht mehr zurecht. Woher war er gekommen? Einen ganzen Tag lang war er gewandert, und so weit fort vom Königshof war er noch nie gewesen. Er musste im Kreis gelaufen sein. Ratlos ging er ein Stück, kehrte um und begann wieder von vorn. Wald und Boden um ihn herum schienen dieselbe Farbe zu haben, dieselben grauen, grünen und braunen Abstufungen überall. Zweige, Felsplatten und Wurzeln flossen gleichsam ineinander. Wenn er dem Fluss folgte, würde er vielleicht vorwärts kommen. Er wusste, dass Bäche in größere Wasserläufe oder Seen mündeten. Dieser hier führte sicher irgendwo auf der Insel ins Meer, und von dort würde er nach Hause finden. Ja, so würde er es machen, er würde dem Bach folgen.

Langsam begann er, das Bachbett entlangzuwandern, folgte dem flachen, sumpfigen Ufer, wich Haselbüschen und Erlen aus, musste um Felsen herumklettern, aber er verließ den schwarzen, gewundenen Wasserlauf nicht. Es wurde kälter, die Dämmerung senkte sich mit ihrem blauen Licht, Feuchtigkeit stieg vom Boden auf, und bald suchte sich die Kälte einen Weg in seine Kleider.

Beißend kroch sie unter Hosen und Rock, klammerte sich an ihm fest und kühlte ihn aus. Er begann zu frieren, dachte, dass er längst zu Hause sein müsste.

Müdigkeit überfiel ihn, und immer öfter musste er sich setzen und sich ausruhen. Es war ganz dunkel geworden, und seine Angst wuchs. Nie war er so spät alleine draußen im Wald gewesen, und die Geräusche der Nacht erschreckten ihn. Er biss die Zähne zusammen und blickte himmelwärts zu den Baumkronen, suchte einen Wegweiser in dem Dunkel, aber der Mond war neu und gab nicht genügend Licht.

Was wäre, wenn es Bären im Wald gab? Seine Mundwinkel bebten, und ein Schauern durchfuhr den dünnen, zarten Kinderkörper. Toste setzte verängstigt seinen Weg fort.

Plötzlich glaubte er einen grauen Schatten zu sehen, der zwischen den Bäumen verschwand. Ein Wolf? Nein. Kobolde? Er schauderte. Diese unterirdischen Wesen konnten einem Krankheiten anhexen. Er begann zu rennen und machte einen großen Umweg um den Platz, wo der Schatten verschwunden war. Heim, murmelte er, heim zu Ysja.

Er war böse auf sie gewesen, hatte geschimpft und getobt und mit seinen Fäusten auf sie eingetrommelt, weil sie ihn nicht zum Hochzeitsfest gehen lassen wollte. Jetzt tat es ihm Leid, und er würde sie um Verzeihung bitten, wenn er sie nur wiedersehen durfte. Toste lief schneller, aber er konnte die Ställe noch nicht riechen und er hörte auch keine Stimmen vom Königshof.

Auch am folgenden Tag lief Toste. Er verließ den Bach, denn der schien ihn nicht in die richtige Richtung zu führen, änderte seine Meinung, aber fand ihn nicht wieder. Es regnete, und der Stoff seiner Hosen klebte ihm an den Beinen. Er war durchnässt, seine Kleider waren zerrissen und seine Schuhe kaputt, aber er blieb nicht stehen. Er ging, er schleppte sich voran, müde und völlig erschöpft. Schließlich taumelte er, sank zu Boden und stand wieder auf. Am Abend entdeckte er eine Wurzel, an der er schon einmal vorbeigekommen war, und begriff, dass er immer nur im Kreis lief. Dann fand er den Bach wieder und legte sich erschöpft zwischen zwei Felsplatten. Ich will nur einen Moment verschnaufen, dachte er, nicht schlafen, nur ein bisschen ruhen. Und die Kälte kroch über den mageren Jungenkörper.

Hoffentlich frischte der Wind nicht auf. Harald Sigurdson stand am Vordersteven und spähte gen Himmel. Mit dem nasskalten Nebel wurde er schon fertig, aber wenn der Wind stärker wurde, würde es schwer, die Schiffe für einen gemeinsamen Angriff zu versammeln. Noch war es ruhig, aber einige der Schiffe waren beim Auflaufen beschädigt worden, und er musste ins Lee kommen und sie überholen. Aber er musste schnell sein. Es roch nach Feuer, und er fürchtete, dass die Signalfeuer entzündet worden waren. Ihr Auflaufen auf die Sperre konnte nicht unbemerkt geblieben sein. Sein Gesicht zuckte nervös, wie immer wenn er angespannt war, und sein Blick wanderte zu den Schilden an den Schiffsseiten. Der Angriff musste so bald wie möglich stattfinden, um den Feind zu überraschen, denn diesmal war er auf sich allein gestellt. Hergeir, der Häuptling, der früher sein Verbündeter gewesen war, war mit den Jahren fromm und bußfertig geworden und schien seit einiger Zeit nichts anderes zu tun, als zu beten. Auf diesen Mann konnte man sich nicht mehr verlassen.

Harald hatte gehört, dass Hergeir so christlich geworden war, dass er den Gedanken, das Christentum mit Gewalt einzuführen, ganz aufgegeben hatte. Nunmehr predigte er nur Frieden und Einvernehmen und er fand, wer einer anderen Lehre angehörte, sollte im Geiste überzeugt und nicht mit der Macht der Waffen gezwungen werden. Als Harald zuerst von Hergeirs Wortbruch gehört hatte, war er rot angelaufen und hatte sein Schwert hart in den Schiffsrumpf gestoßen. Einst hatten er und Hergeir geschworen, gemeinsam ganz Birka zu bekehren, jetzt hatte sein Verbündeter ihn im Stich gelassen, und er musste alles allein entscheiden. Nur gut, dass er so viele Männer angeheuert und so zahlreiche Schiffe gerüstet hatte!

Wenn nur König Björn keine weiteren Sperren ins Wasser hatte bauen lassen. Zweihundert Stadien Steine und Holz quer durch den Sund, wer hätte das vorhersehen sollen? Und Gott gebe, dass er nicht noch die Burg verstärkt, neue Drachenschiffe gebaut und sein Volk bewaffnet hatte. Dann konnte das Unterfangen böse enden. Andererseits, Harald hatte seine Katapulte und eine große Flotte, wie sie niemand zuvor im Reich der Svear gesehen hatte. Außerdem beabsichtigte er, die Walküren einzusetzen.

Er hatte ihre beiden Schiffe Kurs auf Adelsö und König Björns Königshof nehmen lassen. Mit List und Tücke sollte es ihnen gelingen, den König zu überwältigen. Und Astrid Mannszunge hatte sich die Haare über der Oberlippe gekratzt, ihr Gemüt hatte sich aufgehellt und sie war zufrieden darüber, solches Vertrauen zu genießen. Denn seit Harald sie in seinem maßlosen Zorn Kröte genannt hatte, war sie noch eigensinniger gewesen als sonst, doch nun schien alles vergessen zu sein. Sie hatte geradezu glücklich ausgesehen, als sie mit ihrem Schiff davonsegelte. Wie es für die Frauen gehen würde, wusste er nicht, aber die Wachen würden sie sicher ablenken. Dann konnte er unbemerkt nach Birka gelangen. Seine Augen verengten sich zu schmalen Schlitzen, und er lächelte höhnisch. Astrid Mannszunge und ihre Walküren ... endlich hatte er Verwendung für sie gefunden.

Es war früher Morgen, und Birka schlummerte noch. Das Meer war glatt und ruhig, Häuser und Straßen spiegelten sich in der dunklen Wasseroberfläche. Die Sonne ging langsam auf, aber noch hatte sie den Burgberg nicht erreicht. Der Erdwall wirkte dunkel und bedrohlich, und die spitzen Holzpalisaden mit den Wachtürmen wirkten kalt und feindlich.

Auch die Pfahlreihe, die in einem großen Bogen im Wasser die Stadt umringte, sah Furcht einflößend wie große Reißzähne aus, und bei dem Anblick wurde es Ragnar Weitfahrer mulmig.

»Es scheint, als wäre ich hier nicht willkommen und als sollte ich nicht an Land gehen«, sagte er unsicher. »Wäre es nicht besser, wenn du allein gehst und mit den Deinen sprichst und ich nachkomme?«

Estrid ließ das Ruderblatt im Wasser ruhen und sah Ragnar an. Sie waren mit einem kleinen Handelsschiff aus dem Osten hergesegelt, und auf Munsö hatten sie ein Boot leihen können. Estrid hatte nicht die Geduld aufgebracht, auf den Fährmann zu warten, sie wollte sofort nach Hause.

»Ich habe mich so danach gesehnt, hier mit dir an Land zu gehen«, begann sie. »Ich dachte, wir könnten durch die Stadt spazieren, bevor jemand erwacht, nur du und ich. Aber ich habe wohl mehr geträumt als gedacht. Das kann für dich kein Vergnügen sein. Du hast Recht, es ist am besten, wenn ich erst alles mit Erik kläre.«

»So ist es wohl. Aber auch ich habe, glaube ich, nicht genug nachgedacht. Möglicherweise wird es seine Zeit brauchen, bis du mir nach Torslunda folgen kannst.«

»Ja, aber du wartest doch?« Estrid blickte ihn unruhig an.

»Bin ich nicht den ganzen Weg mit dir nach Birka gekommen, obwohl es eigentlich meine Absicht war, länger im Gårdarik zu bleiben?« Ragnar lächelte sie an.

»Doch, aber was hättest du tun sollen? Du glaubtest doch nicht, dass ich ohne dich nach Torslunda gehen würde?« Estrid ergriff seine Hand. Schweigend betrachteten sie die Häuser und Straßen, die das Morgenlicht zu erhellen begann, und Ragnar dachte, dass er trotz allem bei Estrid bleiben sollte. Aber er konnte seinen Hof nicht den Ratten überlassen, früher oder später musste er zurück. Dann würde er Estrid mitnehmen. Die Zeit, die sie gemeinsam verbracht hatten, war so unbeschwert gewesen. Niemals hatten sie harte Worte gewechselt, nein, sie hatten stets Freude daran, dem anderen nah zu sein, zusammen zu arbeiten und Dinge gemeinsam zu erleben. Nicht einmal jetzt, als die Anspannung wuchs, je näher sie Birka kamen, hatten sie Meinungsverschiedenheiten gehabt. Estrid würde mit Erik reden, und sie hatte versprochen, ihm zu sagen, dass sie jetzt mit Ragnar Weitfahrer aus Torslunda leben wollte. Aber sie wollte Rurik bei sich haben, denn er war ihr Kind, und ohne ihn konnte sie nicht sein. Es war der größte Fehler ihres Lebens gewesen, den Jungen zu verlassen, aber nun würde sie alles wieder in Ordnung bringen.

Ragnar schielte zu der Frau hinüber, die er liebte und die immer an seiner Seite gewesen war seit dem Tag, an dem er sie am Fluss gefunden hatte. Nie hätte er geahnt, dass die erste Begegnung zu etwas so Tiefem und Wertvollem wie ihrer Liebe führen könnte. Dass sie ihm so wichtig geworden war!

»Ragnar!« Plötzlich fühlte er, wie ihre Hand ihn streichelte, und als er den Blick hob, sah er in ihre hellen, glitzernden Augen. Ihm wurde warm ums Herz, als er sie so sah, als loderte eine Flamme durch seinen Körper. »Ragnar, setz mich an der Brücke ab, dann gehe ich zuerst zu Erik. Vielleicht dauert es nicht so lange. Vielleicht ist er froh über meinen Entschluss. Dann komme ich mit Rurik zu dir zurück. So ungeduldig wie Erik ist, hat er sich sicher eine neue Frau gesucht, sowie ich mit dem Schiff hinter der ersten Landzunge verschwunden war.«

Sie zeigte nach Grönsö hinüber und lachte auf, verstummte und ertappte sich im selben Moment dabei, dass ihr dieser Gedanke nicht gefiel. Erik mit einer neuen Frau? Hatte er sein Versprechen wirklich nicht gehalten? Und Ragnar Weitfahrer auf der Achterducht sah nachdenklich aus. Sie hatte es so leicht dahingesagt, eine Angelegenheit, die sich schnell und problemlos ordnen ließ. Aber so war das Leben nicht, sie irrte sich. Wahrscheinlich würde er eine ganze Weile auf sie warten müssen. Aber er sagte nichts, sondern schwieg.

Die Sonne stieg höher, hinein in den beginnenden Dunst. Hähne krähten in den Hofgärten, und eine Gruppe Sklaven war zu sehen, die aus dem Haus traten, auf dem Weg zum Melken. Bald begannen Fuhrwerke und Karren über die Holzplanken zu klappern. In der Ferne waren die Wachen auf den Türmen zu erkennen.

»Nein«, sagte Estrid plötzlich. »Ich will noch nicht an Land. Wir sind die ganze Nacht gerudert, und ich bin müde. Ich weiß nicht, was ich sage, wenn Erik ärgerlich wird und nicht einverstanden ist. Das bewältige ich nicht, nicht jetzt.«

»Sondern?«

»Wir rudern stattdessen nach Grönsö und ruhen uns dort aus. Dann verspreche ich, Erik aufzusuchen. Aber lang wird die Pause nicht werden, ich sehne mich so nach Rurik.«

»Nun haben wir mehr als einen Mondumlauf Zeit gehabt, deine Heimkehr zu planen, und trotzdem ist es uns nicht einmal gelungen zu entscheiden, wie wir es machen sollen.«

Sie sahen einander an und lachten. Dann wendete Estrid das Boot in Richtung Grönsö und legte wieder Kraft in die Ruderschläge. Sie ruderte mit entschlossenen Zügen und während sie über den Fjord blickte, dachte sie nach. Was war in sie gefahren? Sie hatte Ragnar den ganzen weiten Weg nach Birka gelockt und war so sicher gewesen, dass sie es so wollte. Nie wieder Eriks Ungeduld und Abenteuerlust, nie mehr würde sie allein und verlassen zurückbleiben, wenn er auf Wikingfahrt ging. Mit Ragnar Weitfahrer würde so etwas nicht geschehen, mit ihm würde sie ihren Frieden finden. Von ihm bekam sie Zärtlichkeit und Liebe, und er war immer eine Quelle der Freude. Darum hatte sie sich entschieden, für immer mit ihm zu leben. Die Fürsorge und Zärtlichkeit zwischen ihnen schien endlos zu sein. Es war nicht das stürmische Begehren wie mit Orfrim und auch nicht die warme Freundschaft, die zwischen ihr und Erik bestand. Bei Ragnar Weitfahrer war es, als vereinigte sich beides, Freundschaft und Liebe.

Schon in Holmgård hatte sie ihre Entscheidung getroffen. Es war ihr plötzlich ganz selbstverständlich vorgekommen, und er hatte lachend zu ihr gesagt, dass er natürlich mit nach Birka käme, und dann führen sie vielleicht weiter nach Torslunda, denn er beabsichtige, sie zur Frau zu nehmen. Es hatte sich so richtig angefühlt, und sie waren so glücklich gewesen. Aber jetzt? Als sie Birka aus dem Meer auftauchen sah, Luft und Licht geatmet und gespürt hatte, beschlich sie der erste leise Zweifel. War es das, was sie wollte? Wollte sie die Stadt verlassen, um weit entfernt auf einem großen Hof mit Ragnar Weitfahrer zu leben?

Der Kiel schrammte über den Grund, und Ragnar half Estrid aus dem Boot. Zusammen zogen sie es ans Ufer. Es begann feucht zu werden, in der Ferne türmten sich hohe Regenwolken auf.

»Manchmal rudere ich hierher. Grönsö ist herrlich

und liegt so nahe der Stadt, und dennoch kann man hier ganz ungestört sein«, sagte Estrid und blickte an Land.

»Ungestört?«, rief Ragnar mit belustigtem Blick aus, fasste sie um die Hüfte und zog sie an sich. Sie kicherte und löste sich aus seiner Umarmung, aber er hielt sie fest. Seine Lippen suchten ihre und der Griff um ihren Körper wurde fordernder.

»Nicht hier«, presste sie hervor, aber sein Mund brachte sie zum Schweigen.

Er küsste ihre Lippen und ihr Gesicht und wurde immer fordernder. Im nächsten Augenblick fanden seine Hände den Weg unter den Leinenstoff. Wie weich und warm seine Hände waren; seine Berührungen ließen ihren Körper erschauern. Ihr Atem ging schneller, und sie fühlte die Hitze wachsen. Es ist lange her, dachte sie, und ich sehne mich danach. Als fürchteten sie, dass etwas Böses geschehen würde, drückten sie sich eng aneinander und sanken auf den Boden. Am Strand begegneten sie sich in einem gewaltigen Rausch und besaßen einander vollkommen, und Estrid wünschte, dass ihre Umarmung niemals endete.

Toste wurde von fremden Stimmen geweckt. Sie klangen gedämpft, wurden lauter, und als er die Augen wieder aufschlug, standen zwei Männer über ihn gebeugt. Noch halb im Schlaf erahnte er diese Menschen nur, aber er wusste nicht, wo er sich befand oder wer die Fremden waren.

Dann erkannte er plötzlich eine der Stimmen, die sprachen.

»Hier ist der Junge«, sagte der Meisterschmied und

schob ein paar Zweige beiseite. Toste wich zurück, jeder seiner Muskeln war angespannt. Würde er jetzt Prügel bekommen? Ängstlich sah er sich nach einem Fluchtweg um.

»Toste!«

Ein blonder Mann kniete sich neben ihn und musterte ihn verwundert.

»Bist du es, bist du es wirklich?«, stieß er hervor, und in seiner Stimme mischten sich Staunen und Zweifel. Dann stand er plötzlich auf und schrie es hinaus: »Das ist Toste. Toste lebt!«

Der Fremde legte Tostes Arme um seinen Hals und hob ihn hoch, als wäre er ein kleiner Junge. Lachend setzte er ihn wieder ab.

»Toste, ich bin es, Erik. Erkennst du mich nicht mehr?«

Der Junge blickte den Fremden fragend an. Der stupsnasige Mann sah freundlich aus, hatte lockiges Haar und sein Gesicht war braun gebrannt und wettergegerbt. Sein Blick war fest, seine Haare standen wirr um den Kopf und in seinem kurzen, hellen Bart steckten ein paar Tannennadeln. Seine Hände waren grob und breit wie Mahlsteine, und wenn er lächelte, erschien eine große Lachfalte über seiner Nase.

Toste betrachtete reglos den Mann vor sich. Wer war er, und warum war er zusammen mit dem Schmied gekommen? Dann fiel ihm wieder ein, was geschehen war. Der Meisterschmied hatte ihm erzählt, dass seine Mutter tot war. Trotzig drehte er sich zu diesem böswilligen Lügner um.

»Mama lebt«, sagte er kurz. Weiter kam er nicht, denn

seine Augen füllten sich mit Tränen und die Worte blieben ihm im Hals stecken. Erik sah den Knaben hilflos an, dann legte er freundschaftlich seine Hand auf Tostes Arm.

»Ich weiß, es ist schwer für dich.«

»Nein!«, schrie Toste gellend, schlug sich die Hände vors Gesicht und schüttelte verzweifelt den Kopf. Erik versuchte, ihn an sich zu ziehen und ihn zu trösten, aber er schrie und schlug sich frei.

»Mama ist zu Hause! Sie hat versprochen zurückzukommen und …«

In dem Moment riss dem Meisterschmied der Geduldsfaden, er bückte sich und schlug Toste ins Gesicht.

»Hör doch, Junge, verstehst du nicht, was wir sagen? Deine Mutter ist tot.«

»Es war wohl kaum nötig, den Jungen zu schlagen«, sagte Erik mit unüberhörbarem Zorn in der Stimme. Dann wandte er sich wieder an Toste. »Es ist nicht alles so furchtbar, wie du glaubst. Komm, dann gehen wir nach Hause.«

Das Kind weinte jetzt hemmungslos, Tränen liefen seine Wangen hinunter, und es schluchzte, dass es kaum Luft bekam.

»Erinnerst du dich an mich?« Erik versuchte es wieder. »Kennst du noch das Strohhaus und den Hof auf der anderen Seite des Fjordes?«

Toste schüttelte den Kopf.

»Denk daran, wie wir zusammen mit dem Boot zum Fischen gefahren sind …«

Toste sagte noch immer nichts, aber das Weinen hatte nachgelassen. Er erkennt mich nicht, dachte Erik.

Aber er ist es, und ich habe die ganze Zeit Recht gehabt. Toste lebt und er ist hier. Wenn ich ihn nur erst nach Birka mitnehme, dann wird er sich anfangen zu erinnern.

Obwohl Toste ihn nicht erkannte, wollte Erik seine Freude herausschreien. Sein Traum, dass der Junge eines Tages zurückkommen würde, war in Erfüllung gegangen, und er war sicher, dass der Knabe sich früher oder später wieder erinnern würde.

In diesem Moment flogen seine Gedanken zu Estrid, und er wünschte, sie wäre bei ihm und könnte seine Freude teilen. Wie glücklich sie darüber gewesen wäre, ihren Sohn wiederzuhaben! Bei diesem Gedanken wurde ihm klar, welche Freude es wäre, sie wiederzusehen. Als seine Besessenheit von Ysja am größten gewesen war, hatte er nicht einmal mehr an Estrid gedacht.

»Wir müssen ihn mitnehmen«, entschied der Meisterschmied ruhig und nickte zu Toste. »Er beruhigt sich schon noch.«

»Stell dir vor, vier Jahre lang war er verschwunden, und alle glaubten, er sei tot. Dabei war es Ysja, die sich um ihn gekümmert hat.«

»Woher weißt du das?«, fragte der Schmied.

»So muss es gewesen sein. Sie lief am selben Tag vom Snemunhof fort, als Toste verschwand. Da war er vier Winter alt und heute ist er acht. Ysja war kinderlos. In vier Jahren kann sie keinen Jungen von acht bekommen haben. Das einzige Kind, das sie geboren hat, wurde im Wald ausgesetzt.«

»Und so hat sie Toste an dessen Stelle genommen?«

»Ja, so muss es zugegangen sein.«

»Er ist ein grüblerischer Gesell, dieser Junge«, sagte

der Schmied. »Ich habe mich oft darüber gewundert. Und er ist nicht eben geschickt mit den Händen, scheint lieber für sich zu sein und zu denken. Aber er fischt gern.«

»Das habe ich ihm beigebracht.«

»Wenn das so ist, nimm ihn mit ins Boot, vielleicht erinnert er sich dann, wer du bist.«

»Da hast du Recht.«

Die Männer begannen zum Königshof zurückzuwandern, Toste zwischen sich. Er war klamm und durchgefroren und wunderte sich über das Gespräch der Männer. Sollte er den Fremden wirklich von früher kennen, den mit den Lachfalten über der Nasenwurzel und der freundlichen Stimme? Hatte dieser Mann ihn das Fischen gelehrt? Toste grübelte. Aber er war müde und hungrig, wollte nur noch zum Königshof zurück und wollte, dass Ysja zu Hause auf ihn wartete.

Sie erreichten das Grubenhaus am späten Nachmittag, und die Frau, die einst den Mund verzogen und sich über Ysja beschwert hatte, glotzte ungläubig, als Erik und der Meisterschmied mit Toste vorbeigingen. Als sie die Halle erreichten, rannte Toste zur Tür und öffnete sie eifrig, doch dann blieb er auf der Schwelle stehen. Seine Unterlippe zitterte, als er sich umsah. Niemand war da. Erik kniete sich vor ihn, ließ den Jungen in den Hemdenärmel schnauben und strich ihm sacht übers Gesicht.

»Ysja ist tot, aber ich habe mit dem König gesprochen«, sagte er müde. »Du kannst mit mir nach Birka kommen. Und du musst auch nie mehr in der Schmiede arbeiten.«

Toste hörte nicht, er riss sich los und rannte in den Raum.

»Mama, wo ist meine Mama?«

Er schrie und trat in seiner Verzweiflung gegen die Bänke. Erik wartete, bis der Junge sich wieder beruhigt hatte. Dann nahm er die Hand des Knaben und ging mit ihm zur Schmiede. Toste sollte Ysja ein letztes Mal sehen, bevor sie beerdigt wurde.

Erst dann würde Erik wieder versuchen, sich dem Jungen zu nähern. Und er musste ihm sagen, dass Ysja niemals seine Mutter gewesen war.

Der Wind kam vom Wasser und kleine Wellen gurgelten im Kies.

»Vielleicht solltest du jetzt gehen«, sagte Ragnar und streichelte Estrids Wange.

Sie lagen noch immer in ihrer Umarmung, als wollten sie sich aneinander festhalten, um die Nähe zwischen ihnen nicht zu zerstören. Beide scheuten sich vor einer Entscheidung, als hätten sie Angst, dass sie zum Schluss doch scheitern könnten.

»Ja«, sagte sie und seufzte schwer.

»Reist du weiter nach Torslunda?«

»Nein, ich habe nicht vor, dich hier allein zurückzulassen und ohne dich heimzukehren. Ich werde ins Schankhaus gehen, dann können wir uns treffen, wenn die Zeit dafür gekommen ist.«

Estrid schenkte ihm ein zärtliches Lächeln. Wie verständnisvoll er war, so ruhig und klug. Kein Wunder, dass es ihr in seiner Nähe gut ging.

»Ich hoffe, es wird schon morgen so weit sein«, sagte

sie, aber sie spürte sofort, dass das, was sie sagte, falsch klang. Wie sollte sie ihr Leben mit Erik so schnell ordnen können?

»Estrid, du musst dich nicht beeilen. Ich kann verstehen, wenn es seine Zeit braucht.«

»Dann übermorgen?«, antwortete Estrid in einem Versuch heiter zu wirken. Aber auch das klang irgendwie falsch. Erik und Rurik – sie sehnte sich nach ihnen; aber sie hatte auch Angst. Was geschah, wenn Erik sich weigerte, den Jungen fortzugeben? Was sollte dann werden?

»Sag keinen Tag, Estrid. Du musst mit dem, was du tust, zufrieden sein, es muss sich richtig anfühlen.«

»Wie gut, dass du genug Silber hast. Dann kannst du mehrere Tage, nein, Monde, im Schankhaus bleiben«, sagte Estrid in einem neuerlichen Versuch, ihre Unruhe zu vertreiben.

Mit einem Mal war er gekommen, der Zweifel … er hatte ihre Sinne heimgesucht und sie bedrängt, als sie sich der Heimat näherte, und sie konnte nichts dagegen tun. Was wusste sie von Erik und Rurik, ja, was wusste sie von der Zukunft? Estrid streichelte Ragnar über die Wange.

Einen kurzen Augenblick wollte sie ihm sagen, dass sie ihn liebte, aber die Worte wollten nicht gelingen.

Stattdessen sagte sie:

»Ich bin so glücklich mit dir. Versprich, dass du auf mich wartest!«

»Ich bin da, wo du bist, und wenn du mit Erik übereingekommen bist, können wir wieder zusammen sein. Nicht nur in Torslunda, ich möchte, dass du auch mit mir ins Gårdarik kommst.«

»Ins Gårdarik?«

»Ja, nach Holmgård und Miklagård, wo ich meinen Handel treibe. Wir müssen zusammen reisen und uns nahe sein. Immer. Ich liebe dich so sehr.«

Das Gårdarik? Estrid verstummte, glitt aus seiner Umarmung und stand auf. Und Rurik? Sie strich die Falten aus ihrem Kleid, richtete sich das Haar und sah auf das Wasser hinaus. Ganz gleich, was sie tun würde, es würde schwer. Dieses Mal musste sie sorgfältig nachdenken.

Erst als Toste Ysja noch einmal gesehen hatte, begann er zu verstehen. Ihr Gesicht sah aus, als würde sie schlafen, aber sie war so seltsam still und stumm. Ihre Gestalt war dünn und zerbrechlich und alles, was sie gewesen war, war gleichsam verschwunden.

Erik schielte scheu zu ihm hinüber. Toste weinte nicht mehr, aber er reagierte auch nicht auf Ansprache. Wortlos verließen sie die Schmiede. Zumindest weigert er sich nicht, mit mir zu kommen, dachte Erik und versuchte sich zu trösten. Wenn wir nach Hause kommen, kennt er sich vielleicht wieder aus. Auch er vermisste Ysja. Sie war gut zu ihm gewesen, und sie waren glücklich zusammen gewesen. Obwohl sie etwas so Verwerfliches getan hatte, konnte er auch das sehen, was im Verborgenen lag. Ihr Leben als Sklavin hatte böse und schwarze Seiten in ihr genährt, und als schließlich ihr einziges Kind ausgesetzt wurde, um im Wald zu sterben, war ihr alles zu viel geworden. Sie nahm Toste zu sich, und er wurde ihr Trost, linderte ihre Trauer. Erik fragte sich, ob sie ihm all das hatte sagen wollen, an dem Tag, an dem sie sich endlich geborgen gefühlt hätte. Vielleicht war das der Grund, warum sie so oft gescherzt hatte, er müsse sie heiraten, denn vorher hätte sie es wohl nicht gewagt, etwas zu erzählen.

Die Dämmerung brach herein, und Erik und Toste wanderten schweigend zum Hafen hinunter. Das Fest war abgebrochen worden und sämtliche Hochzeitsgäste hatten Adelsö verlassen. Zwei der königlichen Schiffe lagen jenseits der Pfahlsperre vor Anker, zwei schlanke Kriegsschiffe schaukelten leise an einer der Brücken.

Wie seltsam sich alles gefügt hatte, der plötzliche Umschwung von Freude zu Trauerbotschaft, von Ausgelassenheit zu Ernst. So war das Leben, dachte er, unvorhersehbar, manchmal unerklärlich. Erik bemitleidete den König. Lange hatte er versucht, Heldenmut zu zeigen und das Fest nicht abzubrechen, aber schließlich war er dazu gezwungen gewesen. Er konnte die Schwermut nicht länger verbergen. Erik wusste, wie er litt. Nicht genug damit, dass er seine Frau verloren hatte, da war auch noch die versteckte Schnalle in seinem Sattel. Wie enttäuscht und verraten musste er sich fühlen! Er hatte Ysja wirklich angebetet.

Eriks Gedanken gingen zu der Spange, die im Sattel verborgen gewesen war. Wie war sie dorthin gelangt? Und wenn Ysja die Schuldige war, warum hatte sie das getan? War es ein Versuch, den König außer Gefecht zu setzen und die Hochzeit zu verhindern? Der König hätte dabei sterben können.

Erik erinnerte sich, wie sie über die Hochzeit geklagt und gejammert hatte. Mit Erik als Mann hätte sie einen

Vater für den Jungen gehabt, und niemand hätte ihr Toste nehmen können. Der König hingegen konnte mit seinen Sklaven tun, was er wollte, er konnte sie verkaufen oder sie opfern. Hatte sie davor Angst gehabt? Einst hatte Ysja Toste haben wollen, und sie hatte nicht gezögert, ihn seiner Mutter zu nehmen. So war sie also im Stande gewesen, Verzweiflungstaten zu begehen.

Aber – und darüber wunderte er sich – wie war es möglich, dass er eine falsche Frau so heiß begehrt hatte? Waren es ihre Kraft und Ausstrahlung, oder war er zu lange ohne Liebe gewesen? Er ahnte es nicht und war wütend auf sich selbst. Trotz aller Trübsal war er doch froh darüber, dem König die Wahrheit erzählt zu haben. Nur so hatten sie wieder Vertrauen zueinander fassen können, und nur so konnte ihre Freundschaft fortleben. Aber ihm war auch bewusst, dass so etwas nie wieder geschehen durfte.

In ihrer Bestürzung über Ysjas Tod schienen sich die Männer näher gekommen zu sein, und in der Trauer waren sie einander eine Hilfe geworden. Der König hatte Erik sogar unterstützt und dem Meisterschmied befohlen, bei der Suche nach Toste zu helfen. Ferner hatte der König gesagt, ganz gleich, ob das Kind Toste war oder nicht, könne Erik sich um ihn kümmern. Vielleicht war das König Björns Art zu zeigen, dass die Freundschaft zwischen ihnen weiterbestehen würde.

Erik und Toste hatten die Brücke erreicht. Erik fühlte die feuchte, kleine Hand in seiner, und Freude und Zärtlichkeit wallten in ihm auf. Dass er den Jungen endlich gefunden hatte! Es war so unwirklich und kaum vorstellbar. Er war mächtig gewachsen und kaum wiederzuerkennen, nur die dunklen, schönen Augen leuchteten wie früher. Aber dünn und mager war er geworden und ganz blass und grau im Gesicht. Und wie sehr ihn seine Schwermut bedrücken musste.

Erik dachte daran, wie verzweifelt sie nach ihm gesucht hatten. Zwei Tage und zwei Nächte war er verschwunden gewesen, bis sie ihn endlich in der Felsspalte am Bach entdeckt hatten. Toste war gern in der Nähe des Wassers, und Erik hatte gehofft, ihn zu finden, wenn sie an den Stränden und Wasserläufen entlang suchten. Und schließlich war es ihnen gelungen.

Als Erik den schlafenden Knaben gesehen hatte, war ein Sturm in ihm losgebrochen. Doch, es war Toste. Wie war das möglich!? Erik drückte die weiche, schwitzige Jungenhand. Gleich morgen werde ich mit ihm hinausrudern, dachte er. Dann erinnert er sich vielleicht.

Draußen auf der Brücke machte Erik das Boot los und Toste kletterte hinein, noch immer schweigend und in sich gekehrt. Aber als sie ein Stück auf den Fjord hinausgerudert waren, beugte er sich hinunter und nahm ein paar kleine Fische in die Hand, die Erik achtern liegen hatte. Der Junge hielt sie eine Weile fest und warf sie dann den Möwen zu. Sie schrien und schlugen sich um die Beute, und zum ersten Mal konnte Erik ein schwaches Lächeln in Tostes Gesicht erahnen.

Es war bereits dunkel geworden, als sie Hand in Hand zum Strohhaus hinaufeilten. Eriks Gedanken kreisten um Toste, und die Begegnung zwischen ihm und Rurik stand bevor. Sigfrid hatte sich um Rurik gekümmert, so lange er auf Adelsö gewesen war. Am nächsten Morgen würde er sie aufsuchen. Das würde eine Überraschung werden! Dann wollte er Toste durch die Stadt führen und sehen, ob er sich wieder auskannte. Jetzt war es zu dunkel.

Erik blieb vor dem Strohhaus stehen und zeigte dem Jungen ein paar hell leuchtende Sterne, ehe er die Tür öffnete und hineinging. Erstaunt blieb er auf der Schwelle stehen. Der festgestampfte Erdboden war mit Wacholder bedeckt und Birkenhölzer brannten in der Feuerstelle. Die Felle waren gebürstet und auf den Bänken ausgelegt, im Kessel kochte eine Suppe. Jemand war da gewesen.

18

Erik ging hinein, setzte sich und dachte, dass Sigfrid vielleicht auf ihrem Heimweg am Strohhaus vorbeigekommen war. Während er auf Adelsö gewesen war, hatte sie nach dem Haus gesehen, und vielleicht hatte sie ihn draußen auf dem Fjord erkannt und ihn überraschen wollen.

»Komm, wir wollen etwas essen«, sagte Erik und wandte sich zu Toste.

Aber der Junge antwortete nicht, sondern ging schweigend auf und ab. Gedankenverloren musterte er die Truhen, den groben Holzhocker und die Bänke, hob die Felle hoch und fuhr mit der Handfläche über den leeren Webstuhl. Sein Gesicht war ernst, in seinen Augen lag ein nachdenklicher Glanz. Besser, ich lasse ihm Zeit, sich an den Raum zu gewöhnen, dachte Erik. Aber warum sagte er nichts, erkannte er denn gar nichts wieder?

Niedergeschlagen trat Erik ans Wandregal und nahm zwei Löffel herunter. Dann stieg er auf die Bank und angelte ein Brot von der Stange unter dem Dach. Er stellte die große Schale auf den Tisch und ging zum Kessel, rührte mit der Kelle um und probierte. Es war Fleischsuppe, die, die er immer im Haus zu haben pflegte.

Erik deckte einen Platz für Toste am Tisch und begann selbst zu essen. Irgendwann würde der Junge wohl auch etwas haben wollen. Es duftete würzig nach Wacholder, und das leise Knistern des Feuers war heimelig und behaglich. Toste hatte sich auf Eriks Hocker gesetzt und betrachtete mürrisch den Raum. Nach einer Weile wurde Erik ungeduldig.

»Aber du musst doch hungrig sein, Junge?«, fragte er leicht gereizt. Doch Toste schüttelte den Kopf, immer noch stumm und unnahbar. Ich muss dem Jungen Zeit geben, dachte Erik. Sei vorsichtig, überstürze nichts, versuch es!

Er aß selbst und während er die Suppe in sich hineinschlürfte, wunderte er sich darüber, dass, wer auch immer im Haus gewesen war, nicht zurückkam. Immer wenn Sigfrid hereinschaute, wenn er nicht da war, kam sie später noch einmal wieder. Er ging auf den Hofplatz hinaus, sah sich um, aber er entdeckte nichts. Das Wetter hatte sich verschlechtert. Schwere Regenwolken jagten über den Himmel, und feuchter Nebel hing kalt und beißend über dem Hofplatz. Es lag Unruhe in der Luft. Vielleicht sollte er das Boot besser vertäuen, aber gerade jetzt musste das warten. Toste war wichtiger, er wollte ihn jetzt nicht allein lassen.

Erik ging wieder in die Wohnhalle und versuchte, Toste zum Essen zu bewegen, aber der Junge schüttelte den Kopf und nahm nicht einmal den Brotbissen an, den Erik ihm reichte. Enttäuscht stützte er den Kopf in die Hände. Viele Jahre hatte er nach Toste gesucht und als er ihn endlich gefunden hatte, wollte der Junge ihn nicht mehr erkennen. Erik aß schweigend weiter, als plötzlich Geräusche über den Hofplatz drangen. Es klang wie entfernte Frauenstimmen und ein helles Lachen. Sigfrid ist mit Rurik auf dem Weg nach Hause, dachte er. Wie überrascht sie sein würde, Toste hier zu sehen. Aber als die

Stimmen näherkamen, begriff er plötzlich, und das Brot blieb ihm fast im Hals stecken. War das wirklich wahr? Eine der Stimmen war Estrids. Seine Frau war zurückgekommen!

Astrid Mannszunge kniff die Augen zusammen, um besser sehen zu können, während die Finger der einen Hand unaufhörlich über die Haare an ihrer Oberlippe fuhren. Wo war der Königshof? Er musste dort vorn im Dunst liegen. Sie beugte sich so weit vor, dass ihr das Bugwasser gegen Rock und Kettenhemd spritzte. Jetzt sah sie ihn! Ein achtzig Fuß langes Langhaus war hinter der Pfahlsperre über dem Hafen zu erkennen. Am Strand lagen ein paar Bootshäuser, weiter oben wurde das lange, schmale Gebäude mit Strohdach, Eckpfeilern und einer großen Terrasse sichtbar. So nahe wäre sie dem König der Svear niemals gekommen, wenn Harald Sigurdson nicht gewesen wäre. Er hatte ihr so viel Schönes erzählt, über all das, was sie hier erleben würde, und er sagte, dass er der neue Herrscher der Stadt werden würde, wenn sie die Schlacht gegen Birka gewannen, und dann würden sie und ihre Walküren Teil seiner Leibwache werden. Jetzt hatte sie von Harald den Auftrag erhalten, zu versuchen, alles über die Verteidigung der Stadt auszukundschaften. Und wenn der Zufall es wolle, hatte er gesagt, wäre es gut, wenn sie Seine Majestät gefangen nehmen könnten.

Astrid Mannszunge war stolz auf diesen ehrenvollen Auftrag und meinte, nun endlich Genugtuung zu erfahren. Vorher war es ihr so vorgekommen, als hätte Harald ihre Arbeit überhaupt nicht zu schätzen gewusst, etwa als sie die Drachenschiffe wieder flottgemacht hatte, denn er hatte geflucht und sich wie toll gebärdet. Ganze zwanzig Krieger hatten sie aus dem Wasser gerettet und wie viele Schiffe sie freibekommen hatten! Die größte Heldentat war ihrer Meinung nach die, wie es ihren Mitschwestern gelungen war, Haralds Vierzigbänker vom Grund zu ziehen. Da hatte sie große Worte erwartet, aber Harald hatte vor allem erzürnt ausgesehen und sie Mannweib und Kröte genannt. In dem Moment hatte sie überlegt, nach Hause zu segeln, aber dann schien er es zu bereuen und hatte sie um Verzeihung gebeten. Und nun hatte sie den Auftrag für den Königshof erhalten.

»Deine List und Geschicklichkeit können wir gut gebrauchen«, hatte er gesagt, »es wäre dumm, jemanden wie dich nicht einzusetzen.«

Da war sie weich geworden, und nachdem sie sich beratschlagt hatten, hatten sie sich darauf geeinigt, dass sie und die Walküren sich des Königs am Hof annehmen würden. Sie und Gunnhild Zirpschnabel, die Anführerin des anderen Schiffes, sollten den König so in die Irre führen, dass er nicht einmal auf die Idee kam, die Wachen zu rufen. Harald hatte ihnen beiden geschmeichelt und versichert, dass ihre weibliche Erscheinung mehr Wirbel unter den Feinden verursachen würde als hundert Wurfspeere. Und, fuhr er fort, wenn sie glaubten, mit Küssen mehr zu erreichen als mit Kämpfen, sollten sie auch diese Waffe nutzen, so groß sei ihre Schönheit.

Astrid Mannszunge, die an solche Reden nicht gewöhnt war, strich sich das Haar auf ganz weibliche Art unter den Lederhelm und fiel in Gedanken. Dann setzte sie ihr Schwert neben den Fuß, schwang es mit voller Kraft durch die Luft und steckte die Waffe dann elegant in die Scheide zurück. Vielleicht hatte Harald trotz allem Recht. Sie waren beides, gute Frauen und gute Krieger, und das würden sie sich zu Nutze machen. So weiteten sie die Ausschnitte der Tuniken unter ihren Kettenhemden, schminkten sich und bürsteten ihr Haar. Außerdem übte Astrid sich heimlich darin, die Zunge langsam über die Lippen zu führen und sie zu befeuchten, wie sie es andere Frauen hatte tun sehen. Seit sie am Vordersteven ihres Schiffes gestanden und gesehen hatte, wie der Königshof aus dem Nebel aufgetaucht war, hatte sie fleißig geübt. Dann straffte sie sich, gürtete sich das Schwert um die Taille, griff nach Pfeilköcher und Axt und streckte sich nach dem Wurfspeer.

»Liebe Walküren«, sagte sie, »wartet nun hier, bis wir euch ein Zeichen geben.«

Ein helles zustimmendes Gemurmel war unter den Verbündeten zu hören, denn alle waren einverstanden mit dem, was geschehen sollte. Dann kletterten Astrid Mannszunge und Gunnhild Zirpschnabel ins Beiboot und ruderten an Land, während die schlanken Kriegsschiffe draußen vor der Pfahlsperre liegen blieben.

Es wurde langsam dunkel, und die Wachen dachten nicht weiter an das kleine Boot, das sachte in den Hafen glitt. Der König hatte versprochen, sie mit Fruchtwein und Sklavinnen zu versorgen, und an einem solchen Abend kümmerten sie sich am liebsten gar nicht um ein Ruderboot, das in den Hafen kam. So gelangten die beiden Walküren an Land, ohne dass sie jemand aufhielt, und zufrieden zogen sie ihr Boot auf den Strand. Sie freuten sich darauf, ihre Waffen einzusetzen, ja, alle Waffen.

Seit die Hochzeitsgäste abgereist waren, hatte der König seinen Kummer in Met und Fruchtwein ertränkt. Nicht so sehr, dass er sich sinnlos betrank, aber doch so, dass die Wachen ungeheuer unruhig wurden. Meistens saß er zusammengesunken in seinem Hochsitz, seinen Schoßhund im Arm, und summte Klagelieder vor sich hin, und nur manchmal schloss er die Augen, legte den Kopf zurück und lauschte belustigt seinem Papagei. Dann konnte es sein, dass seine Augen glitzerten und ein kleines Lächeln über seinem Kinnbart sichtbar wurde. Aber das Übliche war, dass er schwer seufzte und von den alten Zeiten murmelte. In einem Versuch, Seine Majestät zu trösten, hatte einer der Knappen ihm ein zahmes Robbenbaby geschenkt, was sich jedoch bei näherer Betrachtung als wenig durchdacht erwies. Der König vergaß ganz, das Reich zu führen, und thronte stattdessen mit einem Eimer voller Fische zwischen den Lehnen seines Hochsitzes und fütterte das Tier. Wenn der Papagei eifersüchtig krächzte und der Schoßhund böse bellte, konnte es sehr schwierig werden, seiner Stimme dort drinnen Gehör zu verschaffen. Deshalb holte einer der Wachen die Robbe eines Nachts in sein Boot und ruderte weit aufs Meer hinaus. Erst danach kehrte wieder Ruhe im Königshof ein.

Dann schien es, als hätte der König genug von den Trauerzeiten. Er schleuderte das Trinkhorn fort, rief seine Ratgeber zusammen und begann, kommende Märkte zu planen. Er beschloss, hinüber nach Björkö zu segeln, um zu sehen, wie die Arbeit an der Befestigungsanlage fortschritt. Da er der König war, musste er zeigen, wie sehr er darauf achtete, die Stadt verteidigen zu können, und er hatte auch nicht vor, das Ziel aufzugeben, Birka zur größten Handelsstadt der Heiden im Norden zu machen.

Vor der Hochzeit hatte er sich an Erik gewandt, damit er die Verteidigungsmaßnahmen der Stadt überwachte, und dann hatte er damit begonnen, seine Leibwache auszubilden, die schon weithin für ihr Geschick mit Speer und Schwert bekannt war. Nach einer genauen Prüfung der Verteidigungsanlagen auf der anderen Seite des Fjords kehrte er zufrieden und stolz zurück. Die Anlagen der Stadt waren mit Erfolg gerüstet worden, und er platzte fast vor Lust, davon erzählen zu dürfen. Wenn doch nur die Berater nicht wären, die ihm geboten hatten zu schweigen! Wie gern wollte er der ganzen Welt verkünden, was er getan hatte! Aber er musste wohl still halten, oder auf jeden Fall genau abwägen, mit wem er sprach.

Eines Abends, als das sternenklare Wetter von Dunst und schweren Regenwolken abgelöst worden war, pochte es vorsichtig an das Tor. Der König scheuchte den Schoßhund vom Tisch und lauschte. Es klang wie ein sanftes, widerhallendes Klopfen. Wie das einer Frau. Aber um diese Zeit erwartete er keinen Besuch. Ysja war tot, die Frauen der Großbauern waren heimgesegelt, und von den Sklavinnen hatte er gerade genug, ja, seit der Hochzeit hatte er seinen Frieden haben wollen. Nun ja, er musste wohl öffnen. Müde bat der König seinen Leibwächter, die Tür zu öffnen. Der tat wie ihm geheißen und wich dann erstaunt ein paar Schritte zurück. »Gute Güte!«, platzte er heraus.

Erik horchte noch einmal. Nein, er konnte sich nicht irren, die Frauenstimme gehörte Estrid, und jetzt hörte er auch Sigfrid und Rurik. Verwirrt stand Erik auf, fühlte die Freude in sich aufsteigen. Estrid war wieder da, endlich, und sie schien ohne Orfrim heimgekehrt zu sein. Jedenfalls hörte er keine Männerstimme. Hatte sie den Kaufmann verlassen und war allein zurückgekommen? Die Tür öffnete sich, und sie stand mit Rurik im Arm auf der Schwelle.

»Estrid!«, stotterte er und breitete ungeschickt die Arme aus. Doch, natürlich war sie es, aber sie hatte sich verändert. Ihr Gesicht war nicht mehr so glatt und rund wie früher, und ihre Wangenknochen traten deutlicher hervor. Sie schien ernst und war dünn geworden, aber ihre Augen funkelten und ihr Blick war fest und entschieden wie immer. Sie lächelte ihn an, und obwohl sie ein Stück entfernt stand, spürte er ihre Wärme.

»Hier!« Sie reichte Rurik zu Sigfrid hinüber und stürmte auf ihn zu.

»Oh, Erik!«, rief sie und warf sich ihm um den Hals. Sie umarmte ihn ganz fest und legte den Kopf an seine Schulter. Er fühlte Nässe durch den Stoff und merkte, dass sie weinte. Etwas Schreckliches musste ihr widerfahren sein, denn sie hatte sonst nicht sehr nah am Wasser gebaut. Sie standen schweigend da, hielten einander unbeholfen fest und ihnen beiden fehlten die Worte. Es gab so viel zu erzählen, und es war, als wüsste keiner von ihnen recht, wer beginnen sollte.

»Dass du doch noch zurückgekommen bist«, sagte Erik schließlich mit Wärme und Erleichterung in der Stimme. »Es gibt viele Frauen, aber keine wie dich.«

Estrid sah ihm lächelnd in die Augen, fuhr mit der Hand über sein Gesicht und drückte ihn wieder.

»Ja, na dann«, sagte Sigfrid, blinzelte Erik verschwörerisch zu und drehte sich zur Tür, »dann sehen wir uns morgen.«

Erik nickte stumm. Estrid! Es war so verwirrend. Noch war er nicht über all das hinweggekommen, was mit Ysja und Toste geschehen war, und nun das.

»Danke für das Essen. Das warst doch du?«, sagte er ein wenig hilflos und nickte in Richtung Kessel. Dann verstummte er, aus den Augenwinkeln hatte er Toste erblickt.

»Estrid, schau, wer zu uns zurückgekommen ist!«

Aber sie hörte ihn nicht. Estrid hatte den Jungen entdeckt und sich sofort aus Eriks Umarmung gelöst. Einen Moment hielt sie inne, dann machte sie langsam ein paar Schritte auf ihn zu. Sie starrte ihn an, und ihr Mund öffnete und schloss sich, ohne einen Laut hervorzubringen.

»Toste«, sagte sie kaum hörbar. »Bist du es, bist du es wirklich??«

Mit schnellen Schritten war sie beim Hocker und nahm ihren Sohn auf den Arm. Toste wandte den Kopf ab.

»Aber, Liebling, erkennst du mich denn nicht mehr?«

Der Junge wollte hinunter, machte sich schwer und glitt aus ihrem Arm.

»Aber Toste, ich bin es, Estrid, deine Mutter.«

Die Freude in ihrer Stimme hatte sich gedämpft, und

sie sah ihn ängstlich an. Erik trat zu ihr und legte ihr den Arm um die Schulter.

»Toste war vier Winter lang verschwunden. Er erkennt auch mich nicht mehr, und seine Mutter ist erst vor ein paar Tagen gestorben.«

»Mutter? Was meinst du?«

»Erinnerst du dich an die Sklavin vom Snemunhof? Ysja, die verschwunden ist? Sie hat Toste damals vor vier Wintern mit sich genommen und sich seitdem um ihn gekümmert. Ich und der Meisterschmied haben ihn erst heute Morgen gefunden. Toste glaubt, dass Ysja seine Mutter ist, und kennt sich auch hier nicht mehr aus. Wir müssen Geduld haben.«

»Nein, ich nicht«, sagte Estrid bestimmt, ging zu ihrem Jungen und kniete sich neben ihn. Er blieb sitzen, wich nicht zurück, aber er betrachtete sie verwundert. Fröhlich begann sie ein Lied für ihn zu singen, das sie ihm immer vorgesungen hatte, als er klein war. Aber er sah nicht sie an, sondern Rurik, der in der Tür stehen geblieben war. Die Kinder blickten sich erstaunt an. Rurik, der sich geweigert hatte, Estrid außer Sichtweite gehen zu lassen, seit sie heimgekommen war, betrachtete das andere Kind verwirrt. Was war los? Estrid schien sich um niemand anderes mehr zu scheren als um diesen fremden Jungen.

»Mama«, sagte Rurik mit wimmernder Stimme und wollte wieder auf ihren Arm.

»Ja, gleich, mein Liebling, hör zu!«

Und wieder begann sie zu singen.

»Still!«, sagte Toste plötzlich mit lauter Stimme. Erik und Estrid sahen sich fragend an.

»Erik, steh nicht da, hol deine Flöte! Vielleicht erkennt er eines deiner Lieder wieder«, rief Estrid.

Erik eilte zur Truhe, öffnete das Schloss und nahm seine Flöte heraus. Dann gab er sie Toste zum Befühlen in die Hand. Danach blies Erik einige Töne. Tostes Miene hellte sich auf, und seine Augen wurden groß und neugierig. Er fuhr mit den Fingern über das Holz.

»Spiel doch, versuch es«, forderte Erik ihn auf, aber Toste lachte verlegen und gab die Flöte zurück. Erik nahm sie in die Hand, überlegte einen Moment und begann dann einige Lieder zu spielen, die Toste gehört hatte, als er klein war. Erik spielte ein Lied nach dem anderen, und Toste folgte ihm aufmerksam mit dem Blick. Dann lächelte er und streckte die Hand aus. Jetzt wollte er auch probieren. Durch den Raum hallten ein paar kurze, falsche Töne, und er setzte die Flöte wieder ab und begann zu lachen. Rurik sah ihn erst fragend an, aber dann stimmte er in das Lachen mit ein. Toste drehte die Flöte in der Hand und untersuchte sie, aber er zeigte auf keine Weise, dass er sie oder einen von ihnen im Raum erkannte. Noch immer schien ihm alles fremd zu sein.

Estrid nahm Rurik auf den Arm. Sie wiegte ihn, nachdenklich, betreten und traurig inmitten der Freude, die sie gerade gefühlt hatte. Dann sah sie bald Toste, bald Erik an. Und plötzlich fiel ihr Blick auf die offene Truhe. Hastig eilte sie hinüber, bückte sich und nahm etwas heraus: Tostes altes Spielzeugboot, das Erik geschnitzt hatte und das sie damals eigentlich fortwerfen wollte, um sich nicht mehr erinnern zu müssen. Toste hatte das Boot an dem Tag, an dem er verschwunden war, in der

Hand gehabt, und als sie und Sigfrid es am Strand gefunden hatten, hatten sie geglaubt, dass er ertrunken war. In Estrid hatte das Boot schreckliche Erinnerungen wachgerufen, und sie hatte es in der Truhe versteckt. Aber jetzt?

»Erik, schau, vielleicht hilft ihm das hier, sich zu erinnern.« Estrid setzte sich neben Toste und reichte ihm schweigend sein altes Spielzeug. Der Junge vergaß die Flöte und starrte das hölzerne Boot an, das Estrid in der Hand hielt. Erstaunt griff er danach. Er drehte es und fuhr langsam mit den Fingern über das Holz. Staunen trat auf sein Gesicht, und er betrachtete den Mann und die Frau neben sich.

»Mein Boot«, stammelte er, »das ist mein Boot!«

So etwas hatte der König noch nie zuvor gesehen. Zwei Frauen, bekleidet mit Lederhelmen, Kettenhemden und kurzen Elchlederröcken, standen auf der Königsterrasse. Ihre Augen waren blau geschminkt, ihre Lippen glänzten rot und ihre Knie und Knöchel leuchteten weiß und glatt. Ihre Schwerter steckten in der Scheide und um die Taille waren Pfeilköcher gebunden. In den Händen hielt jede von ihnen einen langen Speer.

»Legt die Waffen nieder«, grunzte die Leibwache. »Niemand betritt die Halle bewaffnet.«

Astrid Mannszunge und Gunnhild Zirpschnabel nickten, legten ihre Speere auf die Erde und nahmen die Schwerter ab. Die Umhänge, die sie kleidsam über der Schulter trugen, deckten sie bereitwillig über ihre Waffen.

»Zufrieden?«, fragte Astrid Mannszunge mit ihrem

lauten Bass, worauf sich der König erschrocken hinter einen der Pfosten des Hochsitzes zurückzog.

Die Leibwache nickte und führte die Frauen in den Raum. Mit gespielter Würde traten sie vor den König.

»Astrid Mannszunge«, sagte Astrid und streckte ihre Pranke aus.

»Gunnhild Zirpschnabel«, ergänzte Gunnhild und reichte dem König ihre etwas anmutigere Hand. Ansonsten war auch sie ein prachtvolles Weib, groß und breitschultrig, begabt im Ringen und die geschmeidigste und stärkste der Walküren. Indessen war sie bei einem reizbaren und alles überschattenden Vater aufgewachsen, weshalb ihre Stimme so dünn und schüchtern geworden war, dass man kaum hörte, was sie sagte. Diese jämmerliche, kleine Stimme hatte ihr den Namen Zirpschnabel eingebracht, und wie sehr sie sich auch bemühte, sie wurde den Beinamen einfach nicht los.

»So, Walküren auf dem Königshof, das ist mir eine große Ehre«, sagte der König und ging sofort zu seinem Schenk, um Fruchtwein zu holen. Er wählte einen echten rheinischen Wein, holte seine feinsten Hörner hervor – die mit den magischen Runen – und reichte sie den Frauen. »Willkommen, willkommen«, sagte er freundlich, hob sein Horn, und erst als beide Walküren ausgetrunken hatten, fuhr er mit seiner Rede fort.

»Na, und nun erzählt, was euch an meinen Königshof führt.«

Die Walküren wechselten hastige Blicke. Dass sie ihre Waffen hatten ablegen müssen, bekümmerte sie wenig. Sie hatten sich von Kindesbeinen an im Nahkampf geübt und ihre reptilschnellen Ringergriffe waren weithin bekannt. Diese Fertigkeit konnte ihnen nützlich sein, wenn sie die Gelegenheit bekamen. Aber erst mussten sie ein paar Informationen beschaffen. Harald wollte alles über Birkas Verteidigung wissen.

»Welch herrliche Königshalle«, begann Astrid Mannszunge verzückt und betrachtete die Gobelins an den Wänden. »Diese Wandbehänge müssen aus dem Reich der Chasaren stammen«, setzte sie mit Kennermiene hinzu und zeigte auf zwei große Webarbeiten mit gestickten Mustern aus Gold- und Silberfäden.

Der König hielt die Luft an, und sein Gesicht nahm einen erstaunten Ausdruck an. Diesen Wandschmuck hatte er von einem chasarischen Kaufmann bekommen, und das hatte sie erkannt, die Walküre im Kettenhemd. Sie dort, Astrid Mannszunge, schien nicht dumm zu sein. Unter Moschusochsen war sie gewiss nicht geboren!

Astrid wanderte in der Halle umher und betrachtete mit Interesse Schmuck und Möbel des Königs, worauf sie sich auf den Hocker setzte, der dem Hochsitz am nächsten stand.

»Hübsche Schnitzereien an den Hochsitzpfosten«, bemerkte sie und betrachtete die Drachenschlingen, die das Holz zierten. »Euer Majestät haben einen guten Geschmack.« Dann lehnte sie sich zurück und schwang auf Art der Männer das eine Bein über das andere. Zufrieden sah sie zu, wie Seine Majestät ihr Fruchtwein nachschenkte, und als er näher kam, spreizte sie die Beine ein ganz klein wenig.

König Björn hob die Augenbrauen.

»Gunnhild und ich sind Walküren aus Kurland«, fuhr Astrid fort, die ebenso wie Gunnhild mit der Sprache der

Svear vertraut war. »Wir sind mit zwei Schiffen gekommen und haben zusammen im Land der Dänen und der Wenden gekämpft. Aber nun sind Gunnhild und ich es leid, mit Frauen ein Gefolge zu bilden, wir wollen zusammen mit starken Männern kämpfen.« Astrid fuhr sacht mit ihrer Zunge über die Lippen, auf diese feuchte Art und Weise, die sie sich gerade angewöhnt hatte, und sah den König ernst an.

»So? Ich dachte, Walküren kämpfen am liebsten mit Frauen?«

»Wir nicht! Im Gegenteil, wir sind es leid, dass uns alle verspotten. Viele stattliche Männer finden, dass wir lieber das Webschwert als das Eisen führen und uns unter den Feind legen sollten, statt ihn niederzustrecken«, fuhr Astrid grimmig fort. »Solches Gerede haben wir satt. Deshalb sind wir Frauen gezwungen, Walküren auf unseren eigenen Schiffen zu sein und gemeinsam zu kämpfen. Dann glauben wir, dass es niemand wagt, über uns zu lachen, aber nur wenig haben wir damit gewonnen. Viele lachen nur noch mehr. Daher kommt es, dass wir uns nicht mehr zusammen mit unseren Schwestern schlagen wollen, Gunnhild und ich. Wir wollen neben Männern kämpfen.«

»Ich verstehe«, sagte der König teilnahmsvoll.

»Darum«, sagte Astrid, »hofften wir, dass Euer Majestät uns vielleicht in seinen Dienst nehmen würde. Dann könnte uns niemand mehr verhöhnen.«

König Björn musterte die beiden Frauen. Sie gefiel ihm, diese Astrid Schlangenzunge – oder wie sie auch heißen mochte –, und seine Augen konnten sich kaum von Gunnhild losreißen. Die Walküre war eine schöne

Frau in der Blüte der Jahre. Ihre Glieder schienen weiß und weich und ihre Haut zart und warm. Der König befeuchtete seine Lippen, nahm einen Schluck Fruchtwein und sank tief in seinen Hochsitz. Ein Jammer, dass eine wie Gunnhild kämpfen sollte. Mit ihrem bloßen Anblick konnte sie mehr Männer zähmen als mit dem Schwert. Sie einfach nur im Lederrock ohne Helm kämpfen zu lassen, würde große Verwirrung unter den Feinden hervorrufen. Das würde man dann eine heimtückische Kriegslist nennen.

Astrid Schlangen … nein, Mannszunge, oder? Mochte sein, dass diese Frau nicht ganz so schön war, und ihr Körper und ihre Sprache waren ein wenig derb. Außerdem schienen ihre Brüste nicht unbedingt von der Sorte zu sein, die die Schönheit des Körpers erhöhten, sondern sahen eher so aus, als müsste sie sie über die Schultern werfen, wenn sie rannte. Aber ihre Gesinnung kam ihm rechtschaffen und gut vor, und sie wusste offenbar viel vom Leben. Dass sie seinen Wandschmuck zu würdigen wusste!

»Würden Euer Majestät uns in seine Dienste nehmen?«, wiederholte Astrid Mannszunge, als der König nicht antwortete.

»Was könnt ihr denn?«, fragte der König, um Zeit zu gewinnen. Sofort bekam er Antwort. Erst trug Astrid Mannszunge alles vor, was sie konnte, dann berichtete Gunnhild Zirpschnabel von ihren Fähigkeiten mit Speer und Schwert. Anschließend tauschten sich die beiden darüber aus, wie viele Männer sie zur Strecke gebracht hatten, aber als der König recht vergnügt dreinblickte, schärfte Astrid Mannszunge die Stimme und sagte:

»Wir haben sie mit dem Schwert niedergestreckt. Und sie sind gestorben.«

»Jaha, ja«, sagte der König und wurde rot, nahm sein Messer aus der Lederscheide und reichte es Astrid. »Na, kannst du das Auge des Bärenfells dort drüben an der Wand treffen?«, fragte er und zeigte auf ein großes Bärenfell am anderen Ende der Wohnhalle.

»Das dort?«

Der König nickte.

Astrid Mannszunge nahm das Messer des Königs, drehte sich mit dem Rücken zum Fell und schleuderte die Waffe in hohem Bogen über die Schulter. Die lange Messerschneide schlug mit gewaltiger Kraft in die Wand und bohrte sich tief in das Auge des Tieres. Astrid Mannszunge wischte sich etwas Messerschmiere von der Schulter und wandte sich wieder an den König.

»Noch etwas?«

Seine Majestät schüttelte den Kopf und bat die Walküren, in ihrem Bericht fortzufahren. Die Frauen erzählten, dass sie schiffskundige Leute waren, die mit zwei schlanken Schnecken, zwanzigbänkigen Kriegsschiffen, hergesegelt waren und sich entschlossen hatten, den König aufzusuchen, als sie hörten, dass er als der berühmteste Kämpfer des Reiches verehrt wurde.

»Wir wollen nur mit den Besten und Erfolgreichsten in den Krieg ziehen«, schloss Astrid Mannszunge.

König Björn fühlte die Wärme, als die Röte in seine Wangen stieg, schlug verlegen die Augen nieder, widersprach jedoch nicht. Er war nachdenklich geworden. Noch nie hatte er Frauen in seine Dicnste gestellt, aber vielleicht würde er sie gebrauchen können.

»Aber wenn ich euch dinge, wie sollt ihr mir helfen können, Birka zu verteidigen?«, fragte er.

»Ja, darüber können wir sprechen, wenn Euer Majestät dargelegt hat, wie er die Verteidigung Birkas aufgebaut hat«, sagte Astrid Mannszunge listig.

»Die Verteidigung der Stadt«, rief der König aus und schenkte den Walküren Wein ein. »Ja, wisst ihr, darauf habe ich große Mühe verwendet.«

»Ich sehe, Euer Majestät scheint ein kluger Mann zu sein«, schmeichelte Astrid.

»Ich habe, wie es sich trifft, gerade erst die Verteidigung der Stadt überholt«, sagte der König und hustete leicht, wie er es immer tat, wenn er nervös war.

»Neue Zeiten erfordern neues Denken. Ein Mann in meiner Stellung muss dem Feind zuvorkommen, muss rüsten und darf sich nie überraschen lassen.«

»Der König hat die Fähigkeit, in die Zukunft zu blicken?«, fiel Astrid ihm bewundernd ins Wort.

»Als Herrscher muss man das.«

»Aber wie hat Euer Majestät gerüstet? Es muss schwierig sein, eine ganze Stadt zu verteidigen? Braucht es mehr als die Leibwache?«

»Oh ja!«, rief der König. »Ohne verstärkte Bastionen, gut ausgebildete Wachen und neu geschmiedete Waffen könnten die Dänen Birka in Grund und Boden brennen. Darum habe ich das sorgfältig überprüft.«

»Das war wohlbedacht in diesen Zeiten«, sagte Astrid Mannszunge eine Spur enttäuscht, denn ihr wurde plötzlich klar, dass es schwer werden würde, die Stadt einzunehmen. »Aber, wie haben Euer Majestät das mit der Verteidigung angestellt, ja, in den Einzelheiten?«

»Tja, ich will euch nicht langweilen, aber jetzt werdet ihr etwas hören«, sagte der König vergnügt.

Es würde doch nichts machen, wenn diese Walküren etwas erfuhren? Seine Ratgeber würden ihm das sicher nicht verübeln. Er senkte die Stimme.

»Nun, zuerst habe ich den Verteidigungswall verstärken lassen, er ist jetzt höher«, sagte er, und seine Stimme hatte einen warmen, vertraulichen Klang angenommen. »Wir haben den Erdwall mit großen Steinblöcken ausgebaut und die Palisaden mit dickerem Holz verbreitert. Außerdem haben wir inzwischen mehr Wachtürme, und ferner habe ich Vorratshäuser in der Burg errichten lassen. Wenn die Bewohner Birkas Zuflucht suchen müssen, wird es dort Essen geben, das lange reichen wird.«

»Eure Majestät denkt an alles«, sagte Astrid Mannszunge und nickte aufmunternd.

»Dazu«, fuhr der König fort, »habe ich die Verteidigungssperren im Wasser verstärkt und die Wachen mit neuen Speeren, Schwertern und Bogen ausgestattet.«

»Langjährige Erfahrung muss hinter solcher Weitsicht liegen.«

»Ja, mit Feinden habe ich auch früher schon gekämpft.«

»Und immer gewonnen?«

»Verloren habe ich nicht.«

»Es würde uns natürlich eine große Ehre sein, mit einem so weisen und umsichtigen Mann, wie Ihr einer seid, zu kämpfen.«

Astrid nahm das Bein vom Knie und schaukelte ganz leicht mit ihren Hüften, wie sie es die schönen Frauen hatte tun sehen.

Die Augen des Königs leuchteten und er begann, sogar Astrid Mannszunge schön zu finden.

»Ihr meint also, es wäre eine Ehre, mit einem weitsichtigen Mann wie mir zu kämpfen? Ich verstehe, man sollte nicht immer beim Alten verharren, man muss nach vorn blicken«, sagte der König stolz.

»Ja, man sagte uns, dass Ihr, Euer Majestät, der Zeit voraus seid, und jetzt erkennen wir, dass diese Worte der Wahrheit entsprechen.«

»Dann wisst ihr bereits davon?« Der König stand beschwingt auf und streckte den Frauen seine Hand entgegen. »Natürlich will ich euch in meiner Leibwache haben, aber seid ihr auch stark genug?«, fragte er.

»Und ob!«, erwiderte Astrid, erhob sich von ihrem Hocker und krempelte die Ärmel ihrer Elchledertunika auf. Ihr Unterarm strotzte vor Muskeln.

»Vielleicht will der König Armdrücken?«, sagte sie bereitwillig.

»Nein, nein, so meinte ich das natürlich nicht«, sagte König Björn abwehrend.

»Nun, wir werden Euer Majestät nicht enttäuschen«, versicherte Astrid und zog ihre Tunika wieder herunter. »Wir haben viel, für das wir kämpfen wollen.«

»Mit Odin für Birka«, sagte der König ernst.

»Nein, für Euch und Birka!«, tranken Gunnhild und Astrid ihm zu.

Vergnügt betrachtete König Björn die Walküren. Nun dachte er, dass beide schön waren und einen klugen Kopf hatten. Besonders Astrid Mannszunges Bassstimme fand er sehr angenehm. Und vielleicht würden die Abende mit Frauen in der Leibwache auch lustiger werden? Die Walküren schienen spannende Weiber zu sein. Sicher konnten sie Hneftafl, Schach und andere Brettspiele spielen und sie würden ihn bestimmt mit Erzählungen von seltsamen Heerzügen unterhalten. Mit ihnen in seiner Nähe würde er sich weniger einsam fühlen.

»Meine bewaffneten Mädchen«, sagte er freudig. »Von dieser Stunde an nehme ich euch in meinen Dienst.«

Astrid Mannszunge und Gunnhild Zirpschnabel klatschten vor Freude in die Hände, umarmten einander und wandten sich dann wieder an den König.

»Darüber sind wir glücklich, aber nun müssen wir zurück und es unseren Mannschaften mitteilen. Wir müssen neue Heerführer auswählen und unsere Kisten mitnehmen. Was sollen wir mit unseren Schiffen tun?«

»Ihr Lieben, ich werde euch andere Schiffe zu lenken geben. Ihr scheint mir ein tüchtiges Volk zu sein.«

Astrid und Gunnhild sahen einander erstaunt an. Würden sie vom König neue Schiffe bekommen? Harald Sigurdson behandelte sie höhnisch und von oben herab, aber König Björn sprach mit Würde und Respekt und konnte sich sogar vorstellen, ihnen Schiffe anzuvertrauen. Seine Majestät hatte ihnen das Gefühl gegeben, ebenbürtig zu sein. Mit einem Mal begannen sie zu zweifeln und konnten sich nicht mehr vorstellen, ihn gefangen zu nehmen. Mussten sie Harald treu sein?

Es waren zwei verwirrte und nachdenkliche Walküren, die eine Weile später den König verließen und den Hügel hinuntergingen. Als sie außer Hörweite gekommen waren, sagte Astrid jämmerlich:

»Ich kann nichts dafür, aber ich finde ...«, beherrschte sich aber sofort. Sie hörten Lärm vom Wasser und sahen dichte Rauchwolken in den Himmel steigen. Die Signalfeuer brannten. Der Heerbann war verkündet und die Svear eilten aus ihren Häusern, um gegen den herannahenden Feind zu kämpfen. Laut klangen die Luren vom Berg herüber. Harald Sigurdsons Flotte war gesichtet worden.

19

Hinter dem Meer erhob sich der Burgberg, und die Morgensonne beschien die Silhouette der Stadt. Nebel lag schwer auf den Hausdächern, der Wind, der nachts geweht hatte, war abgeflaut. Sie würden gezwungen sein, das letzte Stück zum Strand zu rudern, aber noch zögerte Harald Sigurdson, den Befehl zu geben. Schweigend starrte er an Land. Birka, die Stadt seiner Kindheit und Sitz der Heiden im Norden. Wie oft hatte er sich hierher zurückgewünscht, aber nicht als Kaufmann, sondern als Herrscher der Stadt. Jetzt war der Augenblick endlich gekommen. Sein Gesicht zuckte, seine Augen flackerten und seine Hand umklammerte das Steuerruder.

Seit sie sich aus der Sperre befreien konnten und die Schiffe überholt hatten, waren sie mit kräftigem Rückenwind und geblähten Segeln vorangekommen. So hatten sie einen Großteil von der Zeit wieder aufgeholt, die sie verloren hatten. Was ihm früher misslungen war, schien nach vielen Mühen überstanden zu sein – aber er war auch auf die Knie gefallen und hatte zu Gott gebetet. Er fühlte es tief in seinem Innersten, Jesu Christ war mit ihm. Dennoch, und das erstaunte ihn, fühlte er keine wirkliche Ruhe, er fühlte Angst, als wäre dies der erste Überfall seines Lebens. Vielleicht, weil er so viel von sich selbst dort hineingelegt hatte, seine Seele, seinen Glauben, ja, alles, wofür er viele Jahre lang gelebt hatte.

Schon seit er die Stadt vor mehr als fünf Wintern verlassen hatte, hatte er darüber nachgedacht, wie er Birka plündern und einnehmen könnte. Und wie viel hatte er nicht gekämpft und geopfert, um den Tag zu erleben, an dem die Heiden besiegt sein würden und die Stadt erobert sein würde. Nun waren es nur noch wenige Augenblicke …

Er drehte sich um und blickte über die größte Ansammlung von Schiffen, die jemals in diesem Fahrwasser gesegelt war. Drachenschiffe, die wie grauschwarze Schatten im Nebel auftauchten. König Björns Krieger waren gut ausgebildet, die besten im ganzen Sveareich; dieses Mal würde er erbittertem Widerstand begegnen. Harald sog die Lungen voll Luft, streckte sich und überließ das Steuerruder seiner Wache Torleif dem Schwarzen. Dann ging er ein letztes Mal im Geiste alles durch; die Krieger standen schon im Vorschiff bereit, die Wurfspeere erhoben, und achtern warteten die Bogenschützen mit ihren Pfeilen. Wenn ihnen Feindesschiffe auf dem Wasser begegneten, dann würde er sie mit Enterhaken entern, sonst wollte er zwischen Stadt und Burgberg an Land gehen und sofort angreifen. Ein leichtes Lächeln durchbrach den Ernst in seinem Gesicht, als sein Blick auf die prahmähnlichen Knorren mit den Wurfmaschinen fiel. Dass es ihm gelungen war, diese Waffe übers Meer zu bringen! Wie bestürzt die Krieger oben auf der Burg sein würden! Niemals würde sich Birkas Verteidigungsanlage damit messen können. So siegesgewiss war er diesmal, dass er es sogar so eingerichtet hatte, dass er ein leeres Schiff nur für die Beute mit sich führte. Harald beugte sich über die Reling, schöpfte mit den Händen

Wasser und benetzte sein Gesicht. Während er sich die Wassertropfen wieder aus dem Gesicht strich, kreisten seine Gedanken um das, was geschehen sollte. Nein, ihm fiel nichts mehr ein, er hatte an alles gedacht. Die einzige Enttäuschung bestand darin, dass sie schon entdeckt worden waren. Als er die Landzunge umrundet hatte und in den Björköfjord eingesegelt war, hatte er bemerkt, dass die Signalfeuer brannten. Nun, die Feuer waren dennoch zu spät gezündet worden. Die Bewohner Birkas würden es nicht mehr schaffen sich zu sammeln. Er wusste wahrhaftig, wie lange das dauern konnte. Nein, niemand konnte den Überfall jetzt noch aufhalten. Harald hob seinen langen Speer und flink holten die Männer die Segel ein.

Sogleich wurde das Heulen des Windes in Mast und Stag vom gedämpften, kraftvollen Ruderschlag der Männer abgelöst. Dreißig Schiffe waren auf dem Weg nach Birka – nun fehlten nur noch Astrid Mannszunge und ihre Walküren. Sie würden Harald entgegenkommen und ihm von Birkas Verteidigung berichten; ob es neue Vorkehrungen gab, die der König hatte treffen lassen, oder sogar neue Kampfwaffen. Vielleicht war es ihnen sogar gelungen, den König zu überwältigen. So schnell und geschickt wie Astrid Mannszunge war, hatte sie vermutlich schon den ganzen Königshof gefangen genommen – mit Weidevieh und allem. Er lachte leise bei dem Gedanken und schärfte dann den Blick nach vorn. Seltsam, er sah sie nicht, weder das ihre noch Gunnhilds Schiff. Hatten sie sich verspätet oder, möge Gott sie davor schützen, waren sie selbst gefangen worden?

Harald fluchte über diesen Rückschlag, zögerte und

überlegte, was sie wohl Wichtiges zu berichten gehabt hätten. Er blieb noch eine Weile mit seinen Schiffen unruhig liegen, denn die Zeit drängte. Aber die Frauen tauchten nicht auf, und nach und nach wurde ihm klar, dass er sich ohne sie behelfen musste. Der Heerbann war verkündet, die Signalfeuer brannten. Er musste sofort angreifen.

Einen ganzen Tag und eine ganze Nacht hatten Estrid und Erik im Strohhaus geredet. Rurik war in der Halle herumgerannt, ohne einen von ihnen auch nur für einen Augenblick allein zu lassen, und auch Toste blieb in ihrer Nähe, obwohl er mit seinen Gedanken weit fort zu sein schien. Estrid hatte in der Wohnhalle gewirkt, Teig in dem großen Brottrog geknetet, und die Kinder hatten geholfen, so gut sie konnten. Sie rollten den Teig für die Brotlaibe aus, während Erik Feuerholz machte und dafür sorgte, dass das Feuer nicht ausging. Toste sagte nicht viel, aber er erklärte sich ihnen auch ohne Worte, als hätte er begriffen, dass er trotz allem hier zu Hause war, auch wenn es sich eigenartig und ungewohnt anfühlte. Aber die Gedanken an das, was geschehen war, ließen ihn nicht los. Er trauerte stumm und mit zusammengebissenen Zähnen.

Estrid blickte in sein schönes, verschlossenes Gesicht. Er tat ihr Leid, und ihr ganzes Wesen wurde von Zärtlichkeit erfüllt. Was hatte er in diesen vier Jahren nicht alles durchgemacht, ein ganzes langes Leben für ein Kind. Sie wollte es wissen, wünschte, dass er erzählen würde, aber sie wollte ihn nicht mit Fragen bedrängen. Wenn er selbst Lust dazu hatte, würde er anfangen zu berichten. Jetzt mussten sie sich gut um ihn kümmern, damit er spürte, wie lieb sie ihn hatten, dann würde er mit der Zeit wieder Vertrauen zu ihnen gewinnen. Sie mussten einfach Geduld haben.

»Ich frage mich, was der Arme erlebt hat«, sagte Estrid spät am Abend, als beide Jungen schliefen. Oben unter dem Dach hingen die Brote an Stöcken aufgereiht, und auf den Bänken standen zwei große Tröge mit Teig. Noch war sie nicht fertig. Sie strich sich den Teig von den Fingern und sah Erik an.

»Weißt du etwas, über das, was geschehen ist?«

»Ja, und es ist das Beste, wenn du jetzt alles erfährst.«

»Das klingt unheilvoll.«

»Leicht wird es nicht, alles zu erzählen ...«

Erik stand auf, holte ein Stück getrocknetes Wacholderholz, das er in der Truhe an der Wand aufbewahrte, und kehrte an den Tisch zurück. Das krumm gewachsene Wacholderstück hatte einen breiten Knorren, den er schnitzen wollte. Es sollte ein schöner Holzlöffel mit verziertem Griff werden, so etwas gefiel Estrid.

»Estrid, weißt du«, begann er, »als du mit Orfrim weggefahren bist und Rurik zurückgelassen hast, da konnte ich nicht begreifen, wie du so etwas tun konntest. Aber jetzt verstehe ich es.«

»Du sprichst in Rätseln ...«

»Ja, aber ich werde es dir erklären.«

Und so begann Erik von seiner Einsamkeit zu erzählen, als Estrid fort war, wie er Milchbart genannt worden war und wie schwer es ihm gefallen war, sich im Schankhaus zurechtzufinden. Dann bekannte er, was geschehen war, als er Ysja begegnete, der Sklavin des Königs. Er verheimlichte nichts und sagte, dass er sich über sich selbst schämte, aber er versuchte zu erklären, dass er von ihr wie besessen gewesen war. Dass Ysja eine arglistige und verschlagene Frau war, hatten weder er noch der König bemerkt, das hatten sie erst nach ihrem Tod herausgefunden. Und nicht alles an ihr war böse gewesen, ihre Wärme und ihr gutmütiges Wesen hatten viele getäuscht und Toste trauerte um sie; denn er dachte noch immer, dass sie seine Mutter war.

Estrid formte runde Brote in ihren Handflächen oder teilte den Teig in flache Brotlaibe. Von Zeit zu Zeit legte sie einen Laib mit Loch auf den Eisenspaten und hielt ihn über die Feuerstelle, bis der ganze Raum von dem angenehmen, lieblichen Duft erfüllt wurde. Ihre Bewegungen waren rasch und geübt, und sie hörte Erik zu, ohne ihn zu unterbrechen. Dann hatte er also auch erlebt, wie es war, von einem anderen Menschen besessen zu sein, dachte sie. In einen anderen Menschen gleichsam hineingezogen zu werden wie in einen gewaltigen, wirbelnden Strudel, wo alles nur noch Gefühl und Durcheinander war, ein Elfenreigen, der einen lenkte und blind machte. Als er erzählte, sah er so traurig aus, dass sie schließlich nicht anders konnte, als zu ihm zu gehen und ihn zu umarmen. Sie tröstete ihn und strich ihm sanft über die Wange.

»Mein armer Erik«, murmelte sie wieder und wieder. Als er seinen Bericht beendet hatte, lächelte sie ihn an und blickte ihm lange ins Gesicht. »Jetzt verstehst du also. Dass auch du so etwas erlebt hast!«

Sie ergriff seine Hand, streichelte sie nachdenklich

und spürte die Last dessen, was sie selbst zu berichten hatte. Aber sie wich aus und sagte stattdessen:

»Ich weiß nicht, ob du geglaubt hast, dass ich böse würde, aber was du mir eben erzählt hast … ja, es fühlt sich an, als würde es uns näher zusammenbringen.«

Erik blickte hoch und seine Miene hellte sich auf.

»Ja, du hast Recht, so ist es wohl.«

Sie saßen schweigend in Gedanken versunken nebeneinander, dann legte Erik das Holzstück beiseite und steckte das Messer in die Scheide zurück.

»Aber du sagst nichts, Estrid, du erzählst nichts von dir selbst?« Sie sah die Neugier in seinen Augen, das Fragen, aber auch die Sorge. Nun schilderte Estrid alles, was sie im Gårdarik erlebt hatte: Orfrims Verrat und die Flucht aus Aldeigjuborg. Dann geriet ihre Erzählung ins Stocken. Estrid wusste nicht, wie sie von Ragnar Weitfahrer erzählen sollte. Sollte sie Erik jetzt damit bedrängen. Und was sollte sie überhaupt sagen, ja, was wollte sie eigentlich? Sie würde mit Ragnar nach Torslunda ziehen und Rurik mitnehmen – so waren sie in Holmgård übereingekommen – aber nun war sie hier, zu Hause im Strohhaus mit ihrer alten Liebe Erik, während ihre beiden Kinder Rurik und Toste auf den Bänken unter ihren Fellen lagen und schliefen.

Plötzlich war alles anders, und sie fühlte, dass die Kinder sie brauchten, dass sie sie jetzt nicht im Stich lassen konnte. Und Ragnar? Er war ihre Liebe, und sie liebte ihn mit warmem Vertrauen und ihrer ganzen Hingabe. Nach allem, was sie miteinander erlebt hatten, gehörten sie zusammen, und seit sie Erik im Schankhaus verlassen hatte, dachte sie an ihn, sehnte sich und fragte sich, wann sie ihn endlich wiedersehen konnte. Aber jetzt? Ihr Blick fiel auf die Kinder unter den Schlaffellen und auf Eriks klare, offene Gesichtszüge. Mit einem Mal schien ihr Herz wie ein gesprungener Krug. Ragnar? Erik? Sie betrachtete Erik mitfühlend, sie durfte nicht länger zögern, sie musste ihm sagen, wie es war. Die Vertraulichkeit zwischen ihnen war immer da gewesen, sie wollte sie nicht zerstören.

Zögernd begann sie zu erzählen, ihre Stimme war dünner und die Worte strömten langsamer als gewöhnlich. Als sie von Ragnar erzählte, erlosch das Licht in Eriks Augen. Gerade mit Hoffnung und dem Trost einer neuen Zukunft erfüllt, wurden sie vor Bitterkeit stumpf und grau. Als Estrid das sah, verstummte sie und legte den Arm um ihn. Niemals hatte sie Erik so erbärmlich gesehen, und plötzlich konnte sie nicht mehr. Sie fing an zu weinen, und unter Tränen umarmten sie einander ohne Worte, sie fühlten nur noch.

Erst als Brandgeruch den Raum erfüllte, wurden sie der Gegenwart wieder gewahr. Erik stand hastig auf und schleuderte den Eisenspaten vom Feuer.

Sie lächelten sich an, und Estrid ging mit den verbrannten Broten auf den Hofplatz hinaus. Dort warf sie sie in hohem Bogen fort, dass sie auf die Erde prallten und den Hügel hinunterrollten. Natürlich liebte sie Erik noch, dass sie das hatte vergessen können, dass sie all das Gute, das sie zusammen gehabt hatten, so gering geachtet hatte …

Sie hielt gedankenverloren auf halbem Weg ins Haus hinein inne, die Arme über der Brust verschränkt. Es war nicht einfach, es war nicht so, wie sie gedacht hatte. Traurig hob sie den Blick über das Wasser, um Kraft zu sammeln. Wollte sie Erik wirklich verlassen?

Dort draußen war die Nacht in die Morgendämmerung übergegangen, und sie fühlte, wie ihre Gedanken immer träger wurden, wie die Müdigkeit sie einholte. Es würde wohl besser sein, morgen weiterzureden, dachte sie, und wollte zurückgehen. Aber dann blieb sie abrupt stehen. Ihre Augen hatten draußen auf dem Wasser etwas Merkwürdiges entdeckt. Im Licht der Morgendämmerung war es, als bewegte sich das ganze Meer. Vom einen bis zum anderen Ende des Björköfjordes schien die Wasseroberfläche mit großen Schiffen bedeckt zu sein. Sie holte tief Luft und rannte ins Haus zurück.

»Erik!«, rief sie. »Sieh nur, das ist unglaublich!« Und sie stürmte wieder hinaus, dicht von ihm gefolgt.

Die Schiffe waren zwar teilweise in Nebel gehüllt, aber es sah nach einer mächtigen Flotte aus.

»Nun sind sie doch gekommen«, murmelte Erik erschrocken und wich ein paar Schritte zurück. Er schloss die Augen, als hoffe er, die Schiffe wären verschwunden, wenn er wieder hinsah, aber die Boote mit ihren Greifen und Drachen an den Steven und den schwarzen Schilden an der Reling entlang waren noch da. Und sie waren näher gekommen.

»Das sind Dänen«, sagte er entsetzt. »Es müssen dieselben gewesen sein, die Dorestad niedergebrannt haben, und jetzt sind sie nach Birka gekommen. Das habe ich gefürchtet.«

»Ja, das verstehe ich«, sagte Estrid mit einem hilflosen Blick auf die Schiffe. Ein leichtes Lächeln flog über

Eriks Gesicht, aber es verschwand ebenso schnell wieder.

»Nun werden Odins Raben viel Blut zu trinken bekommen«, sagte er verbissen. »Mag sein, dass der König Birkas Verteidigung verstärkt hat, aber wie sollen wir dagegen ankommen?«

Er knirschte mit den Zähnen und trat unruhig von einem Bein aufs andere. Vor ihnen wurde Feuer um Feuer auf den Inseln angezündet. Die Signalfeuer brannten, die Schiffe waren keine Sinnestäuschung. Der Feind war auf dem Weg nach Birka.

»Aber Erik, siehst du nicht, der Meldestab ist herumgegangen, der Heerbann wurde verkündet und Verstärkung ist unterwegs«, sagte Estrid hoffnungsvoll. »Mit Feinden sind wir schon früher fertig geworden. Erinnerst du dich nicht daran, als die Christen dem König auflauerten und es uns gelungen ist, den ganzen Feindespulk durcheinander zu bringen?«

»Doch, aber das war eine Gruppe Reiter, diesmal haben wir es mit einer ganzen Heerflotte zu tun.«

»Uns wird einfach wieder etwas einfallen!« Estrid ging zu Erik und umarmte ihn.

»Ich muss jetzt fortreiten«, stieß er hervor. »Ich bin der Mann des Königs in Birka, der Burgherr, der die Verteidigung oben von der Festung führen soll.«

»Mag sein, aber ohne List werden wir nicht gewinnen. Der Feind muss überrumpelt werden.«

Noch ein Lächeln huschte über Eriks Gesicht. Estrid war ganz die Alte, sie gab nicht so leicht auf. Birka wurde von der größten Flotte, die man je gesehen hatte, bedroht, und sie glaubte, dass ihnen beiden irgendeine Tücke einfallen könnte, die den Bewohnern Birkas zum Sieg verhelfen würde. Eine seltsame Frau war sie. Die anderen Sklavinnen in Aldeigjuborg waren inzwischen vermutlich ins bulgarische Reich oder nach Bagdad verkauft, aber nicht Estrid, sie hatte sich befreien können. Und nun glaubte sie, dass sie gemeinsam etwas ausrichten konnten – gegen eine ganze Heerflotte! Bezaubernde Estrid! Wie hatte er sie vergessen können, diese wunderbare Frau, die allem um sich herum Farbe verlieh? Schlagartig wurde ihm klar, dass er in seiner Enttäuschung über ihre Liebe zu Orfrim all das, was gut und schön gewesen war, fortgeschoben hatte, alles, was ihn einst dazu gebracht hatte, sie zur Frau nehmen zu wollen. Und als ihm dieser Gedanken kam, beschloss er, dass er Estrid nie wieder fortlassen würde, wenn er lebend aus diesem Kampf zurückkehrte. Niemals wieder!

»Du sagtest List, aber die Zeit drängt«, antwortete Erik und ging zum Haus zurück.

»Glaub mir, ich habe eine Idee, und ich werde dich nicht enttäuschen«, entgegnete Estrid, und während Erik sich für die Schlacht rüstete und das Pferd sattelte, erklärte sie ihm, was sie tun wollte.

»Ich sollte dir verbieten, das Haus zu verlassen, aber ich weiß, dass das vergebens wäre«, sagte Erik feixend und saß auf. »Wir machen es so, wie du gesagt hast, und ich verspreche, dir zu helfen.« Er sah sie voller Wärme an, gab dem Pferd die Sporen und ritt davon.

»Nein, warte!«, rief Estrid und rannte ihm nach. »Du hast das hier vergessen.« Und dann streckte sie sich und küsste ihn. Verlegen nahm er seinen Wurfspeer entgegen.

Nun tönten die Birkenluren über die Stadt, und die Bewohner Birkas rannten schreckerfüllt auf die Straße. Sie wussten, was ihnen bevorstand. Wenn es ihnen nicht gelang, die Stadt zu verteidigen, würde Birka brennen und sie selbst getötet oder als Sklaven verschleppt werden. Angst und Furcht trieben sie auf die Gassen, aber dort warteten schon die Männer des Königs, bereit, die Führung zu übernehmen. Während Frauen, Kinder und Alte zum schützenden Burgwall geführt wurden, teilten sie die gerüsteten Männer in Gruppen auf.

Manchen wurde befohlen, den Männern der Garnison oben auf der Burg zu helfen, andere blieben in Birka zurück, um sich um die Verteidigung der Stadt zu kümmern. Die besonders gut ausgebildeten Wachen mit langjähriger Kriegserfahrung nahmen Bogen, Wurfspeer, Axt und Schild und stürmten hinunter zum Hafen. Unten an den Brücken schickte Einar Schwarzbart die besten Seefahrer hinaus, um sich den Feindesschiffen draußen vor der Pfahlsperre entgegenzustellen; er selbst ruderte mit zwölf Drachenschiffen auf die andere Seite des Burgberges. Wenn etwas schief ging, würde er bereitliegen und den Dänen in den Rücken fallen. Bald wurden auch die Schiffe des Königs aus Adelsö erwartet. König Björn wusste, wo der Fjord flach war und wo sich die geheimen Sperren im Wasser befanden, und konnte dort hindurchgelangen, wo andere auf Grund liefen.

Wohl nie zuvor hatte sich die Verteidigung der Stadt so schnell versammelt, aber sie waren auch alle gut aufeinander eingespielt. Snemun, nunmehr Schultheiß der Stadt, hatte die Planung eingehalten. An dem Tag, an dem der König beschloss, Birkas Kampfbereitschaft zu stärken, hatte er Snemun und Erik zu sich gerufen, um sich mit ihnen zu beratschlagen. Zuerst einigten sich die drei Männer darauf, dass alle Bewohner Birkas ausgebildet werden mussten, um ihre Stadt zu verteidigen. So war jeder waffentaugliche Mann, Freier wie Sklave, gerüstet und kannte seinen Platz in den verschiedenen Abteilungen. Nun musste Snemun das ganze Szenario überwachen.

Diejenigen, die der Verteidigung der Stadt zugeteilt waren, gingen um die Häuser und in den Gassen in Stellung, ein Teil des Fußvolkes bildete Ketten bis zum Strand hinunter, um den Brandwachen zu helfen. Fässer, Ledereimer und andere Gefäße wurden mit Wasser gefüllt, die Kette entlanggereicht, und oben auf den Häusern standen Wachen und leerten Eimer für Eimer auf die Dächer. Zum Schluss tropfte es von Torf und Stroh, und die Dachstühle trieften vor Nässe. Auf jedem Dach wurde ein Mann postiert, um Brandpfeile abzuwehren, während ein anderer mit gefüllten Wassereimern daneben stand.

Noch vor wenigen Monden hätte niemand geglaubt, dass so etwas möglich war, aber jetzt, kurz nachdem die Signalfeuer angezündet worden waren, war Birkas gesamte Verteidigung in Stellung gegangen. Auf dem Weg zum Burgberg hatte Erik Snemun sogar benachrichtigen können, dass Leiterwagen, Seile, Weidenruten, Sensen und Sicheln für die Burg gebraucht wurden, alles dem Befehl des Königs folgend. Da Erik als Mann des Königs bekannt war, verbreitete Snemun die Aufforderung in den Straßen, und bald bewegte sich eine Horde von Menschen, Tieren und Wagen zum Burgberg.

Als Erik das sah, konnte er sich ein Lächeln nicht verkneifen. Wenn die Leute wüssten, dachte er, dass dieser Plan nicht vom König stammte, sondern von Estrid.

Rasch wies er den Bogenschützen und den Männern mit den Speeren Plätze hinter der Brüstung an, während er immer wieder nach Estrid Ausschau hielt. Möge ihr nichts zustoßen, dachte er, aber sie sollte in der großen Menschenmenge auf dem Weg zur Burg geschützt sein. Dann sah er, wie sie durch das Königstor eilte, zusammen mit Sigfrid und den Kindern. Erleichtert fuhr er damit fort, das Heer zu versammeln.

Estrid sah sich um. Mit den Kindern im Schutz des Burgwalles konnte sie aufatmen, und sofort wanderten ihre Gedanken zu Ragnar. Sie hatte ihn nicht mehr gesehen, seit sie zum Strohhaus zurückgekehrt war, und in der großen Aufregung hatte sie unten in der Stadt nicht nach ihm suchen können. Und wo war Erik? Er müsste oben auf dem Burgwall sein. Erik und Ragnar, die beiden Männer, die ihr am meisten auf dieser Welt bedeuteten, waren in einem Augenblick wie diesem nicht bei ihr. Sie ballte die Hände und sah unruhig auf das Meer hinaus. Die Feindesschiffe lagen schon unmittelbar vor der Sperre. So viele Schiffe und bewaffnete Männer hatte sie noch nie zuvor gesehen. Mit einem Mal bekam sie Angst. Das war kein Spiel, und es waren auch keine schönen Schiffe, deren Anblick man genießen konnte. Auf dem Wasser segelten Feinde, die zerstören und plündern wollten. Sie drückte Rurik noch fester an sich und hielt Tostes Hand.

Über den Lärm erklangen die Laute zweier Kampfluren und kurz darauf prasselte eine Schar Pfeile auf die Stadt nieder. Die Pfeile verdunkelten zunächst den Himmel, dann sausten sie herab und ergossen sich über die Krieger unten am Hafen. Die Männer hoben ihre Schilde über die Köpfe und wehrten die Pfeile ab, aber einige von ihnen schrien auf und taumelten zu Boden. Würde einer von ihnen das hier überleben?

Als Harald Sigurdson sich Björkö näherte, entdeckte er, dass große Teile der Verteidigung bereits Position bezogen hatten. Er sah Schiffe, die den Hafen verließen, kampfbereite Männer, die Schutzburgen in den Straßen unten am Kai besetzten, und Tiere und Menschen, die zur Burg hinaufeilten. Oben auf dem Burgwall glaubte er außerdem Bogenschützen zu erkennen, und vor der Garnison konnte er gerüstete Männer und Pferde ausmachen. Wie konnte das sein? Die ganze Stadt schien auf den Beinen zu sein und die Häuser verlassen zu haben, und das in kürzerer Zeit, als er es je zuvor erlebt hatte. Was war geschehen? Hatte ihn jemand verraten? Plötzlich war Harald ratlos und verfluchte seine Selbstgefälligkeit und Einfalt. Das hatte er nicht erwartet, und warum hatten die Walküren ihn nicht gewarnt? Wo waren sie jetzt? Wie hatte er so töricht sein können, Astrid Mannszunge mit dem Auftrag, den Königshof auszukundschaften, zu betrauen? Hatte sie nicht schon vorher bewiesen, dass sie ihren eigenen Weg ging, ungeachtet jeglicher Befehle? Kein Wikingerhäuptling, kein Odin und nicht einmal der Heilige Geist konnte eine wie sie lenken. Dass solche Weiber geboren werden durften! Jetzt hatte er sich schon verspätet und außerdem die Möglichkeit verpasst, die Schiffe des Königs vor Adelsö aufzuhalten. Er lief Gefahr, dass ihm bewaffnetes Volk in den Rücken fiel. Harald verzerrte sein Gesicht vor Zorn. Nun galt es keine Zeit zu verlieren, er musste sofort angreifen.

Erzürnt blies er drei harte Stöße in die Rindenlure. Die Schützen auf den dreißigbänkigen Schiffen stellten sich auf, spannten die Bogen und schossen ihre Pfeile ab. Zahlreiche Männer fielen an den Brücken und sogleich beruhigte Harald sich. Er war stärker als die Wachen des Königs und alle Bewohner Birkas, das durfte er nicht vergessen. Es war zwar schade, dass er den Feind nicht hatte überrumpeln können, aber die Schlacht war keineswegs verloren. Außerdem hatte er die Wurfmaschinen. Sie waren bereits geladen, und sowie diese Katapulte auf den Schiffen verankert waren, konnte er zu schießen beginnen. Er wartete einen Moment ab. Dann hob er entschlossen seinen Speer zum Zeichen. Ein paar Schleudersteine gegen die Burg würden den Widerstandsgeist der Bewohner Birkas zu brechen verstehen.

Die Signalfeuer loderten hell, und große Rauchwolken trieben über das Wasser. Von der anderen Seite des Fjordes drang Lärm herüber, und vor Birka drängten sich die Schiffe der großen Heerflotte. Astrid Mannszunge und Gunnhild Zirpschnabel blieben mit großen Augen und verdrossener Miene auf der Königsterrasse stehen. Eben noch hätten sie den König gefangen nehmen, über den Fjord nach Björkö segeln und Harald alles über die Verteidigung der Stadt berichten können. Aber dann hatten sie gezögert, und nun war es zu spät. Harald hatte angegriffen. Und hier auf Adelsö konnten sie nichts unternehmen, plötzlich waren überall Horden von Wachen aufgetaucht.

»Was für eine Flotte! Ich hoffe, den Göttern hat das Opfer gefallen, sonst weiß keiner, wie das hier enden wird!«, sagte der König atemlos, das Kettenhemd halb über den Kopf gezogen. »Früher als wir geahnt haben, ist der Feind nach Birka gekommen, und das so schnell, dass ich euch nicht mit Schiffen unterstützen kann. Am besten nehmt ihr eure eigenen. Wir können jedes Schiff für unsere Verteidigung gebrauchen.« König Björn gelang es, das Kettenhemd anzuziehen, gürtete sein Schwert und steckte die Kurzaxt in den Gürtel. »Siegen wir, werdet ihr wie alle anderen reich belohnt.« Er begann zum Hafen hinunterzurennen, hielt inne und rief über die Schulter zurück: »Dort drüben ist mein Stallmeister Bue Schönhaar, meine rechte Hand. Folgt ihm!«

Er zeigte auf einen groß gewachsenen Mann mit rotem Schild, der mit einer Gruppe von Kriegern auf dem Hofplatz stand. Im nächsten Augenblick war Seine Majestät verschwunden. Astrid Mannszunge und Gunnhild Zirpschnabel sahen ihm lange nach.

»Dieser Vogel ist uns entwischt«, murrte Astrid Mannszunge grimmig. Schweigend sahen die Walküren zu, wie sich die Strände um den Hafen gleichsam erhoben und lebendig wurden.

Überall wurden die Schiffe des Königs aus Bootshäusern und Verstecken gezogen, gerüstete Wachen stürmten hervor und schoben die kampfbereiten Drachen ins Wasser.

»Das geht so schnell, als wären sie gewarnt worden«, sagte Gunnhild betreten.

»Oder das ist ein Teil der neuen Verteidigung, von der der König gesprochen hat. Denk doch, wir hätten nur die Hand ausstrecken und ihn gefangen zu nehmen brauchen!«

»Wir haben zu lange gezögert.«

»Ich dachte, dass wir noch Zeit für ein Horn Met mit Seiner Majestät hätten. Wie hätten wir ihm sonst die Geheimnisse entlocken sollen?«, widersprach Astrid.

Astrid Mannszunge und Gunnhild Zirpschnabel hoben nachdenklich ihre Umhänge auf, gürteten ihre Schwerter und Äxte und nahmen ihre Speere. Erst da merkten sie, dass fast alle Schiffe losgesegelt waren.

»Die Männer des Königs sind flinker, als wir geglaubt haben, schau! Hätten wir den König gefangen genommen, wären wir tot gewesen, noch ehe wir den Hafen erreicht hätten«, überlegte Gunnhild.

»Das mag sein, aber jetzt haben wir Harald nicht mehr warnen können«, seufzte Astrid. »Alles, was wir über die Verteidigung Birkas wissen, ist jetzt nutzlos, und selbst wenn wir Haralds Männer einholen, wissen wir nicht, in welcher Abteilung wir kämpfen sollen.«

»Das ist wahr.«

»Auch wenn wir auf Haralds Seite kämpfen und er gewinnt, wird uns keine Ehre zuteil«, fuhr Astrid gedankenverloren fort.

»Er wird sagen, dass wir seine ganze Flotte gefährdet haben, wird uns verhöhnen, ja, alle Unverschämtheiten der Welt werden über uns hereinbrechen.«

»So, wie er geflucht und gebrüllt hat, als wir ihm geholfen haben, dürfte er jetzt kaum milder sein«, räumte Gunnhild ein. »Dabei habe ich mich so auf einen prächtigen Kampf gefreut.«

»Na«, riss Astrid sich zusammen, »erinnere dich, dass König Björn uns gerade angeheuert hat. Kämpfen können wir schon, wenn wir wollen, nur eben nicht in Haralds Heer.«

»Nicht?«, fauchte Gunnhild. »Aber wir gehören doch seiner Flotte an, und hätten wir den König gefangen genommen, wären wir beide gepriesen worden. Du hättest ja nicht so lange mit Seiner Majestät plaudern müssen. Du hast gezögert, weil du dabei warst, dein Herz an den Svearkönig zu verlieren, ich habe es dir genau angesehen.«

»An den König? Ich? Nein, wahrlich, dich hat er angestarrt. Deshalb hat er so lange mit der Antwort gezögert. Alles ist dein Fehler!«

»Das ist nicht wahr!«

»Halt!« Astrid hob abwehrend die Hände. »Es bringt nichts, wenn wir uns deshalb streiten. Wir sind Walküren geworden, um zu kämpfen, nicht um zu zanken, oder?«

Gunnhild nickte mürrisch.

»Hör zu, die Schiffe des Königs nähern sich Harald von achtern. Gleichzeitig haben die Bewohner Birkas eine bewaffnete Verteidigung oben auf der Burg. Wenn wir lebend aus dieser Schlacht herauskommen wollen, ist es das Klügste, wenn wir uns mit dem König zusammentun.«

»Das ist wahr.«

»Und er scheint mir ein besserer Mann als Harald zu

sein«, fuhr Astrid fort. »Harald hat es uns nicht einmal gedankt, als wir ihn aus der Sperre gerettet haben. Stattdessen hat er mich eine Kröte genannt, ich habe es genau gehört.«

»Was für eine Schmach!«, sagte Gunnhild teilnahmsvoll. »So etwas würde König Björn niemals sagen.«

»Da siehst du, du hast doch eine Schwäche für ihn.«

Astrid und Gunnhild wurden von einem riesigen, bewaffneten Mann mit rotem Schild, silberner Ringfibel und vergoldetem Schwertgriff unterbrochen.

»Mein Name ist Bue Schönhaar. Der König sagt, dass er euch gedungen hat.«

Der Mann streckte seine Hand zum Gruß aus.

»So ist es«, räumte Astrid ein.

»Wir müssen jetzt segeln. Bald wird der Feind an Land gehen, und wir müssen ihm in den Rücken fallen, ehe er die Burg erreicht. Dabei benötigen wir eure Hilfe.«

Astrid und Gunnhild hörten aufmerksam zu.

»Ich habe eure Boote an der Brücke gesehen«, fuhr Bue Schönhaar freundlich fort. »Ihr scheint gute Seglerinnen zu sein, und schönere Schiffe als eure Schnecken habe ich noch nirgends gesehen. Aber soviel ich weiß – Walküre wird schließlich auch nicht jede Beliebige.«

Gunnhild sah plötzlich ganz stolz aus, und Astrid errötete unter ihrem Lederhelm. Solche Schmeicheleien hatten sie bisher nicht gehört, und man war ihnen mit Respekt begegnet!

Zum ersten Mal seit sehr langer Zeit fühlte Astrid Mannszunge eine liebliche Wärme in sich und fast geriet sie ins Träumen.

Dann riss sie sich zusammen, und als sie Bue Schönhaar antwortete, war ihre tiefe Stimme heller als gewöhnlich:

»Dann lasst uns segeln. Jetzt werden wir dem Feind einheizen.«

21

Drinnen in der Burg erklangen fürchterliche Schreie, als die ersten Schleudersteine vom Himmel fielen und in den Wall einschlugen. Erde und Holzsplitter spritzten, und die, die sich drinnen duckten, malten sich aus, was geschehen wäre, wenn der Stein innerhalb der Palisaden gelandet wäre. Der Burgwall war zwar breit, aber nur zwei Mann hoch, und die Holzpalisaden waren nicht gegen solch gewaltige Steine errichtet worden. Wie konnte der Feind so große Steinblöcke schleudern? Hatte er die Riesen des Waldes gedungen oder besaß er geheime Waffen? Die Einwohner Birkas kauerten sich hinter dem Wall zusammen, und manch einer opferte Odin, während ein Seher und eine Seherin Formeln murmelten und Opferspäne warfen. Plötzlich ertönte Eriks Stimme über dem Lärm.

»Mehr Schützen an die Brüstung, wir brauchen alle, die wir kriegen können!«

Der König hatte Erik den Befehl über die Männer der Garnison oben auf der Burg gegeben, und auch wenn manche fanden, der König habe einen allzu bartlosen Mann dafür ausersehen, entschieden sie sich doch zu gehorchen. Erik Bernsteinhändler hatte erfolgreich in Ost und West gekämpft, und die Älteren wussten noch, dass er ein Mann war, der mehr konnte, als es den Anschein hatte.

Erik rannte eilig den Burgwall entlang und überwachte die Schützen. Mehrere Bogenschützen gingen in Stellung, Männer gruppierten sich zu Schildburgen und Krieger bildeten in großen Scharen mächtige Abteilungen. Ferner standen dreißig Mann in Gefechtsstellung am Tor, um zu verhindern, dass der Feind so weit vordringen konnte. Aber zusammengenommen zählten die Männer Birkas hier oben nicht mehr als vierhundert Mann, auf den Drachenschiffen waren es fast doppelt so viele. Einen Augenblick lang überlegte Erik, ob sich Harald Sigurdson unter den Angreifern befand, der Bruder, der einst sein Leben bedroht hatte. Vor vielen Wintern hatte Harald seine Schiffe in einer Seeschlacht vor Tälje verloren, aber Gerüchte besagten, er habe eine neue Flotte aufgebaut. Wie Erik gehört hatte, war er es gewesen, der den Angriff auf Dorestad, die große Handelsstadt der Christen im Frankenreich, angeführt hatte, und das erstaunte ihn nicht. Obwohl dieses Ungeheuer sich als Vertreter Jesu Christi und der neuen Lehre sah, hatte er die Stadt verwüstet und geplündert. Dass dort Christen lebten, schien ihn wenig gekümmert zu haben, Harald Sigurdson diente niemandem, nur sich selbst. Der raue Gesell war ein grausamer Mann, der mit bloßen Händen tötete und für den Plündern und Zerstörung ein Vergnügen waren. Erik verstand nicht, wie sie, obwohl sie als Brüder auf demselben Hof aufgewachsen waren, so verschieden sein konnten, aber schon als Kind hatte er seinen älteren Bruder nicht leiden können.

Erik blickte über die Burg, die größte und mächtigste im ganzen Sveareich. Hinter den verstärkten Verteidigungswällen fand Birkas gesamte Bevölkerung Platz sowie Vorratsgebäude, Ställe und die komplette Waffenausrüstung der Stadt. Die gewaltige Verteidigungsburg mit Mauerwerk und Palisaden aus starker Eiche war über siebenhundert Ellen lang, sechs Ellen hoch und sechzig Ellen breit. Darüber hinaus hatte der König eine Brüstung auf den Wall bauen lassen und dahinter einen breiten Gang für die Bogenschützen. Dort waren sie geschützt und konnten dennoch ihre Pfeile abschießen. Das Gewicht seines Lederkollers lag schwer auf Eriks Brust. Wenn nur diese Schleudersteine nicht gewesen wären. Jetzt war die ganze Palisade bedroht. Er schauderte, doch dann biss er die Zähne zusammen.

»Bogenschützen, in Stellung! Erste und Zweite Abteilung, macht euch mit den Speeren bereit!«, befahl er und hob das Zeichen des Königs. Trotz des schwachen Windes war der Wimpel hoch über der Burg gut zu erkennen, und jeder in der feindlichen Flotte konnte sehen, dass die Männer des Königs versammelt waren. Erik schwitzte der Morgenkühle zum Trotz und die Haare unter seinem Lederhelm klebten am Kopf. Er wusste nicht, ob es die Anspannung oder der eilige Ritt zum Strand gewesen war. Aber tief in seinem Innern verspürte er Angst. Natürlich hatte er schon früher Heerzüge angeführt und gekämpft, aber noch nie hatte er die Verantwortung über die Verteidigung einer ganzen Stadt gehabt. Und dann diese entsetzlichen Schleudersteine! In der Schankstube hatte er gehört, dass kräftige Katapultmaschinen Löcher in die Palisaden Dorestads geschlagen und die Festung geschwächt hatten. Waren diese Waffen den ganzen Weg nach Birka transportiert worden? Das konnte unmöglich die Tat eines Menschen sein!

Als Erik die Westseite des Burgwalls erreichte, stieß er mit Estrid zusammen. Sie hatte die Kinder bei Sigfrid gelassen und war an den Leiterwagen beschäftigt.

»Wie geht es?«, fragte er sie gespannt und warf einen hastigen Blick auf die Wagen.

»Es fehlen noch einige.«

»Sensenwagen – von einer solchen Erfindung habe ich noch nie gehört«, sagte er erwartungsvoll und belustigt zugleich.

»Gut, denn nur mit Überraschungen überrumpelt man den Feind«, antwortete Estrid mit ruhiger Selbstverständlichkeit in der Stimme. »Wenn sie direkt unter uns sind, schlagen wir zu.«

Sie blickte zu den Karren, die in gleichen Abständen oben auf dem Verteidigungswall aufgereiht standen. Von dort aus mussten sie nur noch den Hügel hinuntergeschoben werden. Die, die fertig waren, wurden unter Mahd und Laubzweigen versteckt, und die anderen sahen nicht so aus, als wären sie von Bedeutung.

»Das nenne ich einen üblen Geruch«, sagte Erik plötzlich. »Was ist das?«

»Ich sagte doch, Überrumpelung ist das Wichtigste im Kampf. Ein Teil der Wagen ist mit Dung beladen. Du wirst schon sehen, wie bitter dieses Schiffsvolk seinen Angriff bereuen wird.« Estrid kicherte, doch dann wurde sie wieder ernst. »Aber das hier werden schreckliche Waffen, ich möchte nicht dort unten sein.«

Erik konnte unter all dem Laub nicht viel sehen, aber er dachte, dass die Bewohner Birkas auf diese Weise noch etwas anderes außer Bogenschützen und bewaffneten Männern hatten, selbst wenn der Feind mit Wurfmaschinen aufwartete. Und mit einem Mal fühlte er sich gestärkt für die bevorstehende Begegnung. Estrid hatte wirklich die Fähigkeit, anderen Kraft und Mut einzuflößen! Als er den Burgwall entlang an ihr vorbeiging, konnte er nicht anders, als seine Hand auszustrecken und ihr über die Wange zu streichen.

Plötzlich erklangen Schlachtrufe und Lärm am Fuße des Hügels. Ein paar Schiffe hatten angelegt, und die Mannschaften waren hinauf zur Burg unterwegs, unterstützt von Bogenschützen. Mochte keiner ihrer Pfeile die Kinder treffen, ängstigte Estrid sich, aber sie tröstete sich damit, dass Sigfrid alles dafür tat, um sie zu schützen.

Estrid eilte zu den übrigen Leiterwagen. Noch fehlten die Letzten, dann konnte sie zu den Kindern zurückkehren.

»Auf den Dung hätte der König ruhig verzichten können. Man wird ganz benommen von dem Gestank«, sagte einer der Männer an den Wagen.

»Ich fürchte, das ist nicht ganz die Schuld des Königs«, murmelte Estrid und eilte weiter.

Dicht am Burgwall und so weit vom Königstor entfernt wie möglich, entdeckte sie Sigfrid mit den Kindern. Gute, wunderbare Sigfrid, auf sie konnte man sich immer verlassen. Aber wo war Ragnar?

Sie hatte ihn nicht bei den anderen auf dem Weg den Berg hinauf gesehen und auch nicht bei der Garnison, wo die Wachen des Königs bereitlagen. Er war hoffentlich nicht unten in der Stadt geblieben, das war zu gefährlich. Aber er war schließlich klug und vernünftig. Er würde mit seinem Schicksal schon fertig werden. Er musste es schaffen!

Estrid erreichte das Ende des Walles. Nun waren sämtliche Karren fertig. Sie pfiff laut auf zwei Fingern, der schrille Laut übertönte den Lärm. Als sie sah, dass Erik den Speer mit dem Zeichen des Königs hob, wusste sie, dass er sie gehört hatte. Jetzt konnte sie nur noch warten.

Vor der Burg lud Harald zum zweiten Mal die Katapulte und gab den Männern das Zeichen, den Wurfarm auf den östlichen Teil des Königstors zu richten. Dort musste der Wall am schwächsten sein, und er wollte die Öffnung vergrößern. Mit boshafter Begeisterung gab er den Männern das Signal zu schießen. Es pfiff in den Tauen, die gewaltigen Steine schossen in die Luft, und bald schlugen sie mit Furcht erregendem Krach in den Wall. Die Geschosse hatten das Tor verfehlt. Harald stieß wilde Flüche aus und deutete den Männern, es erneut zu versuchen. Die Katapulte wurden von zwei breiten Knorren abgefeuert, die in Ufernähe verankert lagen. Vielleicht hatten die Schiffe geschwoit? Haralds Männer luden wieder, und sogleich flogen die nächsten Steine zur Burg. Immer mehr schlugen im Wall ein, und an einigen Stellen splitterten die Palisaden. Aber das Königstor blieb unbeschädigt. Diejenigen, die in der Burg Zuflucht gesucht hatten, waren starr vor Schreck, und die Kinder weinten laut. Der Schrecken dieser unbekannten Waffe machte auch die Bogenschützen unsicher. Viele zogen sich von dem gefährdeten Wall zurück.

Auf dem Wasser begegnete der König einigen der dänischen Schiffe, und mit Hilfe der Enterhaken machte er an den Feindesschiffen fest. Die Drachen mussten abgeräumt werden, sonst würde es schwer werden, an Land zu gelangen. Mannhaft stellte er sich mit erhobenem Schwert bereit und schlug und stach in blinder Raserei um sich. Die Dänen waren gekommen, um seine Stadt zu plündern, Tod solchen Barbaren! Aber diese Dänen waren geschickte Kämpfer, und es gab großes Blutvergießen unter seinen Männern, sogar ihn selbst traf ein Hieb über der Schulter. Hätte er sich nicht just in dem Moment vorgebeugt, sein Schwertarm wäre glatt abgetrennt worden, aber so war die Wunde nicht so schlimm und er konnte den Kampf fortsetzen.

Der König und seine Getreuen schlugen sich Schiffsraum für Schiffsraum vorwärts, und bald färbten sich Spanten und Deck rot. Der Anführer der Dänen fiel und viele mit ihm, und als schließlich die Steuermänner der beiden größten Seepferde den Tod fanden, gelang es dem König, sich nach vorn durchzuschlagen. An Björkös nordwestlicher Landzunge konnte er an Land gehen, und während er mit seinen Männern zum Strand watete, entdeckte er plötzlich Bue Schönhaar und die Walküren. Ihre Schnecken näherten sich dem Land, und er sah die kampfbereiten Walküren am Steven bereitstehen. Ein Haufen weiblicher Krieger! Der König machte große Augen und bereute fast, dass er sie gedungen hatte. Nicht weil er glaubte, dass sie ihm nicht von Nutzen sein würden, sondern weil er plötzlich fürchtete, ihnen könnte etwas zustoßen. Astrid Mannszunge war vielleicht niemand, den man auf den ersten Blick schön nennen konnte, aber sie strahlte Ruhe, Furchtlosigkeit und Geborgenheit aus – so wie er als kleiner Junge seine Mutter erlebt hatte. Und Gunnhild, ja, sie war beides, schön und stark. Ihre kräftige Gestalt, ihr helles Gesicht und die zarte, weibliche Stimme hatten solchen Eindruck auf ihn gemacht, dass sich nicht leugnen ließ, dass er sich gern öfter mit ihr unterhalten würde.

König Björn näherte sich Birka von Nordwest, und mit Einar Schwarzbarts Schiffen auf der anderen Seite der Burg und Erik, der den Feind von oben vom Wall aus bekämpfte, sollte es ihnen gelingen, die Dänen zu umzingeln und zu schlagen. Aber es würde ein harter Kampf werden, denn diese Männer aus dem Land der Dänen waren erfahrene Krieger und sie waren viel zahlreicher als sie selbst. Um zu siegen, musste der König sie im Zweikampf Mann gegen Mann kampfunfähig machen. Aber König Björn hatte sogar daran gedacht und sah zu seiner Freude, dass er endlich Verwendung für seine Berserker hatte; eine ungebärdige Sippe, mit der er auf dem Königshof viel Scherereien gehabt hatte. Wenn sie nicht kämpfen durften, wurden sie schwermütig und rissen Steine und Bäume aus und erschlugen manchmal irgendeinen armen Kerl, der ihnen über den Weg lief. Jetzt konnte er sie endlich für das gebrauchen, wozu sie taugten.

»Gebt nun Odins Raben Blut zu trinken!«, forderte er sie auf und hob seinen Speer. Er hatte seine Berserker in zwei Gefolge von je zwölf Mann aufgeteilt, angeführt von dem Hünen Ljot und dem Riesen Torvald Schrecken. Seine Majestät blickte ein wenig ängstlich in ihre Richtung, denn er hatte ihnen mehr von dem weißen Fliegenpilz gegeben als gewöhnlich, und er fürchtete, dass ihre Raserei jeden Moment ausbrechen könnte. Wenn sie ihren Anfall vor dem Kampf bekamen, konnte sich ihr Zorn gut und gern auch gegen tote Dinge richten und dann waren sie zu nichts mehr nütze. Am besten man behandelte diese Männer wie Bluthunde – man lenkte sie zu den Eindringlingen, um sie im richtigen Augenblick loszulassen. König Björn warf einen unruhigen Blick auf den stattlichen, haarigen Berserker Torvald Schrecken. Er hatte schon begonnen zu grunzen und zu brüllen und war im Begriff, sich ins Wasser zu stürzen. Kaum hatten die Wachen ihn dazu gebracht, sich wieder Richtung Land zu wenden, brach er in den Berserkergang aus. Ohne zu warten, bis Seine Majestät die Königslure erklingen ließ, stürmte er an Land, zerrte einen jungen Baum mitsamt Wurzeln aus der Erde und schwang ihn bedrohlich, während er auf König Björn zusteuerte.

»Nicht mich, die Feinde da drüben«, schrie der König erschrocken und zeigte zum Strand, wo die Dänen anlegten. Aber Torvald Schrecken hatte Geschmack am Holz gefunden. Ungestüm riss er zwei Erlen aus, eine Eberesche, einen Busch und eine kleine, knorrige Eiche, ehe der Berserker Ljot ihn endlich beruhigen konnte, indem er ihm einen Schild zu beißen gab.

»Das war knapp. Vielleicht hätte ich Torvald Schrecken besser zu Hause gelassen«, beklagte sich der König bei seinem vertrautesten Knappen.

»Ach was, wenn er Schiffe hebt wie Bäume, dann wird es schon gut gehen.«

»Ein Glück, dass es auf Björkö hauptsächlich Gestrüpp gibt«, murmelte der König kaum hörbar.

Als sich Bue Schönhaar und die Walküren Birka näherten, entdeckten sie, dass große Horden von Dänen die

Schiffe verlassen hatten und auf dem Weg zur Burg waren. Nur achtzig Wachen waren bei den Drachen zurückgelassen worden.

»Das scheint mir ein glücklicher Zufall zu sein«, sagte Astrid Mannszunge und steuerte auf Bue Schönhaar zu. »Sie haben wenig Wachen. Wir sollten die Gelegenheit nutzen und ihre Schiffe zerstören.«

»Nein, wir sind nur sechzig Mann. Das kann schief gehen. Wir können uns anderswo besser nützlich machen«, wandte Bue ein. Aber wenn er glaubte, Astrid damit besänftigt zu haben, dann irrte er sich. Wieder ertönte Astrid Mannszunges donnernde Stimme.

»Wir könnten sie einschließen«, sagte sie geschäftig.

»Der König hat wohl andere Pläne im Sinn«, antwortete Bue Schönhaar geduldig. »Meine Order ist, ihm zu folgen.«

Nun verhielt es sich so, dass Astrid abgesehen davon, dass sie sehr ungeduldig war, gelegentlich auch von Übermut gepackt wurde. »Tu das, Bue, folge du dem König«, erwiderte sie schnell. »Das hier erledige ich allein.«

Noch ehe Bue Schönhaar etwas dagegen unternehmen konnte, hatte sie Schwert und Kettenhemd abgelegt und sich in die Wogen gestürzt. Sowie sie wieder auftauchte, klemmte sie sich ihr Messer zwischen die Zähne und gab den anderen energische Zeichen, weiter in Richtung Land zu rudern. Niemand sollte sie entdecken. Bue Schönhaar fand, dass es ein Jammer war, so schnell eine gute Kriegerin zu verlieren, aber er konnte nichts unternehmen und ruderte mit den anderen zum Strand.

Im Wasser verlor Astrid Mannszunge keine Zeit. Sie, die für gewöhnlich polterte wie eine leere Tonne, wenn sie den Mund auftat, glitt lautlos von Schiff zu Schiff, das Messer in der Hand. Am Steuerruder tauchte sie fast unhörbar unter und durchtrennte die Ankertrosse einige Ellen unter der Wasseroberfläche. Niemand ahnte, was geschehen würde.

Als sie die Taue von zwanzig Schiffen gekappt hatte, entdeckte sie plötzlich zwei prahmähnliche Handelsschiffe, die mit vier festen Trossen auf dem Grund verankert waren. Es waren breite Schiffe mit flachen Decks, beide hatten seltsame Wagen an Bord. Von unten sahen sie aus wie gewaltige Brücken auf Rädern, aber von Zeit zu Zeit erklangen Kommandorufe und ein langer Holzarm mit einem schalenförmigen Ende sprang über der Vorrichtung hoch. Dann begriff sie. Mit den Schalen wurden große Steine und Eisenstücke geschleudert!

Astrid staunte, aber dann flammte Zorn in ihr auf. Der Feind benutzte gewaltige Katapultmaschinen, die Steine auf die armen Menschen oben in der Burg schleuderten. Was war das für ein Kampf? Das hier war kein würdiges Klingenwechseln, bei dem der Beste siegte und lebenslanges Üben mit Speer und Schwert den Ausschlag gab. Nein, das hier war eine Schande, ja, Betrug! Der schwächste Weichling konnte aus einer solchen Schlacht als Sieger hervorgehen, wenn er nur diese heimtückische Maschine einsetzte. Das widersprach allem, was Astrid Mannszunge für ehrenvoll hielt, und sie kümmerte sich nicht länger darum, dass sie entdeckt werden konnte. Lautlos tauchte sie, kappte die dicken Trossen und schwamm davon. Erst weit von den Schiffen entfernt wagte sie es, wieder an die Oberfläche zu kommen. Sie spähte in alle Richtungen und stellte fest, dass niemand sie gesehen hatte. Ohne sich zu verraten, kehrte sie leise zu ihrem Schiff zurück, stemmte sich über die Reling und zog ihre Rüstung wieder an. Wären die tropfenden Haare nicht gewesen und hätte sie ihre Nase nicht hochgezogen, wäre niemand auf den Gedanken gekommen, dass sie überhaupt im Wasser gewesen war.

Der Morgennebel lag noch über Küste und Meer, der Wind wehte schwach. So kam es, dass zunächst niemand bemerkte, was geschehen war. Nur oben auf der Burg fiel den Bewohnern Birkas auf, dass etwas vorgefallen sein musste, denn nun trafen die Steine nicht mehr den Wall oder die Palisaden, sondern schlugen große Löcher in den Hügel, donnerten gegen Felsen oder fielen in hohem Bogen ins Wasser. Sie schöpften in der Festung neuen Mut, und die Verteidiger wagten sich wieder auf die Brüstung. Die seltsamen Wurfmaschinen schienen dem Feind nicht länger zu gehorchen, so dass die Svear in den Zweikampf ziehen konnten und Mann gegen Mann kämpften. Darin waren sie geübt, und das beherrschten sie ausgezeichnet.

Am Fuße des Berges unterhalb der Burg versammelte Harald Sigurdson seine Männer. Einige seiner Krieger fehlten, sie hatten im Kampf unten am Strand den Tod gefunden, aber dennoch, der größte Teil seines Heeres war kampfbereit. Mit kurzen, schnellen Befehlen erklärte er ihnen, was sie zu tun hatten, und während sechs

Mannschaften abkommandiert wurden, die Männer auszuschalten, die in der Stadt zurückgeblieben waren, stellte er den Rest seiner Männer zu Abteilungen von je fünfzig Mann zusammen. Mit dieser Horde fähiger Kämpfer wollte er die Burg angreifen.

»Folgt mir!«, schrie er und hob das Zeichen. Die Männer trugen volle Rüstung, einige von ihnen außerdem Leitern und Eisenhaken. Die Bogenschützen ihrerseits waren sowohl mit gewöhnlichen Pfeilen als auch mit Brandpfeilen ausgestattet, und während Abteilung für Abteilung den Berg hinaufzog, spannten die Schützen ihre Bogen und ließen Pfeile über die Burg regnen.

Der Kaufmann Ragnar Weitfahrer hatte zwei Tage lang im Schankhaus gewartet, als plötzlich Lärm und Tumult um ihn herum ausbrachen. Er wurde von gellenden Hornstößen geweckt, taumelte aus seinem Bett und stürmte zusammen mit den anderen Kaufleuten hinaus, um zu sehen, was geschehen war. So weit das Auge reichte, loderten die Flammen der Signalfeuer gen Himmel, und überall rannten Männer, Frauen und Kinder schreiend und lärmend auf die Straßen. Er blieb ratlos stehen. Der Feind war bereit, Birka anzugreifen, und er wusste nicht, wo Estrid war. Er hatte kein Rüstzeug und keine Waffen außer sein Schwert, und sein Messer trug er auch nicht bei sich. Plötzlich spürte er einen Stoß im Rücken und ein älterer Mann mit harschem Blick schrie:

»Lauf hinauf zur Burg! Wir brauchen jeden Mann! Das hier ist die größte Flotte, die Birka jemals angegriffen hat!«

Mit einem Mal wurde Ragnar klar, was bevorstand. Er hastete in den Schankraum, griff sein Schwert, packte seine Sachen in den Beutel und rannte hinaus. Dann schloss er sich der Menschenschar an, die zum Burgwall zog. Dort würde er wenigstens Schutz finden, und vielleicht war auch Estrid dort.

Als er durch das Königstor trat, hielt er sofort nach ihr Ausschau, aber in dem Getümmel sah er sie nicht. Er suchte nach ihr, versuchte sich einen Weg durch das Gedränge zu bahnen, ging auf den Wall hinauf, um sich einen Überblick zu verschaffen, aber vergebens. Wo war Estrid? Immer mehr Menschen drängten sich in den Wall hinein, und Ragnar wurde immer weiter nach hinten und immer weiter vom Königstor fortgedrängt. Schließlich stand er ganz oben auf dem Burgberg und sah die Menschen wie eine bunte, wogende Masse unter sich. Aber Estrid entdeckte er nicht. Stattdessen erkannte er etwas anderes: die ersten Brandpfeile. Ohne zu zögern bahnte er sich einen Weg und stürmte nach vorn zur Brüstung, laute Warnrufe schreiend, er rannte die ganze Palisade entlang und warnte alle. Dann postierte er sich auf dem Wall mit seinem Schwert. Mochte sein, dass er nicht gerüstet und nicht zum Schlagabtausch mit dem Feind geeignet war, aber zum Abschlagen der Brandpfeile taugte sein Schwert allemal.

Der König war erfolgreich zum Hafen und den Brücken gelangt, als er plötzlich einen entsetzlichen, abgrundtiefen Schrei von Torvald Schrecken hörte. Der große Berserker war von enormer Raserei gepackt, und das war das Zeichen für die anderen. Das Fliegenpilzpulver schien auf einen Schlag bei allen zu wirken, und der König war genötigt einzugreifen, um seine eigenen Wachen zu beruhigen.

»Ihr Lieben, das ist nicht gefährlich, sie schnappen nur ein wenig Luft.«

Aber ehe das Wahnsinnsgebrüll verstummte, begannen die gereizten Bärenfellröcke auf die Treppen loszugehen, die zum Wasser führten. Ein riesengroßer Stein nach dem anderen wurde ins Meer geschleudert, und der König sah hilflos zu, wie Brücke für Brücke ihre Verankerung verlor. Erst nach zehn Stößen in die Lure begannen die Berserker, sich stattdessen der Stadt und dem Feind zuzuwenden.

Dort hatten sich die Dänen in den Straßen vorwärts gekämpft und angefangen zu plündern, überzeugt, dass der Sieg nahe war. Aber da ging König Björn zum Angriff über. Mit lauten Kommandorufen teilte er seine Berserker in zwei Gruppen ein, aber nachdem Seine Majestät dieses Mal vierundzwanzig Kämpfer statt der üblichen zwölf dabei hatte, war das kein einfaches Unterfangen. Torvald Schrecken und seine Freunde sahen den König nur achselzuckend an und stürmten dann in großer Unordnung fauchend und schreiend durch die Straßen.

»Nein, zahm sind sie nicht«, sagte der König in leichter Untertreibung zu Kettil dem Weißen, seinem Steuermann.

»Nein, Ragnarök ist nichts dagegen«, erwiderte der tonlos und sah düster zu, wie die Bärenfellröcke Eichenplanken aus dem Holzbelag der Straße rissen. Unter lautem Geheul schwangen sie die Planken über ihren Köpfen, als wären es Holzscheite, und die Krieger des Königs zogen sich erschrocken zurück. Die Berserker folgten ihnen.

»Nein, nach vorne!«, befahl der König barsch und hob sein Zeichen, aber die Fliegenpilzmänner schienen nicht zu hören.

»Hätten zwei Berserker nicht gereicht, Euer Majestät? Vierundzwanzig scheinen mir zweiundzwanzig zu viel«, murrte Kettil der Weiße bleich.

»Duckt euch!«, schrie der König und im nächsten Augenblick sausten Holzplanken durch die Luft und schlugen in die Hauswand neben ihnen ein.

»Es regnet aber kräftig heute«, sagte der König in einem Versuch zu scherzen, »und Zahnstocher waren das eben auch nicht.«

Aber in dieser Situation hatte niemand Lust zu lachen, denn jetzt wüteten die Berserker zwischen den Häusern wie Sturmböen, und Straßen und Gassen entvölkerten sich rasch.

Als die Wachen des Königs unter großen Mühen den Brunnen und den kleinen Platz erreicht hatten, trafen sie auf den Feind in einer mächtigen Schildburg von mindestens hundert Mann. Die Berserker, denen es langsam langweilig wurde, Holz zu schleudern, stießen Jubelschreie aus und zückten ihre Schwerter. Die Schildburg wich zurück, und der König, der ein heftiges Gefecht erwartet hatte, bekam nicht viel davon zu sehen.

Die Berserker schleuderten ihre Waffen gegen jeden gerüsteten Dänen, Schwertklingen trafen sich und das Eisen blitzte auf, aber der Ausgang war überall derselbe. Diejenigen, die weder Arm noch Bein abgeschlagen bekamen, verloren ihren Kopf, und da sie gerade in Fahrt waren, wurde auch die eine oder andere Brandwache einen Kopf kürzer gemacht.

Torvald Schrecken, der den Haufen anführte, war jedoch an diesem Tag von einem seltsamen Wahn befallen. Weder Holz noch Schwertkampf schienen genug, sondern erst, als er die Brunnenstange erblickte, war es, als fände er endlich Erfüllung. Mit zwei Schritten war er an der Stange, riss sie mit gewaltiger Kraft aus der Erde und schleppte sie samt Hebelarm und Eimer davon.

Erst später, als er durstig wurde, bereute er seine Tat, aber da war die Brunnenstange gebrochen und der Eimer flachgedrückt. Der König sah die Zerstörung und fand, dass das der merkwürdigste Zusammenstoß war, den er je erlebt hatte, aber er freute sich dennoch mächtig. Denn obwohl der Feind weit in der Überzahl gewesen war, waren er und seine Wachen als Sieger aus diesem Kampf hervorgegangen. Das war nur wegen der Berserker möglich gewesen, und sobald die Schlacht vorüber war, wollte er ihnen dafür danken. Tief in seinem Innersten wusste er jedoch nicht, ob er es wagen würde, sie noch öfter einzusetzen, denn was hätte nicht alles geschehen können, wenn es schief gegangen wäre.

Auf dem Weg aus der Stadt fand der König Torvald Schrecken wieder, der eine Weile verschwunden gewesen war. Der Wahnsinn hatte von ihm abgelassen, und er lag schlafend auf einem Stein, der raue Granit diente ihm als Kopfkissen. Der König musste zwei Mann abstellen, um ihn zum Schiff zu tragen, und während er ihm nachsah, überlegte er, ob Schrecken vielleicht besser als Gaukler Verwendung finden sollte. Wenngleich er dann wirklich weniger Fliegenpilzpulver bekommen musste.

Wieder ordnete der König seine Männer, dieses Mal, um sich zur Burg hinaufzubegeben. Aber gerade, als er seine Horde versammelt hatte, erblickte er Bue Schönhaar und die Walküren. Das Gesicht des Königs hellte sich auf. Mit dieser Verstärkung würde er den Dänen vielleicht in den Rücken fallen und sie ein für alle Mal besiegen können. Aber ehe er in die Königslure blasen konnte, hörten sie den entsetzten Schrei.

»Es brennt, die Burg brennt!«

21

Hohe Flammen schlugen himmelwärts, und rauchschwere Wolken trieben über das Meer. Es sah aus, als wütete das Feuer in der Garnison im Westen, direkt unterhalb der Burg, und es fehlte nicht viel, dann stand die ganze Palisade in Flammen. Seine Majestät blieb mit seinem Heer vor dem Stadttor stehen, während er nachsann. Innerlich dankte er Odin, dem Gott des Krieges, denn der Große hatte den Wind fern gehalten, sonst hätte das Feuer auf die Burg und die Vorratshäuser übergegriffen. Dann hätten die Menschen nicht mehr fliehen können. Jetzt konnten die Verteidiger vielleicht mit den kleineren Brandherden an der Palisade fertig werden, denn dort oben gab es Brandwachen und reichlich Wasser.

Aber es wäre gut, wenn er mit der Verstärkung vorwärts kommen und den Feind vertreiben könnte, ehe das Feuer sich ausbreitete. Wenn die Flammen überhand nahmen, konnten die Dänen die Festung einnehmen und anschließend in die Stadt zurückkehren, um zu plündern und zu brandschatzen.

Der König hatte keine Zeit zu verlieren. Er musste sofort mit seinen Männern hinauf zur Burg.

»Zum Angriff!«, schrie er und hob seinen Speer. Die Männer in den Abteilungen fassten ihre Schilde, und nach zwei kurzen Stößen in die Königslure setzten sie sich in Bewegung. Astrid Mannszunge und ihre Schar zogen sofort in die andere Richtung los, aber als der König ihnen hinterherbrüllte, blieben sie verblüfft stehen und ordneten sich in die Reihe ein.

Auf dem Burgwall zogen dicke Rauchwolken über die Kämpfenden. Ragnar Weitfahrer hieb kräftig auf jeden Brandpfeil ein, aber es gelang ihm nicht, alle abzuschlagen. Es schien, als hätten die Dänen einen unendlichen Vorrat davon, und sowie ein Pfeil gelöscht worden war, kamen mehrere neue. Immer mehr Männer verließen ihre Plätze auf der Brüstung und eilten herbei, um zu löschen – und genau darauf hatte Harald Sigurdson gewartet.

Wenn der Burgwall ausreichend geschwächt war, würden er und seine Männer die Festung stürmen.

Erik fluchte, als er entdeckte, dass die Garnison unterhalb der Burg Feuer gefangen hatte. Die Flammen trieben Rauch in seine Augen, und es wurde immer schwieriger, etwas zu erkennen. Obwohl er alles von Steinen über ungelöschten Kalk und Teer bis hin zu Krähenfüßen gegen die Dänen beordert hatte, waren diese Schurken in so großen Scharen gekommen, dass sie nicht aufzuhalten waren. Jetzt marschierten sie dort unten im Rauch, auf dem Weg hinauf zur Festung. Erik spähte unruhig den Hügel hinab. Sie waren weitaus zahlreicher als die Männer auf der Burg, und sie mussten rechtzeitig aufgehalten werden. Standen sie erst oben auf dem Wall, würden sie sie nicht mehr abwehren können.

Erik rannte schnell einen der Wachtürme hinauf, um sich einen Überblick zu verschaffen. Die Bogenschützen, die Männer mit den Speeren und die mit den Kalkfässern schufteten und schwitzten noch immer, aber keiner von ihnen schien stark genug, um den Feind zu schlagen. Er warf einen hastigen Blick auf den Fuß des Hügels und fasste einen Entschluss. Es war höchste Zeit geworden, die geheime Waffe einzusetzen. Flink lief er im Turm wieder herunter und eilte zum Burgwall, wo er Estrid zuletzt gesehen hatte. Als er dort angekommen war, wo die Karren standen, hörte er sie.

»Es sieht schlecht aus«, sagte sie auf einem der Sensenwagen stehend und sprang hinunter. Sie hatte Gras und Laub in ihren Haaren, ihr Kleid und ihre Hände waren schmutzig.

»Hel und Odins Raben diesen Brandpfeilen. Wenn wir nichts unternehmen, werden wir alle sterben!«

»Wir müssen die Karren losmachen.«

»Ja, genau das dachte ich gerade. Du wirst sehen, sie retten uns.«

Sie lächelten sich kurz an, dann blies Erik die vier Stöße in die Rindenlure, die sie als Signal verabredet hatten.

Eilig rissen sie Laubzweige und Gras von den Fahrzeugen, und plötzlich standen die merkwürdigsten Gebilde da, die die Bewohner Birkas zusammenzucken ließen. Die neuen Angriffswaffen sahen aus wie seltsame Untiere aus der finstersten Unterwelt, und in dem Qualm glichen die Sensen und Sicheln grotesken Fühlern und Klauen. Erik fuhr sich bei diesem Anblick mit der Hand über die Stirn und fragte sich, zu welchem Spektakel er sich hatte überreden lassen.

»Ja, du, wenn nicht an etwas anderem, dann wird der

Feind wenigstens vor Schreck sterben«, sagte er trocken und wandte sich an Estrid.

»Glaubst du? Nein, sie werden vor Lachen sterben«, antwortete sie ruhig.

Mitten in der ganzen Gefahr konnte Erik sich ein Lächeln nicht verbeißen. Dann brüllte er mit lauter Stimme:

»Schiebt die Monster den Hügel hinunter!« Gemeinsam mit Estrid und zwei Wachen schob er den ersten Sensenwagen an. Plötzlich war es, als geriete alles ins Stocken. Vom Burgwall aus verfolgten die Verteidiger mit großen Augen, wie die gewaltigen Sensenwagen den Hang hinabrasten. Sie lärmten und polterten lauter als das Donnern des Feuers.

Auf der Hochebene bei der Garnison ahnte niemand, was im Gange war. Dort hatten Harald Sigurdsons Männer sich in Abteilungen und Schildburgen versammelt, um die Festung zu stürmen. Aber noch hatten sie nicht zum Angriff übergehen können. Der Rauch umgab sie in dunklen Wolken, und die Bogenschützen warteten darauf, die Pfeile im Bogen bereit, dass die Sicht besser wurde. Erst dann wollten sie ihre Pfeile auf die Befestigung abschießen und angreifen.

Harald stand mit gespanntem Bogen da, als er ein merkwürdiges Geräusch hörte, doch er konnte nichts erkennen. Das fremde Geräusch kam näher, es klang wie das Rasseln und Klappern eines alten Jochs. Das Poltern wurde lauter, und er begann sich unbehaglich zu fühlen. Sein Gesicht spannte sich, seine Mundwinkel zuckten und sein Blick flackerte unruhig. Dann plötzlich erblickte er etwas Großes, Furchteinflößendes, das auf ihn zugestürzt kam, etwas, das der Unterwelt entsprungen zu sein schien. Der Anblick war so seltsam, dass er reglos starrte, statt die Beine in die Hand zu nehmen. Zu spät erkannte er die Gefahr; die scharfen Sensen ganz vorn und die Sicheln, die am Untergestell der Wagen befestigt waren. Er stieß einen Warnschrei aus und versuchte, sich zur Seite zu werfen, aber das entsetzliche Ding traf ihn in die Seite und er stürzte. Noch ehe er wieder aufstehen konnte, bohrte sich die scharfe Klinge der Sichel in seinen Körper und schlitzte ihn auf.

Immer mehr Sensenwagen donnerten den Berg hinunter. Einige stießen gegen Felsbrocken oder Büsche und kippten um, andere mähten alles nieder, was ihnen in den Weg kam. Die Krieger waren von Rauch umgeben und konnten nicht absehen, was ihnen dort entgegenkam. Als sie die Leiterwagen schließlich erblickten und zu fliehen versuchten, da war es zu spät.

Die Männer wurden nacheinander zu Boden gerafft, niedergestreckt oder aufgeschlitzt – brüllend vor Schmerz. Und während die, die getroffen wurden, ihre Pein hinausschrien, zogen sich die anderen entsetzt zurück. Erst waren es nur einige in den vordersten Gefolgen, die die Reihen brachen, dann immer mehr. Und als die Schlachtordnung aufgelöst war, standen Haralds Männer allein da, ungeschützt vor den Pfeilen der Verteidiger.

Erik beobachtete das Schauspiel und schickte die besten Zweikämpfer des Königs hinunter zum Feind. Mit lauten Schlachtrufen und erhobenen Waffen stürzten sie aus der Burg. Auf Felsplatten und Hängen trafen sich die Kämpfenden, und nun waren Haralds Truppen übel dran. Die Männer Birkas waren im Zweikampf geübt, und mit dem Schwert vor sich trieben sie die Dänen fort zum Strand.

Auf dem Burgwall merkten die Verteidiger, dass die Pfeile der Feinde immer seltener flogen. Ermutigt schoben sie einen Karren nach dem anderen an und die, die fast schon aufgegeben hatten, schöpften neuen Mut. Die Bogenschützen gingen in Stellung, und Schild an Schild zogen Scharen bewaffneter Krieger den Hang hinunter, die Speere erhoben. Zur gleichen Zeit näherte sich das Heer des Königs aus der anderen Richtung.

Plötzlich waren Harald Sigurdsons Männer eingekreist. Schwertklingen blitzten, Äxte wirbelten und schlugen zu, während schwere Wurfspeere aus der Luft niedersausten. Viele Dänen fanden auf diese Weise den Tod, und als sich das Gerücht verbreitete, dass Harald Sigurdson gefallen war, schienen auch die letzten standhaften Krieger genug zu haben. In großer Unordnung zogen sie sich zu ihren Schiffen zurück.

Doch nun, da der Rauch und der Nebel der Dämmerung sich lichteten und die erste Morgenbrise über das Wasser wehte, entdeckten sie, was sie vorher nicht bemerkt hatten. Lange hatten ihre Schiffe ruhig auf dem spiegelglatten Wasser gelegen, aber in dem leichten Wind begannen sie sich langsam vom Strand zu entfernen. Da an diesem Morgen ablandiger Wind herrschte, wurden die großen, stattlichen Drachenschiffe immer weiter vom Ufer fortgetrieben – lautlos und still, wie von einer unsichtbaren Macht getragen.

Die Seepferde der Dänen, die fest am Grund verankert gewesen waren, trieben nun im Wind, und die wenigen Männer, die als Wachen zurückgeblieben waren, konnten sie nicht aufhalten. Und als sie verzweifelt die Ankertrosse einholten, um die Anker erneut auszuwerfen, sahen sie, was ihnen vorher entgangen war. Die Trossen waren gekappt.

Die Feinde starrten auf die See und begriffen nicht sofort, was dort geschah, aber dann packte sie die Angst. Die letzten Abteilungen lösten sich auf, und die Männer stürzten sich in den Fjord. Obwohl die besten Schwimmer unter ihnen die Drachen erreichten und die Männer retten konnten, die noch im Wasser waren, gab es viele, die aufgeben mussten.

Kraftlos sanken sie auf den Grund des Fjordes und ertranken.

Als die Feinde die Flucht ergriffen, breitete sich Übermut unter den Bewohnern Birkas aus. Unter lauten Schlachtrufen stürmten sie den Burgwall hinab, um die Dänen zu verfolgen. Da fiel der unbedachte Schuss. Der Pfeil, der Erik traf, war nicht der zielgerichtete Treffer eines Bogenschützen, sondern ein Brandpfeil, in Panik abgeschossen. Erik glaubte die Schlacht bereits überstanden und war nicht mehr auf der Hut. Er sah den Pfeil nicht einmal kommen.

In vollem Lauf, den Schild vor sich und die Axt erhoben, spürte er plötzlich einen stechenden Schmerz im Oberschenkel. Ihm blieb die Luft weg, und er geriet ins Wanken, dann fiel er zu Boden. Er wand sich aus seinem Umhang und konnte das Feuer mit dem Stoff löschen, aber dann verließen ihn seine Kräfte. Zwischen Licht und Dunkel schwebend, verlor er das Bewusstsein, während sich der Stein unter ihm rot färbte vor Blut.

Estrid sah, wie er schwankte, ein paar Schritte stolperte und fiel. Ohne an die Gefahr zu denken, stürmte sie ihm nach und sank bestürzt neben ihm auf die Knie. Sein Umhang war blutgetränkt. Ein Pfeil hatte sich in seinen Schenkel gebohrt. Vor einem Moment hatte sie ihm noch zugerufen, er solle in der Burg bleiben, aber als die Dänen flohen, hatte er sich an die Spitze der Abteilung gestellt und war ihnen hinterhergeeilt. Jetzt lag er stumm und leblos am Boden.

»Erik!«, rief sie und umarmte ihn. Sie wollte ihn schütteln, vor Zorn und Verzweiflung zugleich.

Die Signalfeuer verglommen zu Asche, die Rauchwolken wurden dünner und verschwanden. Der Feind hatte Birka verlassen, und Siegesjubel war in der Stadt und im ganzen Sveareich zu hören. In den Schankhäusern und auf den Straßen, in Kaufmannshäusern und im Königshof trank man Met und dichtete Lieder. Überall hob man sein Horn auf König Björn, der hoch geachtet wurde. Dass er eine Walküre dazu gebracht hatte, die Ankertrossen der feindlichen Schiffe zu kappen, gab Anlass zu zahlreichen Scherzen, und auch den Sensenwagen wurde viel Aufmerksamkeit zuteil.

Obwohl der König verlegen wurde, wenn die Rede darauf kam, denn diese Listigkeiten hatte er sich nicht selbst ausgedacht. Sein gesenkter Kopf jedoch war eine kleidsame Bescheidenheit, und sein Volk jubelte und klatschte laut. Da sagte Seine Majestät, dass er lange darüber nachgedacht hatte, den Feind mit neuen Erfindungen zu überrumpeln, und das entsprach schließlich trotz allem der Wahrheit. Außerdem hatte er die Weitsicht besessen, Birkas Verteidigung zu stärken, lange bevor der

Feind gesichtet wurde. Nur große Männer konnten so in die Zukunft blicken und nur ihnen konnte so etwas gelingen. Also fand er, dass er Berühmtheit verdiente, auch wenn der Sieg über die Dänen nicht unmittelbar einzig seiner eigenen Tüchtigkeit zu verdanken war. Deshalb hatte er auch einen Skalden ausersehen, der ein Lied über ihn dichten und Verse darüber schreiben sollte, wie dieser große Sieg errungen worden war. Jedoch hatte er, um sein Gewissen zu beruhigen, den Dichter gebeten, eine Zeile über Astrid Mannszunge einzuflechten.

Er grübelte, ob auch den Berserkern gehuldigt werden sollte, schließlich hatten sie die Dänen besiegt, die begonnen hatten, die Stadt zu plündern, aber auf der anderen Seite war er nicht vollkommen zufrieden mit ihrem Einsatz. Viele Bäume waren entwurzelt, die Widerlager der Brücken zerstört worden, und obwohl er zwanzig flinke Männer beauftragt hatte, die Planken auf die Straßen zurückzulegen, klafften dort immer noch große Löcher im Holzbelag. Denn auch wenn Torvald Schrecken und seine Männer die Planken nicht in den Fjord geschleudert oder sie zum Fechten verwendet hatten, hatten sie sie doch mit großer Kraft gegen Menschen und Hauswände geworfen, so dass mehr Späne als Scheite übrig geblieben waren. Da auf Björkö nur ein paar wenige Bäume wuchsen, mussten seine Knappen auf die anderen Inseln rudern, etliche Eichenstämme fällen und sie zu unzähligen neuen Planken schlagen, ehe die Straßen wieder zu gebrauchen waren.

Darüber hinaus lag ein Körnchen Wahrheit in dem, was Gunnhild Zirpschnabel sagte: Astrid Mannszunge war im Begriff, ihr Herz an den König zu verlieren. Nicht weil er breitschultrig und stattlich gewesen wäre oder schön anzusehen, aber mitunter zeigte er eine Art Hilflosigkeit, die Muttergefühle in ihr nährte. Und als diese Empfindungen aufkamen, begann sie allem zum Trotz zu finden, dass er sehr niedlich war; auch wenn seine rote Haarfarbe ihr überhaupt nicht zusagte. Als der König nun prahlte, wie Männer es eben tun, da schlug sie sich nicht auf das Kettenhemd, um mit lauter Stimme zu verkünden, dass es wahrhaft nicht der König sondern sie gewesen war, die die Trossen der Feinde gekappt hatte. Nein, sie hatte bei ihm in der Königshalle sanft gelächelt, wie Frauen es tun, und hatte ihn ob seiner Findigkeit gepriesen. Der König, der begriff, dass Astrid Mannszunge auf diese Weise seine Ehre retten wollte, wurde mild und warf ihr viel sagende, dankbare Blicke zu. Und mit einem Mal fand er nicht nur ihre tiefe Bassstimme schön, sondern sie schien ihm fast ebenso hübsch wie Gunnhild zu sein. Der König wurde so fröhlich, dass er vom Tisch aufstand, das Methorn in der Hand, und ein Fest von drei Tagen für Freie und Sklaven im ganzen Sveareich ausrief. Dann schickte er fünf Knappen in den Erdkeller, auf dass sie allen Fruchtwein brachten, den sie finden konnten, denn nun schien ihm das Leben wieder schön und hell. Allerdings vermisste er Erik und sandte einen Boten nach ihm. Noch immer hatte er nicht erfahren, was geschehen war.

Im Strohhaus brannte das Feuer in der Herdstelle, und eine Öllampe erhellte die Bank, auf der Erik lag. Die Kinder waren bei Sigfrid, während Estrid über ihn wachte. Unverdrossen saß sie dicht neben ihm, folgte jedem seiner Atemzüge, sprach zu ihm, trocknete seine Stirn und hielt seine Hand. Hätte sie ihn nicht fallen gesehen, wäre er wohl schon in Walhall. Sie spürte wieder die Angst und das Entsetzen, die sie beherrscht hatten, ehe sie sich zusammenriss und seine Wunde verband. Danach hatte sie sofort dafür gesorgt, dass er nach Hause getragen wurde. Gleichzeitig hatte sie nach Turid schicken lassen, der besten Heilerin Birkas, die mit Scharfgarbe und Blutwurz herbeigeeilt war, die sie dem Bewusstlosen dort auf der Bank verabreicht hatte.

Ohne den Oberschenkelmuskel zu verletzen entfernte sie vorsichtig den Pfeil, tränkte die Wunde mit Urin und legte einen Verband aus Laub und Wegerich an. Dann wickelte sie ein breites Leinentuch um sein Bein. Die ganze Zeit über war Eriks Stöhnen zu hören, er wand sich und murmelte unzusammenhängend vor sich hin.

»Ich werde ihm etwas Hopfensud geben, das wird ihn beruhigen«, erklärte die Heilerin anschließend, und Estrid erhob sich mit verschwollenen Augen und Eriks Blut auf dem Kleid. Während sie unruhig in der Wohnhalle auf und ab schritt, wachte Turid an seinem Bett. Aber Estrid fand keine Ruhe und schließlich erhob sich Turid, legte ihr die Hand auf die Schulter und sagte: »Ängstige dich nicht. Alles wird gut werden. Wenn er sich ruhig halten kann, wird die Wunde nach einem Mond geheilt sein.«

»Aber er war doch fast tot, als ich ihn gefunden habe!«, wandte Estrid ein. »Und siehst du nicht, er ist doch kaum bei Sinnen! Er kann doch nicht so plötzlich gesund werden?«

»Die Ohnmacht kam wohl eher vom Anblick des Blutes als von der Wunde. Das kann bei Männern manchmal vorkommen.«

»Ach so«, sagte Estrid betreten. »Aber er hatte immerhin einen heimtückischen Pfeil im Schenkel.«

»Das ist wahr, aber die Wunde ist nur oberflächlich. Ich glaube, er hat sich erschrocken, dass er überhaupt getroffen wurde. Die Hose ist schlimmer dran.«

»Wirklich?«, klang es schwach von der Bank herüber. »Ein Mann kann an einer kleinen Wunde sterben, das kann eine Hose niemals.«

Erik war wieder zu sich gekommen, zwar noch benebelt, aber was die Frauen gesagt hatten, hatte er doch gehört. Estrid stürzte zur Bank und schlang die Arme um ihn.

»Oh, Erik, du Schelm. Ich glaubte, du würdest sterben!« Sie hielt ihn fest und küsste immer wieder sein Gesicht. »Turid hatte Recht, die Wunde war vermutlich nicht sehr gefährlich. Oh, ich …«

»Aber du weißt doch, ich überlebe immer.«

Erik sah zu ihr auf mit zärtlichem und warmem Blick. Turid lächelte den beiden zu, tätschelte Estrid die Wange und gab ihr einen Lederbeutel mit Salben und Kräutern.

»Nimm das, dann kannst du dich selbst um ihn kümmern. Mich braucht er nicht mehr.« Sie stand auf und Estrid begleitete sie zur Tür.

»Ist das wahr? Wird er damit fertig werden?«, fragte sie beunruhigt.

»Du musst nur die Wunde sauber halten, damit sie sich nicht entzündet. Das ist alles«, antwortete Turid. »Er ist ein zäher und kräftiger Bursche.«

»Zäh und kräftig? Das klingt, als wäre ich aus alter Grütze gemacht«, klang es von der Bettstatt.

Die Frauen sahen sich an und lachten. Schmunzelnd öffnete Turid die Tür, zwinkerte Estrid zu und ging hinaus.

Estrid blieb auf der Schwelle stehen und sah sie den Hügel hinabeilen. Erik würde überleben, er würde nicht sterben, wie sie gefürchtet hatte!

Sie ging zur Feuerstelle und tat, als rührte sie in der Glut, während ihr die Tränen langsam die Wangen hinunterliefen. Eine tiefe Dankbarkeit erfüllte sie, und mit einem Mal fühlte sie sich erschöpft und wollte sich nur noch ausruhen. Sie begann zu weinen und fragte sich, ob sie genauso geweint hätte, wenn sie gedacht hätte, Ragnar sei tot, und sie ihn dann doch zurückbekommen hätte.

Aber Ragnar war nicht tot. Er hatte nach ihr geschickt und berichtet, dass er unversehrt war und sie im Schankhaus erwartete …

»Harald hat sein Schicksal erlitten. Hast du das gesehen?«, hörte sie Erik plötzlich sagen.

»Nein, aber ich weiß es, alle reden davon.«

»Ich hatte mich zwar darauf gefreut, mit ihm die Klingen zu kreuzen und ihn mit dem Schwert niederzustrecken, aber das war auch ein prächtiges Ende. Das Ungeheuer wurde von einem Sensenwagen getötet, und er kommt nicht nach Walhall. Nicht einmal in den Himmel.«

»Nein, nach dieser Schmach landet er wohl in der Unterwelt, oder noch tiefer unten. Das ist eine feine Vorstellung.« Estrid ging langsam zur Bank hinüber und betrachtete ihn lächelnd. »Turid hatte wohl Recht, du kannst keine schwere Verletzung haben, wenn du hier liegen und über solche Dinge nachdenken kannst.«

»Aber was, wenn nicht das, sollte in meinen Gedanken sein, Estrid? Denk doch, endlich ist er tot, dieser Schlimmste aller Schurken. Vergiss nicht, dass er versucht hat, mich zu töten.«

»Ich weiß, niemandem habe ich so sehr den Tod gewünscht wie ihm. Zweimal hat er versucht, Birka zu erobern, aber jetzt ist er fort und vielleicht haben wir nun endlich Ruhe.«

Sie sank neben ihm auf die Bank, nahm seine Hand in ihre und streichelte sie.

»Du Nichtsnutz, warum bist du nicht im Burgwall geblieben? Du hättest sterben können.«

»Ja, aber ein Mann des Königs kann sich nicht vor der Gefahr verkriechen. Und wir haben den Feind in die Flucht geschlagen.«

»Ja …«, sie seufzte. »Gut, dass der Pfeil nur den Schenkel getroffen hat. Ich glaubte, ich hätte dich verloren.«

»Mich doch nicht.« Sie betrachtete ihn schweigend und dachte, wie groß ihre Angst gewesen war, als sie Erik am Boden hatte liegen sehen, und wie sie in diesem Augenblick begriffen hatte, dass er ihr so viel mehr bedeutete, als sie geahnt hatte. Mehrere Monde lang hatte ihr Herz nur Ragnar gehört, aber jetzt, nach ein paar Tagen mit Erik und den Kindern, hatte sich vieles geändert. Erik und sie gehörten zusammen. Es war so; ganz gleich, wie sehr sie sich an andere verloren, das, was sie verband, war mächtiger, ja, größer und stärker als alles andere. Als hätte er ihre Gedanken gelesen, fragte er:

»Wie ist es deinem Jäger aus Miklagård ergangen, hat er überlebt?«

Estrid wich seinem Blick aus, blickte nachdenklich auf ihre gefalteten Hände und sagte dann:

»Ja, er lebt und ist noch im Schankhaus. Er will, dass ich Birka verlasse und mit ihm nach Torslunda gehe. Dass ich später mit ihm auf Handelsfahrt gen Osten ziehe, ja, sogar bis nach Miklagård.«

»Ist das wahr? Er auch?«, stöhnte Erik.

»Ja, und er will jetzt fahren.«

»Jetzt? Aber Toste und Rurik?«

»Eben«, sagte sie müde. »Und dich kann ich ja auch nicht mitnehmen!«

»Was hast du ihm also geantwortet?«

»Ich habe noch nicht geantwortet.«

»Was wirst du ihm also sagen?«

»Dass ich ihn liebe, aber auch dich.«

Erik stützte sich auf und sah sie an.

»Du liebst mich, trotz Ysja und all dem, was gewesen ist?«

»Ich habe dich nicht besser behandelt als du mich.«

»Das ist wahr.«

Noch immer hielten sie sich an den Händen, aber sie schwiegen. Erik sah, dass Estrid geweint hatte.

»Was willst du jetzt tun?«, fragte er nach einer Weile, ungeduldig und zugleich voller Angst vor ihrer Antwort.

Estrid beugte sich vor und strich ihm über die Wange.

»Willst du mich haben, obwohl ich bin, wie ich bin?«, fragte sie.

»Ja, wenn du mich willst, obwohl ich bin, wie ich bin.«

Ihre Augen begannen zu glitzern, und sie fuhr fort:

»Und du willst mich, obgleich ich mein Herz an andere Männer verloren hatte?«

»Geschehen ist geschehen, aber in Zukunft wird es anders sein.«

»Ja, und glaube nicht, dass ich dich zu anderen Weibern ziehen lasse«, antwortete Estrid.

Er lachte, zog ihren Kopf zu sich herunter und küsste sie.

»Denk jetzt gründlich nach, wollen wir es so, ich meine, wieder zusammenleben?«, fragte er dann.

Estrid sah ihn nachdenklich an. Dann ging sie zur Feuerstelle und stocherte wieder in der Glut, lief vor der Querwand auf und ab und kam zurück. Sie blieb vor Erik stehen.

»Es ist schwer für uns, unser Wesen zu ändern, aber wir können entscheiden, was wir wollen, und versuchen, danach zu leben.«

»Ja, und dieses Mal beabsichtige ich, mich um dich zu schlagen, ich überlasse dich keinem anderen.«

»Das hast du das letzte Mal nicht getan.«

»Nein, denn da hätte ich dich ganz verloren. Indem ich dich mit Orfrim fahren ließ, hoffte ich, dass du eines Tages zurückkehren würdest.«

Estrid lachte auf, laut und hell, und sah ihn lächelnd an.

»Weißt du, ich glaube, du hattest Recht. So wusste ich die ganze Zeit, dass ich zurückkommen kann.«

»Und Ragnar?«

»Er war gut zu mir, und wir waren glücklich zusammen. Und ich liebe ihn, auch das ist wahr.« Sie machte eine kleine Pause, und ihr Blick wanderte durch den

Raum. »Darum, Erik, habe ich dieses Mal sorgfältig nachgedacht. Ich will meine Liebe zu Ragnar nicht aufgeben, ohne etwas dafür zu bekommen. Wenn du und ich zusammenleben wollen, dürfen wir uns nicht mehr von anderen verwirren lassen. Und was gewesen ist, müssen wir hinter uns lassen – auch wenn es weh tut. Wenn du mich willst, dann bleibe ich hier in Birka bei dir und den Kindern, aber dann musst du dir die Beischläferinnen für Walhall aufheben.«

Erik sank auf die Bettstatt und der Schmerz in seinem Schenkel ließ nach. Er hatte Estrid nicht verloren, sie war da, und das war eine so große und unerwartete Freude, dass er nicht wagte daran zu glauben. Er entgegnete:

»Das verspreche ich dir, keine anderen Frauen, aber ehe du dich entscheidest, will ich, dass du eine Sache für mich tust.«

»Ja?«

»Geh zu Ragnar Weitfahrer. Sprich mit ihm und vergewissere dich, dass dein Entschluss der richtige ist. Erst wenn du das weißt, kannst du zufrieden mit dir selbst und dem Leben, das du dann wählst, sein.« Er sah sie ernst an und fuhr fort: »Ich warte. Wie du siehst, komme ich nicht weit.«

»Aber ich kann dich jetzt nicht allein lassen! Du bist doch krank.«

»Mir fehlt nichts. Hast du Turid nicht gehört? Es ist nur der Anblick von Blut, den ich nicht vertrage.«

Seine Augen strahlten, und die Farbe war in sein Gesicht zurückgekehrt.

»Je eher wir das klären, desto besser, verstehst du das nicht?«

Sie nickte, beugte sich vor und küsste ihn. Aber sie setzte sich nicht. Der Gedanke an Ragnar beunruhigte sie.

»Du hast Recht, aber ich werde dich nicht allein lassen. Ich bitte Sigfrid, mit den Kindern herüberzukommen.«

Erik strich ihr ein wenig ungeschickt über die Wange. Estrid spürte, wie schwer es ihr fiel, ihn zu verlassen und nur zögernd ging sie zur Tür, schob den Riegel zurück und trat hinaus.

Erst ging sie zum Snemunhof, und nachdem sie mit Sigfrid gesprochen hatte, lief sie weiter zum Schankhaus. Ihre Gedanken waren bei Ragnar.

Ganz anders wird das Leben, ganz anders, als man es sich vorgestellt hat, dachte sie. Dass das, was noch vor wenigen Monden ganz selbstverständlich für mich war, sich jetzt so anders anfühlt. Und während sie nachdachte, verlangsamte sie ihren Schritt.

Sie entdeckte Ragnar an einem Tisch im Wirtshaus. Seine Augen waren traurig und ernst, und sie ahnte, dass er schon zu wissen glaubte, was sie sagen würde. Langsam und nachdenklich leerte er sein Bier, während er ihr zuhörte. Schließlich antwortete er:

»Estrid, ich habe das befürchtet. Schon auf Grönsö wurde mir klar, wie es ist. Du warst mir nah und doch weit weg. Dann hörte ich, dass Toste gefunden worden war. Ich verstehe, dass dies nicht der rechte Moment ist, zu kämpfen, um dich zurückzubekommen.« Er sah sie düster an. »Aber«, fuhr er fort, »ich gebe nicht auf. Ich liebe dich und eines Tages komme ich wieder.«

Würde er zurückkehren? Estrid sah ihn vorsichtig an. Natürlich konnte er das tun, aber jetzt hatte sie sich entschieden. Sie lehnte sich vor.

»Ragnar, ich liebe dich und das weißt du, aber hier in Birka ist mein Zuhause.«

Seine Augen verloren ihren Glanz, und ein Zucken fuhr über sein Gesicht. Er versuchte zu lächeln, aber sein Lächeln war voller Schmerz. Dann stand er auf. Und sie wusste, dass er nun fortging, aber sie unternahm keinen Versuch, ihm zu folgen.

Noch lange blieb sie am Tisch sitzen und dachte darüber nach, wie schwer es war, dem, den man liebt, so weh zu tun. Und doch, sie hätte nicht anders handeln können. Ihre Gedanken wanderten zu Erik und den Kindern, und ihre Stimmung hellte sich auf. Der Weg zum Schankhaus war schwer und bedrückend gewesen, aber als sie am Abend zurückging, waren ihre Schritte wieder leicht. Zum Schluss rannte sie fast nach Hause.

Als sich die Nacht über den Fjord senkte, schliefen die Menschen im Strohhaus nicht, und auch nicht drüben im Königshof. Bei König Björn saß Astrid Mannszunge in einer dünnen, ausgeschnittenen Leinentunika, das eine Bein über das andere geschlagen, und spielte ein Brettspiel mit Seiner Majestät. Der König bot Fruchtwein an und schielte immer zerstreuter auf das Brett, und mit immer größerem Interesse weiter hinauf. Denn Astrid Mannszunge hatte gelernt, dass die Spalte zwischen den Brüsten besser zu sehen war, wenn man sich vorbeugte, und so neigte sie ihren Oberkörper unermüdlich vor, wann immer sie ihre Spielfigur bewegte. Da sah der König, dass er, was ihre Reize betraf, geirrt haben musste, und er befeuchtete die Lippen, fuhr mit den Fingern über seinen neuen Backenbart und fand mit einem Mal, dass das Leben gar nicht so übel war.

Nachwort

Wikingergold ist in erster Linie eine lebendige Lügengeschichte. Dass ich für die Arbeit daran die schriftlichen und archäologischen Quellen studiert habe, die es gibt, steht dazu jedoch keineswegs im Widerspruch. Ausländische Chronisten beschreiben die Verwüstungen der Wikinger in Europa, Adam von Bremen erzählt von Heiden und Walküren im Norden, und archäologische Ausgrabungen in Birka zeugen von feindlichen Überfällen vom Meer.

All das waren mir gute Inspirationsquellen für WIKINGERGOLD, der eigenständigen Fortsetzung der Romane WIKINGERBLUT und WIKINGERSILBER.

Wer mehr über die Zeit der Wikinger erfahren möchte, kann BOKEN OM VIKINGERNAR (Das Buch der Wikinger) lesen, in dem ich einen großen Teil der heutigen Erkenntnisse über dieses Thema gesammelt habe.

Stockholm, 27. Juni 1999
Catharina Sundberg

Danke

all euch lieben Menschen, die ihr mir auf unterschiedlichste Weise bei diesem Buch geholfen habt:

Danke an Henrik Andersson, Ann Fjellström, Kerstin Fägerblad, Anita Kratz, Gunilla Lindblad, Gabriele Prenzlau-Enander, Elsa Rehnlund, Karin und Carl Tersmeden und Eva Rylander.

Ein großes Dankeschön auch meiner Lektorin Lena Sandfridsson für die immer wieder inspirierende und gute Zusammenarbeit.

BLANVALET

HISTORISCHE ROMANE BEI BLANVALET

Valerio Evangelisti, Die Prophezeiung
35623

Colleen McCullough, Rubikon
35282

Jennifer Roberson, Herrin der Täler
35671

Roland Adloff, Der Advocatus
35358